MW01381538

SANS UN ADIEU

Harlan Coben

SANS UN ADIEU

Traduit de l'américain par Roxane Azimi

ÉDITIONS FRANCE LOISIRS

Titre original : *PLAY DEAD*
publié par S.P.I. Books, une division de Shapolsky Publishers Inc., New York.

Vous pouvez consulter le site de l'auteur à l'adresse suivante :
www.harlancoben.com

Édition du Club France Loisirs,
avec l'autorisation des Éditions Belfond.

Éditions France Loisirs,
123, boulevard de Grenelle, Paris
www.franceloisirs.com

ISBN : 978-2-298-03916-0

À la mémoire de mon père,
Carl Gerald Coben,
le meilleur papa du monde.

Avant-propos

OK, si vous n'avez encore rien lu de moi, arrêtez tout de suite. Rendez ce livre. Prenez-en un autre. Ce n'est pas grave. J'attendrai.

Si vous êtes toujours là, sachez que je n'ai pas lu *Sans un adieu* depuis une bonne vingtaine d'années. Je n'ai pas voulu le réécrire. C'est un procédé qui me répugne. Le voici donc, pour le meilleur et pour le pire, tel que je l'ai écrit à vingt et quelques années, jeune ingénu travaillant dans le tourisme et me demandant si je devais suivre les traces de mon père et de mon frère et étudier le droit (*brrr*).

Je suis sans doute trop sévère, mais ne le sommes-nous pas tous avec nos œuvres de jeunesse ? Rappelez-vous cette dissertation que vous avez commise au lycée : vous avez eu la meilleure note de la classe, le prof a parlé d'« inspiration », et puis, un jour, vous tombez dessus en fouillant dans un tiroir, vous la relisez et vous vous dites, atterré : « Bon sang, mais qu'est-ce qui m'a pris ? »

Il en va ainsi, parfois, pour les premiers romans.

Au fil du temps, j'ai fait quelques emprunts à *Sans un adieu* : des noms, des lieux, voire un personnage ou deux. Le lecteur attentif saura les reconnaître, et j'espère que ça le fera sourire.

Finalement, j'aime ce livre, avec tous ses défauts. Il y a là une prise de risque, une énergie que j'espère avoir encore aujourd'hui. Je ne suis plus le même, mais ça ne fait rien : il faut bien que jeunesse se passe ! Nos passions et notre travail évoluent avec le temps. Et c'est tant mieux.

Bonne lecture.

Harlan Coben, mai 2010

PROLOGUE

29 mai 1960

Ce serait une erreur de la regarder en face pendant qu'elle parle. Ses paroles, il le savait, n'auraient aucun effet sur lui. Son visage et son corps, si.

Tandis qu'elle refermait la porte, Sinclair pivota vers la fenêtre. Il faisait beau : dehors, un grand nombre d'étudiants se prélassaient au soleil. Quelques-uns jouaient au *touch football,* mais la plupart étaient allongés – les amoureux blottis l'un contre l'autre –, livres ouverts pour faire croire à leurs intentions studieuses.

Un reflet d'or attira son regard sur une chevelure blonde. Se tournant, il reconnut la jolie fille de son cours de 14 heures, entourée d'une demi-douzaine de garçons qui se disputaient son attention dans l'espoir de lui arracher son plus beau sourire. Par la fenêtre d'une chambre, on entendait beugler à travers tout le campus le dernier single de Buddy Holly. Il jeta un nouveau coup d'œil sur la ravissante blonde qui n'arrivait pas à la cheville de la beauté brune derrière lui.

— Alors ? fit-il.

À l'autre bout de la pièce, la sublime créature hocha la tête avant de se rendre compte qu'il lui tournait le dos.

— Oui.

Il poussa un énorme soupir. Sous la fenêtre, quelques-uns des garçons s'écartèrent de la blonde, la mine déconfite, comme s'ils venaient de se faire éliminer de la compétition, ce qui du reste devait être le cas.

— Tu es sûre ?

— Évidemment.

Sinclair hocha la tête sans trop savoir pourquoi.

— Et que comptes-tu faire ?

Elle le contempla, incrédule.

— Corrige-moi si je me trompe, commença-t-elle avec une exaspération manifeste, mais il me semble que ça te concerne aussi.

Une fois de plus, il hocha la tête, sans aucune raison apparente. Dehors, sur la pelouse, un autre garçon s'était fait éjecter du ring. Ne restaient en lice que deux candidats aux faveurs potentielles de la blonde. Il reporta son attention sur la partie de *touch football* et suivit des yeux le ballon qui traversait lentement l'air humide. Un garçon au torse nu tendit les mains. Le ballon décrivit une spirale, rebondit sur le bout de ses doigts et retomba à terre.

Sinclair se concentra sur le jeu, partageant la déception du joueur, s'efforçant d'ignorer l'emprise qu'elle exerçait sur son esprit. Son regard revint par inadvertance sur la blonde. Elle avait fait son choix. Tête basse, le perdant s'éloigna, bougon.

— Tu veux bien te retourner, dis ?

Un sourire joua sur ses lèvres. Il n'était pas fou au point de s'exposer à son arsenal dévastateur, de se laisser prendre dans ses filets. Il regarda le jeune homme qui avait réussi à conquérir la blonde. Même de sa fenêtre au premier étage, on pouvait lire la concupiscence dans les yeux agrandis du garçon, lorsqu'il s'empara de la proie tant convoitée et l'embrassa. Ses mains se mirent à vagabonder.

Le butin au vainqueur.

Il se tourna vers la bibliothèque. Maintenant que leur relation avait pris un tour plus physique, il avait l'impression de violer l'intimité du jeune couple. Il glissa une cigarette dans sa bouche.

— Va-t'en.

— Quoi ?

— Va-t'en. Fais ce que tu veux, mais je ne veux plus te voir ici.

— Tu n'es pas sérieux.

— Si.

Il alluma la cigarette.

— On ne peut plus sérieux.

— Mais j'allais annoncer…

— N'en parle à personne. C'est déjà allé trop loin.

Il y eut un moment de silence. Lorsqu'elle reprit la parole, ce fut d'un ton implorant, un ton qui lui écorcha les nerfs.

— Mais je croyais…

Il tira sur sa cigarette comme s'il avait voulu la terminer en une seule bouffée. De la pelouse lui parvint le bruit retentissant d'une gifle. La blonde avait coupé court aux débordements hormonaux du jeune homme qui avait tenté de franchir le stade du simple pelotage.

— Eh bien, tu as eu tort. Maintenant va-t'en.

Sa voix n'était plus qu'un murmure.

— Salaud.

À nouveau, il hocha la tête, cette fois entièrement en accord avec l'énoncé :

— Allez, fiche-moi le camp.

— Salaud, répéta-t-elle.

Il l'entendit claquer la porte du bureau. Ses hauts talons cliquetèrent sur le plancher. La plus belle femme qu'il ait jamais connue venait de quitter l'édifice aux murs couverts de lierre.

Il regardait par la fenêtre, mais sa vue s'était brouillée, et le monde n'était plus qu'une masse indistincte d'herbe verte et de bâtiments en brique.

Ses pensées se bousculaient. Son visage flottait devant ses yeux. Il ferma les paupières, mais l'image persistait.

J'ai bien fait. J'ai bien fait. J'ai...

Il rouvrit les yeux. Une vague de panique le submergea. Il fallait qu'il la retrouve, qu'il lui dise qu'il n'en pensait pas un mot. Il allait faire pivoter sa chaise et se précipiter pour la rattraper lorsqu'il sentit un objet métallique contre sa nuque.

Un frisson glacé le parcourut.

— Salaud.

La déflagration déchira l'air immobile.

1

17 juin 1989

En ouvrant la fenêtre, Laura sentit la douceur de la brise tropicale sur son corps nu. Elle ferma les yeux. Le souffle d'air frais lui picotait la peau. Ses jambes flageolaient. Se retournant vers le lit, elle sourit à David, l'homme qui l'avait réduite à cet état de poupée de chiffon.

— Belle matinée, monsieur Baskin.

— Matinée ? répéta David avec un coup d'œil sur la pendule.

Tout était calme alentour, hormis le bruit des vagues qui leur parvenait du dehors.

— L'après-midi est déjà bien avancé, madame Baskin. Nous avons passé pratiquement toute la journée au lit.

— Des réclamations ?

— Certainement pas, madame B.

— Alors un peu d'exercice physique ne te fera pas de mal.

— À quoi penses-tu ?

— Ça te dirait d'aller nager ?

— Je suis mort, dit-il en retombant sur les oreillers. Je serais incapable de bouger, même si le lit était en feu.

Laura eut un sourire enjôleur.
— Tant mieux.
David ouvrit des yeux émerveillés tandis qu'elle revenait lentement vers lui. Il repensait à la première fois où il avait vu ce corps-là, la première fois en fait où le monde avait vu ce corps-là. Voilà presque dix ans, et huit bonnes années avant leur rencontre. À dix-sept ans, Laura avait fait la couverture de *Cosmopolitan* vêtue d'un… Mais qui se souciait de la tenue ? À l'époque, il était étudiant à l'université du Michigan et il revoyait encore les joueurs de son équipe de basket, bouche bée devant le magazine sur un présentoir avant la demi-finale dans l'Indiana.
Il feignit la panique.
— Où tu vas ?
Le sourire de Laura s'élargit.
— Au lit.
— S'il te plaît, non.
Il leva la main pour l'arrêter.
— Tu vas m'expédier à l'hôpital.
Elle ne broncha pas.
— De la vitamine E, implora David. S'il te plaît.
Toujours pas de réaction.
— Je vais hurler au viol.
— Hurle.
Sa voix fut à peine audible.
— Au secours.
— Détends-toi, Baskin. Je ne vais pas t'agresser.
Il ne cacha pas sa déception.
— Ah bon ?
Elle secoua la tête et s'éloigna.
— Attends, appela-t-il. Où tu vas ?

— Dans le jacuzzi. Je t'aurais bien proposé de me rejoindre, mais je sais que tu es fatigué.

— Je sens venir un second souffle.

— Tes facultés de récupération sont proprement stupéfiantes.

— Merci, madame B.

— Mais je te trouve quand même en petite forme.

— En petite forme ? C'est plus épuisant que de jouer contre les Lakers !

— Il faut que tu t'entraînes.

— Je ferai de mon mieux, promis, madame le coach. Dites-moi ce que je dois faire.

— Le jacuzzi, ordonna Laura.

Elle jeta un peignoir en soie sur ses épaules, masquant en partie la sublime silhouette qui lui avait valu d'être le top model le mieux payé du monde jusqu'à sa retraite, quatre ans plus tôt, à l'âge canonique de vingt-trois ans. David se glissa hors des draps de satin. Il était grand – pas tout à fait un mètre quatre-vingt-treize, ce qui n'était pas exceptionnel pour un basketteur professionnel.

Laura enveloppa son corps nu d'un regard admiratif.

— On dit que tu as révolutionné le jeu. Pas étonnant.

— C'est-à-dire ?

— Tes fesses, Éclair blanc. Les femmes viennent aux matches uniquement pour te voir tortiller du popotin sur le terrain.

— Tu me fais passer pour un tocard.

David remplit la baignoire circulaire d'eau chaude et mit les jets en marche. Puis il déboucha une bouteille de champagne et se plongea dans l'eau. Laura dénoua son peignoir et entreprit de l'enlever. Si ce n'était pas le paradis...

Le téléphone sonna.

Elle leva les yeux au ciel.

— J'y vais, fit-elle à contrecœur.

Elle renoua le cordon en soie et retourna dans la chambre. David se renversa dans la baignoire, laissant flotter ses jambes. Les jets d'eau tiède massaient ses muscles endoloris, souvenir des matches de qualification qui pourtant remontaient à un mois déjà. Il sourit. Les Celtics avaient gagné ; il n'avait donc pas souffert pour rien.

— Qui c'était ? demanda-t-il lorsqu'elle revint.

— Personne.

— Personne qui nous appelle en Australie ?

— Le groupe Peterson.

— Le groupe Peterson ? Les gens que tu voudrais voir distribuer la marque Svengali dans le Pacifique Sud ?

— C'est ça.

— Avec lesquels tu essaies de décrocher un rendez-vous depuis six mois ?

— Tu as bien suivi.

— Alors ?

— Ils veulent qu'on se voie aujourd'hui.

— À quelle heure ?

— Je n'ai pas l'intention d'y aller.

— Quoi ?

— Je leur ai dit que j'étais en voyage de noces. Mon mari est très possessif, tu sais.

David soupira bruyamment.

— Si tu rates cette occasion, ton mari va te botter les fesses. Et puis, comment feras-tu pour lui offrir le train de vie auquel il s'est habitué, si tu passes à côté des offres les plus juteuses ?

Laura fit glisser son peignoir, le rejoignit dans la baignoire et, fermant les yeux, exhala un long souffle. Il regarda l'eau caresser ses seins. Ses cheveux noirs cascadaient sur ses épaules, auréolant un visage au charme irrésistiblement exotique.

— Ne t'inquiète pas, répondit-elle, rouvrant ses yeux d'un bleu intense pailleté de gris.

Elle lui décocha un regard à transpercer une plaque d'acier.

— Je te promets de prendre bien soin de toi.

Il secoua la tête.

— Où est passée la garce carriériste dont je suis tombé amoureux ?

La jeune femme plaça son pied entre les jambes de David, tâtonnant.

— Elle adore quand tu lui dis des gros mots.

— Mais...

— Laisse tomber, Baskin. Je ne laisserai pas mon mari ne serait-ce qu'une seconde.

Il gémit.

— Voyons, on a trois semaines devant nous. Vingt-quatre heures sur vingt-quatre avec toi pendant trois semaines, je vais péter un câble. Va à ta réunion. Fais-le pour moi. Tu commences déjà à me les casser.

— Ton côté beau parleur, voilà ce qui m'a séduite.

Se penchant, elle massa ses jambes d'athlète.

— T'ai-je dit que tu avais des jambes superbes ?

— Souvent. C'est quoi, tous ces compliments ? Tu veux me filer la grosse tête ?

Le pied de Laura décrivit un cercle avant de se poser sur lui.

— J'ai l'impression que c'est déjà fait.

Il eut l'air franchement choqué.

— Ce langage dans la bouche de la femme d'affaires de l'année ? Je suis stupéfié, mortifié... et excité. Surtout excité.

Elle se rapprocha, pressant ses seins ronds et fermes contre sa poitrine.

— Je te propose un moyen d'y remédier.

— Seulement si tu me promets d'aller rencontrer les gens de Peterson après.

Les lèvres de Laura frôlèrent son oreille.

— Quelquefois, je ne te comprends pas, chuchota-t-elle. Les hommes sont censés avoir peur des femmes qui réussissent.

— Qui réussissent brillamment, rectifia-t-il avec fierté. Et si j'étais un de ceux-là, tu m'aurais déjà jeté depuis longtemps.

— Jamais, fit-elle tout bas, mais à supposer que j'y aille, tu t'occupes comment pendant ce temps ?

Il souleva ses fesses de ses mains puissantes et la jucha sur lui, les lèvres à quelques centimètres de son mamelon.

— Je taperai dans le ballon. Tu l'as dit toi-même, je suis en petite forme. Alors, c'est promis ?

Elle sentit son souffle sur sa peau.

— Ah, les hommes, toujours prêts à payer de votre personne pour parvenir à vos fins !

— Promis ?

Frémissante, consumée de désir, Laura eut à peine la force de hocher la tête.

Il l'abaissa sur lui. Avec un cri étouffé, elle noua les bras autour de la tête de David et se balança d'avant en arrière, les doigts dans ses cheveux, lui plaquant le visage contre ses seins.

Laura se leva, embrassa tendrement David, endormi, et alla se doucher. Ayant fini d'essuyer ses longues jambes, elle entreprit de s'habiller. Elle avait très peu de maquillage – à peine quelques touches légères autour des yeux. Son teint mat n'avait pas besoin de fard pour en rehausser l'éclat naturel. Elle enfila un tailleur gris portant l'étiquette de sa marque, Svengali, et boutonna son chemisier blanc.

David bougea, s'assit et regarda celle qui était sa femme depuis quatre jours.

— La métamorphose est totale.

— La métamorphose ?

— De nymphomane en barracuda. Je plains ce pauvre Peterson.

Laura rit.

— J'en ai pour une heure ou deux maxi.

Elle mit ses boucles d'oreilles et vint embrasser David.

— Tu vas t'ennuyer sans moi ?

— Sûrement pas.

— Salaud.

Il rejeta les couvertures et se leva.

— Et tu embrasses ta mère avec cette bouche-là ?

Elle jeta un œil à sa carrure athlétique et secoua la tête.

— Incroyable, marmonna-t-elle. Tu crois que je vais laisser ce corps-là ne serait-ce que quelques minutes ?

— Aïe.

— Quoi ?

— Un problème avec la métamorphose, capitaine. Je capte des signes de la nympho sous la carapace de la femme d'affaires.

— Et tu as raison.

— Laura ?

— Oui ?

David lui prit la main.

— Je t'aime, commença-t-il, le regard embué. Tu as fait de moi le plus heureux des hommes.

Elle l'étreignit en fermant les yeux.

— Je t'aime aussi, David. Je ne pourrais pas vivre sans toi.

— Vieillissons ensemble, Laura, et je te promets de te rendre heureuse jusqu'à la fin des temps.

— Ça marche, fit-elle avec douceur, et tu as intérêt à tenir ta promesse.

— Jusqu'à la fin des temps.

Laura l'embrassa, sans se douter que leur lune de miel s'arrêtait là.

— B'jour, m'dame.

— Bonjour, répondit Laura en souriant au réceptionniste.

Ils étaient descendus au Reef Resort à Palm Cove, à une trentaine de kilomètres de Cairns. Un petit coin de paradis au bord du Pacifique, niché au milieu des palmiers séculaires et de la végétation luxuriante du nord de l'Australie. Il suffisait de sortir en bateau pour se laisser éblouir par l'arc-en-ciel des récifs de la Grande Barrière, chef-d'œuvre de corail déchiqueté et de faune marine, parc naturel à la fois exploré et préservé par l'homme. Il suffisait de s'enfoncer à l'intérieur des terres pour se retrouver dans la forêt tropicale avec ses chutes d'eau, ou aux confins du célèbre bush. C'était un lieu unique au monde.

Le réceptionniste avait un accent australien à couper au couteau.

— Votre taxi ne va pas tarder. Tout se passe bien pour vous ?

— À merveille.

— C'est beau ici, hein ? dit-il fièrement.

Comme chez la plupart des autochtones, sa peau tannée par le soleil avait une teinte rouge brique.

— Oui.

Il tambourina sur le comptoir avec son crayon, laissant vagabonder son regard sur le hall inondé de soleil.

— Ça vous ennuie, m'dame, que je vous pose une question, disons... un peu personnelle ?

— Allez-y.

Il hésita.

— Votre mari, je l'ai reconnu tout de suite. Même dans notre cambrousse, on peut suivre à la télé les plus grands matches de basket... surtout quand c'est les Boston Celtics. Mais vous aussi, j'ai l'impression de vous avoir déjà vue. Vous n'auriez pas fait des couvertures de magazine, par hasard ?

— Si, acquiesça Laura, ébahie à la fois par la portée de certaines publications et par l'étendue de la mémoire collective.

Quatre années s'étaient écoulées depuis sa dernière couverture de magazine – à l'exception du *Business Weekly* en novembre dernier.

— Je savais bien que vous étiez quelqu'un de connu. Mais ne vous inquiétez pas, je ne vous balancerai pas. Pas question qu'on vienne vous importuner, M. Baskin et vous.

— Merci.

Un coup de klaxon retentit au-dehors.

— Voici votre taxi. Passez un bon après-midi.

— J'essaierai.

Elle sortit, salua le chauffeur et prit place sur la banquette arrière. La clim marchait à fond ; il faisait presque trop froid dans la voiture, mais cela changeait agréablement de la chaleur qui régnait à l'extérieur.

Se calant contre le dossier, Laura regarda la végétation tropicale se fondre en un mur de verdure, tandis que le taxi filait en direction de la ville. De temps à autre, une petite bâtisse émergeait du décor naturel, mais pendant les premières minutes du trajet, elle ne vit que quelques bungalows cachés, un bureau de poste et une épicerie. Elle serrait contre elle l'attaché-case contenant les derniers catalogues Svengali. Sa jambe droite tressautait nerveusement.

Laura avait débuté sa carrière de mannequin à l'âge tendre de dix-sept ans. La couverture de *Cosmo* avait été suivie de celles de *Glamour* et *Mademoiselle* le même mois, puis du numéro de *Sports Illustrated* spécial maillots de bain qui avait scellé sa consécration. Laura y apparaissait en couverture sur fond de soleil couchant en Australie, à quelque huit cents kilomètres de Palm Cove. Sur la photo, elle pataugeait dans l'eau jusqu'au genou, face à l'objectif, en tordant ses cheveux mouillés. Elle portait un maillot bustier noir qui moulait ses courbes et dénudait ses épaules. Pour finir, ce numéro de *Sports Illustrated* avait battu tous les records de vente.

À partir de là, le nombre de couvertures et de séances photo s'était multiplié, et parallèlement le niveau de son compte en banque. Il lui arrivait de faire la couverture du même magazine quatre ou cinq mois d'affilée, mais, contrairement aux autres mannequins, l'engouement ne retombait pas. Il n'y avait jamais eu de phénomène de lassitude. La demande était toujours aussi forte.

Curieux parcours que celui de Laura. Enfant, elle avait été rondouillarde et dénuée de grâce. Ses camarades de classe la charriaient impitoyablement à propos de son poids, de ses cheveux en baguettes de tambour, de ses grosses lunettes, de sa façon de s'habiller. Parfois, un groupe de filles lui administrait une raclée dans le bosquet derrière la cour de l'école. Mais les coups lui faisaient moins mal que les insultes et les mots cruels. La douleur physique ne durait pas. Les blessures infligées à son amour-propre, si.

En ce temps-là, elle rentrait de l'école en pleurs, et sa mère – forcément la plus belle femme du monde – ne comprenait pas pourquoi sa petite fille n'avait pas de succès auprès de ses camarades. Mary Simmons Ayars avait toujours été sublime, et son éclatante beauté lui avait valu l'admiration de ses pairs. À l'âge de Laura, les filles voulaient toutes être ses amies ; les garçons se disputaient pour porter ses livres et, à l'occasion, lui tenir la main.

Le père de Laura, son merveilleux papa, en était malade de l'entendre pleurer toutes les nuits dans sa chambre plongée dans le noir. Mais que pouvait-il faire face à une situation de ce genre ?

Un jour, alors qu'elle était en cinquième, le Dr Ayars lui acheta une robe blanche signée d'un grand couturier. Laura était aux anges, certaine que cette robe allait lui changer la vie. Son père la trouvait très jolie avec. Elle la mettrait pour aller à l'école, et tout le monde la trouverait splendide... même Lisa Sommers, la plus belle fille de la classe. Qui sait, peut-être même l'inviterait-elle après les cours.

Laura était si excitée qu'elle eut du mal à fermer l'œil cette nuit-là. Elle se leva de bonne heure, se doucha et mit sa robe neuve. Sa sœur aînée, Gloria, l'aida à se préparer. Elle lui brossa les cheveux, les coiffa en boucles, et même la maquilla légèrement. Lorsqu'elle eut fini, elle s'écarta pour la laisser regarder dans la glace. Laura s'examina d'un œil critique, mais force lui était de reconnaître qu'elle était belle.

Lorsqu'elle descendit prendre son petit-déjeuner, son père l'accueillit avec un grand sourire.

— Non, mais regardez-la, ma petite princesse !

Laura gloussa, enchantée.

— Tu es ravissante, ajouta sa mère.

— Les garçons vont se battre dans la cour de récré.

— Tu veux que je t'accompagne à l'école ? proposa Gloria.

— Ce serait super !

Laura rayonnait. Sa sœur l'étreignit en la laissant devant l'école. Elle se sentait au chaud, en sécurité dans ses bras.

— À ce soir. Tu me raconteras ta journée après mon cours de danse.

Laura inspira profondément et traversa la cour, impatiente d'entendre les commentaires de ses camarades de classe.

Ils ne tardèrent pas.

— Eh, regardez ! La grosse Laura s'est acheté une *tente* !

Les quolibets fusaient de partout.

— On dirait une grosse baleine blanche !

— Eh, Bouboule, puisque t'es en blanc, on pourrait t'utiliser comme écran de ciné !

Et ces rires moqueurs ! Ces rires qui lui lacéraient le cœur comme des éclats de verre.

Laura rentra en courant chez elle, le visage barbouillé de larmes. Elle tenta de faire bonne figure et de cacher l'accroc que Lisa Sommers avait fait à sa robe pendant la récréation. Mais son père le découvrit et, furieux, fit irruption dans le bureau du proviseur. Les responsables furent punis.

Et, bien sûr, ne l'en détestèrent que davantage.

Durant son enfance malheureuse, Laura avait travaillé d'arrache-pied en classe. Puisqu'elle n'était ni aimée ni même appréciée, qu'au moins elle soit brillante.

Et puis, elle avait Gloria. Souvent elle s'était demandé si elle aurait survécu à ses années de scolarité sans ses deux seuls amis : ses livres et sa grande sœur. Physiquement, Gloria était une bombe que convoitaient tous les garçons du lycée. Mais elle avait aussi un cœur d'or et de la générosité à revendre. Chaque fois que Laura avait l'impression de toucher le fond, sa sœur la réconfortait, l'assurait que tout allait s'arranger, et, pendant quelque temps, c'était réellement le cas. Quelquefois, elle annulait même ses sorties pour rester avec Laura. Elle l'emmenait au cinéma, dans les grands magasins, au parc, à la patinoire. Et Laura lui vouait une adoration sans bornes.

Le choc fut d'autant plus violent lorsque Gloria fugua et manifesta des tendances suicidaires.

La métamorphose physique de Laura s'était produite pendant l'été précédant son entrée en première. Certes, elle faisait de l'exercice. Certes, elle avait troqué ses lunettes contre des lentilles de contact. Certes, elle s'était mise au régime (plus exactement, elle avait cessé de manger). Cependant, cela ne suffisait pas à expliquer le changement. Toutes ces choses avaient probablement accéléré le processus, mais il aurait eu lieu de toute façon. Simplement, son heure était venue. La chrysalide était devenue papillon, à la grande stupeur de ses congénères. Peu après, elle fut repérée par une agence de mannequins. C'était parti.

Au début, Laura eut du mal à croire à ce qui lui arrivait. La grosse et laide Laura Ayars, mannequin ? Quelle blague !

Mais elle n'était ni aveugle ni stupide. Elle n'avait qu'à se regarder dans une glace pour comprendre ce que les autres lui trouvaient. Peu à peu, elle finit par accepter sa beauté. Par l'un de ces étranges retournements du destin, l'écolière ordinaire et boulotte était devenue top model. Tout le monde voulait l'approcher, lui ressembler... voilà que soudain elle avait des amis partout. Elle en vint à se méfier des gens, à douter de leurs motivations réelles.

Sa nouvelle carrière était synonyme d'argent facile. Elle avait gagné plus d'un demi-million de dollars avant même ses dix-neuf ans. Le travail en lui-même ne lui plaisait cependant guère. Poser devant un objectif n'était pas franchement passionnant. Elle rêvait d'autre chose, mais le monde semblait avoir oublié qu'elle avait un cerveau. À l'époque où elle était grosse et portait des lunettes, on la prenait pour un rat de bibliothèque. Maintenant qu'elle était belle, elle passait pour une bécasse. Laura n'était pas une accro des séances photo en extérieur – elle en avait fait une seule en Australie et deux en France, sur la Côte d'Azur – car, contrairement à bon nombre de ses collègues, elle n'avait pas abandonné ses études. Non sans mal, elle réussit à terminer le lycée et, quatre ans plus tard, à décrocher un diplôme à l'université de Tufts. Elle était prête à se lancer dans l'industrie de la mode et des produits cosmétiques. Le monde des affaires, lui, n'avait pas de place pour elle. Après une dernière couverture de magazine en juin 1985, Laura lâcha le mannequinat et investit ses gains substantiels dans la création de sa propre marque, Svengali, destinée à la femme d'aujourd'hui, pratique, dynamique, intelligente, alliant sophistication et féminité.

Son slogan : « À chacun son Svengali. »

Dire que le concept avait séduit le public était un euphémisme. La critique avait commencé par la bouder, ne voyant dans la réussite de l'ex-top model devenue femme d'affaires qu'une lubie passagère qui ferait long feu. Deux ans après avoir lancé une ligne de vêtements et de cosmétiques, Laura avait étendu sa gamme aux chaussures et aux parfums. À vingt-six ans, elle était à la tête d'un groupe qui venait de faire son entrée en Bourse.

Le taxi tourna abruptement à droite.

— Le siège de Peterson, c'est bien sur l'esplanade, mon chou ?

Laura s'esclaffa.

— « Mon chou » ?

— C'est qu'une façon de parler, se justifia le chauffeur. Faut pas vous vexer.

— Pas de problème. Oui, c'est sur l'esplanade.

Des tas de sociétés concurrentes avaient poussé, telles de mauvaises herbes, autour de sa florissante affaire. Tout le monde voulait sa part du gâteau, cherchant à percer le secret de sa réussite. Ce secret, seuls ses plus proches collaborateurs le connaissaient, et il se résumait à un seul nom : Laura. Son travail, sa détermination, son intelligence, son style, sa chaleur même faisaient tourner les rouages de l'entreprise. Aussi trivial que cela puisse paraître, Laura *était* Svengali.

Tout marchait comme sur des roulettes... jusqu'à ce qu'elle rencontre David Baskin.

Le taxi ralentit et s'arrêta.

— Nous y sommes, chérie.

L'hôtel Pacific International de Cairns était situé non loin du siège de Peterson, près du centre-ville et en face de l'embarcadère d'où partaient la plupart des bateaux de croisière et de plongée. C'était un établissement très prestigieux, idéal pour les amateurs de dépaysement australien qui ne cherchaient toutefois pas à s'isoler.

Mais l'occupant de la chambre 607 n'était pas venu faire du tourisme.

Il regarda par la fenêtre, indifférent au panorama à couper le souffle. D'autres soucis, bien plus graves, le préoccupaient. Des affaires à régler, malgré les drames qui risquaient d'en résulter. Des drames si terribles qu'il était impossible d'en mesurer les conséquences.

C'était le moment ou jamais.

Se détournant de la vue, que les clients précédents avaient dû admirer des heures durant, l'occupant de la chambre 607 s'approcha du téléphone. Il n'avait pas vraiment eu le temps d'échafauder un plan. En décrochant le combiné, il se demanda s'il existait une autre solution.

Non. Il n'y avait pas d'autre solution.

Il composa le numéro.

— Reef Resort. Puis-je vous aider ?

L'occupant de la chambre 607 ravala son angoisse.

— Je souhaiterais parler à David Baskin, s'il vous plaît.

La réunion s'éternisait. Les deux premières heures avaient été passablement productives, mais maintenant qu'ils étaient sur le point de signer, les chicanes habituelles venaient brouiller la donne.

Laura jeta un œil à sa montre. Finalement, elle allait rentrer plus tard que prévu. Elle demanda à passer un coup de fil, s'excusa et composa le numéro de l'hôtel. Le même réceptionniste était à l'accueil.

— Votre mari est sorti il y a quelques minutes. Il a laissé un mot pour vous.

— Pourriez-vous me le lire ?

— Bien sûr. Une minute, je vous prie.

Elle entendit le combiné retomber pesamment sur le comptoir, puis le bruit d'une chaise qu'on repousse.

— Ça y est.

Un froissement de papier. Un instant d'hésitation.

— C'est… assez personnel, madame Baskin.

— Pas grave.

— Vous voulez quand même que je le lise ?

— C'est déjà fait, répliqua Laura.

— Exact.

L'employé marqua une pause puis lut à contrecœur :

— « Je sors faire un tour. Je n'en ai pas pour longtemps. »

L'homme se racla la gorge.

— « Bas noirs et porte-jarretelles sont sur le lit. Mets-les et attends-moi, ma, euh… ma petite coquine. »

Laura étouffa un rire.

— Merci beaucoup. Pouvez-vous transmettre un message à mon mari quand il reviendra ?

— Je préfère pas, m'dame. Vu le solide gaillard que c'est.

Cette fois, elle rit franchement.

— Mais non, ça n'a rien à voir. Dites-lui que je rentrerai un peu plus tard que prévu.

Il sembla soulagé.

— Ça marche. Pas de problème, comptez sur moi.

Laura raccrocha, inspira profondément et retourna à la table des négociations.

Deux heures plus tard, l'affaire était conclue. Les points de détail avaient été réglés, et bientôt – peut-être même avant les fêtes de fin d'année – les grands magasins de toute l'Australie et de toute la Nouvelle-Zélande seraient inondés de produits Svengali. Lovée dans le siège moelleux du taxi, Laura sourit.

Une bonne chose de faite.

Le temps d'arriver à l'hôtel, le soir était tombé, annihilant les rares rayons de soleil qui éclairaient encore Palm Cove. Mais Laura n'était pas fatiguée. Le travail lui donnait de l'énergie... le travail et l'idée que David était là, à quelques mètres d'elle, en train de l'attendre.

— Madame Baskin ?

Elle s'approcha de la réception, un grand sourire aux lèvres.

— Un autre mot de votre mari.

— Vous ne voulez pas me le lire ?

L'homme rit et lui tendit l'enveloppe.

— Sans façon, je crois que ce coup-ci vous pourrez vous débrouiller toute seule.

— Merci.

Elle ouvrit l'enveloppe cachetée et lut :

LAURA,

JE VAIS PIQUER UNE TÊTE DANS L'OCÉAN. JE N'EN AI PAS POUR LONGTEMPS. JE T'AIMERAI TOUJOURS. NE L'OUBLIE PAS.

DAVID

Déconcertée, Laura replia le papier et monta dans la chambre.

Les bas noirs étaient sur le lit.

Elle les enfila sur ses chevilles et les déroula lentement jusqu'en haut de ses jambes fuselées. Elle déboutonna son chemisier, l'enleva, puis défit à tâtons son soutien-gorge en dentelle. Il glissa le long de ses bras et tomba à terre.

Elle mit le porte-jarretelles et agrafa les bas. Debout devant le miroir, elle fit une chose que peu de gens auraient faite face à une vision aussi spectaculaire.

Elle éclata de rire.

Cet homme m'a fait perdre la boule, se dit-elle en secouant la tête. Elle n'était plus la même depuis que, deux ans plus tôt, David était entré dans sa vie. Pourtant, on ne peut pas dire que tout avait bien commencé entre eux. Leur première rencontre avait été à peu près aussi romantique qu'un accident de la circulation.

Cela s'était passé par une moite nuit de juillet lors d'une soirée de gala au profit de l'orchestre des Boston Pops. La salle était bondée. Toute la bonne société était là.

Laura détestait ce genre de mondanités. Elle détestait les sourires factices et les conversations artificielles. Mais, par-dessus tout, elle détestait les hommes qui fréquentaient ces soirées-là : collants, effrontés, imbus d'eux-mêmes. Elle s'était pris tellement de claques avec ce genre d'individus qu'elle se faisait l'impression d'un clou sortant obstinément d'un panneau de contreplaqué. Elle en était arrivée à frôler la grossièreté. Mais quelquefois, seule une réplique cinglante peut arrêter la charge de la cavalerie.

Laura avait dressé un mur autour d'elle... une forteresse, plus exactement, aux fossés infestés de requins. Elle savait bien qu'elle passait pour un glaçon, une bêcheuse. Mais elle ne faisait rien pour casser cette image, qui avait le mérite de lui servir de bouclier.

La jeune fille se tenait à quelques pas du buffet, regardant d'un air incrédule les convives élégants se jeter sur la nourriture comme la misère sur le pauvre monde. Elle se heurta à David en faisant demi-tour.

— Excusez-moi, dit-elle distraitement.

— Triste spectacle, commenta-t-il, désignant les tables prises d'assaut par la horde d'affamés. Bienvenue à la journée de la Sauterelle.

Elle hocha la tête et tourna les talons.

— Attendez une minute, l'interpella-t-il. Je ne voudrais pas vous paraître importun, mais vous ne seriez pas Laura Ayars ?

— Si.

— Permettez-moi de me présenter. Je m'appelle David Baskin.

— Le basketteur ?

— Lui-même. Vous aimez le basket, mademoiselle Ayars ?

— Absolument pas, mais il est impossible de vivre à Boston sans entendre prononcer votre nom.

— Je ne puis que rougir modestement.

— Faites donc. Si vous voulez bien m'excuser...

— La douche froide, déjà ? Avant que vous partiez, mademoiselle Ayars, laissez-moi vous dire que vous êtes très en beauté ce soir.

La voix de Laura se teinta de sarcasme.

— Très original comme approche, monsieur Baskin.

— David, répondit-il calmement. Et, pour votre gouverne, je ne cherche pas un moyen de vous approcher.

Il marqua une pause.

— Puis-je vous demander pourquoi vous n'aimez pas le basket ?

Le sportif type, pensa Laura. Qui n'imagine pas la vie sans sa bande de congénères ahanant, transpirant et courant dans tous les sens. Ce ne doit pas être bien difficile de l'éconduire. Il n'a sûrement pas l'habitude des conversations qui supposent de savoir terminer une phrase.

— C'est inconcevable, hein ? rétorqua-t-elle. D'imaginer un être pensant qui n'admire pas les grands dadais au QI inversement proportionnel à leur taille s'escrimant à faire passer un objet sphérique à travers un anneau de métal.

Son visage demeura impassible.

— Mais on est mal embouchée aujourd'hui, dites-moi. Et tous ces grands mots. Très impressionnant. Vous n'êtes jamais allée au Boston Garden pour voir jouer les Celtics ?

Laura secoua la tête d'un air faussement contrit.

— J'ai bien peur d'être passée à côté de la vraie vie.

Elle consulta sa montre sans voir l'heure.

— Houlà, déjà ? C'était un plaisir de bavarder avec vous, mais là, il faut vraiment que j'y ail...

— On n'est pas obligés de parler basket, vous savez.

Le ton sarcastique était de retour.

— Ah bon ?

David arbora un sourire radieux.

— Croyez-le ou non, mais je suis capable de parler de sujets plus importants : économie, politique, paix au Proche-Orient... à vous de choisir.

Il fit claquer ses doigts, et son sourire s'élargit.

— J'ai une idée. Si on abordait un thème nettement plus intellectuel... comme le métier de mannequin ? Mais non. Comment imaginer un être pensant qui n'admire pas les créatures au QI directement proportionnel à leur masse grasse s'escrimant à ressembler à une poupée Barbie ?

L'espace d'un instant, leurs regards se croisèrent, puis Laura baissa la tête. Lorsqu'elle leva les yeux, David souriait toujours, comme pour adoucir l'effet de ses paroles.

— Relax, Laura, fit-il gentiment, une expression qu'elle entendrait maintes et maintes fois par la suite. J'avais juste envie de vous parler. J'ai lu beaucoup de choses sur vous et sur Svengali – eh oui, il y a même des basketteurs qui savent lire –, et ça m'intéressait de vous rencontrer. Sans aucune arrière-pensée, mais vous allez encore croire que c'est un stratagème de ma part, et compte tenu de ce que vous êtes, je ne vous en veux pas. Peut-être que c'en est un.

Il s'inclina légèrement.

— Je ne vous importunerai pas plus longtemps. Passez une bonne soirée.

Laura le regarda s'éloigner, maudissant son réflexe de méfiance vis-à-vis des hommes. Il avait lu dans ses pensées comme si son front avait été une vitre transparente. Mais bon, un sportif ? Elle résolut de chasser David Baskin de son esprit, pourtant, bizarrement, elle n'y parvint pas.

En Australie, une Laura à demi nue se pencha pour regarder le réveil.

22 h 15.

Les bruits du bush trouaient l'obscurité sur laquelle donnait sa fenêtre. Pour tout autre que David, elle se serait inquiétée sérieusement. Mais David était un nageur hors pair, d'un niveau quasi olympique, et surtout il était superbement imprévisible, jamais là où on l'attendait, ce qui en faisait la coqueluche des médias.

Laura remonta la couverture sur elle. La fraîcheur nocturne lui picotait la peau. Les heures filaient, diluant peu à peu les excuses qui l'aidaient à juguler son angoisse.

À minuit et demi, elle s'habilla et descendit dans le hall. Le réceptionniste était toujours le même, et elle se demanda s'il lui arrivait de dormir.

— Excusez-moi, vous n'auriez pas vu mon mari ?

— M. Baskin ? Non, m'dame. Pas depuis qu'il est parti se baigner.

— Il ne vous a rien dit avant de sortir ?

— Pas un mot, m'dame. Il m'a juste donné la clé et le message que je vous ai remis. Il ne m'a même pas regardé.

Le réceptionniste remarqua son air inquiet.

— Il n'est toujours pas rentré, hein ?

— Toujours pas.

— Ben à votre place, je me ferais pas de bile. Votre homme, il a la réputation d'être un drôle de lascar. Il reviendra avant la fin de la nuit.

— Vous avez sûrement raison, opina-t-elle sans conviction.

Elle pourrait partir à sa recherche, mais cela ne servirait pas à grand-chose, sinon à tromper son attente. Une Américaine errant seule dans le bush en pleine nuit ne serait d'aucun secours à qui que ce soit. Qui plus est, David risquait de rentrer pendant qu'elle était occupée à se perdre dans la cambrousse.

Laura remonta dans sa chambre, fermement décidée à ne pas s'affoler avant le lever du jour.

Lorsque le réveil numérique afficha 7 heures du matin, elle se mit à paniquer pour de bon.

2

— Ne quittez pas, m'dame, on va vous mettre en relation.

— Merci.

Se laissant aller en arrière, Laura contempla le téléphone. Avec le décalage horaire, il devait être 21 heures à Boston, et TC n'était peut-être pas encore rentré chez lui. Normalement, il terminait son service vers 20 heures, mais elle savait qu'il avait tendance à rester beaucoup plus tard.

Les mains de Laura tremblaient ; son visage et ses yeux étaient gonflés après l'interminable nuit qu'elle venait de traverser. Le soleil radieux et l'heure affichée par son réveil témoignaient que celle-ci avait fait place au jour, mais pour elle la nuit continuait, sous la forme d'un cauchemar qui semblait ne pas vouloir prendre fin.

Fermant les yeux, elle repensa à la deuxième fois où David Baskin avait fait irruption dans sa vie, trois semaines après leur rencontre à la soirée des Boston Pops. Trois semaines durant lesquelles leur brève conversation n'avait cessé de lui trotter dans la tête.

Inconsciemment (comme elle le prétendait), Laura s'était mise à chercher son nom dans la presse. Moins que les éloges sur ses talents d'athlète, son intégrité et son influence positive sur le jeu, ce qui la fascinait (enfin, ce qui l'intéressait, se disait-elle), c'étaient les bribes d'informations sur le parcours personnel de David, ses brillantes études à l'université du Michigan, son séjour en Europe dans le cadre de la bourse Cecil Rhodes et son bénévolat auprès de handicapés. Elle se sentait étrangement coupable à son égard, comme si elle devait se racheter, faute de quoi elle traînerait cette dette toute sa vie. Elle aurait aimé le revoir, ne serait-ce que pour lui présenter ses excuses, rectifier cette mauvaise impression.

Elle accepta donc les invitations aux soirées et manifestations qu'il était susceptible de fréquenter. Jamais elle n'aurait avoué que David Baskin avait quelque chose à voir avec son agenda mondain. Non, elle y allait pour Svengali, et si par hasard elle tombait sur David, eh bien, ce serait une heureuse coïncidence.

Mais, à sa consternation, David ne faisait que de brèves apparitions, souriant à la foule massée autour de lui pour lui serrer la main ou lui taper dans le dos. Comme il ne l'abordait pas, ni même ne regardait dans sa direction, Laura prit une décision franchement puérile. L'avisant lors d'un cocktail près du bar, elle tenta ce que les ados nomment « une approche stratégique », à savoir passer nonchalamment devant lui avant de faire mine de le reconnaître. David lui sourit cordialement (mais n'y avait-il pas autre chose – comme de la moquerie – dans ce sourire ?) et tourna les talons sans un mot. Laura en fut mortifiée.

Elle fulminait en regagnant son bureau. Elle se conduisait comme une collégienne qui se serait amourachée du capitaine de l'équipe de foot. La honte ! Mais pourquoi ce besoin de renouer le contact ? Était-ce parce qu'il l'avait remise à sa place, l'obligeant à reconsidérer ses mécanismes de défense... ou parce qu'il l'attirait ? Oui, bon, il était séduisant à sa façon, brun, la peau mate, bâti comme un bûcheron. Regard vert chaleureux, cheveux épais coupés court. Au fond, il était plus attachant et plus authentique que les mannequins hommes avec lesquels elle travaillait... censés incarner l'idéal de la beauté masculine.

Sauf que, même s'il n'était pas l'incarnation du sportif immature et égocentrique, Baskin n'en demeurait pas moins l'idole des adolescents, quelqu'un qui avait choisi un jeu d'enfant en guise de carrière. Et Laura ne tenait pas à faire partie de la cour de bimbos collées aux basques de la star des Celtics. De toute façon, il n'y avait pas de place dans sa vie actuelle pour un homme. Son ambition, son rêve de longue date, son but ultime, c'était Svengali.

Se renversant dans son fauteuil, elle posa les pieds sur son bureau. Sa jambe droite tressautait, comme chaque fois qu'elle était tendue ou profondément absorbée dans ses réflexions. Un tic énervant qu'elle tenait de son père. Les gens autour d'eux devenaient fous car il ne s'agissait pas d'un simple frémissement, mais d'un véritable tremblement. La chaise, le bureau, la pièce tout entière se mettait à vibrer à l'unisson. Laura avait beau faire, elle n'arrivait pas à se contrôler.

Les vibrations finirent par envoyer valser son verre à crayons, qu'elle ne prit pas la peine de ramasser. Quelques soubresauts plus tard, Laura réussit à chasser le basketteur de son esprit lorsque Marty Tribble, son directeur marketing, entra dans son bureau avec un sourire jusqu'aux oreilles.

Marty Tribble n'était pas homme à sourire pour un oui ou pour un non durant ses heures de travail. Il repoussa les mèches grisonnantes de son visage, rayonnant comme un môme qui aurait marqué son premier but.

— On vient de réaliser le coup de pub de l'année, s'exclama-t-il.

Laura ne l'avait encore jamais vu dans cet état. Marty travaillait avec elle depuis la création de Svengali. C'était un homme totalement dénué du sens de l'humour. Raconter une blague devant Marty était aussi efficace que chatouiller une armoire métallique.

— Quel produit ? demanda-t-elle.

— Notre nouvelle ligne.

— Les chaussures de marche et les chaussures de sport ?

— C'est cela même.

Elle croisa son regard et sourit.

— Asseyez-vous et racontez-moi ça.

Le massif Marty (il voulait qu'on l'appelle Martin, mais pour cette raison précise tout le monde l'appelait Marty) bondit littéralement sur la chaise, faisant preuve d'une agilité qu'on ne lui avait encore jamais vue au siège de Svengali.

— On lance une campagne télé nationale à partir de cet automne. Pour présenter toute la gamme au public.

Laura attendit la suite, mais son directeur marketing se borna à sourire, tel un animateur de jeu qui cherche à faire durer le suspense et ne révèle la bonne réponse qu'après le dernier spot publicitaire.

— Marty, je ne vois pas ce que cela a de sensationnel.

Se penchant en avant, il répondit lentement :

— C'est que votre porte-parole est l'idole de toute une génération. Et, plus sensationnel encore, il n'a encore jamais prêté son image à une marque de produits.

— Qui ça ?

— David Baskin, dit l'Éclair blanc, la star des Boston Celtics, élu à trois reprises meilleur joueur de la ligue.

Son nom lui fit l'effet d'une gifle.

— Baskin ?

— Vous avez entendu parler de lui ?

— Bien sûr. Mais vous dites qu'il n'a jamais fait de campagne de pub ?

— Sauf en faveur des enfants handicapés.

— Alors pourquoi nous ?

Marty Tribble haussa les épaules.

— Je n'en ai pas la moindre idée, Laura, mais il nous suffit de lancer une grosse offensive en automne, pendant les championnats de basket, et le charisme de David Baskin hissera les produits Svengali au sommet du monde sportif. Il nous apportera la reconnaissance instantanée et la légitimité sur le marché. Ça ne peut pas rater. Je vous le dis, le public l'adore.

— Et quelle est notre prochaine étape ?

Il fouilla dans sa poche de poitrine où il gardait précieusement son stylo Cross en or et le crayon assorti, et en extirpa deux billets.

— Ce soir, vous et moi allons au Boston Garden.

— Quoi ?

— On va assister au match des Celtics contre les Nuggets. Les contrats seront signés à l'issue du match.

— Mais pourquoi aller là-bas ?

Nouveau haussement d'épaules.

— Je ne sais pas. Curieusement, Baskin a l'air d'y tenir. Il dit que c'est pour le salut de votre âme, quelque chose comme ça.

— Vous plaisantez ?

Il secoua la tête.

— Ça fait partie de notre accord.

— Attendez une minute. Vous êtes en train de me dire que si je ne vais pas à ce match...

— L'accord sera caduc. Vous avez tout compris.

Laura se renversa sur son fauteuil, les doigts entrelacés. Sa jambe droite fut de nouveau agitée de tressautements. Peu à peu, un sourire se dessina sur ses lèvres. Elle hocha la tête et pouffa tout bas.

Marty l'observait avec inquiétude.

— Alors, Laura, qu'en dites-vous ?

Il y eut un court silence. Puis Laura se tourna vers son directeur marketing.

— Ça va être l'heure du match.

L'expérience fut un choc. En pénétrant dans le Boston Garden, Laura était sceptique. Ce vieil édifice délabré, le Garden ? On aurait plutôt dit une prison. Une salle de basket, c'était généralement du verre et de l'acier chromé, avec air conditionné et sièges rembourrés. Or le berceau des Celtics était un sordide bloc de béton où à la chaleur étouffante se mêlaient des relents de bière. Les sièges fissurés étaient durs, inconfortables. En regardant autour d'elle, Laura pensa plutôt à un roman de Dickens.

Mais peu à peu le public envahit les gradins, tels les fidèles la nef d'une église le matin de Noël. Une clameur s'éleva dans la foule lorsque les joueurs vinrent s'échauffer. Laura repéra immédiatement David. De sa place au troisième rang, elle chercha son regard, mais il semblait entièrement absorbé, possédé même, sourd et aveugle à la présence des milliers de spectateurs qui le cernaient.

Le coup d'envoi.

Le scepticisme de Laura fondit comme neige au soleil. À la fin du premier quart-temps, elle se surprit à sourire. Puis à rire. Puis à acclamer les joueurs. Lorsqu'elle se retourna pour taper dans la main du spectateur de derrière, elle était officiellement convertie. Le match de basket lui rappelait le ballet qu'elle avait vu à New York au Lincoln Center à l'âge de cinq ans. Les mouvements des joueurs semblaient obéir à une chorégraphie complexe et précise, interrompue seulement par des obstacles imprévisibles qui rendaient le spectacle d'autant plus captivant.

Et David était le danseur étoile.

Elle comprit rapidement la raison de l'adulation du public. David n'était que virevoltes, bonds, plongeons, pirouettes. Tantôt capitaine tranquille à la tête de ses troupes, tantôt casse-cou tentant l'impossible comme un héros de bande dessinée.

Lorsqu'il tirait, son regard fixait l'anneau avec une concentration telle que Laura n'aurait guère été étonnée que le panneau volât en éclats. Doté d'un sixième sens, il se déplaçait sans regarder, sans même accorder un coup d'œil au ballon qu'il tenait du bout des doigts, semblant dribbler, avec une simple extension de son bras qui aurait été là depuis sa naissance.

La fin du match était proche.

Il ne restait qu'une poignée de secondes, avec un résultat plus qu'incertain. Les enfants chéris de Boston étaient menés d'un point. Un homme en maillot vert et blanc passa la balle à David. Deux joueurs de l'équipe adverse le bloquèrent comme dans un étau. Plus qu'une seconde. David pivota et effectua son incomparable tir en suspension. La sphère orange s'envola haut, très haut, abordant le panier sous un angle impossible. La foule se leva d'un bloc. Le cœur battant, Laura regarda le ballon amorcer lentement sa descente. Coup de sifflet. Le ballon caressa le sommet du panneau, puis le filet ondula : il l'avait traversé, rapportant deux points.

Les Celtics avaient gagné.

— Ça sonne, madame Baskin, fit une voix à l'accent australien.

— Merci.

Laura roula sur le ventre, serrant le combiné dans la main. Était-ce au moment de ce fameux tir en suspension qu'elle était tombée amoureuse de David ? Elle entendit un déclic, et le son franchit la distance qui séparait Boston de la petite ville de Palm Cove.

On décrocha au bout de la troisième sonnerie. La voix de son interlocuteur se fraya un passage parmi la friture :

— Allô ?

— TC ?

— Laura ? C'est toi ? Alors, cette lune de miel ?

— TC, il faut que je te parle.

— Que se passe-t-il ?

Elle lui relata brièvement les événements de la veille. TC écouta sans l'interrompre et, comme Laura s'y attendait, prit immédiatement les choses en main.

— Tu as prévenu la police ?

— Oui.

— Parfait. Je saute dans le premier avion. Le capitaine m'a dit que j'avais des vacances à prendre, de toute façon.

— Merci, TC.

— Autre chose : discrétion absolue. Insiste auprès des flics. Il ne manquerait plus qu'une meute de journalistes vienne cogner à ta porte.

— OK.

— Laura ?

— Oui ?

Il perçut l'angoisse dans sa voix.

— Tout ira bien.

Elle hésita, redoutant presque de formuler sa crainte tout haut.

— Je n'en suis pas si sûre. Imagine qu'il ait eu une de ses…

Sa voix se brisa. Mais TC, l'un des rares êtres en qui David avait confiance, comprendrait de quoi elle parlait.

« TC est mon meilleur pote, lui avait dit David un an plus tôt. Je sais bien qu'il est brut de décoffrage et que tu as tendance à te méfier des gens, mais quand ça va vraiment mal, c'est lui qu'il faut appeler.

— Et ta famille ? » avait demandé Laura.

Il avait haussé les épaules.

« Je n'ai plus que mon frère aîné.

— Eh bien ? Tu n'en parles jamais.

— On a coupé les ponts.

— Mais c'est ton frère.

— Je sais.

— Pourquoi cette rupture ?

— Longue histoire, avait répondu David. On s'est disputés. Mais c'est du passé maintenant.

— Dans ce cas, pourquoi ne pas renouer le contact ?

— Je le ferai. Le moment venu. »

Le moment venu ? Laura n'avait pas compris. Et elle ne comprenait toujours pas.

— Viens vite, TC, fit-elle, la voix chevrotante. S'il te plaît.

— J'arrive.

À Boston, Massachusetts, berceau des Celtics, TC replaça le combiné. Il jeta un œil sur son dîner – un Burger King *whopper* et des frites achetés en route – et décida qu'il n'avait plus faim. Attrapant un cigare, il l'alluma. Puis souleva de nouveau le combiné et composa un numéro. Lorsqu'on décrocha, il prononça quatre mots :

— Elle vient d'appeler.

Vingt-sept heures plus tard, Terry Conroy – TC pour les intimes, surnom qu'il devait à David Baskin – boucla sa ceinture tandis que le vol

Qantas 008 amorçait sa descente vers l'aéroport de Cairns, Australie. Repoussant le store, TC regarda en bas. Il n'avait jamais vu une eau de cette couleur-là. Dire qu'elle était bleue serait revenu à décrire la *Pietà* de Michel-Ange comme un bloc de marbre. Elle était plus que bleue, trop bleue presque, éclatante de pureté. TC eut l'impression que son regard plongeait à travers l'infini de l'océan jusqu'aux abysses. Un chapelet de petites îles signalait la présence de la Grande Barrière de corail.

Il desserra la ceinture qui lui rentrait dans la bedaine. La faute à la malbouffe. La vue de ses bourrelets lui fit secouer la tête. Il commençait à s'empâter. Inutile de se voiler la face. Tout ça était déjà trop flasque pour un gars qui n'avait pas trente ans. Il devrait se mettre à la gym à son retour à Boston.

Ouais, bien sûr. Et peut-être qu'il rencontrerait un homme politique honnête, pendant qu'on y était.

Il appuya sa tête contre le dossier.

Comment as-tu su, David ? Comment pouvais-tu en être aussi sûr ?

TC venait d'avoir vingt-neuf ans, le même âge que David. Ils avaient partagé la même chambre à l'université du Michigan : quatre années d'amitié, de complicité, de confidences... et pourtant David l'impressionnait. Pas le basketteur, non. L'homme. Les soucis, les contrariétés semblaient glisser sur lui comme l'eau sur les plumes d'un canard. Parce qu'il avait tout pour lui, croyait-on, n'avait jamais connu de véritable difficulté. TC savait qu'il n'en était rien. David revenait de loin. Il avait ses propres démons contre lesquels l'argent et la gloire ne pouvaient rien.

Le Boeing 747 atterrit avec un bruit sourd et roula vers la petite aérogare. Franchement, se dit TC, il avait tout vu depuis quelques années, mais ça... Enfin bon, il n'était pas là pour poser des questions mais pour apporter son aide. Les explications, on verrait plus tard.

Il remplit le questionnaire santé, récupéra sa valise sur le tapis roulant, passa la douane et sortit dans le hall où Laura était censée l'attendre. Les portes vitrées coulissèrent, et TC se retrouva face à une mer de visages. À sa droite, des chauffeurs brandissaient des pancartes avec des noms imprimés en majuscules. À gauche, des guides locaux en short et T-shirt affichaient des logos d'hôtel ou de tour-opérateur. TC chercha Laura des yeux.

Il mit une minute à la repérer dans la foule.

Et sentit un coup de poignard lui transpercer le ventre. Laura était toujours aussi ravissante, mais la disparition de David l'avait métamorphosée. Ses hautes pommettes s'affaissaient. Ses yeux verts éteints, réduits à deux cercles noirs, s'ouvraient démesurément, emplis de désarroi et de peur.

Elle courut vers lui, et il l'étreignit, rassurant.

— Rien de nouveau ? demanda-t-il, même si la réponse se lisait clairement sur son visage.

Elle secoua la tête.

— Ça fait deux jours. Où peut-il bien être ?

— Nous le retrouverons, affirma TC, moins convaincu qu'il n'en avait l'air.

Il lui prit la main. Autant commencer l'investigation tout de suite. Il se jeta à l'eau.

— Mais d'abord une question, Laura. Avant de disparaître, David n'a pas eu une...

— Non, l'interrompit-elle vivement pour ne pas entendre le mot. Pas depuis huit mois.

— Bien. Et où puis-je trouver l'officier de police chargé de l'enquête ?

— Ils ne sont que deux, à Palm Cove. Le shérif t'attend dans son bureau.

Quarante minutes plus tard, le taxi s'arrêtait devant une bâtisse en bois arborant les inscriptions « Mairie » et « Magasin général ». L'unique bâtiment de la rue. On se serait cru dans *Petticoat Junction* version tropicale.

— Écoute, Laura, ce serait peut-être mieux que j'aille parler au shérif seul.

— Pourquoi ?

— Regarde-moi ça. On dirait *Il était une fois dans l'Ouest.* Je doute que le shérif soit un type très progressiste. Ici, la libération de la femme doit être un concept très lointain. Il sera peut-être plus bavard si je vais le voir seul à seul. Genre : de flic à flic.

— Mais...

— Dès qu'il y a du nouveau, je te le dis.

Elle hésita.

— Si tu crois que c'est mieux...

— Oui. Attends-moi ici, veux-tu ?

Elle acquiesça machinalement, le regard humide et voilé. TC descendit de voiture et s'engagea dans l'allée. Tête baissée, il scrutait les mauvaises herbes qui pointaient à travers le bitume fissuré. La bâtisse elle-même était vieille et décrépite ; un bon coup de pied, et elle s'écroulerait. Était-ce l'âge ou le climat des tropiques qui avait usé le bois ? Probablement les deux.

La porte était ouverte. TC passa la tête par l'entrebâillement.

— Je peux entrer ?

C'était le premier accent australien qu'il entendait depuis son arrivée :

— Vous êtes l'inspecteur Conroy ?

— Lui-même.

— Graham Rowe, dit l'homme en se levant. Je suis le shérif de cette ville.

Une réplique de mauvais western que démentaient une voix et un gabarit hors du commun. Graham Rowe était énorme, une vraie armoire à glace au look de catcheur professionnel, le visage mangé par une barbe blonde striée de gris, le regard noisette grave et perçant. Le short de son uniforme vert lui conférait une allure de scout attardé, mais TC se garda bien de le faire remarquer. Un chapeau à œillets était perché de guingois sur sa tête. Un gros pistolet et un couteau tout aussi imposant ornaient son ceinturon. Malgré sa peau burinée, TC ne lui donnait guère plus de quarante-cinq ans.

— Appelez-moi Graham, fit-il en tendant le battoir qui lui tenait lieu de main.

— Je suis TC.

— Vous devez être fatigué après ce long voyage, TC.

— J'ai dormi dans l'avion. Où en êtes-vous de votre enquête ?

— Ça vous tracasse, hein ?

— David est mon meilleur ami.

Graham revint s'asseoir derrière son bureau et lui fit signe de prendre une chaise. La pièce était nue, à l'exception d'un ventilateur qui tournait et de nombreux fusils de chasse accrochés aux murs. Sur la gauche, on entrevoyait une petite cellule de détention.

— À vrai dire, on n'a pas grand-chose, commença le shérif. David Baskin a laissé un mot à sa femme disant qu'il allait se baigner et on ne l'a pas revu depuis. J'ai interrogé le maître nageur de l'hôtel. Il se rappelle avoir vu Baskin jouer tout seul au basket vers 15 heures. Deux heures plus tard, il l'a vu marcher sur la plage en direction du nord.

— Il n'est donc pas allé se baigner ?

Le shérif haussa les épaules.

— On peut se baigner un peu partout, mais là où il allait, la plage n'est pas surveillée, et le courant est drôlement puissant.

— David est un excellent nageur.

— C'est ce que sa dame m'a dit, mais j'ai vécu toute ma vie ici, et je vous assure que si ce fichu courant décide de vous entraîner au fond, vous n'avez pas d'autre choix que de vous noyer.

— Vous avez lancé des recherches pour retrouver le corps ?

Graham hocha la tête.

— Pour sûr, mais jusqu'ici, aucune trace du gars.

— S'il s'est noyé, le corps aurait dû remonter à l'heure qu'il est, non ?

— Normalement, oui. Mais nous sommes dans le nord de l'Australie, vieux. Il se passe plus de choses dans cet océan que sur vos lignes de métro.

Il aurait pu échouer sur un îlot inhabité, se faire déchiqueter par les coraux de la Grande Barrière ou bouffer par Dieu sait quoi. C'est pas les possibilités qui manquent.

— Et vous, qu'en pensez-vous, Graham ?

Le géant se leva.

— Café ?

— Non, merci.

— Avec cette chaleur, je vous comprends. Un Coca alors ?

— Avec plaisir.

Il fouilla dans un petit frigo derrière son bureau, sortit deux bouteilles, en tendit une à TC.

— Alors comme ça, ce Baskin est un ami à vous ?

— Depuis pas mal d'années, oui.

— Et vous sauriez rester objectif ?

— Je pense que oui.

Le shérif se rassit avec un grand soupir.

— Inspecteur Conroy, je ne suis que le shérif d'une petite localité où tout le monde se connaît. Et c'est ce qui me plaît ici. Le calme, la paix. Vous voyez ce que je veux dire ?

TC acquiesça.

— Je ne cherche pas à jouer les héros. Je ne cherche pas la gloire, et je n'aime pas les affaires compliquées que vous autres devez gérer à Boston. Vous me recevez ?

— Cinq sur cinq.

— Bon, alors, étant un type simple, je vais vous dire ma façon de penser. Je ne crois pas que Baskin se soit noyé.

— Ah ?

— Je vous ai fait tout un discours sur le sort possible d'un cadavre dans le Pacifique, mais la vérité est souvent beaucoup plus basique. S'il s'était noyé, on aurait déjà repéré le corps. Ça ne marche pas à tous les coups, mais presque.

— Alors quoi ?

Le colosse but une gorgée de Coca.

— Si ça se trouve, il s'est dégonflé après coup. Ce ne serait pas la première fois qu'un gars prendrait le large pendant son voyage de noces. Moi-même, ç'a bien failli m'arriver une fois.

TC répondit d'un large sourire.

— Vous avez bien regardé sa femme ?

Graham siffla, admiratif.

— Jamais rien vu de tel, vieux. Les yeux me sortaient de la tête.

Il avala une nouvelle gorgée, posa la bouteille, s'essuya la bouche sur son avant-bras de la taille d'un tronc d'arbre et reprit :

— Admettons qu'il ne se soit pas tiré. J'ai une question à vous poser, inspecteur Conroy. Je me suis renseigné sur ce Baskin – ça fait partie du boulot –, et, apparemment, c'est un sacré loustic. Il n'aurait pas pu aller s'offrir du bon temps une dernière fois, quelque chose comme ça ?

— Pendant que sa femme se fait un sang d'encre ? Non, Graham, ça ne lui ressemble pas.

— Bon, j'ai alerté par radio toutes les villes voisines, ainsi que les gardes-côtes. Comme personne n'a envie de voir débarquer la presse, ils ne moufteront pas. Autrement, je ne vois pas trop ce qu'on pourrait faire.

— J'ai une faveur à vous demander, Graham.

— Je vous écoute.

— Je sais que je ne suis pas chez moi ici, mais, si possible, j'aimerais participer aux recherches. David Baskin est mon meilleur ami, et je le connais mieux...

— Holà, holà, pas si vite !

Le shérif se leva. Son regard voyagea du nord au sud, du visage de TC à ses mocassins éculés. Sortant un mouchoir, il épongea la sueur sur son front.

— Il se trouve que je manque de personnel, poursuivit-il lentement, et, ma foi, je ne vois pas de raison de ne pas vous déléguer cette affaire.

Il prit une feuille de papier qu'il remit à TC.

— Voici la liste de numéros à appeler. Tenez-moi au courant s'il y a du nouveau.

— Merci. J'apprécie, vraiment.

— Pas de souci. Une dernière question : Baskin souffrait-il d'un problème particulier ?

Le pouls de TC palpitait dans son cou.

— Un problème ?

— Ben oui, une blessure, une maladie cardiaque, des trucs comme ça.

— Pas que je sache, mentit TC.

— Qui d'autre le saurait ? C'est vous, son meilleur ami.

Le regard de TC croisa brièvement celui du shérif. Mais son expression demeurait impénétrable.

Durant le court trajet jusqu'à l'hôtel, Laura et TC gardèrent le silence. TC demanda une chambre, laissa ses bagages à la réception et rejoignit Laura dans la suite lune de miel.

— Et maintenant, qu'est-ce qu'on fait, TC ?

Il prit une grande inspiration. Se gratta la tête, plongeant les doigts dans ses mèches clairsemées. Il n'avait pas encore de cheveux blancs et espérait ne pas en perdre d'autres d'ici là. Rien n'était moins sûr. Sa chevelure châtain clair perdait du terrain comme la forêt amazonienne face aux bulldozers.

Il regarda par la fenêtre et chercha un cigare dans sa poche. En vain.

— On téléphone à droite, à gauche. On fouille la zone.

La voix de Laura était étonnamment posée, détachée même.

— À droite et à gauche... tu veux dire aux morgues ?

— Les morgues, les hôpitaux, tout.

— Et par « fouiller la zone », tu entends l'océan et les plages, pour voir si le corps de David ne s'est pas échoué quelque part ?

Il opina de la tête.

Laura s'approcha du téléphone.

— Tu veux te changer ou te reposer avant qu'on s'y colle ? Tu as une mine épouvantable.

Il sourit.

— J'ai plus de vingt heures d'avion dans les pattes. Et toi, quelle est ton excuse ?

— Je n'ai pas la tête à poser pour une couverture de magazine, hein ?

— N'empêche, la concurrence ne fait pas le poids.

— Merci. Rends-moi un service, veux-tu ?

— Lequel ?

— Descends à la réception et achète deux boîtes de leurs meilleurs cigares bon marché.

— Hein ?

Elle décrocha le combiné.

— Fais tes provisions. On risque d'en avoir pour un bon moment.

En premier, elle appela les morgues, pressée de les éliminer mais se sentait la tête sur le billot entre le moment où le légiste disait : « Ne quittez pas, ma p'tite dame » et, une éternité insoutenable plus tard, semblait-il, lorsqu'il revenait pour annoncer : « On n'a personne qui correspond à ce signalement. »

Alors une vague de soulagement la submergeait, l'espace de quelques secondes, avant que TC ne lui passe le numéro suivant.

La chambre empestait le cigare, on se serait cru autour d'une table de poker lors d'une soirée entre hommes, mais Laura s'en moquait. Elle se sentait prise au piège et suffoquait, pas à cause de la fumée mais à chaque sonnerie du téléphone, écartelée entre la crainte et l'espoir, maintenant qu'elle appelait les hôpitaux. Elle voulait absolument savoir, tout en le redoutant. Cela ressemblait à ces cauchemars dans lesquels on a peur de se réveiller, parce qu'on craint qu'ils ne deviennent réalité.

Au bout d'une heure, elle avait épuisé la liste.

— Et maintenant ?

TC fit tomber de la cendre sur la table. Il en avait fumé, des cigares, dans sa vie, mais ce truc-là ressemblait à du lisier. Une seule bouffée aurait suffi à infliger à Fidel ce que Kennedy n'avait jamais réussi à faire avec sa baie des Cochons. Il décida que ce serait son dernier.

— Je descends te chercher d'autres numéros dans l'annuaire, lança-t-il. Puis j'irai interroger le personnel. Pas la peine d'être à deux près du téléphone.

Il se leva, se dirigea vers la porte, soupira et fit demi-tour. Pour aller attraper ses cigares australiens. Tant pis. De toute façon, ses papilles étaient foutues.

Un peu plus tard, alors qu'elle attendait le retour de TC (ou, mieux encore, de David), Laura décida d'appeler chez elle. Elle jeta un œil à la pendule. À Boston, il était presque 23 heures.

Son père, le Dr James Ayars, devait trôner derrière son bureau dans un cabinet de travail impeccablement rangé. Entre deux piles de dossiers pour le lendemain : à droite ceux qu'il avait déjà lus, à gauche ceux qu'il lui restait à lire. À tous les coups, il portait sa robe de chambre en soie grise par-dessus un pyjama soigneusement boutonné, les lunettes fermement perchées sur le nez, de façon à ne pas glisser au gré de ses fréquents soupirs.

Sa mère, la ravissante et mondaine Mary Ayars, était probablement dans la chambre, attendant qu'il monte. Adossée aux oreillers, elle devait lire le dernier roman sulfureux pour son cercle de lecture – un clan plus exactement, composé d'une poignée des pseudo-intellos les plus en vue de Boston. Tous les jeudis soir, elles se réunissaient pour disséquer les ouvrages à la mode et leur découvrir un sens que les auteurs les plus créatifs n'auraient pas imaginé au plus fort d'un trip sous acide. Laura avait assisté à l'une de ces séances (sa mère disait « séances » plutôt que « réunions ») et conclu que la photo du groupe devrait figurer dans le dictionnaire sous la définition du mot *foutaise*. Au fond, c'était juste une énième tentative de Mary pour nouer des relations féminines, entre les soirées bridge et les groupes d'éveil à la sexualité.

— Allô ?

Pour la première fois depuis la disparition de David, ses yeux s'emplirent de larmes. La voix de son père était comme une machine à remonter le temps. Revenant en arrière, elle eut envie de se réfugier dans le passé, dans les bras forts et rassurants où elle s'était toujours sentie en sécurité.

— Bonsoir, papa.

— Laura ? Comment ça va ? Alors, l'Australie ?

Elle ne sut par où commencer.

— Très beau. Et très ensoleillé.

— Tant mieux, ma chérie.

Il prit un ton professionnel.

— Allez, trêve de mondanités. Que se passe-t-il ?

C'était tout son père, ça. Toujours à vouloir aller droit au but.

— Il est arrivé quelque chose à David.

La voix du Dr Ayars n'avait rien perdu de son autorité.

— Quoi, Laura ? Il va bien ?

Elle se retenait maintenant de fondre en larmes.

— Je ne sais pas.

— Comment ça, tu ne sais pas ?

— Il a disparu.

Il y eut un long silence qui l'inquiéta.

— Disparu ?

Son père paraissait plus angoissé que surpris, comme quand on apprend qu'un ami qui fume trois paquets de cigarettes par jour est atteint d'un cancer du poumon. Tragique et prévisible à la fois. Elle attendait qu'il parle, qu'il pose des questions comme à son habitude, mais il se taisait. Finalement, elle reprit :

— Il m'a laissé un mot disant qu'il allait se baigner. Ça fait deux jours.

— Oh, mon Dieu, marmonna-t-il.

Ce fut comme si on lui enfonçait une aiguille en plein cœur. Laura ne reconnut pas son père qui d'ordinaire avait réponse à tout. Elle sentit qu'il luttait pour recouvrer son sang-froid, mais lorsqu'il parla, ce fut d'une voix atone, lointaine :

— Pourquoi n'as-tu pas appelé plus tôt ? As-tu prévenu la police ?

— Ils ont déjà lancé les recherches. J'ai contacté TC. Il est arrivé il y a quelques heures.

— Je prends le prochain vol. Je serai là...

— Non, ça ira. Ta présence ne servirait à rien.

— Mais...

— Je t'assure, papa, ça va. N'en parle pas à maman, s'il te plaît.

— Que lui dirais-je ? Elle ne sait même pas que tu es en Australie. Tout le monde se demande où vous êtes, David et toi.

— Garde le secret encore un peu. Maman est là ?

Le Dr Ayars se figea.

— Non.

— Où est-elle ?

— À Los Angeles, pour la semaine, mentit-il. Laura, tu ne veux vraiment pas que je vienne ?

— Non, ça ira. Je suis sûre qu'on va le retrouver. Il a dû vouloir nous faire une blague, sans plus.

Nouveau silence. Laura attendait qu'il acquiesce, qu'il lui dise de ne pas s'affoler, alors qu'ils venaient à peine de se marier. Mais son père, toujours si calme et posé, habitué à affronter sans ciller la mort et la souffrance, semblait pour une fois à court de mots.

— Je te rappelle dès qu'il y a du nouveau.

Une petite voix lui souffla que c'était inutile, que son père connaissait l'issue d'avance. Mais non, c'était stupide. Elle était juste épuisée et angoissée. Toute cette histoire lui avait mis la tête à l'envers.

— OK, répondit le Dr Ayars, vaincu.

— Il y a autre chose, papa ?

— Non, fit-il comme un automate. Je suis persuadé que tout s'arrangera pour le mieux.

Laura l'écoutait, perplexe. Pour le mieux ? Elle eut soudain très froid.

— Et Gloria, elle est là ?

— Non, ta sœur travaille tard. Tu peux être fière d'elle, Laura.

— Je suis fière d'elle. Quand maman rentre-t-elle ?

— Dans quelques jours. Alors, sûr, tu ne veux pas que je vienne ?

— Sûre et certaine. Au revoir, papa.

— Au revoir, Laura. Si tu as besoin de quoi que ce soit…

— Je te le dirai.

Elle l'entendit raccrocher.

Laura s'efforça de ne pas trop penser à cette conversation. Après tout, son père n'avait rien dit de spécial, rien qui puisse éveiller ses craintes. Pourtant, l'impression que quelque chose ne tournait pas rond lui pesait comme une grosse pierre sur l'estomac. Elle ouvrit son sac, fourragea à l'intérieur, en ressortit bredouille.

Non, mais quelle idée d'avoir arrêté de fumer !

Elle regarda par la fenêtre en direction du bush. Un jour, David et elle avaient décidé de fuir les lumières de la ville pour aller en forêt, en Nouvelle-Angleterre. Ayant grandi dans le Michigan, David avait une certaine expérience du camping. Enthousiaste, il avait annoncé un week-end à l'écart du monde. Laura, citadine convaincue, y voyait plutôt des nuits pleines de gadoue et de bestioles.

— Tu vas adorer, avait-il affirmé.

— Je vais détester, avait-elle rétorqué.

Ils avaient roulé jusqu'au Vermont et s'étaient encombrés de lourds sacs à dos, ensuite ils avaient marché à travers la forêt détrempée pendant ce qui avait paru une éternité, avant d'arriver à l'endroit où ils avaient prévu de camper. Laura s'était lavée dans le ruisseau, avait déroulé son sac de couchage et s'était glissée à l'intérieur.

David avait voulu la rejoindre.

— Mais qu'est-ce que tu fais, voyons ? Je croyais que tu avais le tien ?

— Bien sûr, mais il faut se blottir l'un contre l'autre pour garder la chaleur.

— La chaleur corporelle ?
— Oui.
— Il y a juste un petit problème.
— Lequel ?
— Le thermomètre affiche trente-cinq degrés.
— Il fait si chaud que ça ?
Elle avait hoché la tête.
David avait réfléchi brièvement.
— Dans ce cas, je propose de dormir en tenue d'Adam.
Ils avaient fait l'amour avec frénésie, avec violence, presque, après quoi ils s'étaient reposés, nus et enlacés.
— Waouh ! s'était exclamé David en essayant de reprendre son souffle.
— Quoi ?
— J'aime le contact avec la nature. Dans un cadre comme celui-ci, je me sens... je ne sais pas... vivant, en harmonie avec l'univers, et tellement...
— Bestial ?
— C'est ça.
— Moi aussi, avait déclaré Laura, je commence à aimer la nature.
— J'ai remarqué. Mais tu devrais faire gaffe.
— À quoi ?
— Tes hurlements, ma fille, tu vas flanquer une peur bleue à nos amis à poils et à plumes.
— Toi, tu adores ça.
— Certes.
— D'ailleurs, pour ce qui est de la discrétion...
— Quoi ?
— Le brame du cerf. Je m'attendais à ce qu'une biche émerge des broussailles d'une minute à l'autre.

— Pas de chance. Je vais être obligé de me contenter de toi.

— Tu es méchant, David.

Elle avait fouillé dans son jean fripé et sorti un paquet de cigarettes.

— Tu ne vas pas fumer ça ? avait-il gémi.

— Non. Je vais nourrir les bêtes.

— Ce sont les hommes qui déclenchent les incendies de forêt.

— Je ferai attention.

— Écoute, Laura, ça ne me gêne pas que tu fumes à la maison…

— C'est ça.

— … mais ici, en pleine nature, il faut penser aux animaux.

— Ça te perturbe à ce point-là que je fume ?

David avait haussé les épaules.

— Outre le fait que c'est dégoûtant, très mauvais pour la santé, bref, une habitude sans le moindre avantage, il n'est pas très agréable d'embrasser un cendrier.

— Je suis restée bloquée au stade oral.

— Je sais. C'est pour ça que je t'aime.

— Pervers, va. Tu devrais être habitué à la fumée, depuis le temps. Tu as vécu quatre ans avec TC. Et Clip ? Tous les deux ont toujours un cigare qui pue au bec.

— Peut-être, mais je n'ai pas souvent l'occasion de les embrasser sur la bouche. Quoique, avec TC…

— Je m'en doutais un peu.

— D'ailleurs, TC ne survivrait pas sans ses cigares. Ils font partie de lui, un appendice de sa personne, en quelque sorte. Quant à Clip, il a soixante-dix ans et c'est mon patron. Il n'est pas dans nos habitudes de critiquer le patron. En fait, j'aime bien quand il fume.

— Pourquoi ?

— Le cigare de la victoire. Ça veut dire que nous sommes sur le point de gagner le match.

Elle avait noué ses bras autour de lui.

— Eh bien, moi aussi, c'est la cigarette de la victoire.

— Ah bon ?

— Clip fume après le match. Moi, je fume après un orga...

— Surveille ton langage, Ayars.

— Désolée.

David s'était assis.

— Tu veux connaître la vraie raison pour laquelle j'aimerais te voir arrêter ?

Elle avait secoué la tête.

Il lui avait caressé tendrement les cheveux.

— Je n'ai pas envie que tu attrapes une saloperie. Je voudrais te garder jusqu'à la fin de ma vie.

Elle l'avait regardé avec espoir.

— C'est sérieux ?

— Je t'aime, Laura. Plus que tu ne saurais l'imaginer.

Deux mois plus tard, elle avait arrêté de fumer. Et elle n'y avait même plus pensé... jusqu'à aujourd'hui.

Un coup frappé à la porte la ramena brutalement au présent.

— TC ?

— Ouais.

— C'est ouvert.

Il entra, la mine défaite.

— Tu parles d'une civilisation ! Même pas un McDo dans le coin.

— Du nouveau ?

Elle le vit secouer la tête ; ses gestes étaient curieusement saccadés.

— Qu'est-ce qu'il y a ? demanda-t-elle.

— Rien. Je suis fatigué et j'ai faim, c'est tout.

— Appelle le *room service*.

— Tout à l'heure.

— Pourquoi attendre ? Si tu as faim...

Le téléphone sonna.

Se penchant par-dessus l'épaule de Laura, TC s'empara du combiné.

— Allô ?

Elle tenta de déchiffrer son expression, mais il lui tourna le dos, courbé sur l'appareil comme un bookmaker dans une cabine téléphonique.

— OK, j'arrive.

— Que se passe-t-il ?

— Je reviens, Laura.

— Où vas-tu ? Qui a appelé ?

Il se dirigeait vers la porte.

— Peut-être une piste. Je te tiens au courant.

— Je t'accompagne.

— Non, j'ai besoin de toi ici. Au cas où il y aurait d'autres coups de fil.

Elle saisit son sac à main.

— Le réceptionniste prendra le message.

— Ça n'ira pas.

— Comment ça ? Je ne sers à rien ici.

— Tu me gêneras plutôt qu'autre chose. Écoute, Laura, je veux recueillir un maximum d'infos. Sans avoir à materner...

— Materner ? l'interrompit-elle. Tu dis n'importe quoi, TC, et tu le sais.

— Tu me laisses finir ? Si l'un de ces Crocodile Dundee voit la jeune mariée, ou il la bouclera ou il arrangera les faits.

— Je resterai dans la voiture.

— Écoute-moi une seconde. J'attends un appel important, il faut que tu sois là pour répondre. Je te préviens dès que j'ai du nouveau. Promis.

— Mais...

Il secoua la tête et sortit précipitamment. Laura n'insista pas. À Boston, jamais elle n'aurait toléré de se faire dicter sa conduite de la sorte. Seulement, elle n'était pas à Boston. TC était le meilleur ami de David, le seul en qui il avait une entière confiance. C'était l'homme de la situation.

À l'autre bout du fil, le correspondant de TC l'entendit raccrocher. La tonalité retentit, monotone, mais il restait comme pétrifié, incapable de bouger.

Voilà, c'était fait. TC avait été prévenu. La machine était en marche. Il n'y avait plus de retour en arrière possible.

Lorsqu'il eut fini par reposer le combiné, l'auteur du coup de fil s'effondra sur le lit et se mit à pleurer.

Seule dans la chambre d'hôtel, Laura se sentait perdue et désemparée. Personne ne téléphonait.

Personne ne frappait à la porte. Le temps s'écoulait, interminable. Elle avait l'impression d'être coupée du monde, de la réalité, de David.

Son regard fit le tour de la suite, jadis si luxueuse et confortable, avant de se poser sur quelque chose de familier, de rassurant. Les baskets vertes de David, pointure quarante-sept, renforcées aux chevilles – il s'était fracturé la droite en première année de fac –, gisaient sur la moquette, l'une renversée telle une embarcation naufragée, l'autre debout, perpendiculaire à sa compagne.

On distinguait clairement l'étiquette Svengali sur la basket droite. Sur la gauche, l'étiquette était masquée par la chaussette de sport. Son regard pivota, trouva l'autre chaussette un mètre plus loin, enroulée sur elle-même comme un dormeur en position fœtale. David n'était pas un maniaque du rangement. Chaises et poignées de porte lui servaient de cintres. La moquette accueillait sweat-shirts et pantalons, tandis que le carrelage de la salle de bains jouait le rôle de tiroir pour les sous-vêtements, chaussettes et pyjamas. Alors qu'il était toujours impeccablement habillé, son appartement évoquait irrésistiblement un champ de ruines.

— Ça fait cosy, affirmait-il.

— Ça fait foutoir, rétorquait-elle.

Une fois de plus, un coup frappé à la porte chassa de son esprit les images du passé.

Laura consulta sa montre : cela faisait presque deux heures que TC était parti. Dehors, c'était toujours la fournaise. Les oiseaux marins jacassaient derrière la fenêtre.

— Qui est-ce ?

— C'est moi.

En entendant la voix de TC, elle sentit son estomac se nouer. Elle se leva. Au passage, elle aperçut du coin de l'œil son reflet dans le miroir et se rendit compte qu'elle portait une chemise de David avec son jean Svengali. Elle lui empruntait sans cesse ses vêtements. Ses sweats d'entraînement les soirs d'hiver, ses vestes de pyjama en guise de chemises de nuit. Bizarre, pour la patronne d'un empire de la mode.

Elle ouvrit la porte à la volée et se trouva face à TC qui détourna les yeux, comme s'il s'était brûlé à son regard. Une barbe naissante lui dévorait le visage.

— Qu'y a-t-il ? demanda Laura.

Il n'entra pas. Ne parla pas. Il se tenait devant elle, immobile, cherchant à rassembler son courage. Avec un immense effort, il redressa la tête et la regarda qui attendait. Toujours sans mot dire. Laura le dévisagea, et ses yeux s'emplirent de larmes.

— TC ? souffla-t-elle, déconcertée.

Il leva la main et, en un éclair, le désespoir succéda à l'incompréhension.

— Oh, mon Dieu, non ! cria-t-elle. Oh non.

TC tenait à la main le slip de bain multicolore de David et son maillot vert des Celtics.

Les deux étaient en lambeaux.

3

Gloria Ayars referma sa mallette, éteignit la lumière et s'engagea dans le couloir désert. Les autres employés étaient rentrés chez eux depuis longtemps. Ils avaient rempli leur mission. Pas elle.

Gloria jeta un œil à sa montre. 23 h 12.

— Bonne nuit, mademoiselle Ayars, lui lança le gardien.

— Bonne nuit, Frank.

— Vous en faites, des heures sup, hein ?

Elle lui adressa un sourire éclatant.

— Il faut bien.

Elle se dirigea vers sa voiture, un petit sourire aux lèvres. Incroyable que Laura lui ait confié la direction de Svengali en son absence. Sur le coup, elle-même en avait été sidérée. Maintenant, elle savait que sa sœur avait eu raison de lui faire confiance.

Les hommes dans la rue se retournaient sur elle. Gloria avait l'habitude. Elle n'était pas aussi belle que sa cadette, mais il y avait chez elle une candeur, une innocence, qui, ajoutée à son corps tout en courbes voluptueuses, en faisait une bombe à la Marilyn.

Elle monta dans la voiture, ajusta le rétroviseur, regarda son reflet dans la glace et sourit. Était-ce bien la même Gloria Ayars qui, il n'y avait pas si longtemps, se piquait, sniffait de la coke, couchait avec qui voulait et était à deux doigts de tourner dans des films X ?

Pour la millionième fois, elle remercia mentalement Laura de l'avoir sauvée. Sans sa jeune sœur, elle serait probablement morte à l'heure qu'il était. Morte ou bien pire. Gloria tourna dans l'allée, se gara à côté de la voiture de son père et sortit de sa poche la clé de la maison.

Il fut un temps où elle n'aurait pas été la bienvenue ici. Un temps où son père aurait piqué une colère à la simple mention de son nom, où on lui aurait interdit l'accès de la maison de son enfance.

Et elle ne l'aurait pas volé.

Gloria posa sa mallette dans l'entrée obscure, ôta son manteau et les rangea dans la penderie.

— Papa ?

Pas de réponse. Elle alla dans son bureau. Il ne se couchait jamais avant minuit et, sa femme étant à Los Angeles, il travaillait encore plus tard que de coutume.

La lueur de sa lampe de bureau filtrait par la porte entrouverte. Gloria regarda à l'intérieur. Personne.

— Papa ?

Il avait dû monter. Elle gravit l'escalier et s'arrêta net.

Qu'est-ce qui… ?

Il y avait de la lumière dans l'ancienne chambre de Laura. Une chambre où personne ne pénétrait… sauf Laura lors de ses visites occasionnelles, et la femme de ménage. Gloria s'approcha à pas de loup et risqua un coup d'œil.

Son sang se glaça dans ses veines.

Assis sur le lit de Laura, son père lui tournait le dos, la tête dans les mains, posture même de la détresse. Ce fut un choc pour Gloria. Jamais elle ne l'avait vu aussi petit, aussi fragile.

— Papa ? souffla-t-elle.

Il se redressa. Elle l'entendit renifler. Il ne s'était toujours pas retourné.

— Gloria, je... je suis content que tu sois là.

Content qu'elle soit là. Il n'y a pas si longtemps elle aurait donné n'importe quoi pour entendre ces mots-là dans sa bouche.

— Ça ne va pas ? demanda-t-elle.

James Ayars ne répondit pas tout de suite. Ses épaules se soulevaient au rythme de sa respiration.

— J'ai une mauvaise nouvelle.

Gloria en avait connu, des horreurs, au cours de ses trente ans d'existence. Une fois, lors d'un mauvais trip sous acide sur la côte Ouest, elle avait failli sauter par la fenêtre du dixième étage. Et puis, il y avait eu la fois où...

« Maman ! Maman !

— Gloria, sors d'ici ! Sors d'ici tout de suite ! »

Elle était toute petite, alors. Elle se rappelait la terreur et...

Le sang. Tout ce sang.

... ce qu'elle voyait dans ses rêves.

— Que se passe-t-il ?

— Laura vient d'appeler, commença son père lentement, comme si chaque mot qu'il prononçait lui arrachait un peu de ses dernières forces. David est mort. Il a été surpris par un courant et s'est noyé.

Une vague de désespoir submergea Gloria. Ce n'était pas possible. Non, pas David ! L'unique homme que sa sœur ait jamais aimé, le seul aussi à avoir traité Gloria comme un être humain, son seul véritable ami.

Les jambes flageolantes, elle se précipita vers son père. Ses larmes jaillirent.

Ce n'était tout simplement pas possible.

TC était assis dans l'avion à côté de Laura. Elle avait à peine desserré les dents depuis qu'il lui avait appris la nouvelle. Et n'avait posé qu'une question :

— Quand puis-je voir le corps ?

La question que TC redoutait le plus.

— Ce n'est pas utile, avait-il répondu avec douceur.

— Mais je veux…

— Non, Laura.

Il avait rapidement réglé tous les détails. David n'avait pas de famille proche, à l'exception de Stan, son vaurien de frère que personne n'avait revu depuis dix ans et qui ne manquerait pas de se réjouir de la disparition de son cadet. Pas la peine de le prévenir, celui-là. TC avait également pris ses dispositions pour éviter à Laura de se faire harceler par la presse. Le mieux serait de la cacher quelque temps chez Serita, même s'il savait par expérience qu'on ne pourrait indéfiniment tenir les médias à distance.

Il se tourna vers elle, se creusant les méninges, cherchant désespérement un moyen de lui offrir un peu de réconfort. Des yeux, il suivait ses moindres gestes comme s'ils pouvaient l'éclairer sur la meilleure attitude à adopter. Peine perdue.

Bon sang, David, comment as-tu pu lui faire ça ? Comment as-tu pu ?

Il devinait les pensées qui devaient germer, derrière l'hébétude de Laura. Car il était l'un des rares à connaître la vérité sur David et le mal qui l'affectait. Il avait été aux premières loges pour assister à ses ravages. À ce fléau qui avait failli tuer son meilleur ami.

Dieu merci, Laura avait réussi à exorciser le démon qui avait tourmenté David Baskin une bonne partie de son existence. Mais ils étaient hantés par la crainte que ce démon ne revienne un jour. Était-il mort pour de bon ou, tel un avatar de Godzilla, se cachait-il quelque part pour reprendre des forces en attendant de frapper à nouveau ?

À tous les coups, Laura devait se demander si le monstre n'avait pas paralysé David, en butte à une souffrance intolérable, tandis qu'il se débattait contre le courant trompeur. Si elle avait été là, n'aurait-elle pas pu le protéger de l'ennemi implacable qui l'habitait ?

TC posa brièvement sa main sur la sienne. Il aurait voulu lui dire de cesser de se torturer. David n'avait pas eu de nouvelle crise. Et la présence de Laura n'y aurait rien changé.

Mais évidemment, elle ne l'aurait pas cru sur parole. Elle aurait cherché à comprendre pourquoi il en savait tant sur la noyade de David.

Et cela, bien entendu, il ne pourrait jamais le lui dire.

Le Dr James Ayars songea sérieusement à annuler ses consultations de la journée, chose qui ne lui était jamais arrivée en plus de vingt ans d'exercice. Il mettait un point d'honneur à être toujours ponctuel. Du lundi au vendredi – à l'exception de ses trois semaines de congé annuel –, il commençait à 7 h 30 par une tournée à l'hôpital, suivie de rendez-vous, dont le dernier fixé à 16 h 30. Après une rapide visite à ses patients, il regagnait son domicile dans la banlieue de Boston.

Cette routine avait connu peu d'écarts depuis le début de sa carrière, mais le coup de fil de Laura l'avait laissé tellement triste et désemparé que, malgré toute sa discipline, il envisagea un instant de ne pas aller travailler.

Pour finir, il décida que rester chez lui ne servirait à rien, sinon à broyer du noir, et qu'il avait surtout besoin de penser à autre chose. Il appela la psychiatre de Gloria – même si elle allait beaucoup mieux, la jeune femme devait être suivie – pour la mettre au courant de ce qui était arrivé. La psy répondit qu'elle voulait la voir le plus vite possible.

James Ayars repoussa sa chaise. Des patients attendaient. M. Cambell chambre 5, Mme Salton chambre 3.

Le téléphone bourdonna.

— Docteur Ayars ? croassa l'appareil.

— Oui ?

— Votre femme sur la deux.

— Merci.

Il ravala son anxiété, décrocha et pressa le bouton qui clignotait.

— Mary ?

— Bonjour, James.

— Mais où es-tu, à la fin ? J'ai essayé de te joindre toute la nuit. Je te croyais au Four Seasons.

— Il y avait un séminaire là-bas. Un bruit pas possible. J'ai déménagé au Hyatt.

James ferma les yeux, les frotta. Inutile de lui préciser qu'elle ne figurait pas non plus sur les registres du Hyatt.

— J'ai une mauvaise nouvelle.

Il y eut une pause.

— Ah ?

— C'est au sujet de David.

— Qu'est-ce qui se passe ?

— Il est mort.

— Oh, mon Dieu ! Comment ? Est-ce… Est-ce un suicide ?

C'était à prévoir, se dit James.

— Il s'est noyé au large des côtes australiennes.

— Un si bon nageur !

— Il a dû sous-estimer la force du courant.

— Ou alors…

— Ou alors quoi ?

— C'est terrible, enchaîna sa femme. Et Laura, comment s'en sort-elle ?

— À mon avis, elle n'a pas encore tout à fait digéré la nouvelle. TC, l'ami de David, est là-bas avec elle. Il s'occupe de tout.

— Elle doit être anéantie, James. Nous devons l'aider à tenir le coup.

— Évidemment.

— Elle s'en remettra, déclara Mary avec espoir. Elle a toujours été forte.

— Tu as sûrement raison, acquiesça-t-il sans conviction.

— Je prends l'avion demain.

— Tu veux que je vienne te chercher à l'aéroport ?

— Pas la peine, James. Je rentrerai en taxi.

— OK, à demain.

Il raccrocha et, se laissant aller en arrière, inspira profondément. Mary n'avait jamais su mentir. Elle n'avait même pas pensé à demander ce que Laura et David faisaient en Australie. James Ayars contempla ses mains. Non sans surprise, il constata qu'elles tremblaient.

Stan Baskin s'éveilla en sursaut. Il essaya de se remémorer le rêve qu'il venait de faire, n'y parvint pas, abandonna. Près de lui, Trucmuche dormait toujours, Dieu merci, tournée de l'autre côté. Il essaya de se remémorer son visage, n'y parvint pas, abandonna.

Il avait dû cauchemarder sur le match de la veille. Les Brewers n'avaient aucune chance de battre les Red Sox, bordel. Surtout à domicile. Il avait potassé la question. C'était gagné d'avance.

Au final, les Sox avaient perdu sur un score de 3 à 6.

Stan avait misé mille dollars sur ce match. Pour ne rien arranger, comme il était en retard de plusieurs paiements, il avait Mister B sur le dos (ainsi surnommé en raison de ses méthodes brutales). Il lui fallait une seconde chance. La rencontre du jour entre les Houston Astros et les Cardinals de Saint Louis était du sûr. Mike Scott était prêt à exploser. Il pouvait même lancer un match parfait contre Saint Louis. Et puis, il y avait ce cheval que Stan adorait dans la cinquième course, à Yonkers.

Il s'extirpa sans bruit de sous les couvertures, alla uriner, tira la chasse d'eau et contempla sa nudité dans le miroir. Pas mal, pour un type qui approchait la quarantaine. Aucun relâchement (y compris chez Popaul), et son beau visage continuait de faire craquer les femmes. La preuve, la nuit dernière, sa toute première nuit à Boston.

Il revint dans la chambre. Trucmuche n'avait pas bougé. Il fouilla dans sa coiffeuse à la recherche d'aspirine, trouva du Tylenol, en avala trois dans l'espoir de faire passer son mal de crâne. Allumant la télé, il zappa d'une chaîne à l'autre jusqu'à ce qu'il tombe sur ce qu'il cherchait et s'assit au bord du lit. Pendant que le poste chauffait, Trucmuche commença à émerger de son hibernation.

Encore son frère ! Bon sang, on aurait cru que le président des États-Unis était mort. Stan ramassa une cigarette par terre (comment elle avait atterri là, il n'en avait pas la moindre idée) et l'alluma.

« Le monde du sport est encore sous le choc de la tragique mort par noyade de la star du basket David Baskin. Un hommage public lui sera rendu aujourd'hui midi à Faneuil Hall. Des milliers de personnes sont attendues à la cérémonie. Parmi les orateurs, le sénateur Ted Kennedy, le président des Celtics, Clip Arnstein, et deux coéquipiers de David Baskin, le pivot Earl Roberts et l'arrière Timmy Daniels. »

Stan secoua la tête. Une ville entière qui pleure ce crétin. Incroyable ! Soudain, ses yeux s'agrandirent. Une photo de Laura venait d'apparaître à l'écran.

« Le porte-parole de l'équipe nous informe que la veuve de David Baskin, la sublime reine de la mode Laura Ayars-Baskin, sortira de son isolement pour assister à la cérémonie et aux obsèques, qui se dérouleront dans la plus stricte intimité. Mme Ayars-Baskin et son mari étaient en voyage de noces en Australie au moment du drame, et on ne l'avait pas revue depuis... »

Stan était comme ensorcelé. Il avait beau ne pas aimer son frère (il le détestait carrément), sa femme, nom d'un chien, c'était une autre paire de manches. Avec un corps pareil, ça devait être quelque chose au lit. À tous les coups, le manque allait la faire grimper aux rideaux. Il lui fallait un homme, un vrai, cette fois.

Et lui, Stan, le grand frère de David, se portait candidat.

Il se leva.

— Où tu vas ?

Trucmuche avait fini par se réveiller. Stan fouilla dans sa mémoire pour se rappeler le prénom dont il s'était affublé, n'y parvint pas, abandonna.

— Hein ?

— Tu as bien dormi, David ?

Il étouffa un rire. David. Il avait pris le prénom de l'autre truffe.

— Très bien.

Il se tourna et la vit pour la première fois depuis la veille.

Oh, merde.

D'abord, la débâcle des Sox et maintenant ce cageot. Il aurait juré qu'elle n'avait pas cette tête-là la veille.

— Tu veux quoi comme petit-déjeuner ?

Et conne avec ça.

— Il faut que j'y aille.

— Tu m'appelleras ?

C'est ça.

— Bien sûr, chérie.

Elle baissa la tête.

— Enfin, si tu as envie...

Elle minaudait maintenant. Au fait, comment avait-il atterri chez elle ? Il déclinait.

Il la regarda à nouveau. Cette fois, il remarqua qu'elle avait de gros seins. De vrais obus. Bon, c'était déjà quelque chose. Mais il était temps de lui montrer qui était le boss.

— On se voit ce soir ? demanda-t-il.

Le visage de la fille s'illumina.

— C'est vrai ?

— On sort dîner, puis on va danser. Le grand jeu. Tu t'achètes une nouvelle robe, hein, qu'en dis-tu ?

Elle s'assit, ravie.

— Génial. À quelle heure ?

Il se retenait de rire. Elle ne marchait pas, cette quiche, elle courait.

— Disons 20 heures. J'ai un rendez-vous professionnel, il est possible que je sois en retard de quelques minutes.

— OK.

Il l'imagina, avec sa robe neuve, attendant jusqu'à pas d'heure qu'on frappe à sa porte. Et il s'esclaffa tout haut.

— Qu'est-ce qu'il y a, David ?

David. Il ricana de plus belle.

— Je viens de penser à un truc marrant.

Son regard glissa sur elle. Peut-être qu'il ne devrait pas. Peut-être qu'il était injuste avec elle. Après tout, elle avait de gros nibards...

Nan.

Ce serait plus drôle de la faire marcher. Et puis, il avait des plans pour la soirée. Il était temps que Boston découvre Stan Baskin.

Boston... et Laura Ayars.

Ça faisait la une des journaux du monde entier.

Du pain bénit pour les médias, l'histoire d'une lune de miel tragiquement interrompue, le mariage secret, le voyage de noces en Australie, et la mort par noyade du célèbre Éclair blanc qui laissait une jeune veuve aussi ravissante qu'éplorée.

Les gros titres rivalisaient d'esprit sur l'Éclair blanc qui ne brillerait plus jamais, sur la nature qui avait réussi là où tous ses adversaires avaient échoué, à savoir arrêter David, mais de tous, pensait Laura, c'était le *Boston Globe* qui avait mis dans le mille en affichant à la première page, en énormes capitales :

L'ÉCLAIR BLANC EST MORT.

Laura posa le journal et, retombant sur les oreillers, fixa le plafond. Ses yeux papillotaient. Serita avait essayé de lui dissimuler la presse, mais elle avait insisté, et Serita n'était pas du genre à lui dicter ce qu'elle devait faire et ne pas faire. Couchée pour le troisième jour consécutif dans sa chambre d'amis, Laura pensait à ce qu'elle avait lu dans un article, qui parlait du corps « enflé » de David, « mutilé au point d'être méconnaissable ».

Les larmes s'étaient remises à couler, et pourtant elle n'avait pas l'impression de les verser. Elle était trop assommée pour pleurer. Une douleur comme la sienne n'était pas soluble dans les larmes. Elle savait que les médias la recherchaient, mais très peu de gens connaissaient sa cachette, et Serita veillait sur elle tel un agent de sécurité à l'aéroport de Tel-Aviv.

Elle savait aussi qu'aujourd'hui elle devrait se lever, quitter son refuge et affronter le monde extérieur pour la première fois depuis que David...

Il ne peut pas être mort. Ce n'est pas possible. S'il vous plaît, dites-moi que ce n'est pas vrai. Que tout ceci est une blague stupide, et une fois que je lui aurai mis la main dessus, je lui sonnerai les cloches pour m'avoir fait une peur pareille. S'il vous plaît, dites-lui que ça suffit comme ça, que je sais qu'il va bien, qu'il n'a pas été déchiqueté sur les récifs coralliens.

— Laura ?

Elle leva les yeux. Avec son mètre quatre-vingts, son corps élancé tout en muscles et sa peau d'ébène, Serita était belle à damner un saint. Lorsqu'elles s'étaient rencontrées six ans plus tôt sur un défilé, elle était déjà LE top model noir de la planète mode. Ces deux dernières années, elle s'était aussi liée d'amitié avec David, si bien qu'il l'avait présentée à son meilleur ami chez les Celtics, Earl Roberts, le pivot de l'équipe qui mesurait deux mètres dix.

— Oui ?

— Il faut te lever, ma grande. Gloria a appelé. Ton père et elle passent te prendre dans une heure.

Laura ne répondit pas.

— Gloria voudrait te parler d'abord.

— De quoi ?

Serita marqua une pause.

— De ta mère.

Les yeux de Laura lancèrent des éclairs. Pour la première fois depuis la mort de David, son visage sembla s'animer.

— Quoi, ma mère ?

— Elle veut assister à la cérémonie.

— Qu'elle aille se faire foutre.

— C'est ton dernier mot ?

— C'est mon dernier mot.

Serita haussa les épaules.

— Je ne fais que transmettre les messages. Allez, bouge tes fesses.

Bien qu'elle ait passé trois jours dans ce lit, Laura n'avait jamais réussi à trouver le sommeil pour échapper à ce cauchemar malheureusement trop réel. Mais elle n'avait pas envie d'en sortir, pas envie de s'habiller, pas envie d'assister à l'hommage public à Faneuil Hall.

Je t'aime tant, David. Jamais je ne pourrai aimer quelqu'un d'autre. Reviens, s'il te plaît. Reviens me dire que tu m'aimes, me parler de notre vie à deux, des enfants qu'on aura, toi et moi.

— On s'attend à de gros embouteillages, poursuivait Serita. J'espère qu'Earl ne va pas foirer son discours.

À nouveau, Laura sentit les larmes ruisseler sur ses joues.

— Allez, viens, Laura.

Doucement, Serita retira les couvertures et l'aida à s'asseoir.

— Tu dois y aller.

— Je sais.

Laura s'essuya le visage avec sa manche.

— Je suis contente qu'Earl prenne la parole. Et je suis contente que vous soyez ensemble.

— On n'est pas ensemble. On baise, c'est tout.

Laura eut un pâle sourire.

— Super.

Aujourd'hui, la ville de Boston inaugurait une statue de bronze à l'effigie de David, placée à Faneuil Hall aux côtés de celle de Clip Arnstein. Clip était le président septuagénaire des Celtics, quelqu'un que David avait aimé et respecté. Lui, le sénateur Ted Kennedy, le maire de Boston Raymond Flynn, Earl et un autre joueur, Timmy Daniels, allaient prononcer l'éloge funèbre.

La statue avait été initialement prévue pour figurer sous le préau d'une école pour enfants handicapés, en hommage à l'engagement de David. Achevée à la hâte, elle avait finalement été transportée à Faneuil Hall, mais Laura ne pouvait s'empêcher de penser que David aurait préféré la voir dans la cour de l'école.

La cérémonie publique serait suivie d'obsèques réservées à la famille et aux proches. Obsèques. Funérailles. Tout en se laissant conduire dans la salle de bains, Laura secoua la tête. Serita ouvrit les robinets.

— Viens là.

Elle entra sous la douche. L'eau ruissela sur son corps nu.

Ne me force pas à y aller, Serita. Ça ne sert à rien. David n'est pas mort, tu comprends. C'est juste une mascarade. David va bien. Je le sais. Il a promis que jamais il ne me quitterait. Il a promis qu'on finirait notre vie ensemble. Et David tient toujours ses promesses. Tu le connais. Donc, tu vois, il ne peut pas être mort. Il ne peut pas être mort. Il ne peut pas…

Laura se laissa glisser lentement le long du mur carrelé et se roula en boule dans le bac de douche. Puis, se couvrant le visage, elle se remit à pleurer.

Le chirurgien consulta l'horloge murale.

4 h 45.

Il prit une profonde inspiration et continua à suturer les plaies. Quelques minutes plus tard, elles étaient toutes refermées.

L'opération avait duré six heures.

Le chirurgien sortit du bloc improvisé, fit glisser son masque, le laissa tomber sur sa poitrine. Son ami et associé manifestait une nervosité qui ne lui ressemblait guère.

Mais cela pouvait se comprendre.

— Comment ça s'est passé ?

— Pas de complications.

L'homme ne cacha pas son soulagement.

— Je te dois une fière chandelle, Hank.

— Attends de recevoir ma note d'honoraires.

L'homme rit nerveusement.

— Et maintenant ?

— La routine. Repos absolu pendant deux semaines. Après quoi, je passerai le voir.

— OK.

— Je laisse une infirmière.

— Mais...

— Elle a l'habitude. Tu peux lui faire confiance.

— Cette fois, c'est légèrement différent, tu ne crois pas ?

Le chirurgien l'admit volontiers : cette fois, c'était totalement différent.

— On peut lui faire confiance, je t'assure. On travaille ensemble depuis des lustres. De toute façon, il lui en faut une.

L'homme réfléchit un instant.

— OK, d'accord. Autre chose ?

Des questions, le chirurgien en avait des dizaines, mais ses années de pratique lui avaient appris que connaître les réponses à ce genre de questions n'était pas exempt de danger. Voire de danger de mort.

Il secoua la tête.

— On se revoit dans quinze jours.

4

Judy Simmons, la tante de Laura, était en train de faire ses bagages pour se rendre à Boston lorsque le téléphone sonna.

David est mort, Judy. Tu auras beau te chercher des excuses, c'est ta faute...

Elle ferma les yeux, s'efforçant de faire taire l'implacable petite voix, mais les accusations continuaient à résonner dans sa tête.

Tu aurais pu l'empêcher, Judy, mais maintenant c'est trop tard. David est mort, et c'est ta faute...

À quarante-neuf ans, Judy vivait seule depuis toujours, sans l'avoir jamais voulu. Elle n'y était pour rien. Moins spectaculaire que sa sœur Mary, elle n'en plaisait pas moins aux hommes. Bien faite, visage agréable, son principal attrait consistait en ses cheveux auburn qu'elle portait mi-longs. Le problème, c'est qu'elle avait toujours attiré des hommes qui n'étaient pas pour elle.

Faux. J'ai failli avoir les meilleurs. Deux fois.

Mais c'était de l'histoire ancienne. Aujourd'hui, elle était heureuse. Professeur d'anglais au collège universitaire de Colgate, elle aimait sa vie sur le campus. Calme, paisible...

Ennuyeuse.

Peut-être. Mais un peu d'ennui n'a jamais fait de mal à personne. En ce moment même, elle en rêvait, de l'ennui, elle l'appelait de toutes ses forces. Elle ne voulait plus de nouvelles surprises.

Sa pauvre nièce. Quel drame horrible. Ou était-ce une intervention divine ? Drôle d'idée pour une femme qui n'était pas croyante, qui avait toujours méprisé le recours à Dieu dans le malheur.

Mais peut-être bien que c'était la volonté de Dieu. Ou alors une coïncidence tragique. Ou...

L'autre solution, elle préférait ne pas y penser. Cela lui donnait la chair de poule. Elle rangeait son gros pull dans la valise, au moment où le téléphone sonna. Elle tendit la main vers le combiné.

— Judy ?

C'était sa sœur.

— Salut, Mary. Comment tu vas ?

Un torrent de larmes lui répondit.

— C'est affreux, Judy. Laura refuse de me parler. Elle me déteste. Je ne sais plus quoi faire.

— Laisse-lui un peu de temps.

— Elle ne changera pas d'avis. Je le sais.

— Laura souffre beaucoup.

— Je suis au courant, figure-toi, la coupa Mary. Je suis sa mère, bon sang. Elle a besoin de moi.

— C'est sûr.

— Judy ?

Il y eut une pause.

— Je ne t'ai pas tout dit.

— Comment ça ?

À l'autre bout du fil, Mary sanglotait de plus belle.

— J'aurais dû t'appeler plus tôt. Je voulais. Sincèrement. Mais je sais que tu aurais tout fait pour m'en dissuader.

Le cœur de Judy manqua un battement.

— Mary, que s'est-il passé ? Tu n'as pas...

Les larmes redoublèrent.

— Qu'aurais-tu fait à ma place ? Je n'avais pas le choix. Laura est ma fille. Je ne pouvais pas rester là les bras croisés. Et maintenant... Oh, mon Dieu, ce n'était pas du tout ce que je voulais !

Judy triturait nerveusement le fil du téléphone. Combien de temps encore ? Combien de gens allaient payer avant que cela cesse ? Et pourquoi faire souffrir des innocents ? Pourquoi leur faire expier les péchés des autres ?

Elle raffermit sa voix.

— Allons, raconte-moi ce qui s'est passé.

Assise sur l'estrade, Laura cachait ses yeux rouges et bouffis derrière des lunettes noires. À sa droite, se tenait TC, à sa gauche, Serita. Puis Earl. Les photographes se bousculaient pour se rapprocher de la veuve au visage livide, la mitraillant sans relâche. TC, poings serrés, les fusillait du regard.

Faneuil Hall, où ils se trouvaient, était l'un des endroits préférés des Bostoniens. Il y avait là toutes sortes de commerces – des librairies, des boutiques de prêt-à-porter –, mais surtout, surtout, de la nourriture. Des montagnes de nourriture, un choix illimité. À emporter, à consommer sur place. L'indien voisinait avec le chinois, lequel côtoyait l'italien, le grec, le mexicain, le japonais, le libanais... Les Nations unies de la bouffe.

Et si jamais cela ne suffisait pas, on pouvait arroser son festin exotique de jus de fruits tropicaux, à moins de faire un tour chez le glacier, le vendeur de cookies ou à la confiserie. David disait qu'on prenait du poids rien qu'en traversant le centre commercial.

Et l'absence quasi totale de sièges ajoutait encore au folklore. Un des petits plaisirs de David, se souvint Laura, avait été d'observer quelque malheureux, debout, un souvlaki dans une main, une serviette dans l'autre, un daiquiri fraise coincé sous un bras, un taco sous l'autre, et Dieu sait quoi entre les genoux.

Avait été...

Se pouvait-il qu'elle ait employé cette tournure en parlant de David ?

Faneuil Hall attirait beaucoup de monde, mais c'était la première fois que Laura voyait une foule pareille. De sa place sur l'estrade, elle contempla les centaines, peut-être les milliers de visages, une mer humaine qui s'étendait à perte de vue.

Aujourd'hui, restaurants, bars, boutiques, salons de thé avaient tous baissé le rideau. Même l'édifice décrépit du Boston Garden semblait assister de loin à la cérémonie, tel un père endeuillé par la perte du fils préféré. Toute la ville, des maisons coloniales en brique aux tours de verre et d'acier, suspendait son souffle pour rendre un dernier hommage à David Baskin.

Derrière ses lunettes noires, le regard de Laura allait de droite à gauche : les amis de David, ses supporters, les joueurs de son équipe, Faneuil Hall, l'enseigne jaune et bleu défraîchie avec l'inscription « BOSTON GARDEN ». La tête lui tournait. C'était à peine si elle entendait les discours éloquents ; seules quelques bribes parvenaient à franchir la barrière de sécurité que son esprit avait dressée entre elle et le monde extérieur.

— *David était d'une loyauté à toute épreuve. Les problèmes de ses amis devenaient les siens. Je me souviens d'une fois...*

Laura se tourna vers TC. Elle ne l'avait pas revu depuis qu'il l'avait déposée chez Serita, mais on aurait dit qu'il n'avait pas dormi ni ne s'était rasé depuis son arrivée en Australie, huit jours plus tôt. Dans ses yeux injectés de sang, elle lut de l'inquiétude et lui sourit pour le rassurer.

Le siège à côté de Serita était vide à présent. Timmy Daniels avait fini de parler, et Earl avait pris sa place. Elle s'efforça de se concentrer sur ce qu'il disait. Il était en larmes, la voix fêlée ; son immense carcasse tremblait. David lui avait dit une fois qu'Earl était le type le plus sentimental qu'il connaissait.

Qui aurait cru, compte tenu de leur passé, qu'ils deviendraient amis un jour… à part Clip Arnstein, bien sûr, qui avait tout manigancé ?

David et Earl avaient été rivaux depuis leurs années de lycée dans le Michigan. Une rivalité alimentée par les médias, qui ne cessaient de spéculer sur les mérites respectifs de chacun. Les trois matches qui les avaient opposés à l'époque avaient été remportés par l'équipe d'Earl.

Là-dessus, David était entré à l'université du Michigan, et Earl à Notre Dame. Les médias continuaient à confronter le joueur blanc, avec son mètre quatre-vingt-treize, au géant noir de deux mètres dix. En première année de fac, David avait raté un match important pour, manque de chance, s'être fracturé la cheville la veille. Mais il se rattrapa trois ans après.

Lors d'une rencontre mémorable, alors que Notre Dame menait 87 à 86, un tir en suspension de David apporta deux points à l'université du Michigan.

D'après le chronomètre, il restait dix-sept secondes avant la fin du match.

Notre Dame demanda un dernier temps mort. Earl avait déjà marqué trente-quatre points. Encore deux, et ils allaient remporter la coupe tant convoitée de la NCAA.

Le plan était simple : passer la balle à Earl dans la partie basse de la zone, et il se chargerait du reste.

Notre Dame remit la balle en jeu. Les joueurs la firent circuler autour du périmètre, essayant de la faire parvenir à Earl, mais l'équipe adverse le marquait de près.

Plus que huit secondes.

Le meneur-shooteur de Notre Dame finit par repérer une ouverture. Il feinta et lança la balle à Earl.

Trois secondes.

Earl pivota, dribbla, se prépara à tirer. La victoire était à portée de main... sauf que ses mains étaient vides.

Earl se retourna vivement. Au même moment, la sonnerie annonçait la fin de la partie. C'était David qui avait le ballon. Il l'avait volé au colosse. L'université du Michigan avait gagné.

Earl était anéanti. La presse en fit ses choux gras, soulignant la détestation mutuelle des deux joueurs-vedettes, alors que, en réalité, Earl et David se connaissaient à peine en dehors du terrain.

Pendant que le monde sportif se demandait lequel des deux passerait professionnel le premier, Clip Arnstein, petit bonhomme chauve qu'on imaginait plus facilement derrière le comptoir d'une épicerie que propriétaire d'un club de basket, résolut le problème à sa façon.

La veille du recrutement, les Celtics annoncèrent qu'ils avaient acquis le droit de choisir les deux meilleurs joueurs des équipes universitaires. Lorsque le président de la NBA invita Clip Arnstein à sélectionner son premier joueur, ce dernier se leva tranquillement, alluma un cigare, fouilla dans sa poche et lança à Earl Roberts :

— Choisis. Pile ou face ?

— Je vous demande pardon, monsieur Arnstein ? répondit Earl.

— Je te dis de choisir. Pile ou face ?

Earl haussa les épaules.

— Face.

Clip lança la pièce.

— Ça tombe bien. Face. Tu seras notre première recrue. Baskin, tu es la seconde.

L'assistance était sous le choc. Voilà que, tout à coup, les rivaux de longue date se retrouvaient dans la même équipe.

Earl terminait son éloge funèbre. En conclusion, il se tourna vers Laura et dit simplement :

— Je t'aime, David. Je ne t'oublierai jamais.

Il céda la place à un Clip Arnstein blafard. Les esprits chagrins auraient attribué sa mine à la perte de son investissement le plus rentable, mais Laura avait suffisamment vu Clip et David ensemble pour ne pas prêter foi aux ragots.

Elle le regarda s'approcher du périmètre délimité par une corde où la sculpture en bronze à son effigie était assise sur un banc, un sourire aux lèvres, contrastant douloureusement avec l'expression crispée du modèle. Clip retira la housse pour dévoiler la nouvelle statue. Laura et toute l'assistance s'exclamèrent. L'artiste avait rendu à la perfection la personnalité de David, son sourire en coin, sa prestance…

Laura aurait voulu mourir sur place, pour ne plus ressentir la douleur qui la consumait.

S'il vous plaît, faites que ça s'arrête. Je veux juste me trouver avec David, avec mon beau David. S'il vous plaît, faites qu'il ne soit pas mort. Que mon David ne soit pas mort…

Par chance, la cérémonie se terminait. La foule se dispersa lentement. Comme dans un brouillard, Laura vit des gens se presser autour d'elle.

Des voix. Une cacophonie de voix.

— Toutes mes condoléances… Une véritable tragédie… Quel gâchis… Ce sont toujours les meilleurs… Pourquoi lui ?… Tellement triste…

Elle hochait la tête avec lassitude. Les paroles se fondaient en un brouhaha indistinct. Jusqu'à la phrase qui la tira brutalement de sa torpeur :

— Je suis Stan, le frère de David.

Sans savoir comment, Laura parvint à tenir pendant ces heures interminables, ces discours solennels, la mise en terre. Son cerveau était anesthésié, séparé de la réalité par un épais brouillard. Eût-elle été pleinement consciente de la réalité qu'elle aurait hurlé et hurlé à en devenir folle, à se casser la voix.

Son père l'aida à descendre de voiture et l'escorta dans la maison familiale, devant laquelle stationnaient cinq ou six autres voitures. La rue avait été barrée pour tenir les médias à distance, mais Laura entendait le cliquetis incessant des appareils photo armés de téléobjectifs comme autant d'insectes stridulant à ses oreilles. Elle sentit ses jambes se dérober, mais le Dr Ayars était là pour l'empêcher de s'écrouler. Il la soutint plus fermement par le bras et la porta presque au salon.

Cette réunion était privée, réservée aux proches et à la famille. Il y avait là les joueurs de l'équipe, les entraîneurs, Clip, Serita, Gloria, Judy, son père et, bien sûr, Stan Baskin en invité-surprise. Curieusement, la seule personne qu'elle ne connaissait pas. Elle savait que les deux frères ne s'entendaient pas, mais maintenant c'était du passé. Stan faisait partie de la famille, et la mort – à quelque chose malheur est bon – rimait avec pardon et oubli.

Au bout d'une vingtaine de minutes, Laura se retrouva assise seule sur le canapé, les yeux rivés au sol. Une paire de chaussures soigneusement cirées apparut dans son champ de vision. Elle leva la tête. Les deux frères ne se ressemblaient guère, mais l'air de famille était indéniable. En regardant le visage de Stan, son cœur se serra, et à nouveau elle sentit les larmes lui monter aux yeux.

— Vous ne voulez pas vous asseoir ?

— Merci.

Elle déglutit.

— Je suis si contente que vous ayez pu venir.

Il hocha lentement la tête.

— Je suis désolé. Il y aurait tant de choses à dire... je n'ai que trop attendu.

— Mais non, voyons.

— Si, Laura. J'en ai gros sur le cœur.

Il inspira profondément. Son beau visage était sombre et crispé.

— David était mon petit frère. Je me rappelle encore le jour où il est né. J'avais dix ans à l'époque.

Il rit doucement.

— Je l'adorais, et lui me suivait partout comme un toutou. J'étais son héros. Sans doute parce que notre père était mort, mais vous auriez dû nous voir, tous les deux. On était inséparables. On jouait dans la cour, on fabriquait des bonshommes de neige, on ramassait des chenilles, je l'accompagnais à l'école. Comment est-il possible, quand on a partagé tant de choses, d'en arriver à ne plus se voir ? Je n'ai jamais cessé de l'aimer, Laura. Malgré tout ce qui nous séparait. Je n'ai jamais cessé de l'aimer.

Ses épaules se convulsèrent, et il se mit à pleurer.

Laura prit ses mains dans les siennes.

— Je suis sûre qu'il comprendrait, Stan. Je suis sûre que lui non plus n'a jamais cessé de vous aimer.

Stan continuait à pleurer.

Alors là, Stan, mon vieux, bravo ! Elle ne marche pas, elle court. N'en fais pas trop, mon gars, et en moins de deux, tu l'auras dans ton lit.

Le rire qui lui échappa pouvait très bien passer pour un sanglot. Laura resserra ses doigts.

Sacrément chaude ! Elle vient juste d'enterrer son cher et tendre, et déjà elle se cramponne à moi.

Laura l'observait.

Quelle tristesse. Stan ne se pardonnerait jamais de ne pas s'être réconcilié avec David. Et maintenant il était trop tard. Que de temps perdu en mesquineries !

Derrière Stan, un visage se profila dans l'encadrement de la porte, bouffi par les larmes et les nuits sans sommeil, les cheveux en désordre et le teint cireux, fantomatique. Laura songea à la relation entre David et Stan, à la querelle absurde dont, depuis le temps, l'un et l'autre avaient dû oublier la cause. Devant le visage d'ordinaire si beau de sa mère, elle s'interrogea sur son propre comportement.

Tout le monde croyait que Laura et David s'étaient réfugiés en Australie pour échapper aux médias. C'était vrai, mais en partie seulement. La principale raison du secret qui avait entouré leur voyage de noces venait de passer la tête par la porte. Laura se demanda ce qu'il convenait de faire. Forte de l'expérience de Stan, elle aurait voulu ravaler son ressentiment, tendre la main à sa mère, mais…

« Laura, il faut que je te parle.

— Bien sûr, maman. De quoi ?

— Du garçon que tu fréquentes.

— David ?

— Je pensais te l'avoir dit, je ne veux plus que tu le voies.

— Tu me l'as dit, oui. Plusieurs fois même.

— Alors, pourquoi tu ne m'écoutes pas ?

— Parce que je n'ai plus dix-huit ans. J'ai le droit de choisir mes fréquentations.

— Mais je n'aime pas ce garçon.

— Ça tombe bien, ce n'est pas toi qui sors avec lui.

— Ne joue pas les imbéciles, Laura. Je ne veux pas que tu le rencontres.

— Pourquoi ne l'aimes-tu pas ? Tu ne lui adresses même pas la parole.

— Pas la peine. Je connais ce genre d'individu.

— Quel genre ? Qu'est-ce que tu racontes ?

— Le play-boy bourré aux as. Ce n'est pas pour toi.

— Tu sais bien que s'il était comme ça, je ne serais pas avec lui.

— Tu n'imagines pas à quel point un homme peut cacher son jeu.

— Ça signifie quoi, au juste ?

— Exactement ce que je viens de dire.

— Eh bien, David n'est pas comme ça.

— Cesse de le voir, Laura. Un point, c'est tout.

— Sûrement pas. Il se trouve que je suis amoureuse de lui. »

Une pause.

« Oh non, s'il te plaît, Laura, dis-moi que ce n'est pas sérieux !

— Pourquoi ? Je ne comp…

— Précisément ! Tu ne comprends pas. Fais-moi confiance. Il n'est pas pour toi. Pense à son passé familial. Son père…

— Ce n'est pas son père ! Et d'ailleurs, comment tu sais ça, toi ?

— S'il te plaît, Laura, je t'en supplie. Ça ne peut que se terminer par un désastre. Romps avec lui avant qu'il ne soit trop tard. »

Leurs regards se croisèrent un bref instant. Les gens s'exclamaient sur la ressemblance physique entre la mère et la fille, c'était le plus beau des compliments pour Laura. Elle eut envie de se lever, de courir se jeter dans les bras de Mary. Mais elle avait trop mal, et il fallait que quelqu'un paie pour tout ce qu'elle endurait.

Laura baissa les yeux et détourna la tête.

Debout dans un coin, Gloria triturait nerveusement ses doigts. Pourquoi fallait-il que ça arrive à des gens comme Laura et David ? Toute sa vie, elle avait joué à cache-cache avec la mort, elle l'avait narguée, mais la mort n'avait pas voulu d'elle. La mort n'avait que faire des nullités comme elle.

Elle se tourna vers le bar que son père avait dressé pour les invités. Pour la première fois depuis que Laura l'avait traînée à la clinique, elle avait besoin d'un verre, d'une taffe, d'un sniff... n'importe quoi pour s'étourdir, ne plus penser. Son père en avait conscience. Lui et le Dr Jennifer Harris, la psy de Gloria, ne la laissaient pas tomber, et elle leur en était reconnaissante.

Gloria revenait de loin, mais il lui restait encore beaucoup de chemin à parcourir. Elle avait suffisamment récupéré pour savoir qu'elle n'était pas tirée d'affaire, que son équilibre était encore fragile.

Elle n'en voulait donc pas à son père de garder un œil sur elle pendant qu'il parlait avec Timmy Daniels. Elle lui sourit et se tourna vers sa sœur.

Un long frémissement la parcourut de la tête aux pieds. Elle se mordit la lèvre. Juste une petite taffe. Un petit sniff. Pour l'aider à tenir le coup jusqu'à demain.

Et demain ? Peut-être deux taffes, deux sniffs ? Elle connaissait la suite. Elle se mettrait à dégringoler jusqu'à ne plus se soucier de se réveiller le matin, jusqu'à toucher le fond une fois de plus. Sauf qu'elle n'aurait plus la force de rebondir.

Un doigt lui tapota l'épaule. Elle se retourna. L'homme qui lui faisait face était très séduisant, et lui semblait familier.

Sa voix était douce.

— Excusez-moi de vous déranger. Si vous préférez rester seule...

— Non, non, ça va.

— Vous devez être Gloria.

Elle hocha la tête.

— Mon nom est Stan Baskin. Je suis le frère de David.

— Je suis vraiment désolée, pour votre frère. Je l'aimais énormément. Il était formidable.

Stan baissa la tête en signe d'acquiescement.

— Moi aussi, je l'aimais, Gloria.

— C'est trop injuste.

— Je... J'ai du mal à croire qu'il n'est plus là. Je n'arrête pas de me demander pourquoi c'est arrivé, si j'ai fait quelque chose...

— Vous ?

— La vérité, c'est qu'on s'était disputés. Vous n'imaginez pas à quel point je le regrette. Si j'avais été un meilleur frère...

— Vous avez tort de vous tourmenter.

— Je n'ai jamais eu l'occasion de lui demander pardon, de lui dire combien je l'aimais.

Stan lui prit la main, plongea son regard humide dans le sien. À son corps défendant, Gloria se sentit attirée. Il était beau, il ressemblait à David. Et il n'avait pas hésité à lui ouvrir son cœur...

Le voyant au bord des larmes, elle voulut le serrer dans ses bras, mais il s'écarta.

— Désolé de vous importuner, Gloria.

— Ne soyez pas bête.

— Vous êtes si belle, et si gentille avec moi. J'espère qu'on se reverra bientôt.

— Moi aussi.

— Je ne connais pas Boston, et je me sens en confiance avec vous et votre sœur. Je... Ça ne vous ennuie pas que je vous appelle de temps à autre ?

Pourquoi son cœur avait-il bondi pendant qu'il parlait ?

— Ça me ferait très plaisir, Stan. Sincèrement.

Non, mais vous avez vu cette carrosserie ! Stan mon vieux, j'ai bien cru que tu allais tourner de l'œil. En plus, il y a du monde au balcon. Je la fais craquer, ça se sent...

Bang !

Alors qu'il se dirigeait vers la sortie, on le heurta violemment. Le choc de la collision tira Stan de sa rêverie. Lorsqu'il eut repris ses esprits, il reconnut un visage qu'il n'avait pas revu depuis une bonne dizaine d'années.

— Qu'est-ce que tu fous ici ? siffla TC, le regard noir.

Stan se ressaisit rapidement.

— Tiens, le petit Terry Conroy ! Ça fait un sacré bail. Tu as pris quelques kilos, mon pote.

— Je t'ai posé une question.

— On n'a pas le droit de pleurer la mort de son propre frère ?

— Une ordure comme toi, non.

— Quel langage dans la bouche d'un flic ! Tu es dans la police maintenant, pas vrai, TC ?

— Qu'est-ce que tu fais ici ?

— C'est un interrogatoire ou quoi ?

— Appelle ça comme tu veux.

— Que dirais-tu de « mêle-toi de tes oignons » ?

— Que dirais-tu de te faire balancer par la fenêtre ?

— Bonne idée, TC. Vas-y, fais un esclandre devant tous ces gens en deuil. Qu'est-ce que tu attends ?

— Si tu importunes qui que ce soit…

— Voyons, TC, pourquoi irais-je faire une chose pareille ?

— Fiche-moi le camp d'ici.

— Oh, pardon. J'ai eu l'impression d'être chez les Ayars. Je n'avais pas compris que c'était ta maison. Ça paie drôlement bien, la police de Boston.

— Qu'est-ce que tu fabriques en ville, au fait ?

— Je viens présenter mes condoléances à ma ravissante belle-sœur.

— Je te préviens, fumier, si jamais tu cherches à lui nuire…

— TC, ne vois-tu pas que j'ai changé ? Je ne suis plus le même homme.

— La merde ne change pas d'odeur. Elle se décompose, c'est tout.

— Très imagé, comme comparaison. Je tâcherai de m'en souvenir. Bon, c'est pas que j'm'ennuie, mais là, faut vraiment que j'y aille.

— Tu retournes dans le Michigan ?

— Pas tout de suite. Je vais rester un peu à Boston.

— Je ne te le conseille pas, Stan. Cette ville peut se montrer très dure envers les étrangers.

— Une menace ? Comme c'est charmant. Si tu veux bien m'excuser…

TC lui empoigna le bras.

— Je te préviens, Stan. Pas de conneries, tu m'entends ? Souviens-toi de ce que tu as fait à David.

Pour la première fois, une lueur de colère brilla dans les yeux de Stan.

— Tu ne sais rien de ce qui s'est passé entre David et moi.

Il voulut se dégager. TC ne céda pas. Il tira plus fort.

— Lâche-moi, connard, murmura-t-il.

Sa voix monta dans les aigus.

— Je suis son frère. Je fais partie de la famille. Alors que toi, tu es un de ces parasites qui tournaient autour de mon frère pour lui pomper du fric.

TC desserra son emprise.

— Va-t'en, Stan. Tout de suite.

Stan alla faire ses adieux à Laura et partit. En sortant, il essuya une larme, étonné du naturel avec lequel il pleurait un frère qu'il avait toujours détesté.

Ce soir-là, Judy Simmons rentra seule à l'hôtel, éreintée par les événements de la journée. Elle s'assit sur le lit et sortit son portefeuille de son sac. Ses doigts se glissèrent derrière le permis de conduire pour attraper une photographie vieille de trente ans.

S'allongeant, elle leva l'image en noir et blanc à bout de bras et contempla la jolie étudiante en compagnie d'un bel homme plus âgé.

Pourquoi te torturer ?

Parce que son passé continuait à la hanter. Il les hantait tous, et il n'y avait pas de raison que cela cesse.

Sauf si je dis la vérité.

Mais à quoi bon ? Se sentirait-elle moins coupable ? Probablement pas. Mieux valait se taire. Garder le secret. D'ailleurs, elle n'était pas sûre de ce qui s'était réellement passé en Australie. Peut-être s'agissait-il réellement d'un accident, comme ils disaient. Un accident tragique.

Tu parles.

Elle se rassit, posa la photo sur la table de nuit. Et si ce n'était pas un accident... Elle chassa cette pensée de son esprit. David était mort. Sa nièce, sa délicieuse nièce, était anéantie. Elle ne pouvait rien y changer. La vérité n'était pas une machine à remonter le temps qui leur permettrait de revenir en arrière et de tout recommencer. Elle ne rendrait pas la vie à David.

Judy jeta un coup d'œil à la pendule et ramassa sa valise. La seule chose que la vérité pouvait faire aujourd'hui...

... c'était tuer.

5

Laura réussit finalement à s'extirper du lit.

Trois semaines s'étaient écoulées, trois semaines de torture à remâcher sa douleur dans la chambre d'amis de Serita. Bon sang ! elle détestait rester prostrée dans ce lit, à s'apitoyer sur elle-même.

Elle repoussa les couvertures. Ses cheveux étaient emmêlés, sa peau mate avait pris une teinte grisâtre, ses yeux gonflés semblaient deux lacs noirs. Oui, trois semaines avaient passé, mais la douleur, l'horreur d'avoir perdu David ne lui avait pas laissé une seconde de répit.

Elle avait des visites. Et Gloria ne la quittait pas. Sa présence se révélait le meilleur des réconforts, car se faire du souci pour sa sœur était un moyen d'échapper à ses propres tourments. En la voyant grelotter, Laura repensait au jour où elle l'avait trouvée nue, le corps criblé de traces de piqûres.

Stan aussi était fidèle au poste, triste exemple de l'occasion manquée. Il venait tous les jours, pratiquement en même temps que Gloria. Laura avait remarqué que sa sœur avait un faible pour lui.

Elle ne savait pas trop qu'en penser, mais jusqu'ici il s'était montré gentil avec elle, et c'était tant mieux, car, à ce stade, une relation difficile avec un homme serait une catastrophe.

Il y avait d'autres fidèles. Earl, naturellement, mais aussi Clip Arnstein et Timmy Daniels, l'arrière qui avait considéré David comme un grand frère.

Face aux visiteurs, Laura feignait d'être forte, leur assurait qu'elle allait bien, qu'elle sortait faire un tour tous les jours et qu'ils n'avaient pas à s'inquiéter. En bref, elle mentait. Peut-être n'étaient-ils pas dupes, mais elle était prête à tout pour ne pas avoir à supporter leur pitié.

— Waouh, mais c'est un miracle !

Laura se tourna vers Serita.

— Pardon ?

— Laura est sortie du lit ! Et elle est en train d'enfiler autre chose que sa chemise de nuit et son peignoir.

— Très drôle.

— Tu retournes travailler ? Dis oui.

— Non.

— Où tu vas alors ?

— À la maison.

Serita fit une pause.

— J'ai une meilleure idée. Allons mater des mecs.

— Je vais à la maison.

— Tu es sûre, ma grande ?

— J'en suis sûre.

— Et pour quoi faire ?

— J'ai deux ou trois petites choses à ranger.

— Ça peut attendre.
— Non, répondit Laura, je ne le crois pas.
— Dans ce cas, je t'accompagne. Je peux être d'une efficacité redoutable.
— Question rangement ? Ne me fais pas rire.
— Je suis très bonne en inspectrice des travaux finis.
— Tu as du boulot, Serita. La campagne de pub pour les clubs de fitness.
— Ils attendront.
— Avec l'argent qu'ils te paient pour ces spots télé ?
— Ils attendront, te dis-je.
— Bon, alors soyons moins subtile. Je veux y aller seule.
— Va te faire...
Laura sourit tristement.
— Tu es une vraie amie.
— Le top du top.
— Mais j'abuse. Il serait temps que je déménage.
— Pas question. J'ai besoin de toi ici. Tu es mon excuse vis-à-vis d'Earl.
— Tu l'aimes, voilà tout.
Serita posa ses mains sur ses hanches.
— Combien de fois faudra-t-il te répéter...
— Je sais, je sais. C'est juste un bon coup.
— Parfaitement. Mais il adore les pubs de fitness. Ça l'excite de me voir suer sur le rameur.
— Je suis très heureuse pour vous deux.
— Va te faire...
Laura déposa un baiser sur sa joue et quitta l'appartement. Une fois dans sa voiture, elle tenta de se concentrer sur la conduite, mais ses pensées

la ramenaient à David, encore et toujours... sa façon de marcher, de dormir, pelotonné contre elle, le contact de sa joue mal rasée lorsqu'il l'embrassait.

Elle se rappela cette froide soirée de décembre – ils sortaient ensemble depuis deux mois à peine – où elle avait senti qu'ils étaient faits l'un pour l'autre. Ils ne s'étaient pourtant rien promis, n'avaient pris aucun engagement, mais une fois qu'elle l'avait compris, elle avait eu hâte d'en faire part à David. En aurait-elle seulement le courage ? Oserait-elle enfin formuler tout haut et entendre les mots que jusque-là elle s'interdisait d'espérer ? Cela dit, qui ne tente rien...

Elle était assise à son bureau, la jambe agitée d'un tremblement convulsif, comme à son habitude, un sourire béat aux lèvres. Prenant son courage à deux mains, elle avait appelé David au Garden et l'avait invité à dîner le vendredi soir.

— Tu sais cuisiner ? avait-il demandé.

— Évidemment.

— Attends, il faut que je voie si je suis à jour de mes cotisations santé.

— Ne sois pas mufle.

Il avait fait une pause.

— Ce serait avec plaisir, mais...

— Mais ?

— Je suis pris vendredi. On peut remettre ça ?

Elle avait eu du mal à cacher sa déception.

— Bien sûr.

— Je suis obligé d'aller à cette soirée de charité.

Le cœur de Laura avait battu à se rompre. Elle s'en était voulu de sa réaction, d'avoir espéré qu'il l'invite à l'accompagner. Mais elle avait tellement envie de le voir !

— Il faut que je retourne m'entraîner, avait-il ajouté. Allez, à plus.

Laura avait entendu un déclic. Elle avait attendu la tonalité signifiant que son correspondant avait raccroché et avait laissé passer deux bonnes minutes avant de reposer le combiné.

Il ne lui avait pas proposé de venir.

La nuit du vendredi, elle avait eu un mal fou à trouver le sommeil. Pourquoi David ne lui avait-il pas demandé de l'accompagner ? N'avait-il pas envie de la voir ou était-ce elle qui précipitait les choses ? Peut-être qu'il ne se sentait pas encore prêt. Peut-être qu'il n'éprouvait pas la même chose qu'elle.

Le samedi matin, elle s'était levée de bonne heure. Pour se changer les idées, elle s'était rendue au bureau et plongée dans le bilan comptable du mois précédent. Leur chiffre d'affaires avait augmenté de dix pour cent par rapport à l'an passé. Satisfaite, Laura avait attrapé le *Boston Globe.* À la page société, elle était tombée sur une photo de David au gala de bienfaisance.

Avec une autre femme.

Laura avait senti une main d'acier lui broyer le cœur. La ravissante blonde se nommait Jennifer Van Delft. Plus âgée que Laura, elle s'accrochait au bras d'un David en smoking, aussi souriant qu'un gagnant du loto et que le journal désignait comme son « cavalier ».

Le salaud.

Les yeux de Laura s'étaient emplis de larmes. Elle avait continué à fixer la photo. Pourquoi pleurait-elle ? Pour qui ? Fallait-il être sotte pour s'imaginer qu'il y avait quelque chose de particulier entre eux, que David la trouvait différente de ses autres conquêtes féminines...

On avait frappé à la porte. En un éclair, Laura avait replié le journal, essuyé ses larmes, lissé son tailleur Svengali et s'était composé un visage serein.

— Entrez.

David avait fait irruption dans le bureau, avec un grand sourire qui n'était pas sans rappeler celui de la photo.

— Bonjour, beauté.

— Salut, dit-elle froidement.

Il avait traversé la pièce pour l'embrasser, mais elle avait tourné la tête, lui offrant sa joue.

— Quelque chose ne va pas ? s'était-il enquis.

— Non. Je suis occupée, c'est tout. Tu aurais dû appeler d'abord.

— Je me suis dit qu'on pourrait déjeuner ensemble.

Laura avait secoué la tête.

— J'ai trop de boulot.

Décontenancé, David l'avait regardée se replonger dans ses dossiers comme s'il n'était pas là.

— Tu es sûre que tout va bien ?

— Certaine.

Il avait haussé les épaules en remarquant le *Boston Globe* sur son bureau. Un sourire entendu s'était dessiné sur ses lèvres.

— C'est ça qui t'a perturbée ? avait-il fait en désignant le journal.

Elle avait regardé le gros titre.

— Quoi ? L'incendie à Boston sud ?

— Je te parle de ma photo à l'intérieur.

— Et pourquoi ça me perturberait ? Tu n'es pas ma propriété. Tu es libre.

Il s'était légèrement esclaffé.

— Je vois.

— Mais je pense que nous devrions lever le pied, poursuivit-elle.

— Ah bon ? Puis-je savoir pourquoi ?

— Cette relation commence à prendre des proportions excessives.

David s'était assis dans le fauteuil en face de son bureau.

— Tu aimerais quelque chose de plus souple… une relation ouverte ?

— Ouverte ?

— Sans engagement de part et d'autre. Genre, on fréquente qui on veut, chacun de son côté ?

La jambe de Laura tressautait toujours.

— C'est ça.

— Je vois, avait-il continué. Ça ne t'ennuie donc pas que je sois allé à cette soirée avec une autre femme ?

— Moi ? avait-elle répliqué. Pas du tout.

— Mais, Laura, et si je n'aimais pas ton idée de relation ouverte. Si je ne voulais pas fréquenter d'autres femmes. Si je te disais que, pour la première fois de ma vie, je suis amoureux.

Laura avait cru que son cœur allait jaillir hors de sa poitrine. Elle avait dégluti, détourné les yeux pour échapper à son regard perçant.

— Je te répondrais que tu n'es sans doute pas prêt pour ce type de relation.

— À preuve hier soir ?

Elle avait hoché la tête, dissimulant ses yeux embués.

— Laura ?

Elle n'avait rien dit.

— Regarde-moi, Laura.

Elle avait relevé la tête avec effort.

— La femme sur la photo est Jennifer Van Delft. L'épouse de Nelson Van Delft. Ce nom ne te dit rien ?

Il lui avait semblé l'avoir déjà entendu, mais elle n'aurait su dire dans quelles circonstances. Elle avait secoué la tête.

— L'actionnaire principal des Celtics. Tous les ans, sa femme me demande de participer à une collecte de fonds pour lutter contre la myopathie. Son mari était en déplacement. Il m'a prié de l'accompagner. Voilà tout.

Laura se taisait.

— Je vais te dire quelque chose, histoire de lever les derniers doutes. Quelque chose que je n'ai encore jamais dit à une femme. Je t'aime. Je t'aime plus que tout au monde.

Une vague d'émotion l'avait submergée, mais elle s'était sentie incapable de proférer un son.

— Pas de réaction, Laura ? Tu ne comprends pas ce que je suis en train de dire ? Je t'aime, Laura. Je ne veux pas être séparé de toi.

Sa jambe était animée de soubresauts. Ce n'était pas possible. C'était sûrement un piège.

— Je... Je suis très occupée, David. On ne pourrait pas en discuter plus tard ?

— Je n'arrive toujours pas à t'atteindre, hein ? Pourtant, je croyais y être parvenu. J'y croyais vraiment. Tu es toujours le vilain petit canard qui n'admet pas être devenu un superbe cygne. La petite fille boulotte qui a peur de se laisser aller de crainte de souffrir ? Allons, Laura, tu ne penses pas que tu maîtrises la situation à présent ?

Elle avait essayé de répondre. Elle avait voulu vraiment répondre...

Le visage de David s'était empourpré, sa voix avait monté d'un ton.

— Personne ne peut t'aimer, n'est-ce pas, Laura ? Tu crois que ta beauté m'aveugle, qu'on ne peut t'aimer que pour ton physique. Conneries, tout ça. Tu as donc si peu confiance en toi ? Tu crois que je ne connais pas la chanson, que je n'ai pas déjà rencontré des dizaines de jolies filles qui me couraient après uniquement parce que j'étais capable de faire passer un ballon à travers un anneau ?

Il s'était interrompu, le souffle court. Secouant la tête, il s'était levé brusquement et s'était dirigé vers la porte.

— David ?

Il avait lâché la poignée mais ne s'était pas retourné.

— Quoi ?

À nouveau, pas de réponse. Pivotant sur lui-même, il avait vu qu'elle pleurait.

— Laura ?

Les larmes coulaient à flots maintenant.

— J'ai si peur.

— Laura…

— J'ai peur de ce que je ressens, hoqueta-t-elle, la poitrine secouée de sanglots. Je t'aime tellement.

Il l'avait rejointe en deux enjambées et l'avait prise dans ses bras.

— Moi aussi, mon cœur. Moi aussi.

— S'il te plaît, ne me fais pas de mal, David.

— Jamais, mon amour. Je te le promets.

« *Jamais, mon amour. Je te le promets.* » L'écho de ses paroles résonnait dans le présent.

David avait menti. Il l'avait quittée, ce qu'elle redoutait le plus au monde. Laura fixa la route devant elle. Un quart d'heure plus tard, elle mettait le clignotant et tournait dans l'allée.

La maison.

Pourquoi était-elle revenue ? Les larmes affluèrent de plus belle. Ce n'était qu'une simple habitation. Pas de quoi pleurer. Trois chambres, deux salles de bains et demie. Vraiment pas de quoi pleurer, sinon en songeant à tous les rêves brisés qui jonchaient le plancher.

Elle descendit de voiture, se dirigea vers la porte. Encore une belle journée d'été humide mais pas trop. Elle sortit la clé…

La porte était ouverte.

Pourtant, David l'avait fermée avant leur départ. Elle entra, coupa l'alarme. Si l'alarme était toujours branchée, alors comment… ? Elle haussa les épaules avec lassitude. Qu'importe s'ils avaient été cambriolés. Laura pénétra dans le salon. Le silence l'enveloppa. La pièce était nue, exactement dans l'état où ils l'avaient laissée en partant.

L'achat de la maison remontait à deux mois. Ils n'avaient pas eu le temps de choisir les meubles, excepté le strict minimum, juste de quoi emménager à leur retour d'Australie. Après tout, ils avaient la vie devant eux.

Laura gagna l'escalier. La peinture n'était pas terminée par endroits. Elle sourit tristement ; David avait tenu à ce qu'ils la fassent eux-mêmes. L'expérience avait tourné au fiasco : coulures et compagnie. Elle passa la main sur la partie du mur dont il s'était chargé. Sans lui, cette maison n'avait aucune raison d'être. Elle avait peu de souvenirs ici, mais tant de rêves inaccomplis, tant de projets qui ne verraient jamais le jour. C'était ici que leur amour aurait continué à grandir, ici qu'ils auraient élevé leurs enfants.

« Tu veux combien d'enfants, David ?

— Maintenant ? Tout de suite ? Tu ne crois pas qu'on ferait mieux d'attendre ?

— Je suis sérieuse. Combien ?

— Je ne veux pas d'enfants.

— Quoi ?

— Je veux des lapins.

— Des lapins ?

— C'est ça. Des lapins. Trois, pour être précis. Un de chaque sexe. Que nous élèverions selon les préceptes de l'hindouisme.

— Mais je suis catholique, et toi, tu es juif.

— Justement. Comme ça, pas de disputes.

— Tu ne peux pas être sérieux une minute ? C'est important pour moi.

— Bien sûr, mon amour.

— Combien d'enfants veux-tu ?

— Et toi, tu en veux combien ?

— Beaucoup, répondit Laura. Cinq, dix.

— Toi ?

— Je veux avoir des enfants avec toi, David. Sans attendre.

— Pas aujourd'hui, je suis fatigué.

— Allez, imagine tous ces mignons petits David en train de gambader dans la maison.

— Ce serait sympa, admit-il.

— Et des petites Laura aussi.

— Beurk. Pauvres gosses.

— Continue comme ça, Baskin, et je vais t'en coller une. »

Il la prit dans ses bras.

« Laura, nous aurons la plus belle famille du monde. Toi, les petits, deux ou trois poissons rouges jetables, un chien, un barbecue dans le jardin... un vrai tableau de Rockwell.

— Tu es sérieux ? »

Il resserra son étreinte.

« Je te promets plein de mouflets en train de gambader dans la maison. »

Laura gravit les marches. Elle passa sans s'arrêter devant ce qui devait être la chambre de leur premier enfant. Dans la suite parentale trônait le grand lit qu'ils ne partageraient plus jamais. Une main de glace lui enserra le cœur. Elle tourna la tête et sentit ses genoux flageoler. Sous le rebord de la fenêtre, David avait abandonné une de ses vieilles baskets déchirées. Une basket qu'il ne mettrait plus. Il ne verrait plus cette maison, ne sourirait plus, ne rirait plus.

Plus jamais.

Mon Dieu, faites que David me revienne. Faites qu'il me reprenne dans ses bras. Je donnerais n'importe quoi pour qu'il revienne. S'il vous plaît...

Le ciel bleu et vide semblait se moquer de sa prière. Laura détourna les yeux et s'aperçut qu'on avait touché à son bureau.

Quelqu'un avait bel et bien pénétré dans la maison. C'était sans importance, il n'y avait pas grand-chose à voler. David et elle avaient acheté un lit, un bureau, un réfrigérateur, une table de cuisine et quelques chaises. C'était à peu près tout.

Le voleur avait fouillé sa table de travail.

Tout était sens dessus dessous. Il avait dû chercher de l'argent, un carnet de chèques ou... Elle s'approcha en clopinant, ouvrit le tiroir du haut. Trois cents dollars en liquide et l'anneau du championnat de la NCAA de David étaient là, bien en vue. Intacts. Perplexe, Laura aperçut l'album photo de David. Pourquoi l'aurait-on sorti ? Elle l'ouvrit. Rien de particulier, tout était à sa...

Une minute.

Elle regarda de plus près. Il y avait plusieurs minuscules fragments d'une photo coincés entre les pages. Quelqu'un avait arraché l'une des photos de David. Elle referma l'album et trouva deux autres fragments par terre.

Laura inspecta le reste du meuble. L'intrus avait aussi feuilleté leur agenda. Pourquoi ? En quoi cela pourrait-il intéresser quelqu'un ? Elle contempla la page à laquelle il l'avait ouvert.

David avait rayé la semaine d'un « ON SE MARIE ! » et noté leur numéro de vol et le nom de leur hôtel à Palm Cove.

Laura ne toucha pas à l'agenda. Elle décrocha le téléphone. Heureusement qu'ils l'avaient fait brancher avant de partir.

Elle composa le numéro de TC, mais il n'était pas là. La standardiste lui annonça qu'il s'était absenté pour quelques heures. Elle laissa un message et regarda la couverture de l'album photo. Puis elle redescendit, ferma la porte et monta dans sa voiture.

L'homme était debout au-dessus du patient.

— Regarde-moi tous ces bandages. On dirait une momie, ou l'Homme invisible.

Aucune réaction.

Il se demanda s'il devait lui parler de la dernière surprise en date. Puis décida que non. Le patient avait besoin de toutes ses forces pour récupérer. Pas la peine de le perturber avec quelque chose sur quoi il n'avait pas prise.

— Tu te sens bien ?

Cette fois, il eut droit à un hochement de tête.

Il y avait du progrès.

— Pas trop inconfortables, les bandages ?

Un non de la tête.

L'infirmière s'assit sur la chaise à côté du lit.

— Ç'a été comme ça toute la semaine. Il n'a pas desserré les dents.

— Il vaut peut-être mieux qu'il ne parle pas, dit l'homme. Ce n'est peut-être pas bon pour ses cordes vocales.

L'infirmière secoua la tête.

— C'est là que vous vous trompez. Des cas comme le sien, j'en ai eu des dizaines. À ce stade-là, ils n'arrêtent pas de parler, ils me racontent leur vie et tout. Alors que lui, pas un mot. À force, je finis par m'ennuyer.

L'homme reporta son attention sur le patient.

— Il faut que j'y aille, sinon on va se poser des questions. Tu n'as besoin de rien ?

Nouveau signe négatif de la tête.

— Je reviens dans quelques jours avec le toubib. Fais attention à toi.

Une larme coula sous le bandage.

6

TC abaissa la poignée de la porte.

— Tu as laissé la serrure telle quelle ?

Laura opina de la tête.

— Qui d'autre a la clé d'ici ?

— Personne.

— C'était fermé à clé quand vous êtes partis en Australie ?

— Oui.

Ils entrèrent dans le vestibule.

— Rien n'a été dérangé en bas ?

— Rien.

— Viens, on va voir là-haut.

Il la suivit dans la chambre à coucher.

— Voici le bureau, dit Laura.

— Tu es sûre que ce n'est pas David qui a laissé ce fouillis ? s'enquit TC. Il n'a jamais été un maniaque du rangement.

— Sûre et certaine. Je me souviens clairement que juste avant de partir, j'ai ouvert le tiroir pour prendre nos billets d'avion. Tout était en ordre.

TC examina le bureau. Celui qui avait fait cela était pressé. L'intrus avait fourragé dans le tiroir, sorti pêle-mêle papiers, carnets, tout ce qui lui tombait sous la main. Sans toucher à l'argent ni à l'anneau. Pourquoi ? TC scruta les fragments de photo. Où était le reste ? L'intrus avait vraisemblablement détruit le cliché en laissant tomber des petits bouts dans sa hâte. Mais qui ? Pourquoi ?

Il tira une loupe de sa poche avec l'impression de jouer les Sherlock Holmes de pacotille. La photo noir et blanc, ancienne, avait jauni avec l'âge.

— Tu sais ce qu'il y avait dessus ?

Laura secoua la tête.

— Mais je peux examiner l'album pour essayer de deviner.

— Si tu en as le courage.

— Bien sûr, mentit-elle.

— Emporte-le, on regardera ça plus tard.

TC inspecta rapidement le reste de la maison. L'étage d'abord, puis le salon et la cuisine, et pour finir le sous-sol. Rien n'avait été déplacé. Aucune trace d'effraction. Lorsqu'il eut terminé, il rejoignit Laura à la porte d'entrée.

— Sans vouloir insister, dit-il, c'est une serrure assez perfectionnée, et le système d'alarme l'est tout autant. Combien de clés avez-vous fait faire pour cette maison ?

— Deux seulement. J'avais laissé celle-ci chez moi avant de partir.

— Et l'autre ?

Laura déglutit.

— David l'avait sur lui.

Judy contempla sa sœur. Malgré les années, malgré le désespoir qui la rongeait, Mary était toujours aussi belle.

Les deux sœurs s'étaient installées dans la chambre de Mary, une chambre décorée avec style, au goût du jour. Le mobilier semblait avoir été sculpté dans de la fibre de verre. La bibliothèque croulait sous les parutions récentes. Mary lisait beaucoup, mais Judy savait qu'elle n'y prenait pas vraiment plaisir. Les livres étaient des accessoires, une façon de montrer qu'une tête bien faite pouvait aussi être bien pleine. Mary y attachait énormément d'importance, de peur que sa beauté ne lui vaille de passer pour une potiche.

Au fond, Mary Ayars n'était ni une intellectuelle ni une belle plante. Si son physique spectaculaire l'avait toujours placée au centre de l'attention générale, il l'avait également rendue superficielle et, pour finir, avait provoqué une avalanche de catastrophes.

Mais moi aussi, je suis coupable. C'est autant ma faute que la sienne.

Un peu plus tôt dans la journée, Judy avait rencontré Laura. Elle l'avait trouvée hagarde ; son regard éperdu semblait demander pourquoi son univers s'était écroulé d'un seul coup.

Qu'est-ce que je t'ai fait, Laura ? De quoi ai-je été complice ?

Judy se taisait, laissant sa sœur vider son sac entre deux sanglots. Elle lui posa une question, une seule :

— James est au courant ?

Mary s'interrompit comme si on l'avait giflée.

— Bien sûr que non. Pourquoi le serait-il ?

Judy ne répondit pas directement.

— A-t-il changé d'attitude depuis ton retour ?

— Notre fille vient de perdre son mari, bon sang. Évidemment qu'il est un peu crispé.

— Envers toi, j'entends.

Mary haussa les épaules, mal à l'aise.

— Il fait comme si je n'étais pas là, renifla-t-elle. Depuis la mort de David, il est incapable de me regarder en face. James adorait David.

— David était quelqu'un de merveilleux.

Mary marqua une pause.

— Il aimait beaucoup Laura.

— Je sais.

— Que dois-je faire, Judy ?

— Faire ?

Judy se rappela la dernière fois où sa sœur lui avait demandé conseil. Il en était résulté un drame, et même un décès.

— Cette fois, ne fais rien.

Laura servit à Stan une autre tasse de café.

— Alors, quand penses-tu rentrer dans le Michigan ?

— Tu es pressée de te débarrasser de moi ?

— Bien sûr que non. Je ne voulais pas...

Stan balaya ses excuses d'un geste.

— Je rigole, Laura.

— Je suis contente de te voir. Tes visites comptent beaucoup pour moi.

— Ça me fait plaisir, dit-il en sirotant son café, car j'envisage sérieusement de me fixer à Boston.

— C'est vrai ?

Stan haussa les épaules.

— Je n'ai plus d'attaches dans le Michigan. J'ai liquidé mon affaire avant de partir ; du coup, rien ne me retient là-bas. Et puis, j'ai un projet à Boston. J'aimerais trouver les crédits nécessaires pour ouvrir une galerie marchande sur le thème du basket, quelque chose comme ça. Mais le plus important...

Il leva les yeux.

— J'espère que je ne suis pas trop direct.

— Pas du tout.

— Eh bien, voilà, pour être honnête, si j'ai envie de rester ici, c'est parce que la façon dont toi et les tiens m'avez accueilli... Je ne devrais peut-être pas dire ça, mais j'ai l'impression de faire partie de la famille. Je me sens bien avec vous.

— Mais tu fais partie de la famille, Stan.

Il lui prit la main.

— Merci, tu es gentille. Ça fait longtemps que je n'ai pas été aussi proche de quelqu'un.

Laura sourit tristement.

— Je n'arrive toujours pas à croire que David n'est plus là. J'ai l'impression qu'il va pousser cette porte d'une minute à l'autre, en survêtement, faisant tourner le ballon sur son doigt, suivi par Earl tentant par tous les moyens de le déconcentrer.

Stan se rapprocha, passa un bras autour de ses épaules.

— Tu t'en remettras, Laura.

Le téléphone sonna.

Laura se dégagea et se leva.

Merde ! Je la tenais. Putain de téléphone.

Elle alla prendre la communication dans la cuisine. Du canapé du salon, Stan n'entendit qu'un vague murmure. Elle revint au bout de trois minutes.

— C'était Gloria. Elle passe me chercher dans une heure.

— C'est un ange.

— Oh oui.

— Je l'aime beaucoup.

— J'en suis heureuse.

— Elle a l'air très intéressante. Apparemment, elle a vécu des tas de choses.

— Qu'elle a payées cher.

— Payées ?

— Ce n'est rien, Stan. J'aurais mieux fait de me taire.

— Elle m'a dit qu'elle voyait une psy. Et que tu lui as sauvé la vie.

— Ça, c'est exagéré.

— C'était si grave que ça ? Oh, pardon, ça ne me regarde pas. Ne fais pas attention. C'est notre conversation qui m'est montée à la tête.

Laura se rassit sur le canapé.

— Mais non, Stan, je te l'ai dit, tu fais partie de la famille. Et visiblement, Gloria ne te cache rien.

Elle jouait nerveusement avec sa tasse à café vide.

— C'était très dur au début. Il fallait veiller sur elle nuit et jour.

— Vous l'avez placée dans une clinique ?

Laura hocha la tête. Malgré ce qu'elle venait d'affirmer, elle ne se sentait pas à l'aise.

— Un établissement de cure, plutôt.

Au ton de sa voix, Stan comprit qu'il valait mieux ne pas insister.

— Excuse-moi. Je n'aurais pas dû poser la question.

— Ce n'est pas grave.

Un silence pesant s'établit dans la pièce.

— Bon, j'y vais.

— Merci d'être venu, Stan.

Elle le raccompagna à la porte. Se penchant, Stan l'embrassa sur la joue. Lorsqu'il se retourna, l'entrée était bloquée.

Il eut un sourire éclatant.

— Salut, TC.

TC le foudroya du regard.

— Bordel, qu'est-ce que tu... ?

Il aperçut Laura et se tut.

Stan tapota son ventre proéminent.

— Allez, à bientôt, mon gros.

TC ferma les yeux, s'efforçant de garder son sang-froid. Stan sortit précipitamment.

— Ça va, TC ? demanda Laura.

— Oui.

— Rentre.

— Laura, il vient souvent ici ?

— Stan ? Oui, il m'a été d'un grand soutien.

— Mmm.
— Quoi ?
— Rien. Simplement, prends garde à Stan Baskin.
— Je n'ai pas besoin qu'on me dise quoi faire. En plus, il est très gentil.
— Mais oui, c'est ça. Un amour de garçon.
— Il m'a dit que vous ne vous entendiez pas.
— Ravi d'apprendre qu'il ne ment pas tout le temps.
— Que s'est-il passé entre les deux frères, TC ? Qu'est-ce qui a pu les séparer à ce point ?
— Ce n'est pas à moi de te l'expliquer.
— Pourquoi ?
— Ce n'est pas mon rôle, voilà tout.
— Je vois, fit Laura sans cacher son agacement. Ton rôle, c'est d'enfoncer les gens sans apporter la moindre preuve à tes accusations.
— Je ne savais pas que je me trouvais face à un juge.
— Arrête tes conneries, TC. Stan Baskin fait partie de la famille...
— Stan Baskin est une ordure.
— Je ne veux pas entendre ça.
— J'ai remarqué.
— Et je ne te crois pas. C'était quand, la dernière fois que tu lui as parlé ?
— Chez vous, après l'enterrement.
— Tu m'as comprise. Avant ça.
— Laura...
— Quand ?
— Je n'ai pas envie de subir ton contre-interrogatoire.

— Quand ?

— En deuxième année de fac. Il y a dix ans. Contente ?

— On peut changer en dix ans.

— Pas lui, Laura. Il est malade. Il haïssait David.

— Tu te trompes complètement. Il l'aimait plus que tout.

— Et tu as gobé ça ?

— C'était son frère. Quoi qu'il fasse, il le restera.

— Et alors ?

— Il a changé. Il regrette le passé. Il se sent coupable de ce qui est arrivé entre David et lui.

— Bon Dieu, Laura, on dirait ces psys à deux balles qui font libérer des assassins. Comment peux-tu être aussi crédule ?

— Tu me saoules, TC.

— Non, c'est toi qui me saoules.

Ils se turent, se dévisagèrent. TC ouvrit la bouche, mais sans laisser à Laura le temps de parler, elle se jeta à son cou.

— Excuse-moi, je ne voulais pas…

— C'est ma faute.

Elle sentit les larmes lui picoter les yeux.

— Je sais bien que tu es là pour m'aider. Sans toi, je n'aurais pas survécu à tout ça.

— N'en parlons plus.

Il dénoua ses bras avec douceur.

— Tu es sûre que tu veux regarder cet album photo maintenant ?

Laura hocha la tête. Elle n'avait pas eu l'occasion de jeter un œil sur l'album depuis qu'elle l'avait rapporté de la maison. Elle n'était même pas certaine que, seule, elle en aurait eu le courage.

Ils l'examinèrent soigneusement. Chaque fois qu'ils tournaient la page, TC guettait la réaction de Laura. Il se sentait coupable et ne savait que faire pour lui venir en aide. Elle regardait les clichés d'un air vague, sans aucune trace d'émotion, et cela bouleversait TC bien plus que ses larmes.

La voyant s'attarder sur une page, il se pencha et reconnut la mère de David.

— Comment était-elle, TC ?

— Je ne l'ai jamais connue en bonne santé. On lui a diagnostiqué un cancer quand nous étions en première année de fac. David était très proche d'elle. Sa mort l'a anéanti.

Laura contempla la photo quelques instants de plus, puis tourna la page. La suivante était vide.

TC tendit la main vers l'album.

— Il n'y avait pas… ?

— Si, acquiesça-t-elle. Le père de David.

— Nom d'un chien ! Voilà qui est bizarre.

— Je ne comprends pas, TC. Pourquoi arracher la photo d'un homme mort depuis presque trente ans ?

— Y avait-il autre chose dessus ?

— Je ne crois pas. Il s'agissait du genre de portrait qu'on publie dans les annuaires universitaires.

— C'est la seule qui manque ?

Ils parcoururent le reste de l'album, mais aucune autre page n'était vide.

— Qu'est-ce que ça pourrait être, TC ?

— Donne-moi une minute, Laura. Je ne suis pas un rapide, moi. Plutôt du genre laborieux.

Il sortit un cigare.

— Tu permets ?

— Je t'en prie.

Il l'alluma.

— OK, procédons pas à pas. Pour commencer, quelqu'un pénètre par effraction dans votre maison. Un cambrioleur ? Non, il aurait pris l'argent. Un fan venu chercher un souvenir de David ? Non, il serait reparti avec l'anneau de la NCAA ou des photos de ses matches.

— Tout ça, on le sait.

— Laisse-moi réfléchir, s'il te plaît.

— Pardon.

— L'intrus en question a décidé d'enlever la photo du père de David.

— Et il a consulté notre agenda, ajouta Laura.

— Exact. Mais quel est le rapport ? Pourquoi arracher cette photo précise et en quoi serait-ce lié à votre emploi du temps ?

— Je ne vois pas.

TC se frotta le menton.

— Que savons-nous du père de David ?

— Il s'est suicidé, dit Laura.

— Soit. Je comprends à la rigueur qu'on puisse avoir besoin de sa photo.

— Hein ?

— Cette partie de la biographie de David a souvent été passée sous silence. Imagine que quelqu'un fasse des recherches sur lui sans arriver à mettre la main sur un cliché de son père.

— Tu vas chercher loin, là.

— Je sais. Qui plus est, il ne l'a pas pris. Il l'a déchiré.

— Ça nous laisse quoi, TC ?

Il tira une profonde bouffée et souffla la fumée au-dessus de sa tête. Au début, il avait cru comprendre pourquoi on était entré chez eux, pourquoi on avait consulté l'agenda. Cela pouvait s'expliquer. Mais arracher la photo ? Il secoua la tête.

— Ça nous laisse dans le brouillard, répliqua-t-il.

L'homme observait le chirurgien de près. Il l'avait déjà vu faire la même chose plusieurs fois, mais n'en avait conçu qu'une vague curiosité. À présent, il suivait avec attention le moindre de ses gestes pendant qu'il découpait les bandages, les déroulait, retirait la gaze. Cette fois, l'homme était intéressé de voir le produit fini.

— Ne bougez pas, dit le médecin. J'en ai pour une minute.

L'homme voulut jeter un coup d'œil par-dessus son épaule pour voir le visage, mais il restait encore trop de bandages. Avec un soin méticuleux, le chirurgien défaisait les bandes blanches couche par couche, essuyant la peau avec du coton imbibé d'alcool. Lorsqu'il eut terminé, il s'écarta pour montrer le fruit de son travail.

— Bon sang ! souffla l'homme.

Le chirurgien sourit.

— On peut dire que c'est un succès.

— On peut le dire, Hank. C'est prodigieux.

Pour la première fois depuis l'opération, le patient parla.

— Puis-je avoir un miroir, s'il vous plaît ?

— Et cette voix, Hank. C'est vraiment incroyable.

— Le miroir ?

Le chirurgien fit signe à l'infirmière.

— Avant de vous le donner, jeune homme, laissez-moi vous mettre en garde. Le choc va être rude. Ne vous affolez pas. Beaucoup de gens se sentent désorientés quand ils voient le changement pour la première fois. Beaucoup souffrent d'une crise d'identité.

— Merci, répondit le patient d'une voix atone. Je peux avoir le miroir ?

L'infirmière le lui apporta. Il le prit à deux mains et contempla son reflet. L'homme, le chirurgien, l'infirmière attendaient sa réaction. Mais il ne broncha pas. Il se regardait comme on se regarde dans la glace tous les jours, sans la moindre expression.

— Comment vous trouvez-vous ? demanda le chirurgien.

— Vous avez fait du très bon travail, docteur. Je suppose qu'on s'est occupé de régler vos honoraires ?

— Oui, je vous remercie.

— Quand pourrai-je me lever ?

— Il vous faut encore un jour de repos, pas plus.

— Et combien de temps avant de reprendre un entraînement intensif ?

— Un entraînement intensif ? Mais pour quoi faire, puisque...

Il se reprit, se souvenant qu'il était dangereux de poser trop de questions.

— Une bonne semaine si tout va bien.

7

Stan trouva une cabine téléphonique, fouilla dans ses poches, en sortit une poignée de pièces qu'il glissa dans la fente avant de composer le numéro. Au bout de trois sonneries, il tomba sur une réceptionniste.

— Cabinet juridique Charles Slackson, j'écoute.

— Je voudrais parler à Charlie.

— De la part ?

— Un vieil ami, répondit Stan sèchement.

— Désolée, j'ai besoin...

— Passe-le-moi, ma jolie, ou j'arracherai ta langue de ta petite tête sans cervelle.

Il y eut un silence atterré, puis Stan entendit un clic. On l'avait mis en attente. Quelques secondes plus tard, un homme prit la communication.

— Allô ?

— Charlie ? C'est moi, Stan.

— Bon Dieu, Stan, était-ce bien nécessaire de fiche une peur bleue à ma secrétaire ?

— Excuse-moi. Je n'avais pas envie de donner mon nom.

— Je pense bien, vieux.

— Que veux-tu dire par là ?

— Mister B te cherche. Et il a l'air de mauvais poil.

— Je m'en doute.

— Où es-tu, Stan ?

— T'occupe. J'ai une question de droit à te poser.

— Rapport à la loi ?
— Oui.
— Normalement, je ne traite pas les affaires légales. Je suis spécialisé dans les arnaques.
— Ça, je suis bien placé pour le savoir.
— Ne me dis pas que tu as trouvé un moyen légal de nous faire gagner de l'argent, Stan. Je te préfère largement en escroc à la petite semaine.
— J'essaierai donc de le rester.
— OK, quelle est ta question ?
— Tu sais, j'imagine, que mon frère a cassé sa pipe en Australie ?
— Tu rigoles ou quoi ? Les journaux n'ont parlé que de ça.
— Ma question concerne sa fortune. Comme il n'a pas laissé de testament, qui va toucher le pactole ?
— Ça dépend. C'est vrai que ton frère s'est tiré en douce avec Laura Ayars quelques jours avant l'accident ?
— Ouais.
— C'est une bombe, cette fille. J'avais un calendrier d'elle dans ma cuisine.
— Super, Charlie. Mais pour en revenir à l'argent de mon frère ?
— Exact. Je me suis laissé distraire. Ils se sont officiellement mariés avant sa mort ?
— Oui.
— Alors tu es mal barré, Stan.
— Comment ça ? Je suis le seul membre survivant de sa famille.
— La jurisprudence ne s'intéresse pas aux liens de sang. C'est ce qu'on appelle une succession *ab intestat.*

— Et en langage ordinaire ?

— Dans ton cas, c'est très simple : pas de testament, c'est la veuve qui hérite.

— De tout ?

— De tout.

— Même si elle est déjà bourrée de thune ?

— Même si elle est l'Aga Khan.

— Merde !

— Désolé, vieux. Jusqu'où tu t'es fourré dans le pétrin vis-à-vis de Mister B, cette fois ?

— Jusqu'au cou, marmonna Stan.

— Tu as intérêt à monter un coup vite fait, ou alors débrouille-toi pour te rendre invisible. Mister B n'aime pas les débiteurs qui se cachent.

— Je sais, Charlie. Il me faut juste quelques jours de plus. Voilà, j'ai un plan aujourd'hui à l'Aqueduc...

— J'ai déjà entendu ça.

— Non, sérieusement. Dépose une mise pour moi et...

— Pas question, Stan. Mister B a fait passer la consigne. Personne ne te couvrira.

— Mais enfin, Charlie...

— Ne me mêle pas à tes histoires, Stan. Règle-les tout seul. Je dois te laisser maintenant.

Charlie raccrocha. Stan réfléchit un moment. Puis il sourit, sortit une nouvelle pièce et composa un autre numéro.

Gloria Ayars se sentait pousser des ailes en descendant l'escalier. C'était plus fort qu'elle. Pour la première fois depuis la mort de David, elle avait une raison de se réjouir. Stan venait d'appeler pour l'inviter à dîner le lendemain soir.

Ce n'était pas un rencard, se répétait-elle. C'était juste un dîner entre amis. Pas de quoi tirer des plans sur la comète.

Mais alors, pourquoi avait-elle soudain aussi chaud ?

Gloria n'était pas sortie avec un homme depuis longtemps, depuis... Elle ferma les yeux. Pourquoi fallait-il qu'elle y repense maintenant ? Parce qu'elle n'était pas digne de quelqu'un comme Stan ? Parce qu'elle était tout juste bonne à fréquenter des malfrats et des voyous ?

Non ! C'est du passé, tout ça. Cette Gloria Ayars n'existe plus. Elle est morte et enterrée, Dieu merci...

— Non, mais dis-moi ce qui s'est passé !

La voix impérieuse de son père la ramena brutalement sur terre. Il était au téléphone, en train d'enguirlander quelqu'un... sans doute un nouvel interne à l'hôpital. Gloria s'éloigna dans le couloir pour ne pas avoir l'air d'écouter aux portes.

— A-t-elle tué David, oui ou non ?

Gloria se figea.

Son père semblait très en colère.

— Et tu n'as pas pu l'en empêcher ?

Il se tut pour entendre la réponse. Lorsqu'il parla à nouveau, ce fut d'un ton plus calme, plus posé.

— Je sais. Je sais. Désolé. J'ai eu tort de m'emporter.

Une pause.

— Je suis de ton avis. C'était probablement un suicide.

Gloria eut l'impression que son cœur lui remontait dans la gorge. Elle retint sa respiration.

— Non, ça ne servirait à rien, poursuivait James. Crois-tu qu'elle dit la vérité ? Oui. Tout à fait. Il n'y a rien que nous puissions faire.

Une pause.

— Ne dis pas ça !

À nouveau, il éleva la voix.

— Tu m'entends ? Arrête de dire ça. C'est faux. Il n'y a pas un mot de vrai là-dedans.

Une pause.

— Jamais !

James Ayars raccrocha d'un geste brusque. Plaquée au mur, Gloria n'osait toujours pas respirer. David était un prénom très courant, décida-t-elle. Son père devait en compter des dizaines parmi ses patients.

Les détails du décès.

Laura serrait fort la main de sa sœur. Son regard fit le tour de la pièce. Boiseries, gros fauteuils moelleux, peintures de renards aux murs. Bureau patiné en chêne massif, bibliothèque garnie de revues juridiques.

Clip était là. Ainsi que TC, Earl, Timmy et son père. Sa mère, naturellement, n'avait pas été conviée. Laura avait demandé à Stan de venir, et son absence la laissait perplexe.

Me Averall Thompson, avocat des Celtics et vieil ami de Clip Arnstein, se pencha en avant.

— Je vais tâcher d'être aussi clair et concis que possible. Tout d'abord, madame Baskin, permettez-moi de vous présenter mes plus sincères condoléances.

— Merci, dit Laura.

— Et toutes mes excuses pour ce délai. Faute de testament, nous avons rencontré un certain nombre de complications.

— Je comprends, maître. Inutile de vous excuser.

— Très bien.

L'homme de loi chaussa une paire de lunettes.

— Dans un cas comme celui-ci, la veuve hérite de la totalité du patrimoine. D'après notre enquête, vous aviez déjà déposé la majeure partie de vos fonds personnels sur des comptes joints, ce qui devrait nous faciliter la tâche. Vous avez acheté ensemble la maison de Brookline. Vous disposez de trois comptes joints, deux à la banque et un dans un établissement financier. En dehors de cela, David laisse un portefeuille d'actions et de SICAV, son appartement de Boston, et c'est à peu près tout.

— Plus son compte à la banque Heritage of Boston, ajouta Laura.

— Je vous demande pardon ?

— David avait un compte à Heritage of Boston, avec près d'un demi-million de dollars dessus.

Le vieil homme parut déconcerté.

— Vous êtes sûre qu'il n'a pas été soldé ?

— Sûre et certaine.

Me Thompson feuilleta le dossier posé sur son bureau. Laura jeta un coup d'œil autour d'elle. TC fixait la pointe de ses chaussures. Les autres avaient l'air passablement intrigués, sans plus. À l'exception de son père. Le visage blême, James Ayars était comme tétanisé.

— Je n'ai rien là-dessus dans mon dossier. Vous avez le numéro du compte ?

— Les relevés sont dans l'appartement de David.

Thompson sonna sa secrétaire.

— Beatrice ?

— Oui, monsieur ?

— Voulez-vous appeler Heritage of Boston et leur demander s'ils ont un compte au nom de David Baskin ?

— Tout de suite, monsieur.

Il se cala dans son siège.

— Navré, madame Baskin, je ne comprends pas comment nous avons pu commettre une telle erreur. Je suis réellement confus.

— Je suis sûre que ça va s'éclaircir rapidement.

— J'en suis persuadé.

Son téléphone bourdonna.

— Monsieur ?

— Oui, Beatrice.

— Je viens d'avoir Heritage. Ils n'ont aucune trace de compte au nom de David Baskin.

Laura se redressa.

— C'est impossible.

Averall Thompson sourit, rassurant.

— Peut-être que si vous me communiquiez le numéro du compte…

Était-ce l'expression de son père ou la façon obstinée dont TC contemplait le plancher ? Laura se sentit soudain extrêmement mal à l'aise. Ce n'était pas pour l'argent. Elle ne savait déjà pas quoi faire du sien. Mais tout ceci était très étrange. Quelque chose ne tournait pas rond.

— Merci, maître.

Les mains tremblantes, Laura trouva la clé. TC s'était proposé pour l'accompagner, mais elle avait préféré venir seule. À présent, devant la porte de l'appartement de David, elle se demandait si elle avait bien fait.

Elle tourna la clé. L'appartement était plongé dans l'obscurité. Laura hésita. Elle redoutait d'allumer la lumière, de devoir affronter les fantômes du passé et les douloureux souvenirs qui hantaient ces murs.

La dernière fois qu'elle était venue seule ici, David et elle sortaient ensemble depuis trois mois et étaient déjà éperdument amoureux.

Elle était passée le voir en sortant du bureau. Elle avait frappé à la porte et attendu.

Pas de réponse.

Bizarre. Ils s'étaient parlé au téléphone quelques minutes plus tôt. Il ne pouvait pas être sorti. Elle appuya sur la poignée et, à sa surprise, la porte s'ouvrit. Laura sourit. Jamais David ne se serait absenté en laissant la porte ouverte. Il était obnubilé par ce genre de détail. Il devait être sous la douche.

Elle poussa la porte. L'appartement était plongé dans le noir. Elle tendit l'oreille, guettant le bruit de l'eau, mais tout était silencieux autour d'elle.

Soudain elle entendit un cri étranglé.

Son sang ne fit qu'un tour. Laura se précipita vers la chambre à coucher.

« David ? »

Un autre cri, plus fort cette fois, plus terrifiant aussi.

Lorsque ses yeux se furent accoutumés à l'obscurité, elle aperçut David recroquevillé dans un coin du lit, la tête entre les mains, le corps convulsé de douleur. À nouveau, il poussa un cri dans l'oreiller.

Elle courut vers lui. Son cœur cognait sourdement dans sa poitrine.

« David, qu'est-ce que tu as ? »

Le visage altéré par la souffrance – une souffrance comme Laura n'en avait encore jamais vu –, il serrait les dents. Son teint avait viré au cramoisi ; on aurait dit que sa tête allait imploser. Il fit un effort, mais, incapable de se retenir, enfouit son visage dans l'oreiller. Le hurlement étouffé fit voler en éclats le cœur de Laura. Elle paniqua.

« J'appelle l'hôpital. »

Elle voulut attraper le téléphone, mais la poigne de David sur son bras l'immobilisa.

« Non ! » haleta-t-il avant de plaquer l'oreiller sur sa bouche.

Il la lâcha pour porter les mains à sa tête. Avoir prononcé un seul mot l'avait épuisé. Son regard torturé rencontra les yeux de Laura. Rassemblant ses dernières forces, il parvint à articuler :

« Prends-moi dans tes bras. »

Elle obéit. Elle l'étreignit, le caressa, le réconforta. Elle pleura avec lui, et il se cramponna à elle comme à une bouée. Il fallut deux bonnes heures pour que la douleur commence à desserrer son étau. Mais Laura ne le lâchait pas, de peur que l'ennemi invisible ne revienne à la charge.

« C'est bon, Laura. »

Elle ne bougea pas.

« Je te dois des explications.

— Tu n'es pas obligé, murmura-t-elle, tremblante.

— Si. »

Elle prit sa tête entre ses mains.

« Ça t'arrive souvent ? »

Il haussa les épaules.

« Chaque fois est une fois de trop. D'après mon médecin, c'est une combinaison de violentes crises de migraine et d'une espèce de dysfonctionnement cérébral inopérable. »

Laura ressentit une bouffée d'angoisse.

« Dysfonctionnement cérébral ?

— Genre kyste ou tumeur. Rien de grave, enfin... on n'en meurt pas. Au pire, ça provoque des douleurs atroces. Mon médecin dit que je suis né avec, même si je n'en ai pas souffert jusqu'à ma première année de fac.

— Ça ne peut pas se traiter ?

— Pas vraiment.

— Et ces crises, David, jusqu'à quel point elles te font souffrir ? »

Il esquissa un pâle sourire.

« L'héroïsme, ce n'est pas trop mon truc. Pour ne rien te cacher, celle-ci doit être la plus bénigne de toutes celles que j'ai jamais eu à supporter. »

À ces mots, le cœur de Laura se serra.

« Peut-être parce que tu étais là pour me réconforter, ajouta David. D'habitude, ça commence comme si on m'attaquait les nerfs au marteau-piqueur. Ensuite, la douleur s'accentue jusqu'à ce que j'aie l'impression de recevoir une décharge de mille volts au cerveau. Parfois, j'ai envie de m'ouvrir le crâne pour arrêter ça, mais c'est comme se gratter un plâtre pour calmer une

démangeaison. À d'autres moments, la douleur touche certains nerfs et ça me paralyse.

— Il n'y a donc rien à faire ?

— Sauf ce que tu as fait là. Me prendre dans tes bras.

— Les joueurs de ton équipe sont au courant ? »

Il secoua la tête.

« Il n'y a que TC et mon médecin qui savent. Je n'en ai même pas parlé à Clip ni à Earl. En général, je le sens venir et je m'éclipse. Rester dans le noir me fait du bien. Souvent, j'appelle TC. »

Il déglutit et leva les yeux.

« TC ne peut rien contre la douleur, mais des fois elle est tellement insoutenable que j'ai peur de commettre un acte irréfléchi. Je ne dis pas ça pour t'affoler. Je veux juste que tu mesures la gravité de ces crises. »

En larmes, Laura se raccrocha à lui.

« Je t'aime, David. Je t'aime si fort.

— Moi aussi je t'aime, Laura. »

Il ferma les yeux.

« Et j'ai besoin de toi. »

Sa dernière crise remontait à octobre 1988. Depuis huit mois et demi, il n'avait pas connu un début de migraine. David était convaincu que Laura y était pour quelque chose, qu'elle avait chassé le démon logé dans son cerveau. Même son médecin n'en revenait pas. D'une manière ou d'une autre, ils avaient réussi à vaincre le mal.

Et si leur victoire n'avait été qu'un leurre ? Si le démon s'était terré quelque part en attendant son heure ? Le moment venu, il avait décidé de frapper, d'en finir une fois pour toutes : il avait pris David en traître, l'avait paralysé au milieu des vagues et entraîné au fond de l'eau jusqu'à ce que ses poumons explosent.

TC disait que non. Mais Laura n'en était pas si sûre.

Elle alluma la lumière. Ses yeux étaient humides. Même du vivant de David, le souvenir du calvaire qu'il avait dû endurer suffisait à faire venir les larmes.

En pénétrant dans la chambre, elle s'attendait presque à le trouver recroquevillé sur le lit, mais bien sûr la chambre était vide. Elle passa dans son bureau et fouilla dans le meuble de rangement qu'elle lui avait offert l'an dernier. Les dossiers soigneusement étiquetés donnaient à penser que David était méthodique et organisé. Mais l'illusion ne durait guère. Il perdait tout : factures, relevés bancaires, documents importants. David avait horreur de la paperasse, et les questions financières le dépassaient.

« Je te laisse gérer notre argent, avait-il dit à Laura. C'est toi, le génie de la finance. »

Le deuxième tiroir contenait les relevés de banque. Elle savait que tous les papiers relatifs à Heritage of Boston étaient classés après le dossier Gunther Mutual. Elle fit défiler les dossiers suspendus. Catalyst Energy, Davidson Fund, Friedrickson et Associés, Gunther Mutual...

Pas d'Heritage of Boston.

Laura fourragea parmi les dossiers pour s'assurer qu'il n'avait pas été rangé au mauvais endroit. Elle inspecta les autres tiroirs. Il n'y avait rien concernant cette banque.

Elle se releva péniblement. Il était temps de tirer les choses au clair. Pour commencer, elle allait faire un tour à Heritage of Boston.

Laura et TC descendirent de voiture et se dirigèrent vers l'entrée de la banque. Ils devaient former un drôle de couple, pensait TC. L'une des plus belles femmes du monde aux côtés d'une espèce de poussah en costume fripé qui faisait au moins dix centimètres de moins qu'elle. Un vrai régal pour les yeux !

— Tu n'as pas retrouvé les papiers, dit-il. Et alors ? Peut-être qu'il a transféré son compte et les a détruits.

— Tu te souviens qu'on parle de David, là ? Il ne comprenait rien aux questions d'argent.

Ils patientèrent une dizaine de minutes avant qu'une secrétaire ne les introduise dans un bureau.

— Désolé de vous avoir fait attendre.

L'homme se leva pour serrer la main de Laura.

— Je suis Richard Corsel, l'un des vice-présidents de la banque. Entrez, je vous prie.

Il était jeune – une trentaine d'années –, et visiblement pas très ravi de les voir.

— Toutes mes condoléances pour votre mari, madame Baskin.

— Merci. Je vous présente Terry Conroy, de la police de Boston.

— La police ? Il y a un problème ?

— Rien qui ne puisse se régler à l'amiable, répondit Laura. C'est au sujet d'un compte que mon mari avait chez vous.

— Oui ?

— Je ne trouve pas ses relevés bancaires et j'aurais aimé connaître le montant exact de ses avoirs.

— Un instant.

Richard Corsel pianota sur le clavier de son ordinateur.

— Votre mari n'a plus de compte ici, madame Baskin.

— Je suis sûre qu'il en avait un il y a quelques semaines, avant notre départ pour l'Australie.

— C'est très possible, madame, mais le compte a été fermé depuis.

— S'agit-il d'un retrait ou d'un transfert ?

Corsel toussota dans son poing.

— Je ne suis pas habilité à le communiquer.

— En vertu de quoi ?

— Des instructions de votre mari.

Laura se pencha en avant.

— Pardon ?

— Au moment de la clôture du compte, votre mari a laissé des instructions très précises. Notamment, ne communiquer aucune information relative à cette opération.

— Mais... il est décédé.

— Cela ne change rien à ses dispositions.

Elle regarda TC pour s'assurer qu'elle avait bien entendu.

— Quand a-t-il fermé ce compte ?

— Cela non plus, je ne peux pas vous le dire. Désolé.

— Monsieur Corsel, cet argent a disparu. Personne ne sait où il se trouve.

— Je regrette. Je ne peux vraiment rien faire pour vous.

Elle chercha son regard. Ses yeux papillotaient comme deux oiseaux effrayés.

— Je veux savoir ce qu'il est advenu de ce compte.

— Je ne peux pas vous le dire.

TC se leva.

— Viens, Laura, on s'en va.

— Comment ça ? fulmina-t-elle. Je ne partirai pas tant que je ne saurai pas où est passé cet argent.

— M. Corsel t'a expliqué que c'était confidentiel.

Richard Corsel acquiesça.

— Entendez-moi bien, madame, je ne fais qu'exécuter les ordres de votre mari.

— Ses ordres ? Il vous a demandé de ne rien révéler à sa femme sur son compte en banque ?

— Je... Je ne peux pas vous en dire plus.

— Monsieur Corsel, vous ne me laissez guère le choix.

— Il n'y a vraiment rien que je puisse faire, répéta-t-il d'une voix rauque.

— Mais moi, je peux faire quelque chose, s'énerva Laura. Vous permettez ?

— Je vous en prie.

Elle décrocha le téléphone sur son bureau et composa un numéro.

— Sam ? C'est Laura. Merci. Moi aussi, ça me fait plaisir de vous entendre. J'ai besoin d'un service. Quel est le montant du dépôt de Svengali à la banque Heritage of Boston ? Je sais qu'il s'agit d'une somme importante, mais je voudrais un ordre d'idée.

Richard Corsel avait blêmi.

— Bon Dieu, Laura, intervint TC, à quoi tu joues ?

— Va m'attendre dehors, TC. Je ne veux pas que tu te mêles de ça.

— Mais...

— S'il te plaît, fais ce que je te dis.

TC haussa les épaules et sortit en claquant la porte. Richard Corsel se retrouvait seul face à Laura.

— Comment, Sam ? Combien de millions ? Parfait. Transférez-moi ça à la First Boston. Dites au conseil d'administration d'Heritage que j'ai eu maille à partir avec l'un de leurs vice-présidents, un dénommé Richard Corsel. Dites-leur aussi que je le soupçonne de vouloir m'escroquer. C'est ça, C-O-R-S-E-L. Vous avez noté ?

— Attendez ! l'interrompit Richard Corsel. On pourrait en discuter, non ?

— Une seconde, Sam. Vous disiez ?

— Je vous en prie, madame Baskin, raccrochez, qu'on en parle tranquillement.

Laura se tourna vers le téléphone.

— Sam, si vous n'avez pas de mes nouvelles dans les dix minutes, procédez au transfert, comme prévu.

Elle raccrocha.

— Je vous écoute.

— C'est du chantage, madame Baskin.

— Je veux savoir ce qui est arrivé à ce compte, monsieur Corsel, et, croyez-moi, je finirai par l'apprendre. Ceci n'est pas une menace en l'air. Si vous persistez à vous taire après le transfert du compte Svengali, je lancerai la presse et mes avocats à vos trousses. Les médias vont adorer l'histoire de la veuve qui voulait donner l'argent de son défunt mari à une œuvre caritative et qui a été spoliée par sa banque.

— Spoliée ?

— La réputation de la banque en aura pris un coup, monsieur Corsel, mais, tôt ou tard, j'obtiendrai l'information.

À voir la tête de Richard Corsel, on aurait dit qu'il venait de perdre un match de boxe par K-O.

— Au fait, ajouta Laura, Sam est extrêmement ponctuel. Je n'ai plus que quelques minutes pour l'arrêter.

Corsel baissa les yeux.

— J'ignore où est l'argent aujourd'hui. Il faut me croire.

— Continuez.

— Votre mari me l'a fait transférer dans une banque en Suisse.

— Quand ?

Il marqua une pause.

— Je vous en prie, madame Baskin, je ne peux pas vous répondre.

— Quelle banque en Suisse ?

— La Banque de Genève. Mais je sais qu'il n'y est pas resté, ce n'est donc pas la peine de leur adresser une réclamation. Vous pouvez menacer Heritage of Boston, mais vous n'aurez aucun moyen de faire pression sur une banque suisse.

— Pourquoi David aurait-il fait une chose pareille ?

Il haussa les épaules.

— Aucune idée.

— A-t-il effectué cette transaction en personne ?

— Non, je lui ai parlé au téléphone.

— Vous êtes sûr que c'était la voix de David ?

— Sûr et certain. J'ai bien reconnu la voix de votre mari... même s'il y avait de la friture sur la ligne. Et il m'a donné le numéro de code qu'il était le seul à connaître.

— 784CF90821BC, compléta Laura.

— Et que, manifestement, il vous avait communiqué.

— David me disait tout, monsieur Corsel. Voulez-vous me passer le téléphone ? Il faut que j'appelle Sam.

Pendant qu'ils regagnaient la voiture, Laura répéta leur conversation à TC.

— Je n'arrive pas à croire que tu aies fait ça, Laura. J'ai déjà arrêté des gens pour moins.

— OK, je plaide coupable. Alors, qu'en penses-tu ?

— À propos de la Suisse ? Je pense que Corsel a raison. J'ai des amis au FBI, mais je doute qu'on retrouve la trace de cet argent, maintenant qu'il a transité par la Banque de Genève.

— Mais pourquoi David aurait-il fait ça ?

— Peut-être qu'il voulait se constituer un matelas, au cas où.

— Sans m'en parler ?

— Peut-être qu'il n'a pas eu le temps. Tu m'as dit que, ce compte, il l'avait ouvert récemment. Il a pu effectuer la transaction juste avant votre départ et décider que le voyage de noces n'était pas le moment idéal pour discuter finances.

— Une minute…

Laura se concentra, essayant de se souvenir.

— David est venu retirer du liquide ici avant de partir.

— Eh bien, tu as ta réponse, Laura. Il en a profité pour transférer l'argent avec l'intention de t'en parler plus tard.

Elle secoua la tête.

— Il y a quelque chose qui cloche. David était à peine capable de tenir ses comptes à jour.

— Oui, d'accord, mais...

Elle s'arrêta net.

— Une seconde.

— Quoi ?

— D'après Corsel, David a effectué l'opération par téléphone. Et il y avait de la friture sur la ligne.

— Alors ?

— Tu ne comprends pas ?

Laura criait presque.

— Je parie que David a transféré l'argent pendant que nous étions en Australie.

Stan regardait la télé. Rien de transcendant ce soir. La grosse Oprah (ou était-elle maigre cette semaine-ci ?) recevait un groupe d'abrutis qui devaient violer leurs plantes d'appartement, ou un truc du même genre. Stan n'écoutait pas vraiment. Il réfléchissait. Il fallait qu'il trouve un plan. Un plan imparable. Et vite.

Il pensait aussi à Mister B.

La solution à ses problèmes d'argent était évidente : la fortune de David. Sauf qu'elle revenait à Laura. Il pourrait lui en parler, mais cela risquait d'éveiller ses soupçons. Elle était peut-être un peu naïve, mais elle n'était pas conne. Et en plus, ce bâtard de TC avait dû lui monter la tête.

Non, il ne pouvait pas lui demander directement. Il devait s'arranger pour qu'elle lui offre l'argent d'elle-même.

Mais comment ?

On tambourina à la porte.

Une vague de panique le submergea. Il s'était inscrit à l'hôtel sous un faux nom. Personne ne savait qu'il était ici. On frappa de nouveau. Il ferma les yeux. Peut-être la femme de chambre. Peut-être...

— Ouvre, Stan. J'ai à te parler.

... Mister B.

Stan se leva comme hypnotisé. Sa chambre étant située au quatorzième étage, la fenêtre ne pouvait servir d'issue de secours. De toute façon, Mister B était une vieille connaissance. Il n'avait jamais fait de mal à Stan. Et une fois qu'il lui aurait exposé son plan, il lui donnerait un nouveau délai. Stan ouvrit la porte.

— Mister B ! le salua-t-il avec enthousiasme. Comment ça va, *man* ? Tu m'as l'air en pleine forme.

Debout dans l'encadrement de la porte, Mister B sourit paisiblement.

— Merci, Stan. Content de te voir.

Son apparence ne laissait pas de surprendre Stan. Avec ses cheveux longs blond décoloré, son éternel bronzage et ses dents d'une blancheur Ultrabrite, Mister B avait tout sauf l'allure du gangster intransigeant. Il était de taille moyenne, pas bien épais avec ça. Qui plus est, diplômé d'une grande université, il avait séjourné trois ans en Corée où il avait appris, à raison de six heures par jour, le kung-fu ou un autre machin du même genre.

C'était sa spécialité : le combat à mains nues. Mettez en face de lui trois malabars deux fois plus épais que lui, et Mister B leur règle leur compte sans mouiller sa chemise.

— Entre, B.

— Merci.

Il ferma la porte derrière lui. Puis, sur le même ton affable :

— Qu'est-ce que tu fais à Boston, Stan ?

— Je te l'ai dit, je suis venu à l'enterrement de mon frère.

— Il a eu lieu depuis un moment.

— Je sais bien, mais là, je suis sur un gros coup.

— J'ai déjà entendu ça.

— Sérieusement.

Mister B s'était posté juste en face de Stan. Leurs visages étaient à une quinzaine de centimètres l'un de l'autre.

— Tu n'essaierais pas de me fuir, hein, Stan ?

— Mais pas du tout. Jamais de la vie.

Mister B le dévisagea sans ciller.

— Et t-toi... tu es venu pour quoi, B ?

Son visiteur déambula à travers la pièce.

— Pour affaires. Un de mes catcheurs est de passage en ville.

— Roadhouse Rex ? demanda Stan.

Hochement de tête.

— Il est trop fort, Roadhouse, reprit Stan, histoire de faire diversion et de détourner l'esprit de Mister B du but de sa visite. Quand il fonce, ça craint.

— C'est le meilleur, concéda Mister B avec l'ombre d'un sourire. Et il faut le voir dans les coulisses. Sa malle est remplie de capsules de sang, de faux plâtres pour tous les bobos possibles et imaginables.

Il pivota vers Stan.

— Mais on s'écarte de notre sujet, non ?

— Notre sujet ?

Mister B se contenta de sourire.

— Tu ne te cachais pas pour m'échapper, Stan ?

Stan déglutit.

— Tu me connais, B. Voyons, je t'avais dit que je partais pour Boston.

— Certes, mais tu avais omis de préciser que tu voyageais sous un nom d'emprunt.

— J'avais juste besoin d'un peu de temps. Tu comprends, mon frère…

— Je suis au courant pour ton frère.

— Il était bourré de thune. Et je vais en toucher un bon paquet.

— À qui crois-tu parler ? ricana Mister B. Je sais ce que tu lui as fait. J'étais là, rappelle-toi. Ton frère ne t'aurait pas laissé le moindre sou.

— Je sais bien, Mister B. Je compte demander de l'argent à sa veuve.

— Le top model ?

— Oui. Elle me le donnera, sûr.

— Les cinquante mille dollars ?

— Sans problème.

Calmement, Mister B s'approcha du lit.

— Mais Stan, tu as déjà beaucoup de retard.

— Tu n'as qu'à me compter les agios.

— C'est fait. Sauf que là, tu dépasses les bornes.

— Allez. Tu le sais, toi, que je suis un bon.

L'autre secoua la tête.

— C'est là que tu te trompes. Je *pense* que tu es un bon. Je n'en suis pas certain. Peut-être qu'avec un petit coup de pouce...

— Un coup de pouce ?

Stan n'eut pas le temps de réagir. La main de Mister B jaillit avec une rapidité foudroyante. Le coup atteignit Stan à l'estomac. L'air déserta ses poumons, et il s'écroula, luttant pour reprendre son souffle.

Mister B le regarda se tordre de douleur sur la moquette. Tranquillement, il se pencha pour attraper sa main droite. Pendant une minute ou deux, il attendit que Stan reprenne ses esprits.

— Désolé pour tout ça, Stan...

— S'il te plaît...

Plaquant sa main sur la bouche de Stan, Mister B lui replia le majeur de la main droite en arrière jusqu'à ce qu'il frôle le poignet. Le doigt se cassa comme une brindille. Stan sentit les bords déchiquetés de l'os lui entailler la peau. La tête lui tournait.

— Une semaine, Stan, dit tranquillement Mister B.

Avec précaution, il reposa sa main sur le sol. Le doigt enflait déjà. L'os pointait à travers la peau.

— Tu m'entends ?

Avec effort, Stan hocha la tête. La douleur était insoutenable.

— Et cette fois, tu ne chercheras plus à fuir, hein, Stan ?

Il fit non de la tête.

Mister B lui sourit. Puis il leva le talon et l'écrasa avec une précision chirurgicale sur le doigt cassé. À nouveau, il dut couvrir la bouche de sa victime pour étouffer le hurlement.

— Je crois qu'on s'est compris, lâcha-t-il négligemment.

Se tournant vers le miroir, il se recoiffa d'une main et se dirigea vers la porte.

— C'est toujours un plaisir de te voir, Stan. Tu as une semaine pour réunir l'argent. À partir de maintenant, ce sera soixante mille.

Plus tard dans la soirée, assise sur son lit chez Serita, Laura regardait par la fenêtre. Que lui arrivait-il ? Du jour au lendemain, son univers avait basculé dans l'horreur. Pourquoi elle ? Laura en voulait au monde entier. Elle en voulait à la vie, et même à David pour l'avoir abandonnée. Il savait très bien qu'elle ne pouvait vivre sans lui.

Le temps passait, cahin-caha, mais ne guérissait rien. Chaque fois qu'il lui semblait aller mieux, elle croisait des gamins jouant au basket, des amoureux qui se tenaient par la main ou une famille en promenade dominicale, et la blessure saignait de plus belle.

En plus, tout allait de travers. Quelqu'un s'était introduit dans leur nouvelle maison sans rien voler. L'argent de David avait été mystérieusement transféré au diable vauvert. Son père était bizarre. Et quelle mouche avait donc piqué TC ? Depuis quand désapprouvait-il les tactiques de pression pour obtenir des informations ?

Serita entra dans la pièce et alluma.

— Tu fais quoi, Laura ?

— Comme d'habitude. J'ai envie d'être seule.

— Tu ne fais que ça depuis deux mois. Ça commence à me taper sur les nerfs.

— Demain, je m'en irai, Serita. Il est temps que je me prenne en main.

— Belles paroles, ma fille. Et tu vas faire quoi, chez toi ?

Laura haussa les épaules.

— Si tu as l'intention de continuer à cafarder, dit Serita, autant rester ici.

Elle jeta un journal sur les genoux de son amie.

— Lis ça.

Le regard de Laura glissa sur le haut de la page.

— La rubrique financière ? Je croyais que les affaires n'étaient pas ton truc.

— En effet, acquiesça Serita. Mais toi, tu devrais la lire.

Laura n'en avait pas le courage.

— Tu ne veux pas me résumer en deux mots ?

— OK, alors voilà. Svengali a perdu deux points hier. Ça fait dix en deux semaines. Et la raison de cette dégringolade, c'est une rumeur qui court : tu aurais baissé les bras et tu abandonnerais ton entreprise.

— Ça m'est égal, Serita.

— Écoute-moi. Toi, tu t'en fiches, d'accord. Mais pense aux actionnaires, aux gens qui ont cru en toi, qui ont investi dans ta société. Tu ne peux pas les laisser tomber.

Les yeux toujours rivés sur la fenêtre, Laura ne répondit pas.

— Bon sang, qu'est-ce que tu as ?

Laura posa le regard sur son amie.

— Qu'est-ce que j'ai ? Tu ne lis pas la presse ou quoi ? Mon mari est mort, Serita. Tu peux le comprendre, ça ? David est mort.

— Bien sûr que je comprends. Mais tu n'es pas morte, toi.

Elle vint s'asseoir sur la chaise à côté du lit.

— Laisse-moi te rafraîchir la mémoire. Souviens-toi des morveux qui se moquaient de toi parce que tu étais grosse. Tu as survécu et tu leur as montré de quoi tu étais capable. Souviens-toi de tous ces connards des grandes marques de prêt-à-porter qui rigolaient quand tu as lancé Svengali. Ils ont tout fait pour te couler. Mais tu as tenu bon, et, là encore, tu as survécu, alors qu'ils t'avaient déjà enterrée. Svengali est ton bébé, Laura. Ne l'abandonne pas. David ne l'aurait pas voulu. Et il n'aurait pas voulu que tu te laisses aller comme ça.

David. Rien que d'entendre son prénom lui fit venir les larmes aux yeux.

— Ma chérie, je sais que c'est dur, mais il est temps de revivre, car tout ce que tu as – tout ce pour quoi tu t'es battue – est en train de partir à vau-l'eau.

Se levant, Serita fit face à Laura.

— Et puis, je suis la mieux payée de tes mannequins. Si jamais Svengali coule, je perdrai un de mes plus gros employeurs. Ce serait dommage, non ?

— Dieu nous en garde, répondit Laura avec un pâle sourire. Tu sais quoi ?

— Non.

— Tu es une vraie amie.
— La meilleure.
Laura se tordait les mains.
— Serita ?
— Je suis là.
— Je ne sais pas quoi faire. Je… J'ai peur d'y retourner.
— Je comprends, mon chou. Je ne te mets pas la pression. Une chose à la fois.
Laura hocha la tête, mais ses craintes et ses doutes ne s'étaient pas dissipés pour autant. Avec un long et douloureux soupir, elle décrocha le téléphone et composa le numéro du directeur de la com de Svengali.
— Allô ?
— Laura à l'appareil, fit-elle d'une voix mal assurée. Prévenez tout le monde que je serai de retour au bureau demain matin.

— Ligne cinq, docteur Ayars.
— Merci.
James Ayars prit le combiné et pressa la touche cinq.
— Où diable étais-tu ?
— J'avais à faire.
— J'ai essayé de te joindre toute la journée.
— Je ne suis pas à ta disposition.
— Je n'ai pas dit ça.
— Qu'est-ce que tu veux ? demanda la voix à l'autre bout du fil.
— J'étais chez l'avocat aujourd'hui, pour la succession de David, dit James.
— Et ?

— Il y a quelque chose de bizarre concernant ses finances.

— Alors quoi ?

Le Dr Ayars se pencha en avant.

— Je ne suis plus du tout convaincu que David se soit suicidé.

8

— Estelle ?

— Oui, Laura ?

— Où sont les modèles pour notre collection chaussures de cet hiver ? Ça fait dix minutes que je les ai demandés.

— Tout de suite.

— Et je veux Marty Tribble dans mon bureau. Son plan marketing, c'est pour les petites vieilles. Je ne cible pas les maisons de retraite, bon sang.

— Ça marche.

— Dites aussi à Hillary qu'on n'est pas encore couchés. Ces patrons de jupes ne vont pas du tout. On restera là tant qu'ils ne seront pas parfaits.

— D'accord.

— Et envoyez-moi Sandy d'ici une heure. J'ai une idée pour une nouvelle ligne de produits.

— Sandy. Dans une heure.

— Et dites à la comptabilité que je veux le journal de toutes les opérations qui ont eu lieu en mon absence. Il y a quelque chose qui cloche dans mes chiffres.

— OK. Autre chose, Laura ?

— J'ai très envie d'un café.

— Je vous l'apporte.

Estelle s'arrêta, pivota sur elle-même.

— Laura ?

— Oui ?

— Ça fait plaisir de vous revoir.

— Merci, Estelle.

Celle-ci partie, Laura contempla son bureau et secoua la tête. Quel foutoir. Elle parcourut rapidement la pile de dossiers, se demandant par où commencer. La distribution pataugeait. Les collections d'hiver étaient sens dessus dessous, et il ne restait plus que deux jours pour y remettre de l'ordre.

Laura se cala dans son fauteuil. Avait-elle bien fait de revenir au bureau ? D'accord, cela lui changeait les idées, mais tout lui paraissait décalé, comme quand on rentre chez soi après une longue absence : familier et étranger en même temps. Si le travail était thérapeutique, la guérison serait lente et laborieuse. Ses mains tremblaient. Son cœur semblait toujours pris dans un étau. Mais Serita l'avait dit, une chose à la fois.

Le téléphone sonna.

— Oui, Estelle ?

— Une visite pour vous. Un certain Stan Baskin.

— Faites entrer.

Estelle ouvrit la porte et s'effaça pour laisser passer Stan. Il salua Laura avec un sourire chaleureux.

— Bonjour, fillette. Ça fait plaisir de te voir à nouveau au travail.

— Quelle bonne surprise, Stan. Assieds-toi.

— Je ne te dérange pas au moins ?

— Si. Mais ça tombe bien. J'ai besoin d'une pause.

— Tu es sûre ?

— Absolument.

Sa main droite, remarqua-t-elle, était enveloppée de bandages.

— Qu'est-ce qui t'est arrivé ?

— Ah, ça ! J'ai refermé la portière dessus. J'ai toujours été l'empoté de la famille.

— Ça doit faire mal. Je peux t'offrir quelque chose ?

— Non, ça va. T'inquiète.

Laura fit le tour de son bureau pour s'approcher du fauteuil de Stan.

— Pourquoi n'es-tu pas venu hier ?

Stan hésita.

— C'est gentil de m'avoir invité, mais je n'avais rien à faire là-bas.

— Tu es son frère.

— Peut-être, mais je me serais senti de trop. C'était réservé aux proches de David, à ceux qu'il avait aimés. Moi... je n'entre pas dans cette catégorie-là.

— Ce n'est pas vrai, protesta Laura. Votre différend n'enlève rien au fait que tu étais son frère. Pense à tout ce que vous avez partagé dans l'enfance. Ta place était parmi nous, Stan. Et tu as droit à une partie de son patrimoine.

Stan secoua lentement la tête.

— J'ai brûlé tous mes vaisseaux, Laura. Je ne veux rien de David, à part une chose qu'il ne pourra jamais m'accorder : le pardon.

— S'il était encore en vie, je suis sûre qu'il l'aurait fait.

— Pas moi.

Il marqua une pause.

— Écoute, Laura, je sais que tu es débordée, alors je vais te dire ce pour quoi je suis venu. Je voulais t'inviter à dîner demain soir. Une sorte de repas d'adieu.

— Repas d'adieu ?

Il hocha la tête.

— Oui, je repars pour le Michigan après-demain matin.

— Tu t'en vas ?

Laura s'était habituée à la présence de Stan. Seul et unique parent de David, il faisait partie intégrante de la famille. Elle se reposait sur lui.

— Mais pourquoi ? Je croyais que tu aimais bien Boston.

— C'est vrai. Mais le projet de galerie marchande est tombé à l'eau. Je n'arrive pas à réunir les capitaux. Et... j'ai l'impression d'abuser... de m'incruster dans la famille de David.

— Tu ne t'incrustes pas.

— Quoi qu'il en soit, acceptes-tu de dîner avec moi demain ?

Joignant les mains, Laura les referma sur l'arête de son nez.

— J'ai une faveur à te demander, Stan.

— Bien sûr.

— Je ne sais pas si tu es au courant, mais David n'a pas laissé de testament. Sa fortune me revient de droit. Et j'aimerais la partager avec toi.

— Laura, je ne peux pas.

— Je veux que tu bâtisses ta galerie marchande autour du thème du basket. Combien te faudrait-il pour commencer ?

— Laisse tomber.

— Pourquoi ?

— Je te l'ai déjà dit. Parce que je ne le mérite pas.

— Alors fais-le pour moi. J'ai besoin de nouveaux points de vente pour Svengali dans la région. Une galerie marchande, ce serait parfait.

Stan secoua la tête, mais Laura ne désarmait pas.

— Tu pourrais lui donner le nom de David, Stan. Penses-y comme à un mémorial de ton amour pour lui, une façon de montrer au monde combien il comptait pour toi. Un million de dollars, ça irait pour lancer le chantier ?

Tout en parlant, Laura ressentit un léger malaise. Les paroles de David remontèrent à sa mémoire.

On a coupé les ponts…

Elle s'efforça de ne pas y penser.

— Sérieusement, Laura, je ne me sens pas le droit de…

— Alors c'est d'accord. Je demande à mon avocat de te faire le chèque demain après-midi. Ça te va ?

Il rit doucement.

— Laura, on t'a déjà dit que tu étais une tête de mule ?

— Très souvent. Ça te va ?

Stan haussa les épaules.

— Je ne sais pas quoi dire.

— Dis oui, insista Laura, l'esprit en déroute.

Tout compte fait, était-ce une bonne idée ?

— Dis que tu annules ton billet de retour dans le Michigan. Dis que tu t'attelleras à ton projet de galerie marchande. Dis que tu as toujours envie de faire partie de notre famille.

— Mais bien sûr que j'ai envie de faire partie de votre famille.

— Alors dis oui.

Stan baissa brièvement les yeux.

— Tu ne le regretteras pas, Laura.

Elle esquissa un sourire forcé. Elle songeait que c'était déjà fait.

Clip Arnstein éteignit son cigare et contempla par-dessus la table ses deux joueurs-vedettes. À bientôt trente ans, Earl était à l'apogée de sa carrière. Il n'avait pas son pareil pour contrer un tir. Mais s'il avait marqué des points, c'était grâce aux passes magistrales de David, et s'il avait bénéficié de tant d'ouvertures, c'était parce que l'équipe adverse était trop occupée à essayer de neutraliser l'Éclair blanc.

Timmy Daniels avait quelques années de moins. Athlète accompli, c'était un battant, à l'image de David. Il aimait gagner et était prêt à tout pour décrocher la victoire. Il ne fallait pas se fier à son allure juvénile ; c'était un vrai dur, comme Clip en avait rarement croisé en cinquante ans et quelques de métier. Depuis la disparition de

David, il pouvait prétendre au titre du meilleur tireur de la ligue.

Clip sortit un autre cigare, arracha le bout avec les dents.

— Il serait temps qu'on cause, tous les trois.

— Qu'est-ce qui se passe, Clip ? s'enquit Timmy.

— J'ai les résultats du vote. Vous deux êtes maintenant les capitaines de l'équipe.

Timmy jeta un coup d'œil à Earl avant de répondre.

— Je crois pouvoir dire en notre nom à tous les deux que c'est un honneur dont on se serait bien passés.

— Je sais, dit Clip. Nous savons tous que sans David l'équipe ne sera plus la même. Notre vie ne sera plus la même. Mais il faut qu'on continue. La saison débute dans deux mois. On commence le recrutement la semaine prochaine.

— Vous voulez qu'on fasse quoi ? demanda Timmy.

Clip leur remit un dossier à chacun.

— Voici des infos sur les candidats potentiels auxquels on doit faire passer des essais.

Les deux joueurs parcoururent le dossier. Lorsqu'il eut terminé, Timmy le referma d'un coup sec.

— C'est de la merde.

Clip acquiesça d'un hochement de tête.

— La sélection de cette année n'a rien d'exceptionnel, et en plus, quand on gagne un championnat, on est les derniers à recruter. Y a un problème, les gars. Nous avons perdu l'un des meilleurs joueurs de la ligue. Nous n'avons même plus de tireur digne de ce nom sur la ligne d'avant. Alors voici ma question : qui va-t-on pouvoir choisir sur cette liste de joueurs ?

— Je n'en sais rien, dit Timmy. Mais vous en avez vu d'autres, Clip. Vous êtes réputé pour vos transactions de dernière minute. Ce n'est pas un hasard si on vous surnomme le Faiseur de miracles.

Clip eut un petit rire.

— Merci pour le vote de confiance. Tu ne dis rien, Earl. Quel est ton avis ?

— Personne ne remplacera David, fit Earl à voix basse.

— Je sais. Je ne cherche pas à le remplacer. L'équipe dans son ensemble devra revoir ses bases. Sans David, tu n'auras plus les passes décisives, Earl. Il faudra jouer plus lent, plus maîtrisé. Au plus près de la zone, comme à Notre Dame. Toi, Timmy, ton tir extérieur reste inégalé. Mais tu devras te montrer plus créatif. Et même avec tout ça, nous aurons besoin d'autres pièces pour faire tourner la machine. Il se pourrait que je négocie des transferts.

— Des transferts ? répéta Timmy. Vous n'allez pas casser le groupe !

— Les affaires sont les affaires, Tim. J'ai bien dû échanger trois vétérans réputés pour pouvoir engager David et Earl. S'il le faut, je le referai.

— Il n'y a pas d'autre solution ?

Clip hocha la tête.

— Bien sûr que si.

— Laquelle ?

Le Faiseur de miracles se leva.

— Prier pour qu'il y ait un miracle.

Stan s'éveilla en sursaut. Aurait-il fait un cauchemar ? Impossible. Pour la première fois, tout marchait comme sur des roulettes.

Il bascula ses jambes par-dessus le bord du lit, empoigna le réveil. Trois heures et demie du matin. Quelle journée ! Comme si avoir roulé Laura dans la farine n'avait pas suffi, le soir même il avait remporté une nouvelle victoire. Peut-être aurait-il dû s'abstenir. Peut-être avait-il eu tort de tenter le diable, mais bon sang, comment aurait-il pu résister ?

La femme lovée à côté de lui se tortilla pour se rapprocher. Le spectacle de son corps nu lui coupa le souffle. Rien que de la voir, Popaul se mit au garde-à-vous.

— Ça va ? lui demanda-t-il.

Gloria leva sur lui un regard de petit animal.

— Oui. Je suis heureuse.

— Moi aussi, je suis heureux. Tu sais, tu es la plus belle femme que j'aie jamais vue.

Elle frissonna.

— Merci.

— Je le pense vraiment, Gloria. Ça fait si longtemps. Si longtemps que je ne me suis pas senti aussi proche de quelqu'un.

— Tu es sérieux, Stan ?

— Et comment !

— S'il te plaît, ne te moque pas de moi.

Se recouchant, il passa un bras autour de son corps tiède.

— Ça ne me viendrait pas à l'idée, Gloria. Je... Je ne sais pas si je devrais te dire ça.

— S'il te plaît, implora-t-elle.

— Ça peut paraître bateau, mais j'ai l'impression que quelque chose de merveilleux a commencé hier soir.

— C'est vrai ?

— J'espère que tu ne m'en veux pas de ma franchise, poursuivit-il. Normalement, je suis plutôt timide et réservé. Je ne me livre pas facilement. Mais avec toi, je me sens bien. Comme si je pouvais tout te dire.

Elle sourit, radieuse.

— C'est pareil pour moi.

Elle changea de position dans le lit. Stan l'observait. Elle avait des seins magnifiques, gros, ronds et fermes. Popaul était comme un bloc de béton entre ses jambes.

— Mais avant qu'on aille plus loin, j'aurais des choses à te dire.

— À propos de quoi ? demanda Stan.

— De mon passé.

— On en a déjà parlé. Ça n'a aucune importance, Gloria.

— T'ai-je raconté la dernière fois où j'ai couché avec un homme ? Ou plus exactement avec *des* hommes ?

Stan tenta de masquer sa surprise.

— Tu ne me dois aucune explication.

— Malheureusement, si. Après ça, je pourrai m'en aller si tu le souhaites.

Un an plus tôt, Gloria vivait sur la côte Ouest avec un dealer. Pour la centième fois, elle était persuadée d'avoir rencontré l'homme de sa vie. Tony avait beau dealer et tourner des films pornos à ses heures, il n'était pas comme les autres. Il était gentil. Il tenait à elle. D'accord, il lui fournissait de la drogue, mais elle était déjà accro avant leur rencontre. Tony disait qu'elle maîtrisait la situation, qu'un sevrage à ce stade serait douloureux. Et, pour ne pas la voir souffrir, il continuait de l'approvisionner en héroïne et en coke.

Ce qui n'empêchait pas Gloria de traverser des moments dépressifs. Alors elle se défonçait pour oublier à quel point elle pouvait être nulle. Elle restait au lit des journées entières. Quelquefois, des semaines passaient sans qu'elle en garde le moindre souvenir.

Elle vivait avec Tony depuis trois mois environ lorsqu'il rentra à la maison en compagnie d'un gros trafiquant colombien. Ils dînèrent ensemble, mais elle ne s'en souvenait pas vraiment. Tony lui avait donné de la came de premier choix, et Gloria était en train de planer. Elle n'en remarqua pas moins que le Colombien ne la quittait pas des yeux. Mais ce n'était pas nouveau. Et elle ne craignait rien puisqu'elle était avec Tony. Et que Tony l'aimait.

Il se faisait tard, et Gloria se sentait fatiguée.

« Tony ?

— Oui, Gloria ?

— Je vais me coucher. Je suis claquée.

— OK. Dis bonsoir à notre invité. »

Elle s'exécuta et monta dans la chambre en s'accrochant à la rampe. Après avoir fermé la porte, elle retira son T-shirt et son pantalon.

« Guapa ! *Jolie ! »*

Elle fit volte-face, s'efforçant de se couvrir avec les mains. Le Colombien poussait la porte.

« Qu'est-ce que vous faites ici ? »

Tony entra derrière lui.

« Tout va bien, ma puce.

— Que… Qu'est-ce qui se passe ?

— M. Enrique est un de nos gros fournisseurs, Gloria. Il m'a demandé une petite faveur.

— Mais, Tony…

— C'est bon, ma puce. Je serai là. On va bien s'amuser. »

Les yeux exorbités, le Colombien se déshabilla rapidement.

« Tony, je ne veux pas. »

À son tour, Tony entreprit d'ôter ses vêtements.

« Pour moi, Gloria. S'il te plaît. »

Tremblante, elle se tourna vers le Colombien, planté devant elle dans le plus simple appareil. Brutalement, il lui attrapa un sein.

« S'il vous plaît, non. »

Il la poussa sur le lit. Gloria fondit en larmes. Tony la tint pendant que le Colombien disposait d'elle à sa guise.

Stan la serra dans ses bras.

— C'est fini, Gloria. C'est du passé.

— Non. Il faut que je te raconte toute l'histoire tant que j'en ai le courage.

Le lendemain matin, au réveil, Gloria se sentait sale et meurtrie. Elle se fit un rail de coke et se traîna sous la douche. Elle resta sous le jet puissant jusqu'à ce qu'il n'y eût plus d'eau chaude. Mais elle n'avait pas l'impression d'être propre pour autant.

Gloria ne pleura pas ce matin-là. Pour la première fois, elle voyait les choses avec lucidité. Rien n'avait changé. Tony était exactement comme les autres. Comme Brad, Jeff, Stuart, Mike, JJ, Kenny et compagnie. Il la considérait comme un objet, tout juste bonne à satisfaire ses lubies.

Alors Gloria décida d'en finir.

Pour commencer, elle téléphona à Laura. Les deux sœurs ne s'étaient pas parlé depuis huit mois, mais elles s'aimaient toujours. Les parents, c'était une autre paire de manches. Ils avaient fait une croix sur elle depuis longtemps. Pas Laura. Et Gloria eut envie d'entendre sa voix une dernière fois.

Laura fut ravie d'avoir de ses nouvelles. Elle proposa qu'elles se voient bientôt – pourquoi pas la semaine suivante ?

« Tout va bien, Gloria ? Et si tu venais passer quelque temps chez moi ? »

Gloria déclina l'invitation, la remercia et raccrocha. Restait maintenant à trouver le moyen de se tuer. La solution lui vint rapidement. Une overdose. Une de ses amies à San Francisco l'avait fait six mois plus tôt. C'était décidé. Le soir même, elle s'injecterait une dose massive d'héroïne.

En rentrant ce soir-là, Tony se répandit en excuses et déclarations d'amour.

« J'étais tellement déchiré, Gloria, que je ne savais plus ce que je faisais. Désolé, ma puce. Pardonne-moi, je t'en supplie.

— Tu es sérieux, Tony ?

— Bien sûr, chérie. Jamais je ne te ferais de mal. Je t'aime, mon bébé. Tu le sais, non ? »

Gloria hésitait. Peut-être qu'il était sincère. Peut-être qu'il l'aimait, tout compte fait. Il n'avait pas dû se rendre compte, sinon il ne lui aurait pas fait ça.

Tony l'apaisa, la réconforta du mieux qu'il put. Il avait reçu une nouvelle marchandise. Le top du top. Et elle avait besoin d'un shoot.

« Comment tu te sens, chérie ?

— Je plane, répondit-elle avec un sourire.

— Tant mieux, bébé. »

Elle sentit ses mains sur elle. Il était en train de déboutonner son chemisier. Il l'enleva ; le pantalon et la culotte suivirent. Gloria se mit à glousser.

« Tu veux qu'on fasse ça maintenant ?

— Oui, chérie. J'ai prévu quelque chose de spécial. »

Quelque chose de spécial. Elle ferma les yeux pendant que la drogue palpitait dans ses veines. Elle se sentait bien, toute nue avec Tony.

Il lui immobilisa les bras et les jambes. Sans raison. Elle n'avait pas l'intention de se débattre, sauf que des fois il aimait ça. Une clarté soudaine l'éblouit. Tony avait dû ouvrir les stores. Minute. Comment avait-il fait pour ouvrir les stores alors qu'il la maintenait sur le lit ?

Soudain elle entendit parler espagnol.

Elle rouvrit les yeux, mais la lumière crue la força à les refermer. Elle voulut se les couvrir de la main et là elle s'aperçut que ses mains et ses pieds étaient attachés au lit.

« Tony ? »

De nouveaux chuchotis. En anglais. En espagnol. Des rires. Elle était fatiguée, tellement fatiguée. Elle avait envie de dormir. Elle rouvrit les yeux, essaya de fixer son regard.

Le Colombien lui sourit. Il y avait six autres hommes avec lui. Tous nus.

Elle se débattit cette fois, mais la drogue et les liens réduisirent ses efforts à néant.

« Tony ?

— Je suis là, mon bébé, répondit-il en riant. Détends-toi, profite. »

Les hommes s'approchèrent, se mirent à la caresser. Tony, remarqua-t-elle, tenait un caméscope. Le reste se brouilla dans son esprit. On la tourna dans tous les sens, on lui fit prendre toutes les positions possibles et imaginables.

« Plus près de l'objectif... Mets-la dans sa bouche... Ça va être mon meilleur film... Penche-la de l'autre côté... »

Gloria sentait de la salive et un souffle chaud sur son visage, son cou, ses seins, ses cuisses. Des mains rudes l'empoignaient sans ménagement.

Tout à coup, une voix féminine cria :

« Arrêtez ! »

Les hommes la lâchèrent. On détacha ses bras. Elle ouvrit péniblement les yeux et crut être en proie à une hallucination.

« Laura ?

— Laisse-moi faire, dit sa sœur. Ça va aller. »

Gloria se mit à pleurer. Pourquoi ne s'était-elle pas tuée ? Laura n'aurait jamais su ce qu'il était advenu de sa sœur aînée.

David et TC étaient là aussi. TC brandit son insigne, et les Colombiens s'égaillèrent. David détruisit l'enregistrement vidéo de Tony.

« Tu vas t'en sortir, Gloria, murmura Laura à travers ses larmes en la serrant dans ses bras. Je serai là pour t'aider. »

Gloria leva la tête.

— Maintenant, si tu veux que je parte, je comprendrai.

Quelle histoire ! se dit Stan. Ça le faisait bander de plus belle. Il l'enlaça.

— Tout ça m'est égal. Je suis heureux que tu te confies à moi, mais c'est du passé. Arrête de t'excuser. C'est la Gloria d'aujourd'hui qui m'intéresse. Moi-même, j'ai fait les quatre cents coups dans ma vie. Pour être honnête, je ne suis pas toujours vraiment celui qu'on croit. Mais j'essaie de changer. Tu m'aideras, hein, Gloria ? Et tu voudras bien que je t'aide ?

Ils firent l'amour encore une fois, puis Stan s'habilla. En regardant Gloria, il sentit Popaul frétiller. Des filles, il en avait eu dans sa vie, mais une qui fût carrossée comme elle, jamais. Peau douce, pulpeuse, ventre plat et, bien sûr, des seins à faire fantasmer n'importe quel homme. Il n'y en avait qu'une qu'il convoitait encore plus.

Laura.

Ça viendrait avec le temps. En attendant, il devait faire attention, avec Gloria. Bon Dieu, quelle histoire, pensa-t-il à nouveau. Vous parlez d'une reine des paumées ! Comme il ne voulait surtout pas que Laura apprenne leur liaison, il avait réussi à convaincre Gloria de n'en parler à personne.

— Attends un peu. Je suis superstitieux, j'ai peur que ça tourne mal, si on le crie sur les toits.

Elle avait gobé son baratin. Et puis, Gloria représentait une parfaite soupape de sécurité en cas de pépin. Elle aussi avait de l'oseille.

Ils sortirent ensemble de l'hôtel. Une fois dans la rue, Stan se tourna vers elle.

— À ce soir ?

Gloria hocha la tête, rayonnante.

Il se pencha et l'embrassa passionnément.

Sur le trottoir d'en face, un joggeur en survêtement Adidas observait le baiser à travers son téléobjectif. Il prit deux ou trois clichés, après quoi il décrocha le combiné du taxiphone.

— Tu as quelque chose ?

— Il vient de sortir avec Gloria Ayars. Ils avaient l'air de bien s'entendre.

— Continue à filer Baskin.

— OK, mais j'aimerais savoir ce qu'on cherche.

— Ne t'occupe pas de ça. Suis-le et appelle s'il se passe quelque chose d'anormal.

Le joggeur haussa les épaules.

— Comme tu voudras, TC.

Le téléphone carillonna.

— Oui, Estelle.

— John Bort est là.

— Faites-le entrer.

Bort poussa la porte.

— Vous vouliez me voir, chef ?

— Oui, John. Entrez.

— Il y a un problème côté surveillance ?

— Pas du tout, le rassura Laura.

— C'est mieux gardé que Fort Knox ici.

— Vous faites un super-boulot, John. Asseyez-vous, je vous prie.

— Merci, chef.

— Appelez-moi Laura.

— Je préfère chef.

— À votre guise.

— Que puis-je pour vous ? demanda-t-il.

Laura se renversa dans son fauteuil.

— Vous avez bien travaillé pour le FBI, n'est-ce pas ?

— Trente-trois ans de boîte, répondit-il.

— Donc vous en avez vu un peu de toutes les couleurs.

— On peut le dire. C'est à quel sujet, chef ?

— Ma question porte sur une opération bancaire.

— Hein ?

— Admettons qu'une grosse somme d'argent se volatilise…

— Les grosses sommes d'argent ne se volatilisent pas comme ça, chef.

— Exact. Mettons que quelqu'un transfère cette grosse somme en Suisse, d'où elle est transférée ailleurs. Or voilà que ce quelqu'un décède, et il n'y a pas moyen de localiser cet argent. Que feriez-vous ?

Il réfléchit un instant.

— Je ne sais pas trop, chef. Votre homme voulait probablement planquer son argent. Soit qu'il craignait qu'on ne fasse main basse dessus – un parent ou autre –, soit il menait une double vie et ne souhaitait pas que ça s'ébruite.

— Comment ça ?

— Bon. Il sait qu'il va mourir, d'accord ? Sa famille touchera l'héritage. Mais il voudrait laisser de l'argent à une tierce personne… À leur insu, j'entends.

— C'est un peu tiré par les cheveux, votre histoire.

— Peut-être, mais j'en connais qui l'ont fait. Tenez, si vous trouvez que c'est tiré par les cheveux, que dire de l'affaire qui nous est tombée dessus en 1972 ?

— C'était quoi ?

John Bort se rencogna dans son siège.

— Un informateur – et pas des moindres – meurt dans un incendie juste avant de faire sa déposition. Incendie criminel. Liquidé par la mafia, pense-t-on. Mais il y a un truc bizarre : son argent disparaît. Mon coéquipier et moi, on enquête, on cherche partout… Rien. L'argent s'est envolé. Et devinez quoi ?

— Quoi ?

— Deux ans plus tard, on découvre notre indic mort… une deuxième fois ! Le salopard avait planqué son fric et mis en scène sa propre mort. Et nous, on est tombés dans le panneau ! Il avait transféré l'argent en Irlande et vivait là-bas sous un faux nom. Malheureusement pour lui, la mafia n'a pas été dupe. Ils ont fini par le retrouver.

Il se redressa avec un sourire et secoua la tête.

— Incroyable comme histoire, non ?

Laura ne répondit pas. Elle composait déjà le numéro de TC.

Le patient souleva la barre d'haltères au-dessus de sa tête.

— Ça suffit pour aujourd'hui, déclara l'infirmière.

Il abaissa la barre.

— Sûrement pas.

— Vous en faites trop.

Avec effort, le patient hissa la barre. Il n'était pas en grande forme, mais c'était moins catastrophique qu'il ne l'avait craint.

— Pas du tout.

— Ce que vous pouvez être têtu !

Il répéta le mouvement à deux reprises.

— J'ai été cloué au lit trop longtemps. J'ai besoin d'exercice.

— Tout ceci n'est absolument pas régulier. On est censés être dans un hôpital ici, pas dans un centre de remise en forme.

Elle s'approcha du rideau.

— Allez donc faire un tour. Il n'y a que des gens du coin pour vous voir.

Il eut l'air surpris.

— J'ai le droit de sortir ?

Elle poussa un soupir.

— À condition de ne pas trop forcer.

Elle ouvrit le placard.

— Le médecin m'a dit de ne pas vous le donner tant que vous ne seriez pas prêt.

Le patient posa les haltères.

— Tenez ! grommela l'infirmière. Il dit que ça doit vous démanger.

Et elle lui lança un ballon de basket.

— Tu as bien fait d'appeler, Laura, annonça TC tout de go.

Trop agité pour se poser sur le fauteuil moelleux en face de son bureau, il se mit à arpenter la pièce.

— Moi aussi, j'ai à te parler.

— À propos de quoi ?

— Toi d'abord.

Laura se sentait nerveuse, et sa jambe tressautait de manière incoercible. La situation lui échappait. Mais peut-être que TC l'aiderait à y voir clair. Peut-être qu'il saurait lui expliquer ce qui aurait pu pousser un analphabète de la finance à monter une combine pour escamoter une grosse somme quelques jours – voire quelques heures – avant sa mort.

— Tu connais John Bort ?

— Ton chef de la sécurité ? Bien sûr. C'est un brave type. Il adore raconter des histoires.

— Tu sais qu'il a travaillé pour le FBI ?

— Oui.

— Eh bien, je lui ai parlé du compte qui s'est volatilisé.

TC eut l'air surpris.

— Ah bon ?

— Plus exactement, je lui ai décrit une situation semblable à la nôtre.

— Et alors ?

Laura lui rapporta la conversation. L'agitation de TC grandissait à vue d'œil.

— Qu'essaies-tu de me dire, Laura ?

— Rien. Je voulais ton avis.

TC finit par s'asseoir.

— David est mort. Un jour, il va falloir que tu l'acceptes.

— Je sais bien, mais je veux comprendre pourquoi il a transféré son argent.

— Comme l'a dit John, peut-être qu'il avait ses raisons.

Laura n'était pas convaincue.

— Et comment a-t-il su la procédure à suivre pour effectuer ce genre d'opération ?

— Aucune idée. Il a pu s'adresser à un conseiller financier.

— Et la date ? C'est un peu gros comme coïncidence, non ?

TC sortit un cigare tout en s'efforçant de recouvrer son calme.

— Qu'est-ce que tu vas chercher, Laura ? J'ai vu son corps. David est mort. Son fantôme n'a pas pénétré par effraction dans votre maison pour déchirer une photo de son père. Son fantôme n'est pas en train de boire des margaritas à Tahiti et mener la grande vie grâce à un compte en banque occulte. Il existe un million d'explications rationnelles.

Le téléphone sonna.

— Laura ?

— Oui, Estelle ?

— Le comptable est là avec le chèque pour M. Baskin.

— Dites-lui que j'en ai pour une minute.

De pâle, le visage de TC vira à l'écarlate.

— Un chèque pour Stan Baskin ? C'est quoi, cette histoire ?

— C'est rien.

— Tu donnes de l'argent à Stan Baskin ?

— Laisse tomber. Tu n'avais pas un truc important à me dire ?

— Laura, tu ne peux pas faire ça.

Si seulement elle n'avait pas mis le haut-parleur !

— Que ça te plaise ou non, Stan est le seul parent de David. Il a droit à une partie de son héritage.

— Il a droit à que dalle, ouais !

— Tu peux penser ce que tu veux.

Se levant d'un bond, TC se remit à faire les cent pas. Il fulminait.

— Combien a-t-il réussi à te soutirer ?

— Si tu veux tout savoir, j'ai dû lui forcer la main.

— Je ne doute pas qu'il se soit fait prier. Combien ?

— Un million de dollars. C'est pour une galerie marchande qui porterait le nom de David.

TC se retint de rire.

— Il t'a fait le coup de la galerie marchande ? Et tu as marché ?

Laura perdit patience à son tour.

— Qu'est-ce que tu racontes ?

— Seulement ceci : pour une fille aussi intelligente, tu peux être quelquefois d'une naïveté crasse.

— Ne recommence pas, TC. Cet argent est à lui.

— Alors là, sûrement pas.

Il ouvrit la chemise en carton qu'il avait apportée et lança une photographie sur le bureau de Laura.

Elle la prit, fronça les sourcils, déconcertée, la reposa et regarda TC.

— Maintenant, dit-il, je vais t'expliquer pourquoi David haïssait son frère.

9

Laura n'en croyait pas ses yeux.

— C'est quoi, ça ?

— Une photo de Stan avec ta sœur, répondit TC.

— Je vois bien.

— Ils ont passé la nuit ensemble.

— Tu es un sacré voyeur, dis donc. Moi aussi, tu me fais suivre ?

— Je ne cherche pas à semer la zizanie. Je fais suivre Stan parce que je le connais.

— Et quelle machination diabolique ton enquête a-t-elle mise au jour ?

— Ça ne va pas te plaire.

Laura secoua la tête, incrédule.

— Tu as le culot de me reprocher d'intimider le type à la banque, et pendant ce temps tu épies ma sœur par le trou de la serrure ? Ça me dépasse.

— Tu m'écoutes ou tu continues à râler ?

Laura regarda ses yeux. Un froid soudain l'envahit. Tout à coup, elle n'était plus aussi sûre de vouloir entendre ce qu'il avait à lui dire.

— Vas-y.

TC alluma un nouveau cigare et se lança en choisissant ses mots avec soin.

Stan Baskin était une crapule-née. Tout jeune, il avait sombré dans la délinquance, mais son charme et son semblant de classe lui avaient permis de se sortir de tous les mauvais pas. Paresseux de nature, il aimait l'argent facile. Il était prêt à tout pour s'en procurer, sauf à travailler. Il préférait monter des coups, et ça lui réussissait. Sacrément, même. Il soutirait des fortunes à ses victimes qui ne se doutaient de rien. Mais son talon d'Achille finissait toujours par avoir raison de lui.

Il jouait.

David avait tenté de le convaincre de se faire soigner, mais Stan était accro, au même titre qu'un drogué ou un alcoolique. Et certain de pouvoir décrocher quand il voudrait. Sauf qu'il ne voulait pas. Et puis, il était jaloux de son frère. Peu lui importait que David ait trimé dur, dans ses études comme sur le terrain de basket. Ses talents sportifs allaient lui rapporter de l'argent, beaucoup d'argent. C'était tout ce qui comptait.

David et TC étaient en première année de fac quand Stan se trouva dans le pétrin. Un sale pétrin. Apparemment, ses « bons » plans n'avaient pas fonctionné. Devant plein d'argent à des gens pas très fréquentables, il devait monter un gros coup. Ce fut à cette occasion que lui vint une idée de génie.

On était au mois de mars. Leur mère était à l'hôpital avec un cancer des ovaires. La saison sportive tirait à sa fin. Le campus était en effervescence car pour la première fois depuis Dieu sait combien de temps, l'université du Michigan était arrivée en demi-finale de la NCAA. On ne parlait que du prochain match contre l'UCLA. En cas de victoire, le Michigan irait en finale.

Le pronostic gagnant était le pari « plus trois points ».

— Je n'y connais rien, au jeu, interrompit Laura. Ça veut dire quoi, le pari « plus trois points » ?

— Admettons que tu mises sur le Michigan. Pour que tu gagnes, le Michigan doit vaincre de plus de trois points. Si l'écart est inférieur à trois points ou si la victoire revient à l'UCLA, tu perds ta mise. Tu comprends ?

Stan échafauda le jour même de la rencontre un plan qui supposait la participation de David. Il se dit que son petit frère serait heureux de lui donner un coup de main. Il n'exigeait pas grand-chose, juste quelques points en moins. Quelle importance si le Michigan gagnait de deux points au lieu de cinq ? David n'avait pas besoin de saboter le match. Il suffisait qu'il se retienne.

David, évidemment, voyait cela d'un autre œil.

« Tu te rends compte de ce que tu me demandes ?

— Il faut absolument que tu m'aides.

— Pas question, Stan. Tu t'es fichu dedans tout seul, alors débrouille-toi pour en sortir. Et pendant que tu y es, fais-toi soigner.

— Je le ferai, promis. Mais juste pour cette fois...

— Mon œil. Va consulter d'abord, on parlera après. »

La discussion dégénéra, et David mit Stan à la porte.

— C'est à cause de ça qu'ils étaient fâchés ? hasarda Laura.

TC secoua la tête.

— Ce n'est que le début.

Stan n'avait pas d'argent pour jouer. Il avait espéré liquider sa dette en persuadant ses amis peu recommandables de la mafia de miser sur l'UCLA. Il leur avait dit que David avait accepté de marcher dans la combine. Du coup, il se retrouvait dans le pétrin. Impossible de faire machine arrière ; ils allaient jouer du xylophone sur ses côtelettes à coups de barre de fer.

Comme on pouvait s'y attendre, le Michigan gagna haut la main. De neuf points, pour être précis. Les gangsters étaient furibonds. Ils avaient perdu gros dans la combine de Stan. Dès lors, ils n'eurent de cesse que de l'épingler.

Mais Stan n'était pas fou ; il s'était déjà planqué au fin fond du Dakota du Sud. Il savait bien qu'ils finiraient par le trouver, mais d'ici là il aurait réuni l'argent. Sauf que la patience n'était pas leur fort. Il leur fallait un bouc émissaire.

Et faute de Stan Baskin, ils s'en prirent à David.

Le match de qualification contre Notre Dame devait avoir lieu deux jours plus tard. Les pronostics étaient très serrés. Les médias spéculaient sur l'affrontement entre les deux étoiles montantes du basket universitaire, David Baskin côté Michigan et Earl Roberts côté Notre Dame.

En fait, il leur fallut attendre trois ans de plus.

Le calcul des gangsters était simple. Pour récupérer l'argent, il suffisait de truquer le match. Comment ? En pariant sur Notre Dame et en mettant hors jeu le joueur-vedette du Michigan.

La veille du match, David dormait dans sa chambre d'hôtel – ou du moins essayait de dormir, vu l'ampleur de l'événement –, lorsqu'on força sa porte et que cinq hommes firent irruption dans la pièce.

Avant qu'il n'ait pu réagir, quatre d'entre eux l'immobilisèrent sur le lit. Il se débattit, mais il avait affaire à des professionnels qui n'en étaient pas à leur coup d'essai.

« Couvrez-lui la bouche, chuchota l'un des hommes. Qu'on ne l'entende pas crier. »

On lui plaqua un oreiller sur le visage, et quelqu'un s'empara de son pied droit, les orteils dans une main, le talon dans l'autre.

« Tenez-le bien ! »

L'homme lui tordit le pied jusqu'à ce qu'on entende la cheville craquer. Pour faire bonne mesure, il insista encore un peu. Les os raclèrent les uns contre les autres. Le hurlement de David se perdit dans l'oreiller.

Ils déguerpirent tout aussi rapidement, sans allumer la lumière, si bien que David n'avait aucune chance de les identifier. La cheville cassée, il passa deux mois dans le plâtre. Cette semaine-là, il eut deux de ses pires crises de migraine. Si graves que TC craignit pour la vie de son ami.

Le Michigan perdit de quinze points contre Notre Dame.

— Ce n'est pas fini, n'est-ce pas ?

TC hocha la tête.

Stan ne pouvait se cacher indéfiniment. Et il fallait qu'il trouve de l'argent pour rembourser sa dette. Personne ne sut au juste comment il s'y est pris – en lui faisant signer une procuration ou autre –, mais les détails importent peu. Ce qui comptait, c'était le résultat : Stan avait volé l'argent de sa mère.

Un fils dépouillant sa mère atteinte d'un cancer de ses économies pour régler une dette de jeu à la mafia, un fils capable de la laisser mourir sur un lit d'hôpital sans un sou pour payer ses soins. Cela dépasse l'entendement.

David fit de son mieux pour s'occuper d'elle, mais elle était déjà très malade, et l'attitude de son aîné l'avait anéantie.

Elle mourut six mois plus tard. Stan n'assista pas à l'enterrement.

— Maintenant tu comprends, Laura ?

Elle restait sans bouger, sous le choc de ce qu'elle venait d'entendre.

— C'est une vieille histoire. Je ne cherche pas à le défendre, mais suppose que tu te penches sur le passé de Gloria. Qu'en déduirais-tu ? Qu'elle n'est pas très nette, non ?

— Erreur. Je dirais qu'elle est fragile, qu'elle a des tendances autodestructrices, mais qu'elle n'a jamais fait de mal à personne d'autre qu'à elle-même. Qui plus est, on parle au passé, là.

TC ouvrit sa chemise cartonnée.

— Voici l'extrait de casier judiciaire de Stan. Il a été arrêté deux fois au cours de ces trois dernières années pour escroquerie. J'ai contacté le collègue qui avait procédé à l'arrestation, le lieutenant

Robert Orian. Il dit que Stan est connu pour se servir de son charme et son physique avantageux aux fins de séduire des femmes fortunées. Un grand classique, quoi. Il les plume autant qu'il peut et il claque l'argent au jeu. Sauf qu'il ajoute à cette arnaque vieille comme le monde sa touche personnelle.

— Laquelle ?

TC hésita.

— Il ne se contente pas de les larguer. Il les casse. Il prend un plaisir sadique à les détruire. L'une de ses victimes a fait une dépression. Une autre a tenté de se suicider. On a diagnostiqué chez lui un trouble narcissique de la personnalité, doublé d'une haine maladive à l'égard du sexe féminin. Il sait comment faire souffrir une femme, Laura, et il aime ça.

— Mon Dieu !

— J'ai mené ma petite enquête, poursuivit TC. Stan doit un gros paquet d'oseille à un bookmaker réputé pour sa propension à briser les os.

Laura se dressa sur son siège.

— Sa main ?

— Fracturée. Juste un doigt, en fait. Une vilaine fracture. Il faut qu'il trouve de l'argent, et vite. Tu es sa nouvelle cible, Laura, mais je ne m'inquiète pas trop pour toi. Tu es capable de te défendre.

TC prit la photo de Stan en train d'embrasser Gloria et la lui tendit.

— Alors que Gloria… ?

Le patient lisait le *Boston Globe* du dimanche. Il avait une prédilection pour les journaux du dimanche. Du temps où il était étudiant, lui et ses camarades émergeaient péniblement à midi, après une soirée de samedi particulièrement mouvementée, et s'installaient devant un brunch en étalant les journaux autour d'eux. À l'heure du dîner, ceux-ci finissaient par former un revêtement de sol.

Depuis, c'était devenu un rituel.

Il tourna les pages jusqu'à ce qu'il tombe sur la rubrique des sports. D'habitude, il ne la lisait pas, ce qui ne laissait pas de surprendre son entourage. Mais, dernièrement, il avait changé d'avis.

Page 1. Un papier de Mike Logan. Le patient aimait bien Mike Logan. C'était un excellent journaliste, passionné par son boulot et par les Boston Celtics.

LES CELTICS : UN PARCOURS SEMÉ D'EMBÛCHES

Mon équipe - *notre* équipe, les gars - est en difficulté. En grande difficulté. Rappelez-vous les matches de qualification de la saison passée. Les Celtics l'avaient emporté de justesse devant les Chicago Bulls et les Detroit Pistons. Et quand je dis de justesse, ce n'est pas une figure de style. La marge d'erreur était inexistante.

Et la rencontre avec les Lakers pour le titre de champion de la NBA ? Ne nous voilons pas la face. Les Celtics auraient dû perdre. Sans le miracle de dernière minute accompli par David

Baskin, les Celtics ne seraient pas en train de remettre leur titre en jeu aujourd'hui.

Oui, il y a des équipes qui montent au sein de la NBA, tandis que les Celtics, eux, sont en pleine dégringolade.

Ce n'est pas leur faute. L'accident tragique de David Baskin, ils n'y sont pour rien. Mais on ne gagne pas un championnat avec des excuses. On gagne avec une bonne équipe, un bon coach et un bon encadrement. Côté coach, pas de problème. *Idem* pour l'encadrement de Clip Arnstein.

Mais les joueurs !

Personne ne conteste le talent du pivot Earl Roberts, le tir extérieur de Timmy Daniels ou le dribble de Johnny Dennison. Ils sont formidables. On est tous d'accord là-dessus. Seulement, sans l'Éclair blanc, c'est juste une bonne équipe. Pas une équipe d'exception. Il leur faut un grand attaquant.

Mais où le trouver ?

Par le passé, Clip Arnstein, dit le Faiseur de miracles, avait toujours réussi l'impossible. Comme dégoter la perle rare parmi les nouvelles recrues. Mais cette année, même Clip reconnaît que le choix est médiocre. Un candidat libre, alors ? Jusqu'ici, on n'a jamais recruté un joueur d'exception dans leurs rangs. Un échange, peut-être ? Hmm. Les autres équipes ne sont pas chaudes pour filer un coup de pouce aux Celtics.

Qu'est-ce qui reste ?

Vous avez tout compris. Je suis journaliste. Trouver la perle rare n'est pas dans mes attributions, Dieu merci. Clip Arnstein est un génie intemporel, et il ne le sait même pas. Mais quand on a suivi cette équipe depuis aussi longtemps que moi, on finit par croire aux miracles. Il viendra, forcément, celui qui sauvera les Celtics.

Le patient leva les yeux du journal. Il avait déjà sa petite idée sur la question.

— Stan Baskin est là.

La jambe de Laura fut prise d'un tremblement.

— Faites-le entrer.

Quelques secondes plus tard, Stan poussait la porte, un grand sourire aux lèvres.

— Salut, Laura.

Elle s'efforça de parler d'un ton égal.

— Entre, Stan.

Il referma la porte et vint l'embrasser sur la joue.

— Toujours aussi ravissante.

— Merci. Assieds-toi.

L'interphone bourdonna.

— Oui, Estelle ?

— Ça ira si je prends ma pause déjeuner maintenant ?

— Allez-y.

— Je reviens dans une heure.

Sa jambe, se rendit compte Laura, tremblait plus que d'ordinaire. Elle fit un effort sur elle-même pour se maîtriser.

— Je voulais te parler de ton projet de galerie marchande.

— Oui ?

— Tu peux me donner quelques détails ?

— Des détails ?

— Oui. J'aimerais en savoir plus.

Stan sentit comme un changement de ton.

— Oh, il n'y a pas grand-chose à dire. Ce sera super, une fois achevé. Deux cents commerces au bas mot.

— Quelle superficie ?

— Euh... je ne sais pas encore.

— Et le choix du lieu ?

— Boston.

— Centre ?

— Bien sûr.

Laura s'adossa à son siège.

— Il n'y a pas de terrains constructibles de cette surface au centre-ville. Et il te faudra plus d'un million pour lancer le projet.

— Oui, mais...

— Qui est l'entrepreneur ?

— L'entrepreneur ?

— Le constructeur.

Le sourire de Stan vacillait comme une vieille ampoule électrique.

— J'ai oublié son nom.

— Et ton avocat a obtenu un permis de construire auprès de la mairie ?

— Euh... c'est tout comme.

— Ne t'inquiète pas pour ça. C'est Teddy Hines qui s'occupe des permis de construire au bureau du maire. Je l'appellerai pour m'assurer que tout se passe bien.

Le regard de Stan errait à travers la pièce.

— Ne t'embête pas avec ça, Laura.

— Bah, ça ne m'embête pas.

Elle se sentait plus maîtresse d'elle-même, à présent.

— Parle-moi de ta dernière affaire dans le Michigan.

— Pour ne rien te cacher, j'ai eu quelques soucis.

— Je vois, répondit-elle posément.

— Je dirigeais une usine de jouets.

— Ah oui ? Quel genre de jouets ?

— Oh, tout ce qu'il y a de classique. J'ai dû vendre.

— Et qui l'a rachetée ?

— Tu ne connais pas.

— Dis toujours.

Acculé, Stan ne savait comment réagir.

— Un ami.

— Je vois. Et comment va ton doigt, Stan ?

— Ça va mieux, merci.

— Un accident, hein ?

Il haussa les épaules.

— Ce sont des choses qui arrivent.

— Claquer la portière uniquement sur le majeur, sans toucher aux autres doigts ? C'est plutôt inhabituel comme blessure.

Ils se turent, se dévisagèrent brièvement. Stan rompit le silence le premier.

— Qu'y a-t-il, Laura ? Pourquoi toutes ces questions ?

Elle prit une grande inspiration.

— J'ai eu une discussion avec TC...

— Il ne m'aime pas, je te l'ai déjà dit.

— Il m'a expliqué ce qui s'est passé entre David et toi.

Ses paroles lui firent l'effet d'une douche glacée.

— TC exagère. Ne crois pas tout ce qu'il raconte.

Elle prit une chemise cartonnée sur son bureau.

— Et ton casier judiciaire ? Ça aussi, il l'a inventé ?

Stan déglutit. Le passé était en train de le rattraper. Si près du but... et maintenant cette garce le poignardait dans le dos.

— Les charges étaient truquées. Je n'ai jamais dit que j'étais un saint avec les femmes. Je le reconnais. Mais je ne les ai pas escroquées et je n'ai pas eu l'intention de les faire souffrir. Simplement, il y en a qui ne voulaient pas me lâcher. Tu sais ce que c'est, une maîtresse éconduite.

Se levant, Laura contourna son bureau.

— Peut-être, mais je ne tiens pas à prendre ce risque. Tu as tenté de profiter de moi et de ma famille. J'ai donc décidé de ne pas partager l'argent de David avec toi. Je crois qu'il n'aurait pas approuvé.

Stan serra les poings, luttant pour conserver son sang-froid.

— Très bien, Laura. Comme je l'ai déjà dit, je ne le mérite pas de toute façon.

— Une dernière chose.

— Oui ?

— J'aimerais que tu nous laisses tranquilles, ma famille et moi.

Il sentit la panique le gagner.

— Tu ne parles pas sérieusement ! Que j'aie commis des erreurs dans le passé, c'est une chose. Tu l'as dit toi-même, le passé, c'est le passé. Je fais de mon mieux pour me racheter. Ne me prive pas de la seule famille que j'ai.

— Je suis on ne peut plus sérieuse.

Elle plongea la main dans le tiroir du haut pour en sortir la photo de Stan avec sa sœur.

— Et je veux surtout que tu fiches la paix à Gloria.

Stan jeta un regard noir sur la photo. Une note de colère perça enfin dans sa voix.

— Comment as-tu eu ça ?

— Peu importe.

— Comment l'as-tu eu ? répéta-t-il.

Laura remit la photo dans le tiroir.

— Tu n'as pas d'autres chats à fouetter, Stan ? Comme rembourser le monsieur qui t'a cassé le doigt ?

Le visage de Stan s'empourpra. Il chercha un moyen de sauver les meubles, en vain. Laura n'était qu'un numéro de plus dans la longue liste des femmes qui avaient voulu le posséder. C'était simplement sa façon de prendre le dessus. Eh bien, il était temps de renverser la vapeur. De lui montrer de quel bois il se chauffait.

— OK, Laura, tu as gagné. Je suis désolé pour tout. Crois-moi.

— Si tu le dis.

Elle pivota vers la fenêtre.

— Va-t'en maintenant.

Il se leva, se dirigea vers la porte.

— Laura ?

Elle se retourna. Ses yeux s'agrandirent à la vue du poing qui lui arrivait au visage. Elle se baissa. Le coup lui frôla la tempe. Étourdie, elle tomba à genoux.

Debout au-dessus d'elle, Stan la saisit par les pans de son chemisier. Laura s'écarta, et la fine étoffe craqua sous ses doigts.

— Oh, mon Dieu, souffla-t-il, l'enveloppant d'un regard chargé de désir. Oh, bon sang, ce que tu es bien roulée !

Elle voulut se dégager, mais il la tenait bien.

— Détends-toi, Laura, chuchota-t-il. Je ne te ferai pas de mal. J'ai envie de toi depuis le jour de notre rencontre. Et tu as envie de moi. David était tout sauf un homme, Laura. Tu vas te faire baiser par un homme, un vrai, pour la première fois de ta vie.

Baissant les yeux, il défit sa ceinture. Ce fut une erreur. Laura en profita pour lui envoyer son poing à l'aine. Stan en eut le souffle coupé. Elle se leva en trébuchant, mais elle n'alla pas loin. L'empoignant par la cheville, il l'entraîna vers le sol.

— Espèce de salope !

— Lâche-moi ! cria-t-elle.

Il obéit, avec un air d'enfant perdu.

— Mais... je croyais que tu avais envie de moi.

Elle le regarda, atterrée. Il paraissait sincère. Il y avait vraiment cru.

— Je préférerais faire l'amour avec un saint-bernard.

— Sale petite allumeuse.

Elle resserra sur sa poitrine les pans de son chemisier déchiré.

— Va-t'en, Stan. Disparais avant que je ne te fasse boucler.

Il eut un sourire dément.

— Je ne te crois pas, Laura. Tu as toujours envie de moi. Avoue-le. Tu es juste jalouse de Gloria.

Elle s'éloigna en rampant.

— Tu n'es qu'une racaille. Fiche le camp d'ici. Et laisse ma sœur tranquille.

Il secoua la tête.

— Pas avant que ce ne soit fini, Laura.

Elle paniqua.

— C'est fini, Stan. Va-t'en.

Il se releva, l'air pincé, et alla ouvrir la porte.

— Fini, Laura ? répéta-t-il en secouant la tête. Oh, que non !

Stan sortit en courant de l'immeuble. Que lui arrivait-il ? Il était à deux doigts de toucher le jackpot, et voilà qu'en l'espace de quelques minutes tout avait volé en éclats.

Enfoiré de TC.

Mais il n'y avait pas que TC dans l'histoire. C'était cette mal baisée de Laura qui l'avait planté. Pour une raison évidente. Elle se moquait de son passé. Ce n'était qu'un prétexte. La vraie raison, c'était la jalousie. Elle était furax parce qu'il fricotait avec sa sœur, pas avec elle. Sauf que, compte tenu de son récent veuvage, elle ne pouvait pas le draguer ouvertement. De quoi aurait-elle l'air ? Eh oui, se dit Stan, la belle-sœur n'était qu'un sac d'embrouilles et de désirs frustrés.

En attendant, il était dans les emmerdes jusqu'au cou. Il avait Mister B sur le dos, et aucun moyen de le rembourser. Il pouvait dire adieu au million de dollars… pour le moment, du moins. Il fallait qu'il se cache, qu'il trouve une nouvelle combine, qu'il…

Mais de quoi diable parlait-il ?

Stan sourit. La partie n'était pas finie. Loin de là. Il lui restait un atout majeur dans son jeu.

Gloria Ayars, la reine des paumées.

Il tourna le coin, trouva une cabine téléphonique et glissa une pièce dans la fente.

— Allô ? fit la voix de Gloria.

— Salut, beauté.

Elle répondit avec un tremblement nerveux, comme à son habitude :

— Stan ?

— Oui, mon amour. Comment te sens-tu par cette belle journée ?

— Bien. Et toi ? risqua-t-elle.

— Scandaleusement heureux. Je suis sur un petit nuage.

— C'est vrai ?

— Évidemment. Tu es ce qui m'est arrivé de mieux depuis des années. J'ai hâte de te revoir.

— Je sors dans deux heures, annonça-t-elle avec entrain.

— Désolé, je n'attendrai pas aussi longtemps. On n'a qu'à se retrouver maintenant.

— Stan, dit-elle avec un petit rire, je travaille.

— Si on disparaissait pendant quelques jours ? Rien que toi et moi.

— Ç'a l'air merveilleux.

— Alors faisons-le. Trouvons-nous un coin isolé et romantique.

— Je connais un endroit comme ça.

— Où ?

— La Deerfield Inn. Une petite auberge campagnarde à une heure et demie d'ici.

— C'est parfait.

— Mais, Stan, je ne peux pas partir tout de suite. J'ai du boulot, moi.

Il ne cacha pas sa déception.

— J'aurais tant aimé passer quelques jours avec toi. En tête-à-tête, pour explorer nos sentiments.

— Ça ne peut pas attendre ce soir ?

Il hésita.

— Oh, si. Je n'aurais pas dû te mettre la pression. Pardonne-moi. Je me suis laissé emporter pour avoir vécu une nuit magique avec toi. Mais tu n'es pas obligée d'éprouver la même chose.

— J'éprouve la même chose, le rassura-t-elle.

Gloria réfléchit un instant, enroulant le fil du téléphone autour de ses doigts.

— Oh, et puis pourquoi pas ? Allons-y.

Il rit presque de sa crédulité.

— Tu es sûre ?

Elle sourit, ravie de sa décision.

— Certaine. Je vais juste prévenir Laura...

— Non, l'interrompit-il. Je voudrais qu'on garde notre petit secret. Ça n'en sera que plus spontané et romantique.

— Mais elle va s'inquiéter.

— Laisse-lui un mot pour l'informer que tu t'absentes plusieurs jours. Sans donner de détails.

Il y eut un silence.

— Oui, je peux faire ça. Mais...

— Super. Je passe te prendre dans dix minutes. Gloria ?

— Oui ?

— Je le sens vraiment bien, tu sais.

— Moi aussi, Stan.

Fermant à clé la porte de son bureau, Laura passa à côté, dans son cabinet de toilette privé, se déshabilla et entra dans la douche. À moitié hébétée, elle avait encore du mal à croire à ce qui venait d'arriver. L'incident lui-même paraissait irréel. Stan l'avait-il agressée pour de bon ou l'avait-elle seulement rêvé ?

Une fois douchée et séchée, elle jeta son chemisier déchiré à la poubelle et sortit des vêtements de rechange qu'elle gardait dans le placard. Elle s'assit sur le tabouret, les bras repliés autour d'elle. Sa jambe tressautait.

Aide-moi, David. J'ai tant besoin de toi. Reviens, s'il te plaît, et dis-moi ce que je dois faire.

Ses yeux débordèrent. Sa confrontation avec Stan avait viré au cauchemar. Qu'allait-elle dire à Gloria ?

Le type avec qui tu as couché la nuit dernière est la pire ordure à avoir jamais foulé le sol terrestre. À côté de lui, tes ex-petits amis ressemblent à Gandhi.

Quelques semaines plus tôt, Laura aurait juré que plus jamais Gloria ne ferait confiance à un homme. À la lumière de ses expériences passées, elle était convaincue que les hommes ne cherchaient qu'à abuser d'elle. Elle devait être vraiment mordue pour avoir baissé la garde devant Stan Baskin.

Que faire ?

La solution lui apparut soudain. Elle allait appeler la psychiatre de Gloria, le Dr Jennifer Harris. Depuis le début, Gloria avait tenu à ce que Laura soit impliquée dans sa thérapie. Et, après avoir reçu les deux sœurs ensemble, le Dr Harris avait accepté.

Passé les quelques politesses d'usage, Laura lui raconta toute l'histoire, depuis l'apparition de Stan à l'enterrement jusqu'à son départ en trombe de son bureau.

Lorsqu'elle eut terminé, le Dr Harris resta silencieuse un moment.

— Gloria m'a parlé de Stan Baskin, dit-elle finalement. Vous avez raison. Je crois qu'elle est très éprise de lui.

— Que dois-je faire ? questionna Laura.

— Depuis sa dépression, Gloria ne s'est pas risquée à entamer une relation avec un homme. Si elle a franchi le pas, elle ne l'a pas fait à la légère. Elle doit être très angoissée à l'heure qu'il est ; elle se demande si elle a fait le bon choix. Mais comprenez bien ceci, Laura : si elle n'était pas à cent pour cent sûre des sentiments de Stan Baskin à son égard, elle n'aurait pas pris ce risque. Autrement dit, dans son esprit, il n'y avait pas de danger.

— Mais c'est une ordure, docteur.

— Ce n'est pas vraiment un terme médical, mais je vois ce que vous voulez dire. Vous marchez sur des œufs, Laura. Vous ne pouvez pas faire irruption dans le bureau de Gloria pour lui annoncer que l'homme qu'elle aime est un salaud.

— Mais je ne peux pas non plus rester les bras croisés et la laisser s'engluer dans cette histoire. Il faut que je lui dise la vérité.

— Oui et non.

— Je ne comprends pas.

— Vous pouvez manifester votre désapprobation, mais sans trop insister. Et surtout, sans entrer dans les détails.

— Pourquoi ?

— Parce que si Gloria est vraiment tombée amoureuse de cet homme, elle ne vous écoutera pas. Elle se retranchera, s'isolera de vous, et, au lieu de l'éloigner de Stan, vous la pousserez encore plus dans ses bras.

— Alors je fais quoi ?

— Vous pouvez l'aider, Laura, mais, au bout du compte, Gloria doit gérer cette situation toute seule. Nous ne pouvons lui imposer un point de vue qu'elle refuse d'entendre.

Laura réfléchissait aux propos du Dr Harris.

— Gloria peut être très têtue, concéda-t-elle.

— En effet.

— Mais je dois faire quelque chose.

— Je suis d'accord avec vous. Simplement, allez-y avec discernement, Laura. Ne videz pas votre sac d'un seul coup. Aidez-la à entrevoir la vérité par elle-même. Et amenez-la-moi le plus vite possible.

— OK. Merci, docteur.

— Laura ?
— Oui ?
— Comment ça va, ces derniers temps ?
— Très bien.
— Pas de questions dont vous aimeriez discuter ?
— Rien. Tout baigne.
Un lourd silence suivit.
— J'ai une heure de libre à midi, dit enfin le Dr Harris. Si vous passiez me voir pour bavarder ?
— Ce n'est pas la peine...
Laura déglutit. Ses mains tremblaient.
— C'est gentil, Jennifer. Merci.
— À tout à l'heure, Laura.
Laura raccrocha, sortit dans le couloir et se dirigea vers le bureau de Gloria. Au moment où elle arrivait à sa porte, elle entendit :
— Laura ?
La secrétaire de Gloria.
— Oui ?
— Gloria n'est pas là.
— Où est-elle ?
La femme haussa les épaules en souriant.
— Elle vient de partir, toute pimpante. Elle vous a laissé un mot.
Laura déchira l'enveloppe.

Laura,
Je pars jusqu'à lundi. Ne t'inquiète pas pour moi. Je vais bien. Je te rappellerai à mon retour. Je t'aime.

Gloria

Se protégeant les yeux du soleil, l'homme regarda le patient compter les pas pour définir la distance de sept mètres à partir du panier. Le patient traça une ligne à la craie. Eh oui, se dit l'homme, ça devait correspondre à l'emplacement de la ligne des trois points. Seul un tireur hors pair pouvait se permettre de lancer la balle d'aussi loin.

Le patient se mit à tirer. Tir, rebond, tir, rebond, tir, rebond. Ses gestes étaient fluides, empreints d'une grâce quasi surnaturelle. Tir après tir, le ballon franchissait l'anneau métallique en frôlant à peine le bord.

— C'est tout bon, Mark ! cria l'homme.

Le patient s'arrêta. Ses cheveux blonds et bouclés commençaient à être longs à présent. Ses yeux étaient bleu glacier. Il avait un nez pointu, des pommettes saillantes. Une beauté plastique style joli garçon. Une carrure athlétique, pour un mètre quatre-vingt-dix et quelques. Il n'avait jamais fait d'haltérophilie auparavant, mais le résultat était spectaculaire. Son corps s'était affiné, ses muscles se dessinaient nettement sous la peau. Il se sentait fort.

— Merci.

— Ça t'ennuie si je te prends quelques rebonds ?

— Au contraire.

Le patient prénommé Mark tira. L'homme récupéra la balle et la lui lança.

— J'ai une question à te poser, fit-il.

— Vas-y.

— Comment comptes-tu te présenter aux épreuves de sélection ? Personne ne te connaît.

— J'ai deux ou trois idées, répondit Mark, se positionnant pour un bras roulé.

— Du genre ?

— Tu peux m'obtenir une accréditation de presse ?

— Bien sûr. Pour quoi faire ?
— J'y travaille. Je te tiens au courant.
— OK. Une accréditation de presse. Autre chose ?
Le patient continuait à lancer la balle, s'efforçant de prendre un air dégagé.
— Ça va, tout le monde ?
— Tout le monde ?
— Tu sais de quoi je parle.
— Non, Mark. Franchement, je ne sais pas.
Mark avait les yeux rivés sur l'anneau.
— Tu as raison. Oublie ce que j'ai dit.
— C'est oublié.
— Il faut respecter la règle.
— Tout à fait.
Le patient tirait ; l'homme récupérait la balle au rebond.
— Mark ?
Le patient suspendit son geste.
— Tout le monde va mal.
Le visage de Mark s'allongea.
— Mal ?
L'homme hocha la tête.
— Je veux savoir...
L'homme avait déjà tourné les talons.
— Je n'aurais même pas dû te dire ça.
Mark serrait le ballon sur sa poitrine, tel un enfant son ours en peluche. Plié en deux, il se laissa tomber lourdement sur le bitume. Un tourbillon d'émotions lui vrillait douloureusement le crâne.
L'homme s'éloignait.
— TC ! cria Mark.
L'homme s'arrêta, se retourna.

— Veille à ce qu'il ne leur arrive rien de grave.

Le dénommé TC sortit un cigare.

— Je ferai de mon mieux, promit-il tout en sachant qu'il n'était pas en son pouvoir de changer le cours des choses.

10

29 mai 1960

— Salaud.

Le coup de feu partit. La balle traversa le crâne de Sinclair. Le sang jaillit, bruine rouge et gluante qui éclaboussa le visage de l'assassin. Des fragments de cervelle jaillirent de l'autre côté de la tête. Le corps inanimé glissa du fauteuil sur le plancher.

Debout au-dessus du cadavre ensanglanté, l'assassin éprouva un étrange sentiment d'exultation.

Je l'ai tué. J'ai tué ce salaud. Il est mort. Je ne voulais pas le tuer, mais au fond il le méritait. Oh oui, il l'a bien cherché.

L'assassin scruta la pièce. La musique au-dehors était si assourdissante que les étudiants n'avaient pas dû entendre le coup de feu, ou alors ils avaient sûrement cru à l'explosion d'un pétard, voire à un pot d'échappement déficient. Néanmoins, le temps pressait. Il fallait faire vite.

Du calme. Pas de panique. Tu maîtrises la situation. Réfléchis.

L'assassin contempla la bouillie sanglante qui remplaçait maintenant la tête de l'homme qu'il avait tué.

J'ai bien fait de lui tirer dans la tête. Ça pourra passer pour un suicide. Tout le monde sait qu'il avait des problèmes. Ils n'iront pas chercher plus loin.

L'assassin alla verrouiller la porte du bureau, essuya le pistolet et le plaça dans la main du mort.

Ça y est. Terminé. Parfait. Personne n'ira me soupçonner. Je n'ai plus qu'à filer en douce avant l'arrivée de la police et...

L'assassin s'interrompit brusquement : une pensée troublante venait de lui traverser l'esprit.

Quelle était cette série télé déjà ? Ou était-ce un film ? Ou un roman ? Peu importe. C'était une situation similaire. Un homme découvert avec une balle dans la tête et un pistolet à la main. En apparence, suicidé. Sauf que le flic avait conclu à un assassinat. Mais comment ?

Claquement de doigts. L'assassin sourit.

Le flic a fait examiner la main de la victime à la recherche de traces de poudre, un truc comme ça. Il n'y avait rien. Aucune marque, en fait, prouvant que le type avait manié l'arme. Conclusion : il avait été assassiné.

La peur s'insinua dans l'esprit de l'assassin. Il retourna auprès du corps, leva ensemble la main et le pistolet et pressa le doigt de Sinclair sur la détente.

Le coup partit. La balle alla se loger dans le mur près de la bibliothèque.

Le soulagement se peignit sur le visage de l'assassin. Voilà, maintenant la main portait des traces de poudre. La police n'allait pas tarder.

Après enquête, ils concluraient à l'une des deux versions possibles : après qu'il s'était tiré une balle dans la tête, le doigt de Sinclair, dans un dernier spasme, avait de nouveau appuyé sur la détente ; ou, la première fois, Sinclair s'était dégonflé et avait écarté l'arme de sa tête, puis il avait rassemblé son courage et s'était tué pour de bon.

L'assassin quitta le bureau et sortit par l'entrée de service sur la pelouse ensoleillée, convaincu que personne ne l'avait remarqué.

Erreur.

Derrière le canapé, une paire d'yeux effrayés avait tout vu. Mais l'assassin n'avait pas pensé à regarder là. Absorbé dans ses réflexions, il poursuivait son chemin.

Ça y est. J'ai tué ce salaud. Maintenant, je n'ai plus le choix. Il n'y a qu'un moyen de réparer le mal, de tout remettre en ordre.

L'assassin déglutit.

Je dois tuer encore une fois.

11

Gloria n'avait jamais été aussi heureuse. Ce week-end à Deerfield dépassait toutes ses espérances. Il n'y avait pas de meilleur trip que l'amour.

Et Dieu sait qu'ils s'aimaient.

Oui, bon, ils se connaissaient depuis peu de temps, mais Gloria savait. C'était même la première fois qu'elle était totalement sûre de quelque chose.

Elle posa le regard sur Stan. Il lui sourit. Une sensation de chaleur se propagea à travers son corps. Elle n'avait pas envie de manger, elle n'avait pas envie de dormir... tout ce qu'elle voulait, c'était être avec lui.

Ils descendirent la rue déserte en direction de l'auberge. La petite ville de Nouvelle-Angleterre semblait tout droit sortie d'une carte postale. On était en septembre, un peu trop tôt pour que les feuilles changent de couleur, mais le calme et le soleil qui filtrait à travers les branches suffisaient amplement à leur bonheur. L'air était tiède. Ils portaient chacun un short et un T-shirt. Dans la précipitation du départ, Gloria avait oublié les siens, si bien qu'elle en avait emprunté un à Stan.

Il n'y avait que douze chambres dans le bâtiment principal de la Deerfield Inn. Plus une dizaine dans l'annexe. Mais ce week-end-là, les clients étaient peu nombreux, et Gloria s'en réjouissait. La veille, ils avaient dîné et, après une promenade, s'étaient installés devant un feu de cheminée dans le salon de l'auberge. Le silence lui procurait une incroyable sensation de détente et de bien-être.

Stan posa un bras autour de ses épaules. Gloria se blottit contre lui. Elle se sentait au chaud, en sécurité et follement heureuse. Ils arrivaient en vue de l'auberge.

Stan s'arrêta, se tourna vers elle.

— Je t'aime, Gloria. On ne se connaît pas depuis longtemps, mais...

— Je t'aime aussi.

Elle crut que son cœur allait éclater quand il se pencha pour l'embrasser. Il se redressa, et elle vit une ombre passer sur son visage.

— Qu'y a-t-il, Stan ?

Il regarda autour de lui.

— C'est si beau, ici. J'aurais voulu ne plus jamais repartir.

— Moi aussi.

Il hocha la tête.

— Il est temps que tu saches tout de moi, Gloria. Le meilleur et le pire.

Elle l'enlaça.

— Il n'y a pas de pire.

— Hélas, si.

— Tu n'es pas obligé de m'en parler.

— C'était peut-être vrai avant que je ne tombe amoureux, dit Stan, mais maintenant je n'ai plus le choix.

Elle leva sur lui des yeux effrayés. Il recula d'un pas et marqua une pause.

— Je suis joueur, commença-t-il lentement. Foot, base-ball, courses de chevaux, tout événement sur lequel il est possible de parier. C'est une maladie, Gloria, comme ce que tu as connu avec la drogue. J'ai des pulsions que je suis incapable de contrôler. J'ai essayé d'arrêter, mais je n'y arrive pas. Je joue jusqu'à perdre tout ce que j'ai. Mais je n'arrive pas à arrêter pour autant. J'emprunte de l'argent et me retrouve avec une dette plus monumentale encore, que je ne peux pas rembourser.

Il se remit en chemin, marchant à grandes enjambées. Gloria suivit en silence.

— Parfois, je commets des délits pour pouvoir rendre l'argent. Vois-tu, mes créanciers sont des gangsters. Ils s'en prennent physiquement aux mauvais payeurs. J'ai encore une dette envers eux, et je continue à parier. Tu te souviens, Gloria, de la période du sevrage ? Tout ton corps réclamait de la drogue, et tu souffrais tellement du manque que tu en devenais folle.

Gloria hocha la tête. Elle s'en souvenait. Elle avait failli en mourir.

— Moi, ma drogue, c'est parier de l'argent. J'ai essayé de me soigner, mais je n'ai pas ta force.

Elle lui prit la main.

— Parce que tu n'avais personne pour te soutenir. Je ne m'en serais jamais sortie sans Laura. Toute seule, je n'avais aucune chance. Mais tu peux y arriver, Stan. J'en suis convaincue.

Il la regarda avec espoir.

— Tu m'aideras, dis ?

Elle l'étreignit.

— Évidemment. Nous y arriverons ensemble.

— Je t'aime, Gloria.

Son visage s'illumina.

— Je t'aime aussi.

Ils continuèrent à marcher en se tenant par la main.

— Tu dis que tu dois de l'argent ? reprit Gloria.

— Ne t'inquiète pas.

— Mais j'ai de l'argent, Stan. Je peux te dépanner.

— Pas question. Je ne veux pas te mêler à ça.

— Mais…

Tendrement, il posa un doigt sur ses lèvres.

— Le chapitre est clos, mon amour.

À l'entrée de la Deerfield Inn, Stan l'embrassa à nouveau, et ils s'engouffrèrent dans le vestibule.

Deux hommes – l'un de taille moyenne, l'autre énorme et velu – les observaient depuis leur voiture garée sur le parking de l'auberge.

— C'est eux ? s'enquit le colosse.

Mister B hocha la tête.

— T'as vu cette carrosserie ?

— Superbe, Bart, acquiesça Mister B.

— On dirait une star de cinéma ! s'extasia Bart. Bon Dieu, ce que j'aimerais me la faire.

Mister B le tapota dans le dos.

— Bart, mon garçon, il se peut que ton vœu soit exaucé.

Gloria prit une douche rapide. Quand elle sortit, Stan était là pour la sécher.

— Ce que tu es belle, fit-il. Je radote, hein ?

— Pas du tout. Redis-le-moi.

Il reposa la serviette et entreprit de la caresser.

— Tu es belle.

Un coup frappé à la porte interrompit leurs ébats.

— C'est bien le moment ! lâcha Gloria.

Elle ramassa la serviette et l'enroula autour d'elle.

— Qui est-ce ? demanda Stan.

— Service de chambre. Une coupe de champagne offerte par la maison.

Stan sourit.

— Reste là, ma petite colombe. Et surtout, ne t'avise pas de te rhabiller.

Gloria pouffa de rire.

— J'arrive, dit Stan en allant ouvrir.

La porte pivota violemment, et il se la prit en pleine tête. Le choc lui fit perdre l'équilibre.

Mister B et son homme de main entrèrent et refermèrent promptement derrière eux. Gloria étouffa un cri.

L'homme blond sourit à Stan.

— Comme c'est mignon, commença-t-il. Un week-end tranquille à la campagne. Tu ne trouves pas ça délicieux, Bart ?

— Carrément, Mister B, acquiesça le colosse.

Stan se releva avec effort.

— Qu'est-ce que vous voulez ?

Mister B fit mine de n'avoir pas entendu et s'approcha de Gloria, qui tremblait de peur.

— Qui est cette charmante demoiselle ?

— Fiche-lui la paix, s'interposa Stan fermement. Elle n'a rien à voir là-dedans.

— C'est vrai.

Mister B se retourna. Gloria se tassa sur elle-même ; le géant patibulaire, remarqua-t-elle, ne la quittait pas des yeux. Elle connaissait bien cet air concupiscent. Drapée dans sa serviette, elle se sentit soudain très vulnérable.

— Tu as l'argent ? demanda Mister B.

— Je te l'ai déjà dit, rétorqua Stan, tu l'auras dans huit jours.

— Ça ne m'arrange pas.

Mister B reporta son attention sur Gloria, qui, recroquevillée dans son coin, regardait Bart d'un œil terrifié.

— Stan vous a raconté comment il s'est cassé le doigt, charmante demoiselle ?

— Je t'ai dit de lui fiche la paix.

Une fois de plus, Mister B fit la sourde oreille.

— Voyez-vous, gente demoiselle, Stan n'a pas respecté ses obligations, ses engagements. Ça m'a beaucoup contrarié. Je n'ai donc pas eu d'autre choix que de lui plier le médius en arrière jusqu'à ce qu'il craque. Un bruit très déplaisant, je dois dire.

Gloria blêmit.

— Ça suffit, Mister B, cria Stan.

— Mais soyez rassurée, ma charmante, poursuivit Mister B : un doigt cassé, c'est du gâteau comparé à ce que je lui réserve aujourd'hui.

Il fit signe au gorille qui continuait à dévorer Gloria du regard. L'homme sortit de sa transe et se dirigea vers Stan.

— Attendez une seconde, implora celui-ci. Laissez-la partir. Je ne veux pas qu'elle soit mêlée à tout ça.

— Désolé, Stan, répondit Mister B en secouant lentement la tête, il est trop tard. Bart a un petit faible pour ta ravissante amie.

Bart lorgna du côté de Gloria. Un peu de salive s'était formée aux coins de sa bouche.

Stan lui bloqua le passage.

— Fais ce que tu veux de moi, Mister B, mais laisse-la tranquille.

Mister B le considéra, surpris.

— En voilà un revirement, Stan. Depuis quand te soucies-tu des autres ?

— Ça ne te regarde pas. Laisse-la partir, c'est tout.

Mister B sourit.

— Simple curiosité, Stan. Imagine que j'éponge ta dette si tu laisses Bart s'amuser un peu avec ton amie. Qu'en dis-tu, hein ?

Stan ne broncha pas.

— Va au diable.

— Mais, ma parole, c'est qu'on est mordu pour de bon ! Je t'admire, Stan. Sincèrement.

Mister B sourit à Gloria, qui en eut froid dans le dos.

— Malheureusement, notre Bart est un employé modèle. Et il est si peu exigeant, le cher ange. Je ne me sens pas le droit de le priver de ce petit plaisir. Tu comprends ?

Il hocha la tête à l'adresse du colosse, qui sourit à sa proie tétanisée avant d'enfoncer son poing dans l'estomac de Stan qui s'écroula.

Bart le contourna, s'approcha de Gloria, la coinça dans le coin. Il s'humecta les lèvres, tendit la main vers sa serviette.

— Non ! cria-t-elle.

Au moment où il allait tirer sur la serviette, Stan, qui avait repris ses esprits, lui bondit dessus. Bart l'envoya valdinguer sans difficulté. Mais Stan revint à l'assaut, même si sa détermination était insuffisante pour faire ne serait-ce que vaciller son adversaire.

Ce fut alors que Mister B entra en lice.

Un homme qui faisait le double de son gabarit, c'était déjà trop. Mais deux hommes... Mister B frappa Stan derrière la nuque. Il s'effondra.

— Sauve-toi, Gloria ! parvint-il à articuler. Cours !

Elle essaya, mais ses jambes refusaient d'obéir. Glacée de terreur, elle vit les deux hommes s'acharner sur Stan à coups de pied. Un filet de sang coulait de sa bouche. Ses yeux se révulsèrent.

— Arrêtez ! hurla-t-elle. Laissez-le tranquille !

Mister B et Bart hésitèrent un instant. Stan ne bougeait plus.

— S-s'il vous plaît..., implora-t-elle. Je vous donnerai tout ce que vous voulez. Laissez-le.

Mister B se tourna vers elle.

— Chérie, il nous doit cent mille dollars.

— Je vais vous faire un chèque. Mais, s'il vous plaît, arrêtez de le frapper.

Mister B parut réfléchir.

— Vous feriez ça pour lui ?

Elle hocha la tête. Stan avait risqué sa vie pour elle. Bon, d'accord, il avait un problème. Il l'avait reconnu. Il avait sollicité son soutien. Une fois qu'elle aurait payé ces malfrats, elle l'aiderait à se soigner comme Laura l'avait fait pour elle.

— S'il vous plaît. Ne lui faites pas de mal.

Mister B haussa les épaules.

— Lâche-le, Bart. Va m'attendre en bas.

— Mais, Mister B...

— Va.

Bart se retira de mauvaise grâce.

— Mon... Mon sac est dans la salle de bains, bredouilla Gloria. Je reviens tout de suite.

Lorsqu'elle eut quitté la pièce, Stan releva la tête, sortit le reste de la capsule de sang de sa bouche et la glissa dans sa poche.

— Tu remercieras Roadhouse de ma part, chuchota-t-il.

Les deux hommes échangèrent un sourire et un clin d'œil.

Mark Seidman présenta à l'agent de sécurité la carte de presse que lui avait procurée TC et rejoignit les autres journalistes sur le banc en bois. Ce jour-là, le gymnase de l'Hellenic College, à Brookline, accueillait des invités de marque.

Les Boston Celtics.

Ici avaient lieu les épreuves de sélection finale précédant les matches d'avant-saison. Les dix-sept joueurs sur le terrain ne seraient bientôt plus que douze. Cinq rêves fracassés seraient éparpillés sur le parquet. Les Celtics avaient deux entraînements par jour : celui du matin, intensif, et celui de l'après-midi, plus décontracté, ouvert aux journalistes de la presse sportive dûment accrédités.

Dont Mark Seidman faisait aujourd'hui partie.

L'entraîneur des Celtics, Roger Wainright, leur fit pratiquer quelques exercices simples avant de leur laisser du temps libre pour tirer au panier. C'était une journée plutôt calme pour l'équipe. Mark compta seulement huit journalistes dans les gradins. Clip Arnstein n'était pas là. Il observa les joueurs. Earl Roberts s'employait à travailler son bras roulé. Johnny Dennison faisait le tour du terrain en dribblant. Et Timmy Daniels, qu'on donnait pour le meilleur tireur extérieur de l'année, s'entraînait au tir en suspension à distance.

Mark vit Roger Wainright sourire tandis qu'il regardait sa jeune garde marquer panier sur panier. Soudain, une idée germa dans son esprit. Il se redressa. Ça marcherait, il en était sûr. D'accord, le risque était considérable, mais, après tout, qu'avait-il à perdre ? Anxieux, il avait hâte maintenant de mettre son plan à exécution. Mais pas aujourd'hui. Il fallait que Clip Arnstein et les médias soient là. Sans eux, son plan échouerait.

Il se leva et quitta les gradins. Il attendrait la prochaine conférence de presse pour passer à l'acte. En général, elles se ressemblaient toutes : les journalistes s'enquéraient des chances de l'équipe de gagner le championnat, et Clip répondait par une boutade ou une formule toute faite. Quelquefois, on l'interrogeait sur un échange éventuel, mais, la plupart du temps, ces rencontres ne présentaient pas grand intérêt.

Mark Seidman était sur le point de changer tout cela.

Gloria sortit de la salle de bains avec son carnet de chèques. Stan était toujours à terre, immobile. Les mains tremblantes, elle rédigea un chèque de cent mille dollars, l'arracha et le tendit au blond peroxydé qui se tenait au-dessus de sa victime.

Il sourit gracieusement, et elle eut un mouvement de recul.

— Merci, charmante demoiselle, dit-il en empochant le chèque. Je présume que votre compte bancaire est approvisionné en conséquence ?

Elle hocha la tête.

— Je vous déconseille d'alerter les autorités ou de faire opposition au chèque après mon départ.

Ma riposte risque d'être, disons, pour le moins déplaisante. Suis-je clair ?

À nouveau, elle fit oui de la tête, apeurée.

— Parfait.

Mister B jeta un coup d'œil sur Stan.

— Je crains de ne pas comprendre ce que vous trouvez à ce parasite. Franchement, vous commettez une bêtise.

Il lui sourit. Elle s'enfonça encore plus dans le coin.

— Hélas, la vie est une succession de choix, ajouta-t-il. Vous avez fait votre lit, ma chère, et, aussi répugnant soit-il, vous êtes obligée d'y coucher.

Il s'inclina légèrement (une coutume acquise en Orient) et se tourna vers la porte.

— Mes meilleurs vœux à tous les deux. Au revoir, belle dame.

Sitôt la porte refermée, Gloria se précipita pour s'agenouiller à côté de Stan.

— Stan ?

Il poussa un gémissement.

— Ne bouge pas. J'appelle une ambulance.

Il lui agrippa la main.

— Non.

— Mais tu as mal.

— Juste quelques gnons, fit-il en s'efforçant de sourire. Ils sont passés maîtres dans l'art d'abîmer les gens sans laisser trop de marques. Ça va aller.

— Que veux-tu que je fasse ?

— Aide-moi à me relever.

Stan grimaça.

— Une bonne douche bien chaude me remettra d'aplomb.

Il lui sourit, encourageant.

— Je t'assure, c'est moins grave que ça en a l'air.

Avec effort, Gloria l'aida à se relever. Il la dévisagea gravement.

— Je te rembourserai. Jusqu'au dernier dollar.

— Ne t'inquiète pas pour ça maintenant.

— Je suis sérieux. Jusqu'au dernier dollar. Je suis vraiment désolé pour tout ça, Gloria. Si tu n'as plus envie de rester avec moi, je comprendrai.

— Mais j'ai envie de rester avec toi.

— Tu es sûre ?

— Sûre et certaine.

— Je ne jouerai plus, je te le promets.

— Ce ne sera pas si facile que ça, Stan. Mais si tu es motivé, je sais que tu peux y arriver.

— Je le suis. Je te le promets. Je ne jouerai plus.

— Bien, répondit-elle. Il nous faut une trousse à pharmacie. Je descends en vitesse en chercher une à la réception. Tu crois que ça va aller ?

— Mais oui. Je prends une douche.

Elle se dirigea vers la porte.

— Gloria ?

— Oui ?

— Je t'aime.

— Moi aussi, je t'aime, Stan.

Elle referma la porte. Il écouta ses pas s'éloigner dans le couloir et se rua sur le téléphone.

— Salut, c'est Stan. Mets-moi cinq cents dollars sur Broadway Lew dans la troisième.

Lundi matin, Brookline, Massachusetts. TC conduisait Mark au gymnase. Mark avait gardé le silence pendant presque tout le trajet, mais cela n'avait rien d'étonnant. Aujourd'hui était un grand jour. Ils avaient passé le week-end à peaufiner son plan, à chercher des solutions à tous les problèmes susceptibles de surgir à la dernière minute. TC pensait qu'ils en avaient fait le tour. Le plan lui-même était très simple... et reposait entièrement sur Mark.

Devant le gymnase, TC coula un regard en direction de son passager. Son visage était de marbre. Ses yeux bleus fixaient un point droit devant lui ; ses cheveux blonds étaient rejetés en arrière. Il descendit sans prononcer un mot. Au moment de fermer la portière, il lança :

— Merci.

— Bonne chance, répondit TC.

En le regardant s'engouffrer dans le gymnase, il se dit que Mark n'avait pas droit à l'erreur. Quelques mois plus tôt, son plan n'aurait pas pu échouer. Depuis, de l'eau avait coulé sous les ponts. Leur vie à tous les deux avait connu un bouleversement irréversible. Quelques mois plus tôt, Mark aurait tenté ce genre de coup pour mettre plus de lumière et de joie dans son existence. Mais c'était à l'époque où les mots « lumière » et « joie » faisaient encore partie de son vocabulaire.

Aujourd'hui, ce plan constituait son unique chance de survie.

12

Le téléphone sonna.

— Oui ? fit Laura.

— Gloria arrive à l'instant, annonça Estelle.

— Merci.

Laura repoussa son siège. Sa sœur était de retour. Avec un grand soupir, elle franchit la porte et passa devant son assistante, occupée à taper une lettre. Estelle s'abstint de lever les yeux. La patronne était de mauvaise humeur ce lundi matin – quelque chose à voir avec Gloria –, quand cela se produisait, mieux valait se faire oublier pour ne pas s'attirer ses foudres.

— Je reviens. Je ne prends aucun appel.

Laura longea le couloir, le dos raide, luttant contre la colère qu'elle sentait monter en elle. Elle se rappela les consignes du Dr Harris : « Allez-y doucement. » Facile à dire. Gloria s'était absentée tout le week-end sans un mot d'explication. Ce qui ne voulait pas forcément dire qu'elle l'avait passé avec Stan.

Foutaises.

Laura fulminait. Dire qu'elle s'était amourachée de ce psychopathe ! D'accord, elle était fragile, mais quand même, c'était effarant, la facilité avec laquelle elle s'était laissé embobiner.

Arrivée au service marketing, elle frappa à la porte du bureau de sa sœur.

— Entrez, répondit une voix joyeuse.

Laura passa la tête par l'entrebâillement.

— Salut !

Gloria bondit sur ses pieds. Son visage rayonnait.

— Entre, Laura.

— Comment ça va, toi ?

— Super-bien. Au fait, désolée d'avoir filé à l'anglaise vendredi.

— Pas de problème, dit Laura en affichant un sourire factice. Tu as travaillé tard ces temps-ci. Tu méritais un break. Je peux m'asseoir ?

— Bien sûr.

Les deux sœurs s'assirent l'une en face de l'autre, affichant le genre de sourire que l'on voit sur un plateau de télé. Laura se sentait ridicule.

— Alors, c'était bien, ton week-end mystère ?

— Le bonheur total.

Laura s'efforça de garder le sourire.

— Ah oui ? Et où étais-tu ?

— À la Deerfield Inn. Tu te rappelles, on y allait quand on était gamines ?

Laura se souvenait.

— Sympa, acquiesça-t-elle.

— Mieux que ça. Laura, je suis amoureuse.

Le cœur de celle-ci se serra d'appréhension, mais elle maintint son sourire sur pilote automatique.

— C'est vrai ? Et qui est l'heureux élu ?

— Stan ! exulta Gloria. Incroyable, non ?

En effet.

— Et ça remonte à quand ?

— La semaine dernière. On se connaît depuis peu, mais c'est quelqu'un de merveilleux. Chaleureux, attentionné, drôle... enfin, je n'ai pas besoin de te faire l'article. Il est exactement comme David.

La comparaison hérissa Laura.

— Oublie David. Pense à Stan comme à un homme parmi d'autres.

— Comment ça ?

— Je te dis juste de considérer Stan Baskin comme un homme que tu fréquentes depuis huit jours. Ne le classe pas à part simplement parce que c'est le frère de David.

Le visage perplexe de Gloria s'éclaira.

— Ah, je vois. C'est à cause de son passé ? Ça t'inquiète ?

— Un peu, oui...

— Il m'a tout raconté. Je sais qu'il joue. Rassure-toi, il va se faire soigner.

Foutaises, pensa Laura une fois de plus. Mais en raison des recommandations de la psy, elle se trouvait dans l'impossibilité de révéler à Gloria ce que le merveilleux, le chaleureux Stan avait fait subir à sa famille. Elle se mordilla la lèvre.

— N'empêche, tu devrais te méfier.

— Le passé est le passé, Laura. Tu l'as dit toi-même quand il a débarqué à Boston.

— Oui, je sais. Je veux juste te mettre en garde.

— En garde ?

Le sourire de Gloria s'évanouit.

— Stan et moi sommes amoureux.

— Je ne le nie pas, répliqua Laura, faisant de son mieux pour se montrer diplomate. Mais tu as déjà vécu ça, non ? Souviens-toi de ce type, en Californie.

Gloria plissa les yeux.

— J'ai changé depuis ce temps-là.

— Oui, bien sûr, mais ne précipite pas les choses.

— Laura, qu'essaies-tu de me dire ?

— Rien.

— Je te crois. Bien sûr qu'il compte, le passé ! Tu te demandes ce que fait Stan avec quelqu'un comme moi...

— Pas du tout !

— ... une traînée, une camée propre à rien...

— C'est faux ! Ce n'est absolument pas ce que je veux dire. Celui que tu aimeras sera l'homme le plus heureux du monde. Mais je ne suis pas sûre que Stan Baskin soit l'homme qu'il te faut.

— Qu'est-ce qui te fait dire ça ?

— Je... rien. Juste un pressentiment.

Gloria se leva.

— Laura, tu sais combien je t'aime. Je te dois la vie.

— Tu ne me dois rien. Nous sommes sœurs. Tu m'as aidée, je t'ai aidée.

— OK, mais tu veux que je cesse de voir Stan.

Laura hésita.

— Pas exactement...

— Tu es contre cette relation.

— Je ne suis pas emballée, c'est tout.

— Et tu ne veux pas me dire pourquoi.

Il y eut un silence.

— Écoute, Laura, j'ai plus de trente ans. Difficile à croire, hein ? Stan a dépassé la quarantaine. Nous ne sommes plus des enfants. Je l'aime, Laura. Je l'aime énormément.

— Je n'ai pas l'intention...

— J'espérais que toi, entre tous, tu te réjouirais pour moi, l'interrompit Gloria. Mais bon, tant pis. Ça ne change rien. Je l'aime et je continuerai à le voir.

— Tu ne sais pas ce que tu dis, s'emporta Laura. Il n'est pas fait pour toi.

— Non, mais pour qui te prends-tu ?

— C'est un malade, Gloria ! Il aime faire souffrir ! Il a même…

— J'en ai assez entendu. Ce n'est pas à toi de me dicter ma conduite !

Sur ce, Gloria sortit en claquant la porte.

Laura retomba sur son siège. *Bravo, ma vieille. Bien joué. Question douceur…* Elle soupira. L'altercation avec sa sœur l'avait épuisée. Et maintenant ?

Quelque chose la troublait, une chose que Gloria lui avait dite. Elle se repassa leur conversation. Et un grand froid l'envahit. Les protestations de Gloria – justifiées, au demeurant, car de quel droit se mêlait-elle de la vie amoureuse de son aînée ? – lui semblèrent familières. Ça lui rappelait…

… sa propre histoire avec David.

Laura sentit sa gorge se nouer. Le parallèle éveillait un écho douloureux dans son esprit. Sa mère ne lui avait-elle pas tenu les mêmes propos ? Ne l'avait-elle pas mise en garde contre David, sans aucune raison apparente ?

« S'il te plaît, Laura, fais-moi confiance. Cesse de le voir.

— Mais pourquoi ?

— Je t'en supplie. Il n'est pas pour toi. »

Laura n'avait pas adressé la parole à sa mère depuis la mort de David. Qu'avait-elle essayé de lui dire alors ?

« On pense se marier.

— Jamais de la vie, Laura. Il n'est pas question que tu épouses cet homme. »

Mais elle ne l'avait pas écoutée. Elle était partie pour l'Australie et avait épousé David, et maintenant elle était consciente d'une chose : ses supplications n'empêcheraient pas Gloria de voir Stan, tout comme sa mère avait été impuissante à la faire renoncer à David.

Laura regarda par la fenêtre. Elle aurait voulu courir derrière sa sœur, la rattraper pour l'obliger à entendre la sordide vérité, mais elle savait que c'était impossible. Sa mère s'était-elle trouvée dans la même position vis-à-vis d'elle ? Avait-elle quelque chose d'indicible à lui révéler au sujet de David ? La question qui la taraudait à présent exigeait une réponse immédiate.

Que lui cachait sa mère à propos de David ?

Mark Seidman reprit sa place habituelle sur l'inconfortable banc en bois. Il repéra Timmy Daniels en train de travailler son tir en suspension. Spectacle impressionnant. Éclair orange sur éclair orange, puis la balle franchissait l'anneau de métal. Le regard de Mark pivota en direction de Clip Arnstein qui se tenait à l'écart avec un groupe de reporters, admirant la performance irréprochable de Tim.

Les bras croisés, Clip était affublé d'un bob blanc, d'un short et du maillot vert des Celtics. Dans cette tenue, il avait plus l'air du touriste américain type que d'une légende vivante du basket.

— Beau travail, petit, lança-t-il.

Timmy s'arrêta et rejoignit le groupe au petit trot. Les journalistes se massèrent autour d'eux.

— À votre avis, Clip, les Celtics vont-ils conserver leur titre de champions ?

— Je l'espère bien.

— Vous l'espérez ?

— Je ne voudrais pas paraître présomptueux, répliqua Clip.

— Et comment pensez-vous y arriver sans David Baskin ?

— Écoutez, les gars, la perte d'un joueur comme David, a forcément des conséquences. Un Éclair blanc, ça ne se rencontre pas tous les jours. Allons-nous défendre notre titre ? Bien entendu. Allons-nous le garder ? Ça, mes amis, seul le temps le dira. Il y a tant de facteurs qui entrent en jeu. Une bonne équipe et la chance, pour ne citer que ceux-là.

Mike Logan, le journaliste du *Boston Globe* qui suivait les Celtics depuis une dizaine d'années, prit la parole :

— Clip, l'an dernier vous avez dit que David Baskin était le meilleur tireur extérieur du monde, et Timmy Daniels le deuxième.

— Et j'ai eu raison, n'est-ce pas, Mike ? Le concours à trois points l'a prouvé.

— Je ne le conteste pas, acquiesça Logan. Ma question est : maintenant que David n'est plus là, Timmy est-il le meilleur marqueur du monde ?

Clip ouvrit la bouche pour répondre, mais une voix forte cria depuis les gradins :

— Non !

Tout le monde se retourna comme un seul homme vers l'impudent à la tignasse blonde.

— Alors qui est-ce ? rétorqua Logan.

Mike se leva.

— Vous l'avez devant vous.

Mary Ayars entendit le carillon de la porte d'entrée. La sonnerie se réverbéra à travers la maison, la surprenant dans la cuisine, un verre de vin à la main. Ces temps-ci, elle buvait un peu plus que d'ordinaire. Voire un peu trop. Elle était consciente de se trouver sur une mauvaise pente, qu'elle devrait faire plus attention. Mais le poids de la culpabilité et l'attitude de Laura l'accablaient à un point tel qu'elle finissait par chercher le réconfort dans le vin blanc. Vin blanc espagnol. Sa préférence allait au rioja.

Mary jeta un œil sur la pendule. 11 heures du matin. Il n'était pas encore midi, et elle en était déjà à son premier verre.

La sonnette retentit à nouveau. Mary posa le verre, s'inspecta au passage dans le miroir et alla ouvrir.

— Laura !

— Bonjour, maman, dit sa cadette poliment.

Malgré sa mine défaite, sa mère était toujours aussi belle. On lui donnait facilement quinze ans de moins que son âge véritable – cinquante ans.

Mary essaya de se ressaisir. Sa fille ne lui avait pas dit un mot depuis des mois, depuis qu'elle était partie avec…

— Ton père n'est pas là.

— C'est toi que je viens voir.

— Moi ?

— Je crois que nous avons à parler.

Mary s'effaça pour la laisser entrer. Elles allèrent au salon et s'assirent dans les fauteuils, l'une en face de l'autre. Pendant quelques instants, toutes les deux gardèrent le silence.

— Je suis si triste pour David, commença Mary, mal à l'aise.

Elle pressa ses paumes sur sa jupe.

— Je me fais tant de souci pour toi.

— Je vais bien, répondit Laura.

Se penchant, Mary lui prit la main. Ses yeux s'emplirent de larmes.

— Pardonne-moi, Laura. Je ne voulais pas te faire mal. Tu sais bien que je t'aime. Que je veux seulement ton bonheur.

S'agenouillant, Laura serra sa mère dans ses bras.

— C'est bon, maman, fit-elle doucement. Tu as essayé de m'aider.

— Je t'aime tant, ma chérie.

— Moi aussi, je t'aime, maman.

Laura s'en voulait terriblement de ce qu'elle lui avait fait vivre.

— Je regrette d'avoir été aussi dure avec toi.

— Mais non, voyons, tu étais dans ton bon droit.

Mary la regarda avec espoir.

— Vraiment, Laura, tu me pardonnes ? La page est tournée ?

Laura hocha la tête.

— Maman ?

— Oui, chérie.

— J'ai quelque chose d'important à te demander.

Mary se tamponna les yeux avec un mouchoir.
— Quoi, mon cœur ?
— Pourquoi tu n'aimais pas David ?
Mary se raidit.
— Oh, Laura, tout ça est de l'histoire ancienne.
— Je veux savoir.
Les yeux de Mary firent le tour de la pièce, comme pour chercher une issue de secours.
— Ça n'a plus d'importance.
— Maman...
— Tu l'aimais, chérie. Je n'aurais pas dû intervenir.
— Mais tu devais avoir tes raisons.
— C'est possible.
— Possible ?
— Tu... Tu sais comment c'est, une mère ! tenta d'expliquer Mary d'une voix hachée. Aucun homme n'est assez bien pour sa petite fille chérie.
— J'en ai fréquenté d'autres avant David. Tu ne t'en es jamais mêlée.
— Parce que ce n'était pas sérieux. S'il te plaît, on peut parler d'autre chose ?
Laura fit mine de n'avoir pas entendu.
— Ça ne tient pas debout. David, tu l'as pris en grippe d'emblée, dès que j'ai eu prononcé son prénom. Pourquoi, maman ?
Mary haussa nerveusement ses jolies épaules.
— Je n'ai jamais fait confiance aux sportifs. Mais j'ai eu tort, chérie. C'était un homme merveilleux. Je suis sûre qu'il t'aimait beaucoup.
— Qu'est-ce qui te fait dire ça maintenant ?
— Je... Je ne sais pas. J'ai dû me rendre compte que je m'étais trompée.

— À quel moment t'est venue cette révélation ? Après sa mort ?

— Non... enfin... Laura, je t'en prie, j'ai commis une erreur. Ne pourrait-on pas tirer un trait sur le passé ?

— Et je fais comment ? cria Laura. J'ai perdu le seul homme que j'aie jamais aimé. Nous avons été obligés de partir à la sauvette, et tu sais pourquoi ?

— La presse devait vous harceler...

— Non, maman ! Nous étions tous deux habitués à gérer la presse. Nous sommes partis parce que ma propre mère avait juré de tout faire pour empêcher notre mariage ! C'est pour ça que nous nous sommes envolés pour l'Australie sans te prévenir.

Sa mère fondit en larmes.

— Et maintenant David est mort.

Mary se redressa d'un mouvement brusque.

— Tu ne peux pas me reprocher sa mort ! J'ai seulement...

— Tu as seulement quoi ? Tu ne comprends donc pas ce qui est arrivé ? À cause de Dieu sait quelle lubie, David et moi nous sommes sentis rejetés par ma propre mère. Nous nous sommes réfugiés en Australie par ta faute !

— Arrête ! S'il te plaît !

— Et il s'est noyé là-bas. L'homme que j'aimais a péri parce que tu n'aimes pas les sportifs, parce que...

— J'avais mes raisons ! cria Mary à son tour.

— Lesquelles ? Quelles étaient tes raisons ?

Pour seule réponse, Laura eut droit à une nouvelle crise de larmes. Les épaules de Mary tremblaient, sa poitrine se soulevait convulsivement.

Face à ce spectacle pitoyable, Laura sentit sa colère retomber. Qu'avait-elle fait ? Elle était venue offrir son pardon, délivrer sa mère du calvaire qu'elle vivait depuis trop longtemps, au lieu de quoi elle l'avait agressée avec une rancœur redoublée.

— Désolée, maman, je ne voulais pas te bousculer. Mais j'ai tellement mal que parfois je perds les pédales...

Laura prit sa mère dans ses bras et pleura avec elle. Tout en lui caressant les cheveux, elle se dit que certains secrets défiaient la mort, et que certaines vérités devaient rester enfouies ; les étaler au grand jour pouvait causer des dommages irréparables.

Oui, mais elle, ce n'était pas pareil. Son cœur était déjà en miettes. Qu'elle exhume ou non le passé, le mal était fait. Elle voulait la vérité.

Et elle la trouverait.

Tous les regards étaient fixés sur Mark.

— Je tire mieux que n'importe qui.

— Et vous êtes qui, vous ? cria un reporter.

— Mark Seidman du *Boston Eagle Weekly*.

— Du quoi ?

— Faites pas attention à lui, les gars, intervint Clip Arnstein. C'est un emmerdeur. Pour répondre à votre question, Mike, Timmy Daniels est bien notre meilleur marqueur à l'heure actuelle.

— On parie ? lança le blond.

Clip se tourna vers les agents de sécurité.

— Bon, ça suffit. Fichez-moi ça dehors.

Les vigiles en uniforme s'approchèrent des gradins.

Toujours debout, Mark sortit une liasse de billets verts de sa poche.

— Dix mille dollars ! Cent fois la tête de Ben Franklin sur des coupures flambant neuves que je peux battre Timmy Daniels dans un concours de tir à trois points.

Le silence se fit dans le gymnase. Mark vit le visage de Clip s'empourprer de fureur.

— Je vous ai dit de le fiche dehors.

Les flashes crépitaient. Mark agita les billets.

— Dix mille dollars pour l'œuvre caritative de votre choix, monsieur Arnstein. Vous-même ne misez rien. Zéro. Que risquez-vous... sinon que l'ego de votre tireur-vedette se trouve égratigné par un illustre inconnu ?

Timmy se pencha vers Clip.

— Je vais lui régler son compte, à ce bouffon.

— Mais oui, Clip, renchérit l'un des journalistes. Laissez donc Tim récupérer le fric.

Des murmures d'assentiment s'élevèrent dans l'assistance.

Clip était toujours rouge pivoine.

— Tu permets que je compte l'argent, grande gueule ?

— Pas de problème, répondit Mark. Vous pouvez même le garder pendant qu'on tire.

Il descendit des gradins et lui remit la liasse. Clip le fusilla du regard. Tout autour, les commentaires chuchotés allaient bon train.

— Tu dis quoi, toi ?... Un flambeur qui ne sait pas quoi faire de son fric... Il ne bosse pas dans la presse... Salaud de riche... Tim va lui mettre la pâtée... Tocard, va.

Clip compta l'argent et soupira.

— OK. Allons-y, finissons-en.

On lança une pièce de monnaie. Mark gagna et choisit de tirer en second. Un ramasseur disposa rapidement des ballons à plus de six mètres du panier, zone réservée aux tireurs d'élite. Mike Logan observait la scène avec intérêt. Il avait couvert le dernier concours à trois points avant le All-Star Game de Dallas. David Baskin avait gagné en battant son propre record : vingt-deux tirs réussis en une minute. Vingt-deux. Un véritable prodige. Timmy Daniels s'était classé deuxième, avec vingt paniers, et Reggie Cooper, des Chicago Bulls, troisième, en avait mis dix-neuf.

Timmy s'approcha du premier rack de ballons à gauche du panier, concentré sur un seul objectif, le cercle de métal. Il s'accroupit et attendit le signal de départ.

— Une minute de tir. Prêt ? Go !

Tim lança le ballon. Il se déplaça du côté gauche vers le centre ; ses tirs en forme d'arc-en-ciel convergeaient vers le cercle.

Il était toujours aussi bon tireur.

— Trente secondes !

— Il en a déjà douze ! cria quelqu'un. Il est parti pour battre son record.

Fermant les yeux, Mark pria pour que Timmy rate son prochain tir. Mais il continuait à marquer avec une adresse exceptionnelle. Ses mains bougeaient avec précision, même geste rapide, lancer après lancer.

— Top !

Le chronométreur leva les yeux.

— Nom de Dieu ! Vingt-trois. Un nouveau record ! Il a battu le score de l'Éclair blanc.

Des applaudissements et des acclamations retentirent dans le gymnase. Les coéquipiers de Timmy, dont Earl Roberts, vinrent féliciter leur nouveau champion. Clip lui donna une tape dans le dos. Les journalistes prenaient des notes. Timmy lui-même semblait un peu ahuri par ce qu'il venait d'accomplir.

Clip tira de sa poche le cigare de la victoire. L'assistance se déchaîna.

— Pas si vite, monsieur Arnstein.

L'entraîneur contempla Mark par-dessus son cigare.

— Tu ferais mieux de rentrer chez toi, fiston.

Murmures d'assentiment.

— Pas encore, répondit Mark calmement.

Mais il était inquiet. Timmy avait vraiment réalisé un exploit.

— C'est mon tour.

— Tu nous fais perdre notre temps, fiston.

— Mon nom est Mark Seidman, monsieur Arnstein, et le concours n'est pas terminé.

Clip alluma son cigare. Tout le monde rit.

— Eh bien, allons-y, monsieur Mark Seidman. Déjà qu'on prend du retard sur l'entraînement à cause de tout ça.

Les ramasseurs récupérèrent rapidement les ballons et les disposèrent pour le second tour. Mark alla se poster à gauche du panier et se tourna vers Clip.

— On parie autre chose ? proposa-t-il.

— Quoi ? T'es cinglé, fiston ?

— Oui ou non ?

Clip sourit.

— Si tu veux.

— Si je gagne, vous me prenez à l'essai. Si je perds, votre œuvre caritative touchera dix mille dollars de plus.

De nouveaux éclats de rire retentirent dans la salle surchauffée.

— Ça marche, s'exclama Clip.

Mark hocha la tête et attendit, les muscles bandés. Il sentait les regards moqueurs peser sur lui.

— Prêt ? Go !

Mark attrapa un ballon sur le rack et le lança. Trop vite. Le ballon rebondit sur l'arceau. Les spectateurs s'esclaffèrent. Le tir suivant toucha au but. Celui d'après aussi...

— Pas mal. Il pourrait presque arriver à quinze.

— Tu rigoles ?

... et de quatre, et de cinq...

— Ce gars-là sait tirer.

— Il n'arrivera même pas à seize.

... manqué, panier, panier, panier...

— Bizarre comme lancer, hein ?

— Oui. Rapide à la détente. Ça fait un peu penser à Baskin.

— Eh, Clip, qu'en dites-vous ?

Arnstein ne disait rien. Il observait les gestes à la fois gauches et gracieux. Les mains de Mark voltigeaient.

— Trente secondes !

— Bon sang, il en est à dix !

Tous les regards étaient rivés sur Mark à présent, tandis qu'il passait à un autre rack. Il était toujours derrière Timmy Daniels, et personne ne croyait sérieusement qu'il avait une chance de le battre, mais jusqu'ici seuls sept joueurs professionnels avaient franchi le score de dix-huit paniers, et l'intrus semblait à deux doigts d'égaler leur performance. Mark continuait à tirer, s'abandonnant au pur plaisir de manier le ballon. Son lancer était fluide ; la balle retombait dans le filet en tournant sur elle-même.

— Top !

Silence abasourdi. Le chronométreur leva la tête.

— Vingt-quatre, fit-il tout bas. Record absolu.

Tous les regards suivirent Clip Arnstein qui s'approcha lentement du blond inconnu. Personne ne pipait. Arrivé à la hauteur de Mark, Clip lui rendit son argent.

— Tu m'as impressionné, fiston.

Mark ne dit rien.

— Mais vois-tu, au basket il ne suffit pas de savoir tirer.

Mark hocha gravement la tête.

Clip le dévisagea. Ce jeune homme venait de battre le meilleur marqueur de la NBA et d'établir un nouveau record, mais, au lieu de jubiler, il tirait une tête d'enterrement. Clip haussa les épaules, détournant les yeux de son regard bleu éteint.

— Un pari, c'est un pari, dit-il au bout d'un moment. Va te changer.

Mark passa au trot devant ses futurs coéquipiers qui le lorgnaient d'un air mauvais, puis devant les journalistes. Mike Logan l'observait. Il n'en croyait pas ses yeux. Un amateur qui venait de battre le record de tir à trois points. Et son style, curieux, qui n'était pas sans rappeler...

Logan sortit son calepin et nota un surnom, au cas où.

Éclair blanc II.

13

30 mai 1960

L'heure de tuer à nouveau. Victime numéro 2.

L'assassin sentit ses yeux s'embuer. *Je ne veux pas le tuer, celui-là. Il est innocent.*

Peut-être, ou peut-être pas. C'était peut-être sa faute, au départ. Ce serait mieux ainsi. Ce sacrifice était nécessaire pour rétablir l'ordre. La fin justifie les moyens. C'est la vie.

Ces derniers arguments n'étaient pas très convaincants.

Le moment était venu. En silence, l'assassin plongea l'instrument de mort dans la chair de sa victime sans défense. Le sang jaillit à flots. Plus qu'il ne s'y attendait. Le liquide rouge foncé goutta sur le plancher, maculant tout ce qu'il touchait.

Et voilà, c'est fini, pensa l'assassin pendant que la mort emportait un autre être avant l'heure.

Se redressant, il se tourna vers son acolyte resté dans l'ombre qui observait la scène avec des yeux horrifiés.

— Nettoie-moi ça, dit l'assassin calmement. Fais vite.

— Moi ?

— Oui. Dépêche-toi.

L'acolyte faisait un pas en avant quand la porte derrière eux s'ouvrit.

Tous deux s'exclamèrent en se retournant. Une toute petite fille glissa la tête par l'entrebâillement. Elle ne distinguait pas très bien ce qui se passait dans la pièce, mais elle vit le sang. Beaucoup de sang. Son cri perçant déchira le silence.

— Maman ! Maman !

— Sors d'ici, Gloria ! Sors d'ici tout de suite !

14

— Serita brille d'une « splendeur minérale » dans cette robe de cocktail argentée à large ceinture dorée. La ceinture est là pour ajouter une touche de fantaisie. Mention spéciale pour le dos échancré...

Serita pirouetta pour faire admirer le dos en question. Laura la suivait des yeux depuis la coulisse. Au-dessus du podium, une banderole proclamait :

« À CHACUN SON SVENGALI ! NOTRE DERNIÈRE DÉCOUVERTE : BENITO SPENCER ! »

L'inscription s'ornait de part et d'autre du désormais célèbre logo SV. La salle de bal de l'hôtel Nikko de New York accueillait quelques-uns des plus grands noms de la mode. Laura s'était arrangée pour réserver le premier rang aux critiques, et, le soir même, il y aurait une fête au Palladium en l'honneur de Benito Spencer. Le service marketing de Svengali avait travaillé dur afin de créer l'événement autour de leur premier défilé depuis presque cinq mois.

Parvenue à l'extrémité du podium, Serita fit demi-tour et rebroussa chemin. Pas de doute, se dit Laura, elle était la meilleure de sa profession. Avec sa classe et son élégance innées, elle aurait donné de la sophistication à une chemise hawaïenne.

Après un dernier regard altier, Serita quitta le podium. Mais, une fois en coulisse, son calme souverain fondit comme neige au soleil.

— Poussez-vous, siffla-t-elle en piquant un sprint digne de Carl Lewis.

Tout en courant, elle défaisait déjà le Zip. Quatre habilleuses s'élancèrent à sa poursuite. L'une réussit à changer ses boucles d'oreilles en cours de route. Une autre retoucha son maquillage. Arrivée dans le dressing – installé dans les cuisines de l'hôtel –, elle troqua, aidée par la troisième petite main, ses escarpins argentés contre une paire de chaussures noires aux talons moins vertigineux. La quatrième habilleuse drapa un chemisier blanc sur ses épaules. Serita se releva d'un bond et fonça vers l'entrée du podium, pendant que l'une des assistantes la suivait, armée d'un collier de perles. Elle s'arrêta en roulant des yeux exaspérés, le temps qu'elle l'attache autour de son cou gracile.

— Je déteste ça, souffla-t-elle en direction de Laura.

— À d'autres, rétorqua Laura. Tu adores !

— C'est vrai.

Quarante secondes après sa sortie en robe argentée et ceinture dorée, Serita reparut sur le podium en tailleur bleu nuit et cravate en cuir.

— *Serita, suprêmement élégante dans un...*

— Ils vous adorent ! s'exclama une assistante qui se tenait à côté de Benito Spencer.

Il la fit taire d'un regard perçant et tira sur sa cigarette avec une violence à aspirer une balle de tennis à travers une paille.

Laura adressa un sourire rassurant à son nouveau styliste. Benito Spencer (de son vrai nom Larry Schwartz) était un jeune homme de vingt-trois ans, cheveux longs et visage émacié, dont l'avenir était en train de se jouer sur ce podium. Laura, qui ne doutait pas de son talent, était confiante dans son succès.

Autrefois, chaque défilé, fruit de longues heures de travail, de passion et d'enthousiasme, lui avait procuré un immense sentiment de joie et de satisfaction. Aujourd'hui, son métier l'aidait simplement à survivre. Svengali était la bouée de sauvetage à laquelle elle s'était cramponnée dans un océan de détresse. Le travail, comme la vie même, était devenu une manière de tuer le temps.

Elle se souvint de son dernier défilé, quelques jours avant leur départ pour l'Australie... il y avait une éternité. Dans la semaine qui avait précédé, Laura était restée au bureau tous les soirs jusqu'à minuit.

Peu avant qu'il ne commence, elle dut s'attaquer à un élément crucial pour la réussite de tout défilé : le placement des invités. Oublier d'attribuer un bon siège à une personnalité influente dans le milieu de la mode était synonyme de fiasco, quelle que soit la collection.

Laura travaillait donc d'arrache-pied, penchée sur la liste des magazines représentés. Elle savait que la journaliste de Vogue *était en bisbille avec celle de* Mademoiselle, *il fallait donc éviter de les placer côte à côte. Et la journaliste de...*

Laura s'interrompit. Le bureau était désert. Pourtant, elle sentait un regard sur elle. Lentement, elle leva la tête.

« Salut », fit David doucement.

Elle le scruta. Ses yeux brillaient de manière suspecte.

« Depuis combien de temps es-tu ici ? s'enquit-elle.

— Environ cinq minutes.

— Tout va bien ? »

Il hocha la tête.

« Je voulais juste te faire une surprise.

— Qu'est-ce qui ne va pas, David ? »

Il souriait à présent.

« Mais rien, mon amour. Rien du tout.

— Tu pleures.

— Je larmoie, Laura.

— Pourquoi ? »

Il haussa les épaules et, s'avançant, la prit dans ses bras.

« Comment te dire ? J'ai voulu te surprendre. Tu as tellement de boulot ces temps-ci que j'ai pensé qu'un petit break te ferait du bien.

— Tout à fait.

— Bref, j'arrive à la porte. Je te vois assise là et… je ne sais pas. J'aime te regarder. J'aime ta façon d'incliner la tête quand tu lis. J'aime ta façon de sourire quand tu as une idée. Ta façon de te recoiffer avec les doigts. Et même ta jambe qui tressaute. J'étais fasciné, et je pensais à ta beauté, et à mon amour pour toi… tout ça. »

Laura l'embrassa.

« Tu es le plus adorable…

— Ne commence pas, toi, l'interrompit David. Un peu de guimauve, ça va, mais trop, bonjour les dégâts.

— Je t'aime, David. Je t'aimerai toujours. »

— Cette création de Benito Spencer est idéale pour la femme active. Elle peut se porter avec ou sans veste…

Les visages des personnalités assises au premier rang se fondaient en une masse indistincte couleur chair. Plus de deux semaines s'étaient écoulées depuis sa réconciliation avec sa mère, deux semaines pendant lesquelles elle s'était jetée à corps perdu dans ses préparatifs. Mais la discussion qu'elles avaient eue continuait à lui trotter dans la tête. Mary lui cachait quelque chose, Laura en était convaincue. Elle lui cachait quelque chose à propos de David.

Mais quoi ? Qu'y avait-il dans le passé de David qu'il aurait tu ? Et comment sa mère aurait-elle été au courant ? Pourquoi refusait-elle d'en parler ? Qu'était-il arrivé à David qui aurait expliqué l'inexplicable ?

Assassiné.

Laura avait l'esprit en ébullition. Elle tenta de chasser cette idée, mais celle-ci ne voulait pas disparaître. TC, tante Judy, son père… ils avaient tous un comportement bizarre depuis quelque temps…

Assassiné.

… comme s'ils avaient des soupçons…

La voix du présentateur lui parvenait par bribes.

— *Un ensemble rouge très glamour…*

Il manquait cinq cent mille dollars. Un demi-million. Des tas de gens seraient prêts à tout pour une somme pareille. À tricher. À tromper. À voler. À kidnapper.

Assassiné.

Laura repensa à sa conversation avec Richard Corsel à la banque.

« Votre mari m'a fait transférer l'argent en Suisse.

— Quand ?

— Je ne peux pas vous le dire. »

Pourquoi tant de mystères concernant la date du transfert ? À moins que… Les interrogations se bousculaient dans sa tête.

David s'était noyé dans les flots tumultueux de l'océan Pacifique.

Noyé ? David ?

Ça ne tenait pas debout. Elle avait écouté leurs arguments à propos des courants dangereux, mais aujourd'hui l'explication lui semblait bidon. Courants ou pas, David était un excellent nageur.

Et *prudent* par-dessus le marché. Il se serait renseigné avant d'aller se baigner. Il était peut-être imprévisible, mais il ne prenait pas de risques inutiles, surtout s'agissant de sa santé.

Quelqu'un comme lui se serait noyé ?

Assassiné.

Autour d'elle, les murs semblaient murmurer ce mot. Cinq cent mille dollars envolés dans les jours qui avaient suivi la mort de David. Coïncidence ou... ?

Assassiné.

Peut-être bien que TC et les autres soupçonnaient la même chose. Ce qui expliquerait leur étrange attitude à son égard. Essayaient-ils de la protéger ? Était-ce pour cette raison que TC lui avait reproché d'avoir employé la méthode forte à la banque ?

— *Et, pour finir, une éblouissante robe de soirée...*

Laura s'assit. L'hôtel Nikko, le défilé s'évanouirent ; elle n'en percevait plus qu'un brouhaha lointain. Était-elle en train de devenir folle ou bien entrevoyait-elle le sens de ce qui lui était arrivé ? Quatre mois pénibles s'étaient écoulés depuis la mort de David, mais Laura ne s'y faisait toujours pas. On ne meurt pas comme ça. Surtout quelqu'un comme David...

David, qu'est-ce qu'on t'a fait ?

Le défilé prit fin, et Serita vint s'asseoir à côté d'elle.

— Je crois que ça s'est bien passé.

Laura hocha la tête.

Serita connaissait bien cet air absent, mais, cette fois, Laura n'était pas simplement prostrée. Il y avait autre chose.

— Qu'est-ce que tu as ?

Laura se tourna vers elle.

— Il y a un truc qui cloche, Serita.

— Comment ça ?

À cet instant, une assistante de Benito Spencer tapota l'épaule de Laura.

— Téléphone pour vous.

— Prenez le message, fit Laura.

— C'est un certain Richard Corsel d'une banque de Boston. Il dit que c'est urgent.

Gloria se sécha soigneusement le visage avec sa serviette grise. Curieux que sa salle de bains soit grise. Celle de ses parents était rouge. Celle de Laura, bleue. Celle du rez-de-chaussée, jaune. Mais la sienne était grise. Était-ce un présage ?

Plus maintenant, en tout cas.

Elle reposa la serviette et, pivotant vers le miroir, passa les doigts à travers ses épais cheveux blonds. En examinant son reflet, elle se dit que jamais elle ne s'était sentie aussi bien dans sa peau. Tellement bien, en fait, que, malgré les protestations de la psy, elle avait annulé tous ses rendez-vous à venir. Elle n'avait plus besoin de la psychiatrie. Sa nouvelle thérapie, c'était l'amour.

Gloria retourna dans sa chambre, enjamba ses deux valises et descendit l'escalier. Elle hésita un instant avant d'entrer dans le salon.

Ses parents étaient en train de lire sur le canapé. Levant la tête, James la contempla par-dessus ses demi-lunes. Il tenait dans les mains un exemplaire du *New England Journal of Medicine*. Mary, les pieds sur un tabouret, les cheveux noués en arrière, feuilletait le dernier numéro du *New Yorker*.

— Salut, hasarda Gloria.

— Bonjour, chérie, répondit sa mère en posant son magazine. Tu vas bien ?

— Très bien. Je voulais juste vous parler.

Son père se redressa.

— Qu'est-ce qui t'arrive ?

Gloria ne savait pas trop par où commencer.

— Vous savez que j'ai passé ces dernières semaines avec un ami ?

— Oui ? dit Mary.

— Cet ami... c'est plus qu'un ami, en fait, débita-t-elle d'un trait. Il y a quinze jours nous sommes allés à la Deerfield Inn, et, depuis, on se voit tous les soirs.

Gloria guettait leur réaction. Comme toujours, le visage de son père demeurait impassible. Celui de Mary, en revanche, parut s'illuminer.

— Tu as rencontré quelqu'un de bien ?

Gloria hocha la tête.

— Il est génial. Nous avons décidé de vivre ensemble.

— Je vois, fit le Dr Ayars.

— Nous nous aimons.

— Je vois, répéta son père avec un petit signe de tête.

— Et comment s'appelle ce jeune homme, chérie ? demanda Mary en souriant.

Gloria repoussa sa crinière blonde en arrière.

— Stan Baskin.

Le sourire de sa mère s'évanouit comme si on l'avait giflée.

— Comment ?

— C'est le frère de David, maman. Ah oui, c'est vrai, tu ne le connais pas. Il est venu à Boston pour l'enterrement. Toi, tu l'as rencontré, papa.

— En fait, non, répliqua James sans se départir de son calme. Il y avait tellement de monde que je n'ai pas fait attention. Mais Laura m'a dit qu'il avait été un grand soutien pour elle.

— C'est vrai.

Gloria risqua un regard en direction de sa mère dont les traits parfaits étaient figés en un masque d'épouvante.

James retira ses lunettes de lecture.

— Et comment est-ce arrivé ?

— C'est arrivé, point, dit Gloria avec un haussement d'épaules. Nous sommes très amoureux.

Mary finit par recouvrer l'usage de ses cordes vocales.

— Tu es sûre de toi, ma chérie ? Je veux dire, une décision pareille ne se prend pas à la légère.

— Je sais, maman, mais j'ai trente et un ans. Je ne suis plus une gamine. Et j'aime Stan.

Une lueur de panique brilla dans les yeux de Mary.

— Voyons, Gloria, je crois que tu ne devrais pas…

— Tous nos vœux t'accompagnent, l'interrompit son père, la faisant taire d'un regard impérieux. Si tu es heureuse, nous le sommes aussi.

Nullement affectée par la réticence de sa mère, Gloria se jeta au cou de son père et l'embrassa. Puis elle fit de même avec sa mère.

— Je vous aime tous les deux.

— Nous aussi, nous t'aimons, répondit James avec un sourire chaleureux. Nous serons ravis de faire la connaissance de ce jeune homme, au moment qui vous arrangera. Amène-le dîner un de ces soirs.

— Non… !

Mary se tut, se reprit.

— Enfin, je veux dire, seulement si tu en as envie, Gloria. Nous ne t'obligeons à rien.

— Je ne me sens absolument pas obligée. Ce sera avec plaisir.

— Parfait, ajouta son père.

— Papa, tu peux m'aider à charger mes affaires dans la voiture ?

— Bien sûr, chérie. J'arrive tout de suite.

Gloria quitta la pièce. James glissa un marque-page dans son périodique et le posa sur la table basse. Il soupira, se leva lentement et se tourna vers sa femme.

— Je crois qu'il serait temps qu'on ait une petite discussion tous les deux.

— Je t'assure, il est bizarre, ce type, dit Earl Roberts à Timmy Daniels.

— Je veux, répliqua Timmy. Il n'a pas dit cinq mots depuis qu'il m'a battu au tir à trois points il y a quinze jours.

Les deux joueurs burent une gorgée d'eau à la fontaine et retournèrent sur le terrain. Ils étaient en nage. Comme les quinze autres qui composaient encore pour le moment l'équipe des Celtics. C'était la pause. Éparpillés à travers le gymnase, tous profitaient de ces cinq minutes de repos pour reprendre leur souffle.

Tous sauf un.

Timmy se laissa tomber sur le sol à côté d'Earl.

— Il ne parle pas. Il joue et il s'en va.

— Moi, ça m'arrange, fit remarquer Earl.

— Pourquoi tu dis ça ?

— Je ne l'aime pas. Il n'est pas net, ce gars-là.

— De quel point de vue ?

Earl haussa les épaules.

— Faut être réaliste. Mark Seidman est un joueur exceptionnel. Personne ne peut égaler ses tirs ou ses passes.

— Oui, et alors ?

— Alors, où était-il donc pendant tout ce temps ? À ce niveau-là, comment est-il possible de n'avoir jamais joué dans une équipe universitaire ?

Timmy changea de position pour regarder Mark tirer au panier.

— Mystère. Je crois qu'il a dit à Clip avoir fait ses études à l'étranger. Sa famille voyageait beaucoup, un truc comme ça.

— N'empêche, rétorqua Earl. Personne n'avait entendu parler de ce type. Il refuse de répondre aux journalistes. Ils ont essayé de lui tirer les vers du nez, mais il les a envoyés paître. Tu imagines, toi, un débutant faire des trucs pareils ? Enfin, quoi, il va commencer sa première saison en NBA, et il joue les divas auprès des médias. Ça me dépasse.

Timmy acquiesça.

— C'est le rêve de tous les petits jeunes d'être sélectionné en NBA, et il tire une gueule de six pieds de long.

Les deux coéquipiers suivirent le ballon des yeux.

Earl épongea son visage en sueur avec une serviette.

— Il y a autre chose qui me gêne chez lui.

— Je vois ce que tu veux dire, opina Timmy.

— On dirait qu'il fait exprès d'essayer de jouer comme lui. Ça m'énerve.

Timmy se tourna vers Mark.

— Je ne crois pas que ce soit ça. Ce tir en suspension, on le rencontre chez d'autres joueurs.

— Peut-être, fit Earl tandis que la balle franchissait une nouvelle fois l'anneau métallique, mais ils sont combien à avoir la même précision ?

Quand Laura et Serita firent leur entrée à la banque Heritage of Boston, tout s'arrêta. Les yeux s'écarquillèrent. Les cous se démanchèrent. Les bouches s'ouvrirent. Déjà, une seule pouvait causer un éblouissement momentané. Les voir ensemble, c'était quasiment l'accident vasculaire cérébral.

— On nous regarde, souffla Serita.

— Tu adores ça.

— Comme d'hab.

Elles passèrent devant les guichets et se dirigèrent vers les bureaux. Toutes les têtes pivotèrent de concert.

Une secrétaire âgée aux cheveux blancs tirant sur le mauve leva les yeux de son bureau. Chaussant ses lunettes, elle les dévisagea d'un air suspicieux. Sa plaque indiquait qu'elle s'appelait Eleanor Tansmore.

— Vous désirez ?

— Nous aimerions voir M. Corsel, répondit Laura.

— Vous avez rendez-vous ?

— Pas exactement, mais il était prévu qu'on passe.

— M. Corsel est très occupé aujourd'hui. Il vaut mieux que vous rappeliez dans la journée pour fixer une heure.

— J'ai une meilleure idée, l'interrompit Serita : pourquoi ne pas prévenir M. Corsel de notre arrivée ?

— Qui dois-je annoncer ?

Serita eut un sourire machiavélique.

— Nous sommes les filles que M. Corsel a louées à notre... euh... agent. M. Tyrone Landreaux.

— Pardon ? fit la secrétaire.

— Une Blanche, une Noire. Conformément à ce qu'il a commandé.

— Quoi ?

— Dépêchez-vous, chérie. Appelez-le. Notre temps, c'est de l'argent. Beaucoup d'argent, si vous voyez ce que je veux dire.

Eleanor Tansmore décrocha le téléphone et sourit, narquoise.

— Avez-vous apporté vos propres chaînes et fouets cette fois ? demanda-t-elle à Serita. M. Corsel déteste utiliser les siens.

Serita la contempla avec stupeur.

— Vous me faites marcher, là ?

— Oui.

Un sourire respectueux se dessina sur ses lèvres.

— Vous êtes parfaite, madame T.

— Vous n'êtes pas mal non plus, répliqua Mme Tansmore. Allez vous asseoir là-bas.

— Excusez le comportement de mon amie, intervint Laura. Voulez-vous dire à M. Corsel que Laura Baskin est là ? Je pense qu'il prendra le temps de nous recevoir.

— Laura Baskin ? Le top model ?

— Ex-top model, rectifia Laura.

— J'ai su, pour votre mari. Toutes mes condoléances.

— Merci.

Eleanor Tansmore regarda Serita.

— Et qui est cette jeune personne pleine d'esprit ?

— Son garde du corps, fit Serita.

La secrétaire afficha un sourire professionnel.

— Allez vous asseoir, toutes les deux. Je préviens M. Corsel.

Laura et Serita s'assirent. Une porte s'ouvrit sur un petit homme à fine moustache.

— C'est lui ? chuchota Serita.

Laura fit non de la tête.

— Tant mieux.

En voyant ces deux créatures sublimes dans la salle d'attente, l'homme, un cadre de la banque, rentra le ventre et leur sourit. Serita lui adressa un clin d'œil aguicheur. Puis, lentement, elle croisa ses jambes interminables. L'homme aurait pu se prendre les pieds dans sa langue pendante. Serita s'esclaffa.

— Arrête ça, lui intima Laura.

— Désolée.

— Je te jure, je ne te sortirai plus.

— C'était juste pour détendre l'atmosphère.

— Laisse tomber.

— OK, mais je ne t'ai jamais vue aussi nouée. Ce n'est pas bon pour toi, Laura. J'essaie seulement de te décoincer.

— Serita ?

— Quoi ?

— Suis-je folle ? Je veux dire, avec ces histoires de complot et de meurtre.

Serita haussa les épaules.

— Probablement.

— Je te remercie.

— Écoute, Laura, tu ne tourneras pas la page tant que tu ne sauras pas ce qui s'est réellement passé. Alors vas-y, fonce. Fouille dans tous les coins. S'il y a quelque chose de louche là-dessous, tu le trouveras. S'il n'y a rien, tu le découvriras aussi.

Eleanor Tansmore s'approcha d'elles.

— M. Corsel va vous recevoir.

Laura se leva.

— Tu viens ?

— Nan, répondit Serita en souriant. J'attendrai ici avec ma copine, Mme T. Débrouille-toi toute seule pour lui faire sa fête.

— Tu es une vraie amie, dit Laura en s'engouffrant dans le couloir.

Lorsqu'elle eut le dos tourné, le sourire déserta le visage de Serita. Une larme coula au coin de son œil.

— La meilleure, murmura-t-elle.

Le Dr James Ayars fit face à la femme qui était la sienne depuis trente-trois ans. Il repensa à leur première rencontre. Interne à Chicago, travaillant cent heures par semaine dans le meilleur des cas, il sortait alors avec une brillante étudiante du nom de Judy Simmons. La mignonne petite Judy Simmons. Une gentille fille. Cheveux auburn. Bien faite. Drôle. Le jeune Dr Ayars avait été très épris de Judy Simmons.

Jusqu'à ce qu'il rencontre sa jeune sœur, Mary.

Quand Judy la lui présenta, il sentit son estomac se nouer. Il n'avait même pas imaginé qu'une telle beauté puisse exister sur terre. Ce jour-là, Mary Simmons lui sourit et le sortilège opéra. Il l'avait désirée plus que tout au monde. Il voulait l'avoir coûte que coûte, la posséder, la choyer…

Le désir avait tourné à l'obsession, et cela lui fit peur.

Bien sûr, cela n'avait pas été simple. Il fallait penser à Judy, mais la tendre, la gentille Judy avait compris. Elle s'était éclipsée et leur avait souhaité tout le bonheur du monde.

Aujourd'hui, trente-trois ans plus tard, Mary était toujours aussi ravissante. Il arrivait encore que son estomac se noue quand il la regardait. Leur couple avait traversé des moments difficiles, comme tous les autres, mais, dans l'ensemble, ce mariage avait été une réussite. Ils avaient eu deux filles merveilleuses. La vie était belle…

… excepté…

— Que se passe-t-il ? demanda James à sa femme.

— Comment ça ?

— Tu sais de quoi je parle. D'abord tu snobes David. Maintenant tu snobes son frère. Pourquoi ?

Mary déglutit.

— Je... Je ne sais pas. Je ne leur fais pas confiance, c'est tout.

— Pourquoi ?

— Franchement, je ne saurais te répondre, James.

— Mary, tu as été une bonne mère. J'ai toujours été fier de la manière dont tu as élevé nos filles. Tu te souviens, quand Gloria a eu tous ces problèmes ? J'avais juré qu'elle ne remettrait plus les pieds dans cette maison.

Mary hocha la tête.

— Eh bien, j'avais tort, poursuivit James. Et tu le savais. Mais au lieu de croiser le fer avec moi – bataille perdue d'avance –, tu m'as prouvé en douceur que, quoi qu'elle ait fait, Gloria restait notre fille. Tu t'en souviens ?

À nouveau, Mary fit oui de la tête.

— Aujourd'hui, je crois que c'est mon tour. Je te conseille de réfléchir sérieusement aux conséquences de ton attitude. Regarde ce qui est arrivé pour n'avoir pas voulu accepter David...

— Quoi ? l'interrompit Mary d'une voix forte. Tu ne vas pas m'accuser, toi aussi ?

— Laura ne t'accuse pas, la rassura-t-il, conciliant, et moi non plus. Mais comme elle est très malheureuse, elle tient des propos qui dépassent sa pensée.

— Ce n'est pas ma faute. J'ai voulu faire au mieux.

— Au mieux pour qui ?

Une lueur de défi brilla dans les yeux de Mary.

— Pour Laura.

— Et c'est pareil pour Gloria et Stan ? Tu veux faire au mieux pour Gloria ?

Fermant les yeux, Mary se laissa aller en arrière. James avait raison, bien sûr. Cette fois, elle n'avait pas agi dans l'intérêt de sa fille. Elle avait d'abord songé à elle-même.

Calme-toi, se dit-elle. Après tout, quel tort Stan Baskin pouvait-il causer aux Ayars aujourd'hui ?

La réponse lui fit froid dans le dos.

Un sourire nerveux aux lèvres, Richard Corsel se leva pour accueillir Laura. Ses cheveux fins avaient besoin d'un coup de peigne, ses joues d'être rasées. Il n'avait plus rien du cadre supérieur élégant et soigné qui avait reçu Laura la première fois.

— Madame Baskin, fit-il, son sourire s'élargissant avant de revenir à la normale, c'est un plaisir de vous revoir.

— Merci.

— Asseyez-vous, je vous prie. Comment vous sentez-vous par cette belle journée ?

— Ça va.

— Bien, bien.

Il regarda autour de lui comme un animal traqué cherchant une échappatoire.

— Je peux vous offrir quelque chose ? Un café ?

— Non, merci. Monsieur Corsel, vous avez dit au téléphone que vous aviez quelque chose d'urgent à me communiquer.

Son sourire s'affaissa comme vaincu par l'épuisement.

— Oui… enfin, peut-être.

— Je ne comprends pas.

Il secoua lentement la tête.

— Moi non plus, madame Baskin. Moi non plus.

— Que voulez-vous dire ?

Corsel prit un stylo, le reposa.

— Je veux dire que j'ai réexaminé le dossier de votre mari. Et il se peut qu'il y ait un problème.

— Un… problème ?

— Il se peut, insista-t-il.

Il ouvrit le tiroir de son bureau pour en sortir un dossier.

— Puis-je vous poser une question, madame Baskin ?

Laura hocha la tête.

Corsel s'adossa à son siège. Son regard se fixa sur le plafond et n'en bougea plus.

— D'après les journaux, votre mari est allé nager le 14 juin et s'est noyé ce jour-là entre 16 et 19 heures, heure locale. C'est bien ça ?

— Oui.

Il acquiesça, les yeux au plafond.

— Il y a quinze heures de décalage entre l'Australie et nous… quinze heures de moins ici. Autrement dit, M. Baskin se serait noyé le 14 juin entre 1 heure et 4 heures du matin, heure de Boston.

— C'est ça.

Corsel se redressa, toujours sans la regarder.

— J'ai reçu son appel le 14 juin à 8 h 30 du matin. Il était donc presque minuit en Australie, cinq heures après son accident.

Laura sentit son sang se glacer.

— Tenez, ajouta Corsel en poussant le dossier dans sa direction. Lisez-le. Conformément à ce qui est noté ici, M. Baskin m'aurait téléphoné plusieurs heures après sa noyade.

— Vous êtes sûr de l'heure ? Vous n'avez pas pu vous tromper ?

Il secoua la tête.

— Impossible. Et bien que j'aie reconnu la voix de votre mari et qu'il m'ait donné son code d'accès, j'ai effectué une vérification complémentaire, compte tenu du montant de l'opération.

— Qu'entendez-vous par vérification complémentaire ?

Corsel déglutit.

— Je lui ai demandé de me donner son numéro de téléphone afin que je puisse le rappeler. Une femme à l'accent australien lui a transmis la communication. Le numéro est marqué ici. Il y a aussi une copie de la facture de téléphone avec l'heure exacte.

Laura parcourut le dossier jusqu'à ce qu'elle tombe sur le numéro : 011 61 70 517 999. Puis elle vit l'heure de l'appel. Son cœur manqua un battement. Comment... ? Le coup de téléphone avait été passé le 14 juin à 8 h 47. Minuit moins treize en Australie. Plusieurs heures après la noyade de David.

— Le 011, c'est pour un appel longue distance, expliqua Richard Corsel. Le 61, l'indicatif de l'Australie. Le 70 correspond à Cairns.

Cairns. La ville où Laura avait eu rendez-vous avec le groupe Peterson, pendant que David allait se baigner...

— Je ne comprends pas, monsieur Corsel. Comment David aurait-il pu vous téléphoner cinq heures après s'être noyé ?

Corsel haussa les épaules.

— Je ne suis pas détective, madame Baskin. Je dispose juste des faits que vous avez sous les yeux. Il m'en coûte de l'admettre, mais je crois que vous avez raison. Quelqu'un a dû se procurer le code d'accès de David Baskin et imiter sa voix suffisamment bien pour me flouer. Je ne vois pas d'autre explication... à moins que le légiste ne se soit trompé sur l'heure de la mort.

Laura se tassa dans son fauteuil. Si le légiste s'était trompé, où David était-il passé pendant tout ce temps ? Et pourquoi aurait-il fait transférer son argent avant d'aller prendre un bain de minuit ?

— Je peux garder ce dossier, monsieur Corsel ?

— Je préfère que vous notiez les renseignements qui vous intéressent. De mon côté, je continuerai à enquêter sur la disparition de cet argent. Votre mari... enfin, celui qui m'a téléphoné et qui avait le code d'accès, a insisté sur le caractère strictement confidentiel de l'opération, alors, s'il vous plaît, madame Baskin, je ne vous ai jamais montré ceci. Cette fois, il s'agit d'une chose infiniment plus précieuse que mon poste.

Laura acquiesça. Elle avait saisi l'allusion.

De retour chez elle, toujours flanquée de Serita, Laura décrocha le téléphone et composa le 011 61 70 517 999. Elle songea aux milliers de kilomètres de câbles et de transmission par satellite que franchissait son appel pour aboutir dans une petite ville à l'autre bout du monde. Après quelques secondes, la ligne se mit à grésiller, puis elle entendit sonner.

Les doigts de Laura se crispèrent sur le combiné. Quelqu'un décrocha à la troisième sonnerie. Un sifflement parasite retraversa la moitié du globe pour lui vriller les oreilles, suivi d'une voix de jeune femme :

— Pacific International, j'écoute.

15

Laura raccrocha sans un mot.

— C'était quoi, Laura ? demanda Serita. À quoi correspond ce numéro ?

Laura se souvenait parfaitement de l'hôtel. Les fenêtres du siège de Peterson offraient une vue dégagée sur la seule construction élevée de Marlin Jetty.

— Un hôtel, le Pacific International.

Serita haussa les épaules.

— Et alors ?

— Il se trouve dans la même rue que le siège du groupe Peterson, répondit Laura d'une voix blanche. Le coup de fil à la banque provenait d'un hôtel situé à quelques pas de mon lieu de rendez-vous.

Se renversant dans son fauteuil, Serita se débarrassa de ses chaussures et les expédia d'un coup de pied à l'autre bout de la pièce.

— Bizarre, bizarre.

Laura ne dit rien.

— Il ne manque plus que la bande-son de *La Quatrième Dimension*, ajouta Serita. Que vas-tu faire ? Prévenir TC ?

— Pas tout de suite.

— Pourquoi ?

— Je pense qu'il se doute de quelque chose.

— Mais de quoi ? Comment ça se fait ?

— C'est son métier, non ? Si moi, j'ai pu découvrir le pot aux roses, pourquoi pas lui ?

— Alors vous n'avez qu'à unir vos forces.

Laura secoua la tête.

— Je crois que TC n'a pas envie de savoir ce qui s'est réellement passé… ou bien il le sait déjà et ne veut pas que je l'apprenne.

— Ça ne tient pas debout, ma fille.

— Je sais. C'est juste une impression, mais je n'arrive pas à m'en défaire.

— Ben, tu n'as qu'à passer outre et aller lui parler.

— Plus tard peut-être, dit Laura. Là, tout de suite, je vais prendre une douche.

— OK. Je me changerai quand tu auras fini. Je peux t'emprunter ton nouveau tailleur blanc ?

— Bien sûr. D'ailleurs, il t'ira probablement mieux qu'à moi.

— C'est mon teint d'ébène.

Laura eut un faible sourire et s'en fut dans la salle de bains. Serita attendit qu'elle soit sous la douche, puis décrocha le téléphone.

— TC, fit-elle tout bas, il faut que je te parle.

Stan Baskin regardait la Charles River depuis sa fenêtre. Le nouvel appartement n'avait rien d'exceptionnel : séjour, chambre, salle de bains, cuisine et terrasse. S'il n'avait tenu qu'à lui, il aurait fait l'impasse sur le séjour, la chambre, la salle de bains. Il n'aurait gardé que la terrasse. La vue l'apaisait comme une douce caresse. Bien que Gloria et lui aient emménagé depuis seulement deux jours, Stan avait passé des heures interminables à contempler béatement le fleuve. Les jeunes couples flânant sur les berges, les équipages d'aviron de Harvard fendant ses eaux calmes. Le soir, la Charles se transformait en un joyau scintillant de lumières, reflet des édifices tout proches sur son manteau sombre et humide.

D'habitude, Gloria venait s'asseoir à côté de lui. Mais jamais elle ne le dérangeait quand il était plongé dans ses pensées. Gloria avait l'étonnante faculté de sentir quand il avait envie de parler et quand il préférait être seul. À cette heure-ci, elle était chez Svengali, à travailler sur le lancement d'une nouvelle ligne pour ados. Elle ne serait pas de retour avant plusieurs heures.

Stan s'écarta de la fenêtre. Il savait qu'il devrait se mettre bientôt à la recherche d'un boulot (ou d'un bon plan). Les dix mille dollars que lui avait rapportés l'arnaque de la Deerfield Inn ne dureraient pas éternellement. Merde, Mister B s'était fait des couilles en or sur ce coup-là. Les cinquante mille que Stan lui devait, plus les dix mille d'agios, et encore vingt mille de bénéfice net, et le pourboire qu'il avait dû filer à ce Cro-Magnon de Bart.

Stan prit le journal sur le canapé. Il avait un tuyau concernant un cheval du nom de Breeze's Girl dans la septième course. Mais il hésitait. Il misait rarement – pour ainsi dire jamais – sur une pouliche. Aucun être de sexe féminin, qu'il soit humain ou animal, ne lui inspirait la moindre confiance.

La pendule affichait 15 heures. Gloria rentrait normalement entre 18 et 19 heures. Encore trois heures à attendre. Stan secoua la tête, se demandant pourquoi il comptait les heures jusqu'à son retour. S'il s'était agi d'un autre que lui, il aurait juré qu'elle lui manquait. Mais bien sûr, le concernant, c'était complètement invraisemblable. Une femme ne pouvait pas manquer à Stan Baskin. C'était lui qui leur manquait.

Il retourna dans la cuisine et se servit un verre de jus d'orange. Quand il était petit, sa mère lui pressait une orange tous les matins ; elle savait qu'il adorait ça. La pauvre vieille. Morte d'un cancer. Quelle saloperie, cette maladie. Rester dans son lit à attendre la fin, ou, pire, subir la chimio imposée par les médecins. *Si jamais ça m'arrive,* se dit Stan, *je ne me laisserai pas faire, j'irai acheter un gros flingue et je me tirerai une balle dans la tête.*

Pan !

Fini. Rapide et indolore. Exactement comme pour son père... C'était du moins ce qu'ils croyaient tous. Seul Stan savait ce qu'il en était réellement.

Chaque matin, la mère de Stan lui pressait une orange. « C'est bon pour toi », disait-elle. Mais Stan n'avait pas besoin d'encouragement pour savourer le liquide empli de pulpe. Il raffolait du jus d'orange frais de Grace Baskin. Mais après la mort (l'assassinat) de son père, tout avait changé. Stan avait dix ans à l'époque. David à peine deux.

Des milliers de personnes avaient assisté à l'enterrement : professeurs d'université, doyens, secrétaires, étudiants. Tous les voisins étaient là aussi. Stan se tenait en silence à côté de sa mère. Habillée de noir, elle pleurait dans un mouchoir blanc.

— Nous devons penser à David, maintenant, Stan, lui dit-elle pendant qu'on mettait le cercueil en terre. Nous devons compenser le fait qu'il va grandir sans père. Tu comprends ?

Stan acquiesça, mais, à vrai dire, il ne comprenait pas. Pourquoi se préoccuper de David ? Il n'avait même pas connu leur père. Il n'avait pas joué à la balle avec papa. Il n'était jamais allé au musée, à la pêche, au cinéma ni même chez le dentiste avec lui. Bref, David ne garderait aucun souvenir de Sinclair Baskin.

Mais Grace ne l'entendait pas de cette oreille. Elle consacra toute son énergie à élever son précieux David. Elle choisit d'être à la fois père et mère pour son plus jeune fils, quitte à négliger son aîné.

De toute façon, Stan s'en moquait. Il n'avait pas besoin d'elle. Il n'avait pas besoin des femmes en général. La vie s'était chargée de lui apprendre que les femmes ne servaient à rien, sinon à vous pourrir l'existence. Elles se divisaient fondamentalement en deux catégories : les profiteuses qui cherchaient à vous mettre sur la paille et les emmerdeuses qui parlaient d'amour et de partage, alors qu'elles ne songeaient qu'à posséder, contrôler et détruire.

Là résidait tout le charme de son gagne-pain (que d'aucuns, par ignorance, taxaient d'escroquerie). Stan ne faisait que rendre au sexe féminin la monnaie de sa pièce. Il utilisait les femmes exactement comme elles utilisaient les hommes. Et on voulait l'envoyer en taule pour ça ? Ridicule ! Puisqu'on parlait de parité, d'égalité... pourquoi n'arrêtait-on pas toutes les croqueuses d'hommes qui feignaient d'être amoureuses juste pour faire main basse sur votre argent ? Bon sang, il ne resterait plus beaucoup de gonzesses en liberté.

Stan était bien placé pour savoir les dégâts qu'une femme était capable de causer. À l'âge de seize ans, il s'était laissé séduire par une divorcée de trente ans, Concetta Caletti. Aux yeux de Stan, aucune femme au monde ne pouvait rivaliser avec Concetta en beauté, esprit et sophistication. Le jeune Stan Baskin fut même assez sot pour se croire amoureux. Il alla jusqu'à quitter le lycée et annoncer à Concetta Caletti qu'il voulait l'épouser. En guise de réponse, elle lui avait ri au nez.

— Tu n'es qu'un gamin, avait décrété la brune incendiaire.

— Mais je t'aime, avait insisté l'adolescent.

— Tu m'aimes ?

Son regard méprisant lui avait transpercé le cœur.

— Qui t'a appris ce mot ? Tu ne sais même pas ce que veut dire, aimer.

— Montre-moi, l'avait-il implorée.

— L'amour n'existe pas, avait-elle exposé. L'amour est un mot qu'on emploie à tort et à travers pour se donner l'impression de ne pas être seul au monde. C'est un attrape-nigaud.

— Mais je t'aime, Concetta. Je te jure que c'est vrai.

— Va-t'en, Stan. Tu n'es qu'un môme. Gagne correctement ta vie d'abord, ensuite on parlera amour.

Le carillon de la porte d'entrée chassa la vision du visage courroucé de Concetta et ramena Stan au moment présent. Il jeta un coup d'œil sur la pendule. Gloria avait sans doute décidé de rentrer plus tôt que prévu.

Il alla ouvrir et écarquilla les yeux en voyant celle qui se tenait sur son paillasson.

— Tiens, tiens, en voilà une charmante surprise !

Laura ne répondit pas.

— Ta sœur n'est pas là, Laura. Elle est au bureau.

— Je sais. Je suis venue te parler.

— Comme c'est gentil, dit Stan en s'écartant. Entre.

— Je me sens plus en sécurité sur le palier.

— Tu n'as donc pas confiance en moi ?

— Aucune.

— Dans ce cas, Laura, tu peux rester là devant la porte close. Si tu veux me parler, il va falloir entrer.

Elle lui décocha un regard noir et entra, hésitante. Stan ferma derrière elle.

— Tu ne veux pas t'asseoir ?

— Non.

— Quelque chose à boire, peut-être ?

— Non, Stan, fit-elle impatiemment.

— Parfait. Alors, venons-en au fait. Que puis-je faire pour toi ?

— J'aimerais que tu laisses ma sœur tranquille.

— Je suis outré, répondit Stan, sarcastique. Pourquoi, au nom du ciel, voudrais-tu briser un couple aussi heureux ?

— Arrête ton cirque, Stan, s'emporta Laura. Gloria est fragile. Si tu as un problème avec moi, on n'a qu'à le régler tous les deux. Laisse ma sœur en dehors de ça.

Stan sourit, se rapprocha d'elle.

— Serait-ce de la jalousie de ta part, Laura ?

Elle recula.

— De l'aversion, plutôt.

— Du tac au tac. J'aime ça. J'aime beaucoup ça. Mais, ta sœur et moi, nous nous aimons, Laura. Qui peut mettre un prix là-dessus ?

— Toi, j'en suis sûre, répliqua-t-elle avec lassitude. Combien ?

— Je te demande pardon ?

— Combien veux-tu ?

— Je suis sidéré, Laura. Essaies-tu de m'acheter ?

— Pour la dernière fois, combien ?

— Oh non, Laura, ce n'est pas aussi simple. Je veux plus que de l'argent, ce coup-ci.

— Ah bon ?

— Je peux avoir tout l'argent dont j'ai besoin maintenant. Ta sœur est pleine aux as. Et en vertu de cette nouvelle intimité entre Gloria et moi, je sais que je peux compter sur mon exquise belle-sœur pour me dépanner de quelques dollars en cas de nécessité.

— En quel honneur ?

Stan haussa les épaules.

— Parce que tu préfères certainement que je sois gentil avec ta sœur. Tu ne tiens pas à ce que je la maltraite. Ni que je la fasse replonger dans la drogue. J'en suis capable, Laura, tu le sais. Alors, quand je te dirai de douiller, tu douilleras.

Laura le regarda.

— Je ne comprends pas, Stan. Qu'est-ce que tu veux ?

— Je viens de te le dire.

— Mais je t'ai offert de l'argent à l'instant. Prends-le et file. C'est ce que tu as toujours fait, non ? Pourquoi t'attarder ici ?

Stan sentit la moutarde lui monter au nez. Son visage s'empourpra.

— Ne me pousse pas à faire quelque chose que tu risques de regretter ensuite. Imagine que je me barre, là, tout de suite. Tu y as réfléchi, à ça ? Tu as songé aux conséquences ? À l'effet que cela aurait sur Gloria ? Sur son équilibre affectif, déjà si fragile ?

Ils s'affrontèrent du regard. Malheureusement, Stan avait raison. S'il prenait la poudre d'escampette, Gloria avait toutes les chances de sombrer, peut-être définitivement. Mais en quoi cela le concernait-il ? Depuis quand Stan Baskin se préoccupait-il de quelqu'un d'autre que sa propre personne ? Non, il devait y avoir une explication qui lui échappait. Stan pensait probablement que, en restant, il aurait accès à une source illimitée de cash. Tant qu'il retenait Gloria en otage, pour ainsi dire, il pourrait lui extorquer de l'argent. Pendant des semaines, des mois, allez savoir. Mais tout de même, il y avait quelque chose qui ne collait pas. À en croire TC, Stan avait pour habitude d'empocher l'argent d'entrée de jeu, plus tous les bénéfices collatéraux.

— Mais enfin, qu'est-ce que tu cherches, Stan ? Que faut-il faire pour que tu débarrasses le plancher ?

Il la dévisagea sans ciller.

— Tu es tellement sûre que ça va tout régler, le fait que je débarrasse le plancher, hein, Laura ? Ça doit être formidable de toujours savoir ce qui est bien et ce qui est mal. Nom d'un chien, imagine que je rapporte notre petite conversation à Gloria. Ça te plairait ?

— Tu n'oserais pas.

— Ah bon, je n'oserais pas ?

— Non, Stan. Tu ne prendrais pas le risque de tuer la poule aux œufs d'or.

Stan secoua lentement la tête.

— Ce que tu peux être casse-couilles, Laura. Parfois, je me demande si David n'est pas allé nager au loin pour avoir un moment de répit.

Les yeux de Laura lancèrent des éclairs.

— Espèce d'ordure !

— Du calme, Laura, du calme.

— Écoute-moi bien, Stan, ouvre grand tes oreilles. Je suis prête à entrer dans ton petit jeu pervers parce qu'il se trouve que j'aime ma sœur. Je ferai ce que tu veux pour la préserver de tes tares. Mais laisse David en dehors de ça, compris ?

Il marqua une pause.

— OK, ça marche. Tu vois, je sais me montrer raisonnable.

Laura repoussa ses cheveux de son visage.

— Je vois, Stan. Je vois que tu es un porc.

Il sourit.

— Je comprends ce que tu ressens, Laura, mais n'oublie pas que, entre amour et haine, répulsion et attirance, la frontière est mince. Un jour, il faudra que tu cesses de te mentir. Un jour, il faudra que tu affrontes tes véritables désirs. Mais je ne serai peut-être plus dans les parages. Comment te sentiras-tu, alors ?

— Au comble de la félicité.

Il laissa échapper un petit rire.

— Au revoir, Laura. Tu pourrais venir dîner chez nous un de ces soirs. Tu es libre dans la semaine ?

Laura s'efforça de parler posément.

— Non.

Stan lui ouvrit la porte.

— Dommage. Où seras-tu ?

— Mêle-toi de tes oignons, rétorqua-t-elle tout en songeant furtivement à sa destination.

L'Australie.

Richard Corsel rassembla ses dossiers et les enferma à clé dans le fichier métallique. Il était à deux doigts de découvrir la vérité. Un de ses amis, qui travaillait à la Banque de Genève en Suisse, avait appris que l'argent de David Baskin avait été divisé au moins en deux comptes et retransféré aux États-Unis. Une partie dans le Massachusetts. Avec un peu de chance, il réussirait à remonter cette piste-là en moins d'une semaine.

— Bonsoir, monsieur Corsel, lui dit sa secrétaire.

— Bonsoir, Eleanor.

Serrant son attaché-case, Richard sortit sur le parking. Il faisait déjà nuit. Un léger vent d'automne soufflait sur Boston ; il lui ébouriffa les cheveux. La journée était terminée. Il défit le premier bouton de sa chemise et chercha ses clés de voiture sur son trousseau. Naomi lui avait demandé de passer au pressing. Elle lui avait aussi rappelé d'acheter des chaussettes blanches pour les gosses. Richard secoua la tête. Il n'en revenait pas de la vitesse à laquelle ses jumeaux de six ans usaient leurs chaussettes. Que diable fabriquaient-ils avec ? Ils les portaient par-dessus leurs chaussures ?

Avec un soupir fatigué, il déverrouilla les portières de sa voiture, s'installa au volant et jeta l'attaché-case sur le siège passager. Il y avait sûrement de la circulation sur l'autoroute. Peut-être qu'il ferait mieux d'emprunter les routes secondaires. Il mit la clé de contact…

… et une main gantée l'empoigna par le cou.

— Salut, Richie, murmura une voix dans son oreille.

Les yeux de Richard lui sortirent des orbites.

— Bon sang, qui… ?

Il fut réduit au silence par la vue d'un gros couteau de boucher surgi au niveau de sa gorge.

— Chut, Richie, pas si fort. Tu ne veux pas que je stresse, n'est-ce pas ? Parce que ça me donne la tremblote.

Comme pour joindre le geste à la parole, la main se mit à trembler. La lame caressa avec rudesse la peau du cou de Richard.

— Qui vous… ?

— Chut, Richie, c'est moi qui cause, OK ? Ne te retourne pas, n'essaie pas de regarder dans le rétroviseur. Si tu fais ça, je te bute. Compris ?

Le couteau reposait à présent sur la gorge de Corsel. Il sentait le contact froid du métal.

— Ou… oui. Mon portefeuille est dans la poche de mon veston.

— Je sais, Richie, mais la mitraille, ça ne m'intéresse pas. Du pognon, j'en ai plein, si tu vois ce que je veux dire.

Richard déglutit, et le couteau bougea en même temps que sa pomme d'Adam.

— Que… Que voulez-vous ?

— Tu comprends, Richie, c'est ça, ton problème. Tu poses trop de questions. Je t'en pose, moi, des questions ? Je ne te demande pas comment ça va, le nouveau boulot de Naomi à la boutique. Ni la nouvelle école des jumeaux. Alors pourquoi te mêler des affaires des autres ?

En parlant, l'inconnu lui postillonnait dans l'oreille droite.

— Moi, ce que j'en dis, Richie, c'est que tu as deux solutions. Primo, tu peux continuer à fouiner dans le dossier Baskin. C'est toi qui vois. Je ne te mets pas la pression. Tu fais ce qui est le mieux pour ta famille, mais je te préviens : je serai très malheureux si tu persistes à fouiner, Richie. Ce ne serait pas gentil de ta part. Tu vois ce que je veux dire ?

Corsel sentit un long frisson lui courir le long de l'échine.

— Maintenant, la solution numéro deux. Vois ce que tu en penses, Richie, et décide de la conduite à tenir. Deuxième option, donc : tu oublies la petite opération que Baskin a effectuée auprès de ta banque. Tu retournes au bureau et tu n'en parles plus à sa femme. En échange, toi et les tiens vivrez heureux jusqu'à la fin des temps. Tu ne me reverras plus. Sympa, non ?

Richard parvint à hocher la tête.

— Ne te presse surtout pas, Richie. Prends le temps de la réflexion. Je saurai assez tôt ce que tu as décidé et agirai en conséquence. Des questions ?

Richard esquissa un signe de dénégation.

— Et voilà, Richie. Tu apprends vite. Je vais descendre de voiture et disparaître. Si tu te retournes pour voir mon visage ou si tu t'avises d'en causer aux autorités, eh bien…, disons que ce ne sera pas raisonnable de ta part. Tu risques de m'obliger à faire plus ample connaissance avec les petits Roger et Peter. Tu comprends, Richie ?

Corsel acquiesça à nouveau, le visage humide de larmes. Il s'efforçait de garder son calme. De se projeter à la table du petit-déjeuner, un matin ordinaire, devant un bon bol de céréales avec Naomi, Peter, Roger, et…

… et le psychopathe sur la banquette arrière, en train de leur trancher la gorge. Les cris, le sang qui gicle partout, le sang de sa femme, de ses enfants.

Mon Dieu, que vais-je faire maintenant ? Que vais-je…

Soudain, la portière s'ouvrit, et la lame posée sur sa gorge disparut. Richard osait à peine respirer. En entendant la portière claquer, il ferma les yeux et attendit cinq minutes avant de les rouvrir.

Une fois à la maison, Naomi le sermonna parce qu'il avait oublié de passer au pressing et d'acheter des chaussettes pour les gamins. Pour toute réponse, Richard les serra tous trois dans ses bras.

Le penthouse d'Earl sortait tout droit d'*Architectural Digest*. Au sens propre du terme. Le magazine avait consacré un grand article à ce qu'il avait baptisé « Une tour d'ivoire en plein ciel ». Le nom était largement justifié. Tout dans l'appartement était blanc. Les murs, les moquettes, les tables, les canapés. Les seules taches de couleur provenaient des tableaux qui ornaient les murs. Curieusement, l'effet d'ensemble était réussi et, ce qui importait davantage à *Architectural Digest*, Earl avait conçu lui-même toute la décoration intérieure.

Partout, de grandes baies vitrées offraient une vue spectaculaire sur Boston. Depuis le salon immaculé, Laura contemplait les lumières du Prudential Building. Son regard pivota vers le port, où des lueurs occasionnelles constellaient le manteau noir qui recouvrait la mer. Du haut de ce gratte-ciel, jamais on n'aurait soupçonné à quel point le port était en piteux état. Dieu, qu'elle aimait Boston ! Comme sa famille avait quitté Chicago alors qu'elle était encore bébé, Laura la considérait comme sa ville natale. C'était aussi la ville de David.

Earl émergea de la cuisine, un tablier des Celtics noué autour de la taille.

— À table !

— Super, dit Serita en s'approchant de Laura et l'enlaçant par les épaules. Je meurs de faim.

— Alors asseyez-vous et préparez-vous, déclara Earl. Le grand chef vient de créer une nouvelle merveille.

Laura sourit et s'assit. Earl était véritablement un homme aux talents multiples. Ce géant dégingandé de deux mètres et quelques, en plus d'être un basketteur professionnel, s'était révélé un décorateur d'intérieur hors pair et un fin cordon-bleu. Par ailleurs, il était en train de rédiger sa biographie, qu'il avait intitulée *Smash*.

— Ça sent bon, fit Laura. Qu'est-ce que c'est ?

— Un délice d'Orient. Thaïlande, plus précisément.

Earl souleva le couvercle en argent.

— J'appelle ça « crevettes sautées à la Earl ».

— Mmm, ronronna Serita. J'ai hâte de goûter.

Les trois amis s'attaquèrent à leurs assiettes. C'était délicieux, en effet. Léger et épicé à la fois. Parfaitement assaisonné.

— C'est très bon, vraiment, dit Laura.

Earl rayonnait.

— Merci, Laura. Ça fait un moment que je n'ai pas eu l'occasion de cuisiner pour toi.

Elle hocha la tête, n'osant pas parler tout de suite, de peur que sa voix ne la trahisse. David et elle avaient l'habitude de dîner chez Earl au moins une fois par semaine.

— Je sais.

Earl lui sourit.

— Mais David n'aimait pas trop ma cuisine. Il avait les goûts culinaires d'un caissier de Burger King.

— Là-dessus, tu n'as pas tort, concéda Laura avec un petit rire.

— Je crois que c'est le fait d'avoir cohabité avec TC, ses cigares immondes et ses hamburgers ultra-gras, qui lui a bousillé les papilles. J'ai toujours dit à David que son corps était un temple. Prends ce plat, par exemple. Crevettes fraîches, champignons, brocolis et épices naturelles... aucune merde chimique. C'est inimaginable, les cochonneries qu'on peut ingurgiter quelquefois.

— Et comme dessert, il y a quoi ? s'enquit Serita.

— Du flan au soja.

— Beurk. La santé, je suis d'accord, mon chéri, mais ne passons pas d'un extrême à l'autre !

Earl versa un peu de bière chinoise à ses ravissantes convives et se laissa aller en arrière pour les regarder dévorer de bon cœur.

— On dirait deux dobermans devant un morceau de viande crue, fit-il en secouant la tête. Comment faites-vous pour rester aussi filiformes ?

— Exercice physique, répliqua Serita.

— Le rameur ?

Elle le gratifia d'un clin d'œil.

— Mauvaise réponse. Essaie encore.

— Laisse-moi réfléchir. En attendant, je vais chercher du rab avant que Laura ne se mette à racler le plat.

— Non, Earl, c'est suffisant, dit Laura.

— Tu es sûre ? Au restaurant Chez Earl, c'est buffet à volonté.

— Je te le promets. Je suis gavée.

— OK.

Laura contempla la table qui avait été témoin de tant de fous rires quand ils dînaient ici tous les quatre. À présent, la conversation languissait, dans la pièce étincelante de blancheur.

— Quoi de neuf dans l'équipe ? s'enquit-elle.

Earl haussa les épaules.

— Pas grand-chose. David nous manque énormément.

— Vous avez pu recruter du beau monde ?

— Rien du tout.
— Même à l'extérieur ?
— Juste un.
— J'ai lu un papier là-dessus dans le *Globe*, intervint Serita. Tu as dû le voir, Laura.
— Désolée, je ne lis plus beaucoup la rubrique sport.
— Ils ne parlaient que de ça. Un gars qui a débarqué un jour au gymnase et parié dix mille dollars qu'il battrait Timmy au concours de tir. Et il a gagné. Il a même battu le...
Elle se tut brusquement.
— Battu quoi ?
— Si on changeait de sujet ? hasarda Earl.
— Battu quoi ? répéta Laura.
Earl regarda Serita et exhala un long souffle.
— Il a battu le record de David au tir à trois points.
— Ah bon ? Pourtant, je m'en souviens, la presse affirmait qu'on ne pouvait pas faire mieux.
— Je sais, dit Earl tout bas.
— Qui est ce garçon ?
— Il s'appelle Mark Seidman.
— Et il est bon ?
Earl hocha la tête.
— Oui, c'est un excellent joueur, mais...
— Mais ?
— Je ne sais pas. Tout ça est bizarre.
— Il jouait pour quelle université ? questionna Laura.
— Justement, c'est ça le hic. Aucune. Personne n'avait entendu parler de ce type avant qu'il ne débarque chez nous.

— Personne ? Tu es en train de me dire que les médias n'ont rien trouvé sur lui ?

— Rien. Il dit avoir vécu en Europe, que sa famille a beaucoup voyagé, des trucs de ce genre.

— Et tu n'y crois pas ?

— Je ne sais pas. Tu as parlé de médias… eh bien, Seidman refuse tout contact avec eux. Et tu sais l'importance que Clip attache aux bonnes relations avec la presse. En fait, Seidman ne communique avec aucun d'entre nous. Il arrive, il joue et il repart. Il est renfermé, taciturne ; de temps en temps, il lâche une phrase, ça lui échappe… comme s'il était vraiment des nôtres. Il prend un air malheureux, genre il voudrait tellement faire partie de l'équipe. Et tout de suite, il rentre dans sa coquille.

— Ça ne veut rien dire, fit Laura. Ou alors il a des choses à cacher.

— Possible. Tel que je le décris, on a l'impression qu'il s'agit d'un fugitif en cavale. Et c'est peut-être ce qu'il est. Mais j'en doute. Simplement… je ne sais pas… c'est trop bizarre. Je ne le sens pas, c'est tout. Mais assez parlé de Seidman. J'ai une question importante à te soumettre.

— Ah, ce n'était donc pas une invitation amicale, observa Laura. Et moi qui croyais que tu appréciais ma compagnie !

— Ça ne fait que la centième fois en deux mois que je t'invite à dîner, plaisanta Earl.

— Et moi, ça commence à me gonfler, renchérit Serita. Tu cherches à me rendre jalouse ou quoi ?

— Si seulement, répondit-il. Laura, Clip m'a demandé de te parler.

— De quoi ?

Baissant la tête, Earl se mit à jouer avec sa nourriture.

— C'est un sujet difficile.

— Je t'écoute, Earl.

Le géant avait les larmes aux yeux.

— Les Celtics et la municipalité veulent rendre hommage à David. Le match d'ouverture a lieu dans une semaine au Garden. On joue contre les Washington Bullets. À la mi-temps, ils vont retirer le numéro de David et l'accrocher avec les autres sur les poutres.

Earl s'interrompit, se détourna. Laura posa la main sur son bras.

— C'est bon, vas-y, Earl.

Il renifla et se tourna vers elle. Ses yeux avaient rougi. Laura regarda Serita. Elle pleurait, elle.

— Après le match, on va se retrouver... les joueurs, les familles, la presse, comme d'hab. Clip voulait être sûr que toi et les tiens, ainsi que le frère de David, seriez là également.

Laura ne broncha pas.

— Nous y serons. Au complet.

— Super.

Earl se leva en tremblant.

— Je reviens.

Et, courant, il sortit presque de la pièce.

— Dégonflé, hoqueta Serita. Il a honte de pleurer devant toi. Mais ça lui arrive encore un soir sur deux, tu sais.

— Je sais.

Laura ne pleurait pas. Une barrière semblait l'isoler de la douleur des autres. Elle voyait les larmes, entendait les paroles tristes, mais celles-ci restaient bloquées à mi-chemin de son cœur.

— Il faut que je te parle d'autre chose, Serita. Mais promets-moi de ne le dire à personne. Même pas à Earl, OK ?

— OK, acquiesça son amie en s'essuyant les yeux avec un coin de serviette.

— Demain matin, je pars pour l'Australie.

— Quoi ?

— Je décolle de Logan vers midi.

— Holà, Laura, attends qu'on en discute une minute.

— Il n'y a rien à discuter. Tu sais ce qu'a dit Corsel. La piste va s'effacer si je ne me rends pas sur place pour comprendre ce qui s'est passé. Il faut que j'y aille.

— Je t'accompagne.

— Non. Je tiens à y aller seule.

— Mais…

— Je vais le dire autrement : je ne veux pas que tu viennes.

— Va te faire…

Elles s'étreignirent avec force. Earl reparut et les prit toutes les deux dans ses bras. Longtemps, ils restèrent ainsi, blottis les uns contre les autres dans un silence apaisant.

16

— Nous allons maintenant procéder à l'embarquement du vol Qantas 182 à destination d'Honolulu et de Cairns. Les passagers accompagnés d'enfants sont invités à se présenter à la porte numéro 37.

Laura jeta un coup d'œil à sa montre. Miracle, son vol allait partir à l'heure. L'aéroport de Los Angeles était bondé. Les voyageurs, le visage fermé, parcouraient les longs couloirs de cette démarche décidée qu'on ne voit que dans les aérogares. Les Hare Krishna d'autrefois avaient disparu, remplacés par des militants qui distribuaient des tracts en vue des prochaines élections. La politique était la nouvelle religion des terminaux aériens. Un homme vendait des autocollants en exhortant les gens à sauver les baleines ou à harponner Jane Fonda. Un type était assis derrière une pancarte proclamant :

Les roses sont rouges,
Les violettes sont bleues,
Je suis schizophrène,
Et moi aussi.

Laura secoua la tête. La dernière fois qu'elle avait traversé l'aéroport de LAX, elle rentrait pour l'enterrement de David ; quelque temps plus tôt, ils y avaient fait escale ensemble un soir, en route pour leur voyage de noces. Ainsi tournait la roue de la vie. Tout à leur excitation, ils avaient filé en ville pour aller effectuer leurs analyses de sang dans un hôpital des environs.

« Je déteste les seringues, lui avait dit David.

— Trouillard !

— Les seringues et les insectes. Quand on sera mariés, tu me promets de tuer toutes les petites bestioles dans la maison ?

— Promis juré. »

Une heure plus tard, l'infirmière tendait les résultats à Laura.

« Alors, on a réussi l'examen ? » avait demandé David.

Laura avait lu le compte rendu, un sourire aux lèvres. Tous deux avaient été déclarés en bonne santé et pouvaient donc se marier avec la bénédiction de l'État californien.

« Brillamment. Tu veux voir ?

— Les résultats des analyses ? Non merci.

— À ta guise. On ferait bien de retourner à l'aéroport sans trop tarder.

— Petite question : tu sais combien de temps dure le vol ?

— Non.

— Moi, si.

— Super, alors pourquoi tu me poses la question ?

— Plus de treize heures.

— Et ?

— Plus de treize heures coincés dans un avion.

— Où veux-tu en venir, exactement ?

— Eh bien, ça fait long. Et il nous reste un peu de temps avant d'embarquer, n'est-ce pas ?

— En effet.

— Je pense que ça nous ferait du bien de nous arrêter dans un hôtel pour nous relaxer – uniquement pour nous ménager, bien sûr.

— Bien sûr.

— Alors ?

— Non, répondit Laura.

— Non ?

— Ne fais pas cette tête-là. J'ai dit non, c'est non.

— Enfin, Laura, treize heures... Te connaissant, je doute que tu puisses tenir aussi longtemps sans...

— Sans quoi ?

— Tu le sais très bien. Seul m'importe ton bien-être.

— Ta sollicitude me touche. »

Elle avait souri, lui avait passé les bras autour du cou et l'avait embrassé passionnément.

« A-t-on vraiment besoin d'une chambre d'hôtel ? lui avait-elle susurré à l'oreille. J'ai toujours rêvé de faire ça dans une de ces minicabines... »

Le regard de David s'était illuminé.

« Tu veux dire...

— Exactement. Au-dessus du Pacifique.

— Je t'adore ! »

— Tous les passagers classe économique du vol Qantas 182 sont maintenant invités à embarquer.

Tandis que Laura se dirigeait vers une cabine téléphonique, le souvenir heureux se dissipa pour laisser place à une douleur sourde. Elle composa un numéro.

— Heritage of Boston, bonjour.

— Passez-moi Richard Corsel, s'il vous plaît.

— Une seconde, je vous prie.

On la mit en attente un instant, puis une autre voix annonça :

— Bureau de M. Corsel.

— Ici Laura Baskin. Je souhaiterais parler à Richard Corsel.

À l'autre bout de la ligne, sa correspondante hésita.

— Navrée, madame Baskin. M. Corsel est absent pour le moment.

— J'ai déjà appelé plus tôt. On m'a assuré qu'il serait rentré à cette heure.

— Je suis désolée, madame. Voulez-vous laisser un message ?

— Oui. Dites-lui que je dois lui parler de toute urgence. Je rappellerai demain à 10 heures.

— Bien, je transmettrai.

Eleanor Tansmore reposa le combiné et se tourna vers Richard Corsel. Il était blême.

Laura raccrocha pensivement. À l'évidence, Richard Corsel filtrait ses appels. Mais pourquoi ? Une longue file de passagers attendait d'embarquer dans le Boeing 747. Il lui restait quelques minutes pour passer un dernier coup de fil avant le décollage.

— Serita ?

— Laura, où es-tu ?

— À l'aéroport de Los Angeles. J'embarque dans une minute. J'ai besoin que tu me rendes un service.

— Dis-moi.

— Corsel m'évite. Tu pourrais aller à la banque voir ce qui se passe ?

— Qu'est-ce qui te fait croire qu'il t'évite ?

— Chaque fois que j'appelle, on me répond qu'il n'est pas là.

— C'est peut-être vrai.

— Non. J'ai fait vérifier par mon bureau. Il n'a pas manqué un jour de boulot en trois ans et il ne travaille jamais à l'extérieur.

— Laura, ne sois pas parano. C'est lui qui t'a contactée, je te rappelle. Pourquoi il t'éviterait ?

— Je ne sais pas, admit Laura. À moins que... Serita, as-tu parlé de notre visite à la banque ?

— Pourquoi tu me demandes ça ?

— Quelqu'un a peut-être découvert qu'on est allées là-bas et cherche à l'intimider.

Serita demeura silencieuse.

— Tu en as parlé ? insista Laura.

— Uniquement à TC. Et je l'ai fait pour ton bien. Tu m'angoisses, avec tes histoires de meurtre. J'ai peur que tu te trouves embarquée dans une affaire qui te dépasse.

— *Dernier appel pour le vol Qantas 182...*

— Tu n'en as parlé à personne d'autre ?

— À personne, je te le jure. Mais téléphone-lui, Laura, s'il te plaît.

— Il sait que je vais en Australie ?

— Non.

— Ne le lui dis pas. Sous aucun prétexte.

— Tu ne crois tout de même pas que TC a quelque chose à voir là-dedans ? Il adorait David.

— Ne lui dis pas où je vais, c'est tout ce que je te demande, répéta Laura. Bon, il faut que j'y aille. Je t'appelle bientôt.

Sans laisser à Serita le temps de protester, elle raccrocha puis gagna la porte d'embarquement.

— Tu as fait quoi ?

Mark Seidman dévisageait TC. Les yeux lui sortaient de la tête.

— Je n'avais pas le choix, répondit TC.

— Pas le choix ? Tu m'avais pourtant dit qu'il n'y aurait pas d'autres dégâts.

— Il n'y a pas eu de dégâts. Je l'ai juste un peu bousculé pour lui faire peur.

— Tu as menacé ses enfants, bon Dieu !

— Écoute, Corsel, c'était ta responsabilité. Tu m'avais assuré qu'il était fiable.

— Je me suis planté.

— Et tu as failli tout faire foirer. D'abord, il avoue à Laura que l'argent a été transféré en Suisse. Maintenant, il lui raconte que le virement a été effectué après la mort de Baskin.

— Mais c'est tout ce qu'il sait, contra Mark. Il ne pourra rien lui dire de plus.

TC secoua la tête.

— C'est là que tu te trompes. Corsel est un type intelligent. Il a gravi tous les échelons de la banque à une vitesse record. Il a promis à Laura de se renseigner. Il se sent responsable.

Mark Seidman se mit à faire les cent pas.

— Il y a forcément un autre moyen. Bon sang, tu l'as menacé physiquement !

— Ça ne me plaît pas plus qu'à toi, mais je devais l'arrêter. Imagine qu'il ait continué à fouiner ? Imagine qu'il ait appris ce qu'était devenu l'argent de Baskin ? Tout le plan aurait pu tomber à l'eau.

— Mais de là à menacer ses gosses...

— C'est la seule idée qui m'est venue. De toute façon, j'avais déjà un temps de retard.

— Comment ça ?

— Corsel a dit à Laura que Baskin avait appelé la banque plusieurs heures après la noyade. Telle que je la connais, elle ne baissera pas les bras tant qu'elle n'aura pas trouvé une explication satisfaisante.

Mark se tourna vers la fenêtre.

— Il y a autre chose que je ne comprends pas, TC.

— Quoi donc ?

— Comment se fait-il que Laura ne t'ait pas appelé à l'aide sur ce coup-là ?

TC haussa les épaules.

— Je ne sais pas. Ça non plus, ce n'était pas prévu. Je crois qu'elle ne me fait plus totalement confiance.

— Mais elle ne te soupçonne tout de même pas d'être mêlé à la noy...

— Peut-être que si, le coupa TC. Peut-être bien que si.

Assis à son bureau, Richard Corsel contemplait les deux stylos qui émergeaient du pot en marbre. Il n'avait pratiquement rien fait d'autre de la journée. Malgré ses efforts, il n'arrivait pas à se concentrer sur son travail.

Il avait passé une nuit épouvantable. Incapable de trouver le sommeil, il avait erré dans la maison, était descendu à la cuisine, avait fini la crème glacée, lu et relu le journal. Puis il était remonté et, sans bruit, avait entrouvert la porte de la chambre des jumeaux. Roger et Peter dormaient paisiblement. Sur la pointe des pieds, il s'était approché du lit de Peter. Son fils portait toujours sa casquette des Red Sox. Richard leur en avait acheté une à chacun lorsqu'ils étaient allés au stade de Fenway, le mois précédent, voir le match opposant les Red Sox aux Tigres de Detroit. Quelle journée ! Peter avait failli rattraper une balle volée, et Roger avait englouti une telle quantité de hot-dogs qu'il était rentré avec une crise de foie. Souriant, Richard avait délicatement retiré la casquette pour la poser sur la table de chevet, à côté de la lampe Garfield.

Il avait pris un somnifère, compté les moutons et lu d'ennuyeuses revues financières. Sans succès.

— Monsieur Corsel ? l'appela-t-on dans l'interphone.

— Oui, Eleanor ?

— Vous avez un appel sur la quatre.

— Je ne prends personne.

— C'est un certain Philippe Gaillard, de la Banque de Genève. Il prétend que c'est urgent.

— Dites-lui que je ne suis pas là.

— Mais…

— Dites que je rappellerai.

Il y eut un silence puis :

— Bien, monsieur Corsel.

Richard se prit la tête à deux mains. Il allait devoir rappeler Philippe pour lui dire d'arrêter les recherches et d'oublier toute l'histoire. Restait à savoir comment. Apparemment, le psychopathe au couteau était très bien renseigné. S'il savait autant de choses sur sa famille et sur ses conversations avec Laura Baskin, il avait peut-être mis son téléphone sur écoute. Si ça se trouve, il le faisait même suivre. Et s'il en déduisait que Richard s'obstinait à remonter la piste du compte bancaire de David Baskin...

Il laissa cette pensée en suspens.

Richard avait bien envisagé de prévenir la police ou d'aller voir ses supérieurs, mais pour leur dire quoi ? Ses patrons voudraient savoir pourquoi il avait transmis des informations confidentielles à Laura, et la police serait impuissante à les protéger contre un dingue qui savait tout sur le nouveau boulot de Naomi et sur l'école des jumeaux. D'un autre côté, tant que ce taré était en liberté, sa famille serait en danger. Et Laura Baskin ? Pouvait-il lui tourner le dos sans la mettre en garde contre le genre d'individus auxquels elle avait affaire ? Même s'il ne l'avait rencontrée que deux fois, il était convaincu qu'elle ne laisserait pas facilement tomber. Laura Baskin creuserait, creuserait, jusqu'à ce que...

Il préféra laisser cette pensée-là aussi en suspens.

Que devait-il faire, bon sang ?

Saisissant son attaché-case, il alla trouver une des guichetières de la banque et lui tendit un billet de vingt dollars.

— J'ai besoin de monnaie. En pièces de vingt-cinq cents.

Devant l'air étonné de la fille, il expliqua :

— J'ai un long trajet à faire sur une autoroute infestée de péages.

Avec un haussement d'épaules, l'employée commença à compter les pièces.

— Voilà. Quatre-vingts fois vingt-cinq cents.

Il les rangea dans son attaché-case et sortit. Après un court trajet en taxi, il s'engouffra dans le métro, changea trois fois de ligne et émergea près de Bunker Hill Monument, où il trouva une cabine téléphonique.

Introduisant une première poignée de pièces dans la fente, il composa le numéro direct de Philippe Gaillard à la Banque de Genève.

— Gaillard, fit son correspondant.

— Philippe ? C'est Richard.

— Comment vas-tu, mon vieux ? demanda la voix teintée d'un fort accent.

Gaillard était né à Paris et vivait à Genève depuis l'âge de sept ans. Deux ans plus tôt, il avait commis une erreur en transférant des fonds dans la mauvaise banque aux États-Unis. Le genre de bourde qui pouvait ruiner une carrière. Richard avait tiré quelques ficelles pour que l'argent soit restitué. Depuis, Philippe Gaillard n'avait de cesse de payer sa dette à son égard.

— J'ai essayé de te joindre plus tôt.

— J'ai eu ton message.

— D'où m'appelles-tu, Richard ? La communication est mauvaise.

— Je n'appelle pas du bureau.

— Oh, je vois. Bon, j'ai des informations pour toi.

Richard ferma les yeux.

— Oublie tout ça, Philippe.

— Pardon ?

— Oublie que je t'ai interrogé sur ce compte. Je n'ai plus besoin de savoir.

— Tu es sûr ? insista Gaillard. J'ai le nom sous les yeux.

— Certain.

— Qu'est-ce qui se passe ?

— Rien. Laisse tomber.

Le banquier avait une voix soucieuse.

— Tu m'appelles d'une cabine ?

— Oui.

— Écoute, Richard. J'ai fait toute ma carrière dans des banques suisses. Je ne sais pas ce qui se passe de ton côté, mais j'ai quelques soupçons. Quelqu'un te cherche des ennuis. Je ne te demande pas de confirmer ou d'infirmer. Ce ne sont pas mes affaires et je ne veux pas savoir. Mais laisse-moi te donner un conseil. Tu m'appelles d'une cabine. Personne ne saura ce qu'on est en train de se dire. Autant que tu apprennes où est allé l'argent du compte Baskin. Si tu n'utilises jamais ce renseignement, tant mieux. Mais si la roue tourne, cette info te permettra peut-être de sauver ta peau.

Serrant le combiné, Richard regardait de tous côtés comme un animal traqué.

— D'accord. Donne-moi le nom. Mais ensuite, il vaut mieux qu'on ne se reparle plus.

— Je comprends, dit Philippe.

Laura tendit son passeport et le questionnaire de santé, récupéra son bagage et passa la douane. Elle tirait sa valise vers la station de taxis quand une grosse main s'en empara.

— Shérif Rowe ! s'exclama-t-elle. Quelle bonne surprise !

Graham sourit dans sa barbe foisonnante et souleva la valise comme si elle ne pesait pas plus lourd qu'une tablette de chocolat.

— Vous m'avez appelé, pas vrai ?

— Oui, bien sûr, mais je ne m'attendais pas à ce que vous veniez me chercher à l'aéroport.

Le shérif haussa les épaules et la conduisit vers sa voiture de patrouille. Ici, tout le monde était en short et T-shirt. La chaleur était accablante, même pour le climat tropical de Cairns. Laura prit conscience du soleil éclatant, des arbres qui semblaient fraîchement peints en vert, du bleu pur de l'océan, de la plage dorée. Les souvenirs affluèrent en masse.

— La journée était calme, expliqua Graham. J'avais le choix entre venir chercher une belle jeune femme ou délivrer des permis de pêche à une bande de péquenauds édentés. Pas évident, comme choix, vous me direz. Ma chère et tendre aurait préféré que je m'occupe des péquenauds.

Il sourit et ajouta :

— Elle a vu votre photo dans les magazines.

— Merci d'être venu, dit Laura en lui rendant son sourire.

Il hissa la valise dans le coffre de sa voiture et lui ouvrit la portière passager.

— Où êtes-vous descendue, madame Baskin ?

— Laura, le corrigea-t-elle. Au Pacific International.

— Bon, Laura, et si vous m'expliquiez pourquoi vous êtes là ?

Dès qu'elles ne sont plus devant l'objectif du photographe, la plupart des mannequins ont hâte de troquer leurs extravagantes tenues de travail contre un confortable jean délavé et un sweat-shirt informe. Serita ne faisait pas partie du lot. Elle aimait les coupes de créateurs et avait un faible pour le blanc qui contrastait si bien avec sa peau d'ébène. Sur les autres femmes, ses vêtements avaient de quoi attirer le regard ; devant elle, les gens restaient littéralement bouche bée.

Et évidemment, elle adorait ça.

À la façon dont les médias insistaient sur sa personnalité explosive, on aurait pu croire qu'elle déclenchait des conflits au Proche-Orient. Certes, elle était impétueuse, et alors ? Elle ne faisait de mal à personne. Elle s'amusait, et si ça en gênait certains, s'ils s'agaçaient qu'elle ne soit pas soumise, sage et ennuyeuse, tant pis pour eux.

Comme promis, Serita était passée à la banque Heritage of Boston, mais n'avait pas pu y rencontrer Corsel. Elle songea à Laura, partie de l'autre côté de la Terre. Son amie se montrait parfois têtue comme une bourrique. Elle cherchait, enquêtait, mais pourquoi ? Même si la mort de David n'était pas accidentelle, ça changerait quoi ? Ça le ferait revenir ? Ça apaiserait la douleur de Laura ?

Non.

Cette quête était presque devenue une diversion pour elle, une façon d'échapper à la cruelle réalité. Mais, tôt ou tard, celle-ci reprendrait ses droits. À la fin, David serait toujours mort...

... et si la noyade était d'origine criminelle, Laura courait elle aussi de grands risques.

Attendue à 16 heures pour une séance photo près de Quincy Market, Serita attrapa son manteau et son sac et quitta son appartement.

— Salut, Serita !

Surprise, elle fit un bond en arrière.

— TC, tu m'as fait une de ces peurs !

— Désolé. J'aurais dû t'appeler avant.

— D'accord, tu es pardonné, répondit-elle. Qu'est-ce qui me vaut l'honneur de ta visite ?

TC arracha d'un coup de dents l'extrémité de son cigare, le mit dans sa bouche, mais ne l'alluma pas tout de suite.

— Je cherche Laura. Tu sais où elle est ?

— Elle n'est pas chez Svengali ?

Il secoua lentement la tête.

— J'ai parlé à sa secrétaire... comment elle s'appelle, déjà ?

— Estelle.

— C'est ça, Estelle. Elle m'a dit que Laura s'était absentée quelques jours pour affaires.

— Et elle ne t'a pas dit où ?

— Elle prétend ne pas le savoir. Peut-être au Canada. Elle a dit que c'était confidentiel.

TC sortit son briquet et alluma le Dutch Master. La flamme monta et descendit au rythme de ses inspirations.

— J'espérais que tu pourrais me renseigner. Je m'inquiète pour elle, Serita.

— Et pourquoi ?

TC soupira profondément.

— Tu m'as bien dit qu'elle soupçonnait la mort de David de ne pas être le résultat d'un simple accident ?

— Oui.

— Elle pense même que j'ai des doutes moi aussi, non ?

— Exact.

— Eh bien, elle a raison. J'ai des soupçons.

Serita écarquilla les yeux.

— Tu veux dire...

— Je veux dire qu'il y a de grandes chances pour que la noyade n'ait pas été accidentelle.

Sous le choc, Serita rentra dans son appartement et fit signe à TC de la suivre. Il referma la porte, et ils s'assirent tous les deux.

— Il a été assassiné ?

— Il *se peut* qu'il ait été assassiné, la corrigea TC. Ou qu'il se soit passé autre chose. Ce ne sont que des hypothèses, n'oublie pas.

— À ton avis, qu'est-il arrivé ?

Il se gratta la nuque.

— Je ne sais pas exactement. Peut-être des malfaiteurs, qui en auraient eu après son fric...

— Tu as une idée de leur identité ?

— Aucune. Mais ces types-là sont bien renseignés et très organisés en général. Des amateurs ne peuvent pas faire ce genre de choses. On parle de gens très dangereux, là, des gens qui n'hésiteraient pas à supprimer celui ou celle qui viendrait fourrer son nez dans leurs affaires. C'est pour ça que je veux retrouver Laura.

— Tu la crois en danger ?

— Tu connais Laura. Elle n'est pas détective professionnelle et, pour parler franchement, la subtilité n'est pas son fort. Elle va débouler là-dedans comme un chien dans un jeu de quilles. Les malfrats n'aiment pas ça. Et ils ont les moyens de faire disparaître les importuns.

Serita se leva.

— J'ai besoin d'un remontant. Tu bois quelque chose ?

— Non, merci.

Elle sortit la bouteille de vodka qu'elle gardait dans le frigo et s'en servit un verre.

— Serita, reprit TC, Laura t'a-t-elle dit quoi que ce soit susceptible de nous indiquer où elle est ?

Au bord des larmes, Serita s'exhorta au calme. La promesse faite à Laura était plus forte que sa peur, et quoi qu'il arrive, elle n'y faillirait pas. Par ailleurs, TC avait soulevé quelques points intéressants. Si David avait été assassiné, le meurtrier était en effet bien renseigné. Il ou elle avait appris le code confidentiel de la banque et savait où Laura et David étaient partis en voyage de noces. Il ou elle était capable de fomenter un meurtre et d'exécuter un transfert d'argent compliqué *via* la Suisse. Peu d'individus possédaient ces caractéristiques. À vrai dire, Serita n'en connaissait qu'un. Pour l'heure assis en face d'elle, voulant savoir où se trouvait Laura.

— Non, répondit-elle. Rien du tout.

Laura raconta toute l'histoire à Graham Rowe : l'effraction dans la maison, l'agenda ouvert sur le bureau, la photo déchirée, l'argent volatilisé,

Richard Corsel, le virement vers la Suisse… tout. Le temps qu'elle finisse son récit, ils étaient arrivés à l'hôtel Pacific International et s'étaient installés dans le luxueux salon de sa suite.

Graham faisait les cent pas dans la pièce et hochait la tête en l'écoutant, se caressant la barbe, visiblement songeur.

— C'est très étrange, en effet, Laura. Très étrange. Vous dites que personne ne connaissait le code d'accès de David à part vous et lui ?

— Exact.

Graham lui lança un regard en biais.

— Ce qui ferait de vous une très bonne suspecte, n'est-ce pas ?

— Non, répondit Laura sans s'émouvoir. Je suis l'épouse. J'aurais hérité de toute façon. Je n'avais aucune raison de m'embêter avec cette histoire de virement.

Il opina du chef.

— Je ne voulais pas…

— Ne vous excusez pas. Nous devons examiner toutes les pistes possibles. Autant éliminer celle-là tout de suite.

— Vous avez raison. Maintenant, laissez-moi faire une autre observation qui vous paraîtra un peu plus pertinente que la première : vous soupçonnez TC, l'ami de votre mari, d'avoir peut-être joué un rôle là-dedans.

Laura se leva.

— Qu'est-ce qui vous fait dire ça ?

— C'est simple. Si vous lui faisiez toujours confiance, il serait ici avec vous. C'est lui que vous avez appelé en premier après la disparition de

David. D'après vos propres mots, c'est un bon flic et le meilleur ami de votre mari. Alors, pourquoi n'est-il pas ici en train de mener l'enquête ?

Par la fenêtre, Laura aperçut l'immeuble Peterson qui se dressait un peu plus loin. Pourquoi était-elle allée à ce fichu rendez-vous ? Pourquoi n'était-elle pas restée avec David ?

— Je ne sais pas, répondit-elle. J'ai toujours eu confiance en TC, et David aussi. Ils étaient très proches. Je ne peux pas croire qu'il ait fait du mal à David. Ils s'adoraient. Et pourtant...

— Pourtant ?

— Il se comporte de manière bizarre, ces derniers temps.

— Comment ça ?

— Il y a eu pas mal de choses. Il n'arrête pas de disparaître. Il a essayé de m'empêcher de mettre la pression sur Corsel à la banque. Il balaie tous les faits étranges en prétendant qu'il s'agit de coïncidences. Ça ne ressemble pas au TC que je connais. Le TC que je connais irait jusqu'en enfer pour remonter la moindre piste, surtout si ça concerne David.

— Donc, il ne sait pas que vous êtes ici ?

Elle secoua la tête.

Graham se laissa tomber dans un fauteuil.

— Bon, et si nous commencions cette enquête ?

— Que faut-il faire en premier ?

— Vous avez une photo de David ?

Laura fouilla dans son sac et en sortit une qui avait été prise en février. David avait les joues rougies par le vent, et on voyait son haleine dans le froid vif de ce matin d'hiver. Mais son sourire n'en était pas moins éclatant.

— Tenez, dit-elle en la lui tendant. Qu'allez-vous en faire ?

— Le coup de fil à la banque a bien été passé de cet hôtel, n'est-ce pas ?

— Alors ?

— Alors, puisqu'on est sur place, on va interroger le personnel pour voir si quelqu'un se souvient de David.

Ils passèrent les heures suivantes à questionner l'équipe hôtelière. La plupart des employés n'étaient pas de service ce tragique jour de juin ; d'autres ne reconnurent pas l'homme sur la photo.

— Et maintenant ? demanda Laura.

Graham réfléchit une minute.

— Allons au bar du premier étage.

— Vous pensez que le barman aurait pu le voir ?

— Très improbable, répondit le shérif. Je pensais plutôt à prendre un verre. L'homme n'est pas un chameau, vous savez.

La jeune employée qui officiait derrière le comptoir n'avait pas plus de vingt-trois ou vingt-quatre ans et possédait la beauté fraîche et saine de ceux qui ont passé leur jeunesse au grand air. Un corps gracieux, de longs cheveux auburn qui rappelèrent à Laura sa tante Judy.

— Qu'est-ce que je vous sers ? demanda-t-elle à Graham.

— Deux Four X. C'est une bière locale, ajouta-t-il devant l'air interrogateur de Laura. Vous aimez la bière, n'est-ce pas ?

Elle hocha la tête.
— Qu'est-ce qu'on fait ensuite, Graham ?
— Je ne sais pas encore. Si personne ne reconnaît David, il se peut que le dénommé Corsel ait raison. Quelqu'un a peut-être imité la voix de votre mari et appelé la banque d'ici. Reste à savoir qui.
La jolie barmaid revint avec deux énormes chopes dégoulinant de mousse.
— Et voilà.
— Merci, ma belle.
Graham but une gorgée, puis ajouta :
— Je peux vous poser une question ?
— Bien sûr.
Graham fit pivoter la photo vers elle.
— Vous avez déjà vu cet homme ? Il est peut-être passé dans cet hôtel en juin dernier.
— En juin, vous dites ? Non, je ne peux pas dire que je le reconnaisse. Qu'est-ce qu'il a fait ? Il est plutôt beau mec pour un criminel.
Graham récupéra la photo.
— Non, rien. Nous essayons juste de savoir s'il est venu à l'hôtel.
— Beau mec, répéta-t-elle. Comment il s'appelle ?
— David Baskin.
— Le joueur de basket qui s'est noyé sur la côte ?
Graham acquiesça d'un signe de tête.
— Voici sa femme, Laura.
— Je suis désolée, madame. Sincèrement.
— Merci, répondit Laura.
— Mais si vous voulez en savoir plus, il faudrait demander à Billy, mon fiancé. C'est un grand fan de basket américain. Il regarde toutes les semaines

les matches à la télé et quand il est scotché à l'écran, il ne s'en rendrait même pas compte, si un crocodile lui grignotait les jambes.

— Et il aurait vu M. Baskin ?

— C'est ce qu'il m'a dit. Au début, je ne l'ai pas cru. « Qu'est-ce qu'une star du basket serait venue faire ici ? je lui ai demandé. Billy, tu te fais un film. » Il m'a répondu : « Ah ouais ? » et il m'a montré l'autographe. Là, je l'ai cru.

— Et où est Billy ?

La barmaid jeta un coup d'œil à la pendule derrière elle.

— Il ne devrait pas tarder. Il est groom. Vous le trouverez dans le hall. Un grand maigrichon.

Laura avait déjà posé de l'argent sur le comptoir et sortait du bar pendant que Graham remerciait la fille.

— Billy ?

Le grand jeune homme dégingandé fit volte-face en entendant la voix de Graham. Il était maigre comme un coucou, et Laura se demanda où il trouvait la force de porter les bagages des clients. Il avait un physique banal, la peau rougie par le soleil et portant les stigmates de ce qui avait dû être une acné sévère.

— Oui ?

— Billy, je suis le shérif Rowe. J'aimerais vous poser quelques questions.

Le jeune homme lança un regard inquiet aux quatre coins du hall.

— J'ai fait quelque chose de mal, shérif ?

— Non, mon garçon. Je voudrais juste vous interroger à propos de David Baskin.

— David Baskin ? Qu'est-ce que... ? Eh, mais vous êtes Laura Ayars, n'est-ce pas ?

— Oui, c'est moi.

— Vous êtes encore plus belle en vrai qu'à la télé. Je connais tout sur vous. J'étais le plus grand fan de votre mari... enfin, en Australie, du moins.

— Billy, demanda Graham, avez-vous vu M. Baskin dans cet hôtel ?

— Oui.

— Quand ?

— Le jour où il est mort. Il est entré par ces portes, là.

— Vous en êtes sûr ?

Billy hocha la tête.

— Il m'a même signé un autographe. Je l'ai vu entrer et se diriger tout droit vers l'ascenseur. Je n'en croyais pas mes yeux. Je veux dire, David Baskin en chair et en os, juste là, dans l'hôtel ! Moi aussi, je joue un peu au basket, mais personne n'arrive à la cheville de l'Éclair blanc. Personne. Il était le meilleur. Donc, j'ai couru à la réception prendre un papier et un crayon et je lui ai demandé un autographe. Il m'a dit : « Bien sûr. Tu t'appelles comment ? » Je lui ai dit mon nom et il a signé. Il a même inscrit la date.

Laura sentit son cœur se serrer. Chaque fois qu'il en avait le temps, David notait la date avec son autographe parce qu'il avait lu quelque part que ça donnait plus de valeur à son paraphe auprès des vrais collectionneurs.

— Et ensuite ? interrogea Graham.

— Comme je disais, il a pris l'ascenseur. Il n'a parlé à personne d'autre. Il était aimable et tout, mais je sentais qu'il était distrait.

— Qu'est-ce qui vous fait dire ça ?

— Je ne sais pas. Il paraissait ailleurs.

— Vous l'avez vu repartir ?

— Pour ça, oui.

Derrière Billy, un groupe de touristes fit une entrée bruyante dans l'hôtel, après une journée d'excursion en bateau à Green Island.

— Pendant que M. Baskin était en haut, je rassemblais le courage dont j'avais besoin pour aller lui parler quand il repasserait. Je voulais lui dire que pour moi il était le meilleur basketteur du monde et que j'adorais le regarder jouer. Quand il est redescendu, une heure plus tard, j'étais prêt à l'aborder… jusqu'à ce que je voie sa tête.

— Qu'est-ce qu'il avait ? demanda Graham.

— Il était tout blanc. Comme s'il avait reçu un coup dans l'estomac. Ou qu'on venait de lui apprendre qu'il lui restait deux mois à vivre. Je n'avais jamais vu un changement pareil. Il avait presque du mal à marcher en sortant de l'ascenseur. Franchement, shérif, c'était assez flippant.

Laura sentit son pouls s'accélérer. Qu'était-il arrivé à David quand il était monté ? L'avait-on drogué, ou frappé, ou menacé… ou quoi ? Qu'avait-on pu lui faire pour qu'il réagisse ainsi ?

— Et ensuite ?

— Ben, je suis allé vers lui et je lui ai demandé : « Tout va bien, monsieur Baskin ? » Mais il ne m'a pas répondu. Il a continué à marcher, complètement hébété. Je me suis dit que ce n'étaient pas mes affaires, et je ne voulais pas qu'on me reproche de l'avoir importuné, donc je l'ai laissé tranquille.

— A-t-il quitté l'hôtel ?

Billy se gratta la tête.

— C'est là que ça devient bizarre. Il est sorti et a fait plusieurs fois le tour du pâté de maisons. Il est parti par là, le long de l'esplanade. Je l'ai suivi des yeux jusqu'à ce qu'il disparaisse après l'immeuble de bureaux, là-bas.

— Quel immeuble ? demanda Laura.

— L'immeuble Peterson, un peu plus loin. Plus tard, il est revenu à l'hôtel, toujours aussi hagard.

— Il a repris l'ascenseur ? demanda Graham.

Billy secoua la tête.

— Il est resté un moment dans le hall, puis il m'a demandé l'emplacement de la cabine téléphonique la plus proche. Je la lui ai montrée.

— Un téléphone à pièces ?

— Non. Il m'a dit qu'il devait appeler les États-Unis. Je l'ai conduit à la réception pour que la standardiste passe l'appel.

— Qui était-ce ?

— La vieille Maggie. Elle est morte le mois dernier. Elle devait avoir au moins deux cents ans.

— Il était quelle heure à ce moment-là ?

— Voyons... pas loin de 10 heures, je crois.

— Et après ?

— Il a passé son coup de fil... Je n'écoutais pas, mais je peux vous dire que ç'a duré un sacré bout de temps. Ensuite, il a recommencé à errer comme un zombie dans le hall. C'était super-bizarre, mais bon, je vous l'ai dit, ce n'étaient pas mes oignons. Il est reparti vers dix heures et demie.

Graham se souvint que le coup de fil à la banque avait été donné vers minuit.

— Il est revenu plus tard ?

— C'est possible, mais je n'en sais rien. Quand j'ai quitté mon boulot à onze heures et demie, je l'ai vu, tout seul sur l'embarcadère. Il était planté là et regardait la mer. Je sais que les journaux ont parlé de noyade accidentelle, mais il n'avait pas l'air de quelqu'un qui avait envie d'aller piquer une petite tête, si vous voyez ce que je veux dire.

Graham et Laura échangèrent un regard. Oui, ils voyaient très bien.

Judy Simmons rentra chez elle, posa ses bagages et se laissa tomber dans le fauteuil le plus proche. Un sourire béat flottait sur ses lèvres. Ou était-ce plutôt un sourire niais ?

Ses étudiants de Colgate College auraient dit qu'elle avait le sourire d'une femme qui vient de « se faire b... », le genre de visage qu'on arbore après une relation sexuelle particulièrement stimulante. Même si l'honorable professeur de littérature qu'elle était n'avait pas l'habitude d'employer ce genre d'expression, elle la trouvait en l'occurrence tout à fait adaptée. Qui aurait cru que le Pr Bealy, avec qui elle venait de passer un long week-end, avait une telle énergie ?

Elle fréquentait Colin Bealy depuis environ un mois. Âgé d'une cinquantaine d'années, il était divorcé et père de trois grands enfants. De taille moyenne, il avait une barbe épaisse, les yeux marron et un léger embonpoint. Au début, et bien que Colin Bealy ait figuré parmi les géologues les plus respectés du pays, Judy s'était inquiétée de leur compatibilité intellectuelle. Comment une femme qui enseignait le génie de Shakespeare et de Tolstoï pouvait-elle sortir avec un homme fasciné par des cailloux ?

Mais elle s'était trompée sur Colin autant que sur la géologie. L'homme était cultivé et rien de moins que brillant. Quant à la géologie, ça n'avait rien à voir avec l'image que Judy s'en faisait – celle d'un groupe de barbus cassant des pierres en quête de coquillages fossilisés. En réalité, c'était l'étude de la planète dans toute sa splendeur, son passé et son avenir.

Judy enclencha son répondeur automatique. La cassette grinça en se rembobinant. Apparemment, plusieurs personnes avaient cherché à la joindre pendant que Colin et elle filaient le parfait amour dans le New Hampshire. Leur petit séjour s'était révélé divin. Après toutes ces années, avait-elle enfin trouvé son âme sœur ?

Faux. J'ai failli avoir les meilleurs. Deux fois.

La cassette s'arrêta.

Deux fois.

Les deux premiers correspondants n'avaient pas laissé de message. Le troisième appel émanait d'un étudiant quémandant un délai pour le devoir qu'il devait rendre le lendemain.

Deux fois. J'ai eu les meilleurs deux fois.

Avec un gros effort, elle chassa cette pensée douloureuse. Ce fut alors que la voix de sa sœur s'éleva de la machine.

« Judy, c'est Mary. S'il te plaît, rappelle-moi au plus vite. Il faut que je te parle. C'est très important. »

Le sourire béat de Judy s'effaça quand elle perçut la panique dans le ton de sa cadette. Elle l'imagina, le cordon du combiné enroulé autour du bras, ses beaux yeux agrandis par l'inquiétude et la peur. Que s'était-il donc encore passé ? Judy pria pour que Laura n'ait pas de nouveau à souffrir. Mais comment pourrait-il en aller autrement ? Sa nièce était à présent prise au piège d'un passé malfaisant – un ennemi implacable, capable de paralyser, de mutiler et de tuer.

Il y avait deux autres messages de Mary, chacun plus pressant que le précédent. Puis Judy entendit la voix de Laura sur le répondeur.

« Bonjour, tante Judy, c'est moi. Je vais m'absenter deux jours, mais je voulais te prévenir que samedi prochain, les Celtics doivent procéder à l'accrochage du numéro de David au Boston Garden. Je sais que tu es très occupée, mais j'apprécierais beaucoup que tu sois là. Amène Colin, si tu veux. J'ai hâte de faire sa connaissance. Je t'embrasse. »

— Moi aussi, je t'embrasse et je t'aime, dit Judy à voix haute en essuyant une larme.

Un passé malfaisant. David, lui, avait cessé de souffrir. Pour Laura, la douleur était devenue une compagne de chaque instant. Judy se demanda combien de grandes œuvres littéraires lui avaient appris que la vie était injuste, et loin d'être un match équitable. L'existence relevait du pur hasard : elle choisissait de choyer certains et d'en détruire d'autres sans raison, de manière aléatoire. C'était ainsi. Il fallait l'accepter et continuer.

Le message de Laura était le dernier. Colin avait un séminaire le samedi et ne pourrait probablement pas l'accompagner, mais Judy irait évidemment à la cérémonie. Dès leur rencontre, elle avait apprécié David, d'autant qu'elle était déjà fan du basketteur.

« Tu sors avec David Baskin ? s'était-elle exclamée. C'est le plus grand joueur que j'aie jamais vu.

— Je ne savais pas que tu t'intéressais autant au basket.

— J'adore ça. Quand je vivais à Manhattan, j'avais un abonnement pour aller voir jouer les Knicks. J'ai suivi la carrière de ton petit ami depuis le temps où il était à l'université du Michigan. Tu n'aimes pas le basket ?

— Maintenant, si. »

Judy avait ri.

« Eh bien, tu diras à ta superstar qu'elle a intérêt à m'avoir des billets gratuits. »

Pauvre Laura. Pauvre David. Avec un gros soupir, Judy décrocha le téléphone et composa le numéro de Mary.

— Allô ?

— Mary ?

— Où étais-tu passée ? demanda sa sœur, criant presque. Ça fait des siècles que j'essaie de te joindre.

— C'est ce que j'ai cru comprendre. Je me suis absentée quelques jours.

— Tu n'interroges pas ton répondeur en ton absence ? Imagine qu'on veuille te contacter pour une urgence ?

Judy ferma les yeux.

— J'étais distraite. J'ai oublié. Bon, quel est le problème ?

Mary ne répondit pas tout de suite.

— C'est Stan Baskin.

— Le frère de David ? Qu'est-ce qu'il a ?

— Il s'est installé avec Gloria.

Judy faillit en rire.

— Et alors ?

— Alors ? Tu ne comprends pas ce que ça veut dire ?

— Pourquoi n'essaies-tu pas de te réjouir pour Gloria ? Tu ne crois pas qu'elle a assez trinqué ? La situation n'a rien à voir avec celle de Laura et David.

— Je sais, et je veux ce qu'il y a de mieux pour ma fille.

— Stan Baskin est gentil ?

— Je ne sais pas, admit Mary. Je ne l'ai pas encore rencontré.

Judy hocha la tête. Elle comprenait maintenant pourquoi sa sœur était si bouleversée.

— Tu vas devoir le faire s'ils restent ensemble.

— Je sais. Mais je suis paniquée. Imagine qu'il reconnaisse...

— C'était il y a trente ans, la coupa Judy. De toute façon, c'est un risque qu'on doit courir toutes les deux. Pour le bien de Gloria.

— Pourquoi toutes les deux ?

— Vous vous parlez à nouveau, Laura et toi ?

— Oui.

— Alors, elle a dû te prévenir pour la cérémonie au Boston Garden, samedi. Stan Baskin y sera sûrement. Et moi aussi.

— Tu viens ? Tant mieux. J'ai tellement besoin de ton soutien.

— Ce n'est pas pour toi que j'y vais, dit Judy. J'y vais pour Laura, et en hommage à David.

— Judy ?

— Oui ?

— Ça ne s'arrêtera jamais, si ? Chaque fois que je pense que c'est fini, ça revient me hanter. Était-ce si monstrueux ? Ai-je fait quelque chose de si terrible, pour que mes enfants doivent en souffrir ? Était-ce si impardonnable ?

Judy ne répondit pas tout de suite. En vérité, ce n'était pas si dramatique. Mais, parfois, ce monde de hasard ressemblait à une cascade de dominos. On en fait basculer un et, sans y prendre garde, on déclenche une réaction en chaîne qui entraîne tous les autres dans la chute. Le dernier des dominos venait-il enfin de tomber ? La mort de David avait-elle marqué la fin de cet enchaînement fatal ? Judy l'espérait.

Mais elle n'en était pas certaine.

17

Serita était costaud, songeait TC en retournant à son bureau, sacrément costaud, mais il avait déjà eu affaire à plus forte partie. Elle mentait, il n'avait aucun doute là-dessus, quoique à contrecœur. Sinon, son visage n'aurait rien révélé. De toute façon, s'il partait du principe qu'elle disait la vérité, il restait le bec dans l'eau et n'avait plus la moindre piste à suivre.

Donc, si TC admettait que Serita avait menti, que pouvait-il en déduire ? Fait n° 1 : Laura avait vu Corsel. Fait n° 2 : elle était au courant de l'heure où le mouvement de fonds avait été effectué. Fait n° 3 : elle avait découvert que le coup de fil de David avait été passé du Pacific International en Australie. Conclusion partielle : sachant tout cela, Laura ne laisserait jamais tomber. Quelle serait donc l'étape suivante ?

TC ne croyait pas une seconde à l'histoire du voyage d'affaires secret que lui avait servie Estelle. C'était une excuse bidon. Il pouvait comprendre que Laura veuille cacher certains déplacements professionnels à ses concurrents, mais à ses amis et à sa famille ? Ce n'était pas son genre. Elle avait confiance en eux.

Mais pas en moi.

Triste à dire, mais il fallait l'admettre : à un moment, il avait perdu la confiance de Laura. Elle ne lui avait pas parlé de sa deuxième visite au bureau de Corsel ; pas raconté ce qu'elle avait appris sur la mort de David. Autrefois, elle s'en serait ouverte à lui. Elle aurait cherché son aide.

TC secoua la tête. Les soupçons de Laura compliquaient tout. Qu'est-ce qu'elle fabriquait ? Peut-être...

Il stoppa brusquement sa voiture et se rua sur la cabine téléphonique la plus proche. Après avoir inséré une pièce, il composa un numéro sur liste rouge. On lui répondit à la deuxième sonnerie.

— Papeterie Sherman.

— Stu, c'est TC.

Stuart Sherman répéta :

— Papeterie Sherman.

— Foutu FBI avec vos conneries de mots de passe ! Comment voulez-vous qu'on s'en souvienne ? Vous ne pouvez pas utiliser un système de reconnaissance vocale ?

— Nous faisons une promotion sur le papier jaune aujourd'hui.

TC réfléchit.

— Bon, d'accord. Vous avez du papier jaune ligné rose ?

Il y eut un silence.

— Salut, TC. Ça fait un bail. Quoi de neuf ?

— Pas grand-chose. T'en as pas marre de jouer aux espions avec tous ces codes secrets ?

— Non, répliqua Stu, c'est pour ça que la plupart des gens entrent dans la boîte.

TC éclata de rire.

— Et c'est pour ça que je ne travaille avec vous qu'en des occasions spéciales.

— De quelle cabine appelles-tu ?

TC plissa les yeux vers l'appareil.

— Du 617-555-4789.

Stuart tapa le numéro sur son ordinateur.

— OK, elle est clean. Que puis-je faire pour toi ?

— Me rendre un petit service. Peux-tu me dire si Laura Baskin a pris un avion pour l'Australie ? Au départ de n'importe quelle ville américaine. Elle a pu s'enregistrer sous le nom de Laura Ayars.

— Pas de problème, répondit Stu. Tu veux ça pour quand ?

— Tout de suite. Je reste en ligne.

— D'accord, mais ça va me prendre quelques minutes. Au fait, comment était le légiste qu'on t'a trouvé en Australie ?

— Il a bien bossé, mais il était de Townsville. C'est à une heure de vol de Cairns. J'ai dû le faire venir sur place.

— Ah, TC, ce boulot ne serait pas marrant s'il n'y avait pas de temps en temps des bugs dans le système. Et Hank ? Tu en as été satisfait ?

— Il reste le meilleur chirurgien de la place.

— Et le plus discret, ajouta Stu. À ce propos, tu n'as pas à t'inquiéter pour moi, je ne te demanderai pas de quoi il s'agit. Ça ne me regarde pas, n'est-ce pas ?

— Exact.

— De toute façon, je ne suis plus supporter des Celtics.

TC poussa un gros soupir.

— D'accord, Stu, je te dois une faveur.

— Et une grosse ! Ne quitte pas une seconde. Je vais vérifier.

TC écouta la musique de mise en attente, se demandant quel message subliminal le FBI cherchait à faire passer. Le genre à détraquer le cerveau, sans aucun doute. Stu avait raison. TC lui devait une fière chandelle. Si le Bureau apprenait ce qu'il manigançait, ils auraient tous deux de sérieux problèmes. Cependant, TC avait déjà plusieurs fois sauvé la mise à Stu – en particulier la fois où il avait infiltré le clan Bandini.

Les Bandini étaient une famille de trafiquants de drogue particulièrement sanguinaires, qui prenaient plaisir à torturer et tuer ceux qu'ils n'aimaient pas. Et ils n'aimaient pas les fédéraux. La dernière fois qu'ils avaient démasqué un agent du FBI infiltré dans leur réseau, ils l'avaient attaché par terre à des piquets, bras et jambes écartés, dans un entrepôt abandonné. Puis ils avaient ouvert un sac plein de rats sur leur victime impuissante. Le pauvre type, à l'agonie, n'avait pu que regarder les rongeurs lui bouffer l'estomac, les parties génitales, les joues, avant que leurs griffes et leurs petites dents acérées ne lui crèvent les yeux. Lorsque TC avait vu le cadavre, quelques jours plus tard, il avait été physiquement malade pour la première et unique fois de sa carrière. En repensant à cette carcasse pourrissante, il en frémissait encore.

Plus tard, TC avait appris par un de ses indics que les Bandini avaient découvert la qualité de flic de Stuart Sherman et lui préparaient une exécution à leur façon. Le FBI avait réussi à sauver de justesse son agent au moment même où il se rendait à ce qui aurait été son dernier rendez-vous avec les mafieux. Après quoi Stu avait demandé sa mutation au service informatique. Il n'était plus jamais retourné sur le terrain.

— Je l'ai, TC, dit Stu en reprenant la ligne.

— J'écoute.

— Elle utilise le nom d'Ayars. Elle est partie de Los Angeles il y a deux jours sur un vol de la compagnie Qantas à destination de Cairns.

TC se frotta les yeux.

— Merci beaucoup, Stu.
— Je mettrai ça sur ta note.

De retour au bar, Laura et Graham choisirent de s'installer dans un coin au calme plutôt qu'au comptoir. Laura observait son compagnon qui se caressait la barbe, les yeux fixes, en pleine concentration. Que savait-elle vraiment de lui ? Comment être certaine qu'il n'était pas impliqué dans le drame ? Après tout, c'était lui le policier chargé de l'enquête. Si elle ne pouvait même pas faire confiance à TC, était-il prudent de s'en remettre à cet inconnu ?

— Bon, qu'est-ce qu'on a jusqu'ici ? demanda Graham, se parlant à lui-même autant qu'il s'adressait à Laura. Premièrement : David n'est pas simplement parti nager comme il l'a écrit dans son mot.

Laura se rappelait son message. *Je t'aimerai toujours. Penses-y.* Tellement sérieux, de la part de David. Tellement prémonitoire. Avait-il eu l'intuition que ce seraient les derniers mots qu'il écrirait jamais ? Se doutait-il que la mort l'attendait, si proche ?

Graham poursuivit :

— Deuxièmement : le décès s'est produit bien après l'heure estimée par le légiste. Nous avons un témoin oculaire qui jure avoir vu David plusieurs heures plus tard.

Le shérif feuilleta son calepin, nota quelque chose sur une page et reprit son raisonnement :

— Troisièmement : nous savons que David a pris l'ascenseur de cet hôtel. Il a passé environ une heure dans les étages. On peut supposer qu'il a rendu visite à quelqu'un.

Laura hocha la tête.

— Mais à qui ?

— C'est toute la question. Il y a aussi d'autres choses qu'on devrait creuser, ajouta-t-il. Par exemple, pourquoi un tel décalage dans l'estimation du légiste ? Est-il passé à côté d'autres éléments, comme des indices d'acte criminel ou…

— Ou quoi ?

Le regard pénétrant de Graham se planta dans le sien.

— Désolé, Laura, mais nous devons envisager l'hypothèse d'un suicide.

Laura répondit d'un ton égal :

— Comme je vous l'ai dit, je veux explorer toutes les pistes, où qu'elles nous mènent.

Graham hocha la tête.

— Bon, alors au travail.

— On commence par quoi ?

Le shérif s'autorisa un petit rire.

— « On » ? Ne m'accorderez-vous donc aucune chance d'agir seul ?

— Pas la moindre.

— Eh bien, j'ai toujours rêvé d'avoir une séduisante équipière. Bon, la première chose à faire, c'est d'aller voir Gina Cassler.

— Qui est-ce ?

— Une vieille amie à moi, répondit Graham, et aussi la patronne de cet hôtel.

Gina Cassler était une femme d'une petite soixantaine d'années, au port de tête altier et à l'allure distinguée. Tout en elle était strict et soigné, de son chignon à son tailleur gris, formant un contraste saisissant avec le fouillis qui régnait sur son bureau. De hautes piles de dossiers et de feuilles s'entassaient sur ce qui devait être un beau bois verni. Par moments, des papiers s'envolaient puis retombaient par terre, sans que cela la perturbe le moins du monde.

— Mon Dieu, Gina ! s'exclama Graham, comment une dame aussi raffinée peut-elle être aussi souillon ?

Mme Cassler agita la main.

— Toujours charmeur, Graham, hein ?

— J'essaie.

— Et qui est cette splendide jeune femme qui t'accompagne ?

Graham se tourna vers Laura.

— Je te présente Laura Baskin.

— Ah ! la fondatrice de Svengali, dit Gina en serrant la main de Laura. J'ai acheté un de vos tailleurs, la dernière fois que je suis allée à Los Angeles. J'ai cru comprendre que vous aviez des projets de développement ici, en Australie.

— En effet.

— Ça va marcher, j'en suis sûre, reprit Gina avec un sourire. Dis-moi, Graham, que puis-je faire pour vous ?

— Nous enquêtons sur la mort du mari de Mme Baskin. Tu en as entendu parler ?

— Bien sûr, répondit Gina. C'était partout dans les journaux et à la télévision. Un drame affreux. Nous n'avions pas eu de noyade dans la région depuis combien… trois ans ?

— Deux ans et demi, corrigea Graham.

— Enfin… j'ai lu qu'il était bon nageur. Je suis sincèrement désolée.

— Merci, dit Laura.

Graham s'éclaircit la gorge.

— Gina, nous aurions besoin d'une liste de tes clients au moment où M. Baskin a trouvé la mort.

— En juin ?

— Le 17 juin, précisément.

— C'était il y a presque six mois.

— Cinq mois et demi, précisément.

— Nous ne l'avons plus.

— Comment ça ?

— Nous ne gardons pas les listes journalières, expliqua-t-elle. Nous conservons le relevé de leurs noms, dans les archives, à la cave, mais il n'est pas classé par dates.

— On n'a donc aucun moyen de savoir qui a séjourné dans ton hôtel le 17 juin ?

— Aucun. Sauf… Attendez une seconde.

Elle réfléchit puis claqua dans ses doigts.

— Vous cherchez un étranger ?

— Qu'est-ce que ça peut bien… ?

— Contente-toi de répondre à ma question, Graham, le coupa-t-elle avec impatience. Vous cherchez un étranger ?

— Probablement. Pourquoi ?

— À cause des formulaires de douane. Tout étranger doit laisser son passeport à la réception pour que nous puissions en remplir un. Le service d'immigration les conserve ensuite à la mairie.

— Tu peux obtenir ceux qui ont été remplis le 17 juin ?

— Ça irait sûrement plus vite si la demande venait de toi, Graham.

Le shérif secoua la tête. Il ne voulait pas que l'administration se mêle de cette affaire.

— Je préférerais que tu t'en charges. Dis-leur que tu en as besoin pour des questions fiscales ou autres.

— Pas de problème. Mais ça prendra sûrement plusieurs jours.

— C'est très important, insista Graham. J'aimerais aussi consulter ta facture de téléphone pour ce mois-là.

Gina laissa échapper un long sifflement.

— Regarde autour de toi. Est-ce que j'ai l'air de quelqu'un qui garde les vieilles factures téléphoniques ?

Laura balaya des yeux la pièce en désordre, jusqu'à la corbeille à papier débordante. La réponse était évidente.

— J'en ai absolument besoin.

— Mon neveu travaille pour la compagnie du téléphone à Cairns, dit Gina. Il sera au bureau demain. Je l'appellerai.

Ils la remercièrent de son aide et prirent congé.

— Et maintenant ? demanda Laura. On va voir le légiste ?

— Plus facile à dire qu'à faire, répondit le shérif. Le toubib qui a examiné votre mari n'est pas d'ici.

— Ah bon ?

Graham secoua la tête.

— Il a été dépêché d'un endroit appelé Townsville.

En entendant la clé de Gloria dans la serrure, Stan vint à sa rencontre et l'embrassa passionnément.

— Bienvenue à la maison.

— Quel accueil !

Gloria rayonnait.

Il lui prit sa mallette des mains et la posa par terre pour mieux la serrer dans ses bras.

— Tu m'as manqué, murmura-t-il.

— Toi aussi. Hum, qu'est-ce qui sent si bon ?

— J'ai fait quelques courses pour le dîner.

— Tu as cuisiné pour moi ?

Il hocha la tête.

— Ta journée s'est bien passée ?

— Oui, mais je n'ai pas arrêté. Laura était absente.

— Où est-elle ?

Gloria haussa les épaules.

— Je ne sais pas exactement. Estelle m'a dit qu'elle avait une affaire à régler quelque part et qu'elle avait décidé de partir. Qu'est-ce que tu nous as concocté de bon ? Je meurs de faim.

— *Pasta primavera.*

— Mmm, des pâtes, mon plat préféré.

— Ce sera prêt dans un quart d'heure.

En silence, Gloria lui prit la main et l'entraîna sur la terrasse. Ils s'assirent sur la banquette, les doigts toujours entremêlés. Gloria ferma les yeux et posa la tête sur la poitrine de Stan.

— J'adore ça, dit-elle.

— Quoi donc ?

— Tout ça. Être avec toi. Je ne me suis jamais sentie aussi heureuse.

Stan serra sa main.

— Pareil pour moi.

Ils se turent et contemplèrent la Charles River. Voilà ce qui étonnait le plus Stan dans sa relation avec Gloria. Ils pouvaient rester assis ensemble sans dire un mot, à simplement savourer la présence de l'autre. C'était dingue. Gloria était différente de toutes les femmes qu'il avait connues jusqu'ici. Elle ne passait pas son temps à pérorer, à prononcer des paroles « pénétrantes » ou « profondes ». Elle ne lui reprochait pas de ne pas avoir encore trouvé de boulot. Elle n'avait même jamais mentionné les cent mille dollars qu'il lui devait. Comme elle ne lui demandait rien, il lui donnait plus qu'il n'avait jamais donné à aucune autre.

Quelques minutes plus tard, Stan alla mettre la dernière main à son dîner. Gloria le suivit dans la cuisine.

— Laura nous a laissé un message, dit-elle.

— Ah bon ?

— Les Celtics rendent un hommage à David au Boston Garden samedi soir. C'est le match de rentrée de la nouvelle saison. Elle apprécierait qu'on y soit tous les deux.

— Moi aussi ?

Gloria acquiesça.

— Tu es le frère de David. Je sais que Laura et toi ne vous entendez pas très bien, mais ça lui passera.

— N'y compte pas trop.

— J'aimerais y aller, Stan. Pour moi, c'est important qu'on y assiste tous les deux.

Il saupoudra les pâtes de parmesan.

— D'accord, dis à ta sœur que nous serons honorés d'y aller.

— Mes parents seront là aussi. Ainsi que ma tante. Ce sera une bonne occasion pour toi de les rencontrer.

— J'en serai ravi, dit-il.

Il l'observa pendant qu'elle allumait les bougies et tamisait la lumière. Même s'il ne l'aurait jamais admis, il adorait la regarder bouger. Elle était si douce qu'il se demandait parfois ce qu'elle avait derrière la tête. Qu'attendait-elle de lui ? Sa tendresse ne constituait-elle qu'un stratagème inédit pour l'endormir, afin de pouvoir lui mettre le grappin dessus et le manipuler à sa guise ?

Peut-être.

Mais la question la plus importante était de savoir ce que lui, il cherchait. Qu'attendait-il de Gloria ? Laura avait touché un point sensible lorsqu'elle lui avait posé la question. En vérité, il n'était plus sûr de rien. Il pouvait faire main basse sur un vrai magot et se tirer. Gagner plus de fric qu'il n'en avait jamais gagné et s'évanouir dans la nature. Cependant, pour une raison étrange, il restait là. Lui qui n'avait pas un sou vaillant se voyait offrir la chance de toucher le gros lot, et il refusait de la saisir.

Pourquoi ?

Qu'est-ce qui n'allait pas chez lui ? Il aurait déjà dû la larguer. Il aurait dû lui siphonner jusqu'à son dernier dollar et déguerpir, détruisant le fragile équilibre de Gloria et la laissant dans les larmes, ou pis. Et pourtant, non, il avait décidé de s'attarder un peu.

La sonnerie du téléphone interrompit leur dîner.

— J'y vais, dit Gloria.

— Non, c'est sans doute pour moi. Je le prends dans la chambre.

Il s'éclipsa et ferma la porte derrière lui.

— Allô ?

— Stan, mon vieux, comment tu vas ?

Reconnaissant la voix, Stan se décomposa.

— Ah, Mister B.

— C'est comme ça que tu salues un ami ? Tu m'insultes, là, Stan.

— On est en plein milieu du repas.

— Oh ! vraiment touchant, cette petite scène domestique. Stan, tu m'impressionnes. Et tu comptes faire quoi après dîner ? Tondre la pelouse ?

Stan ferma les yeux.

— Quoi de neuf ?

— Pas grand-chose. D'où mon appel. Ton book me dit que tu n'as pas parié depuis trois jours.

— Et alors ?

— Alors, tu n'as que deux mille de découvert. D'habitude, je ne te coupe pas le robinet avant quarante mille.

— Je n'ai rien vu qui m'inspire, ces temps-ci.

— On ne me la fait pas, Stan. C'est à Mister B que tu causes. Tu n'as pas passé une journée sans parier en dix ans.

— Eh bien, j'ai décidé de faire un break. Où est le problème ?

Mister B rit.

— Tu ne piges pas, hein, Stan ? Tu ne peux pas tout arrêter comme ça.

— Qui a parlé d'arrêter ?

— Allez, vieux, n'essaie pas d'entuber un entubeur. Les types comme toi ne font pas de break. Tu essaies d'arrêter.

— Et quand bien même ?

— Inutile de perdre ton temps. Tu sais bien que tu en es incapable.

— Qu'est-ce qui te fait dire ça ?

Mister B soupira.

— Stan, j'en ai connu des tas, comme toi. Tu es accro. Tu ne peux pas arrêter. Je comprends très bien ce qui t'arrive. Tu as rencontré une nana. Tu l'aimes bien, pas vrai ?

— N'importe quoi. C'est juste une poule.

— C'est ça, cause toujours. Bref, tu prends goût à la vie simple. Tu veux te ranger des voitures. Mais c'est pas ton genre, Stan. À la fin, tu reprendras la voie rapide, et boum ! tu planteras la bagnole. T'es foutu, Stan. Tu ne peux pas changer.

— Lâche-moi, B.

— C'est ce que je vais faire, parce que je sais que tu reviendras. En ouvrant le journal demain, tu repéreras un cheval gagnant dans la troisième. Ou un match de foot dont l'issue est trop sûre pour laisser passer l'occase. L'envie te démangera à tel point que tu finiras par te gratter. Et une fois que tu te seras gratté, tu recommenceras, encore et encore…

— La ferme !

— … et je serai là pour t'aider à t'arracher la peau. Ton vieux pote Mister B t'attendra, bras ouverts et griffes acérées.

La lèvre supérieure de Stan frémissait.

— Je t'ai dit de la fermer !

— Je n'aime pas qu'on me crie dessus, l'avertit Mister B d'une voix sourde. Pas du tout. Je vais être obligé de te donner une petite leçon, Stan.

— Non, B…

— Peut-être que je devrais déboîter ton doigt cassé ? Ou attraper ta petite copine, l'attacher à un lit et laisser Bart et ses copains s'amuser avec elle ? Qu'est-ce que t'en penses ?

Stan rouvrit les yeux.

— Je… Je suis désolé, B. Je ne voulais pas te manquer de respect.

Le rire qui lui répondit le glaça jusqu'aux os.

— Je sais, Stan, je sais. Passe-moi un coup de fil quand ça te démangera trop. Et d'ici là, profite de tes brefs moments de bonheur. Les gens comme toi n'en font pas très souvent l'expérience. Quand tu seras prêt à rentrer chez toi, dans le ruisseau, on sera là pour t'accueillir.

Et il raccrocha. En se retournant, Stan se retrouva face à Gloria, qui se tenait dans l'embrasure.

— Tout va bien ? demanda-t-elle.

Il s'avança vers elle et la serra fort.

— Tout va bien.

Elle leva les yeux vers lui.

— Tu as vraiment arrêté de jouer, n'est-ce pas ?

— Oui, répondit Stan.

Même s'il ne mentait pas, il savait que B avait raison. À la fin, il replongerait.

18

Un jour, ç'avait été le jardin d'Éden, le refuge idyllique pour une lune de miel ; le lendemain, le Reef Resort s'était transformé en enfer. Laura contemplait l'hôtel qui lui semblait à présent brumeux et irréel, comme si elle le voyait en rêve. Le bâtiment et les alentours étaient tellement familiers : les jardins, le hall, et même le réceptionniste à la peau tannée par le soleil derrière le comptoir. Celui-là même qui lui avait tendu le dernier message écrit par David.

— Madame Baskin ! s'écria-t-il. Quel plaisir de vous revoir.

Malgré son hébétude, Laura lui sourit et lui serra la main.

— Vous comptez rester longtemps ?

Graham s'interposa :

— Seulement quelques minutes.

— Comment allez-vous, shérif ?

— Très bien, Monty, et vous ?

— Pas de quoi se plaindre. Je peux vous aider ?

Graham, qui mesurait au moins dix centimètres de plus que le dénommé Monty, baissa les yeux vers lui.

— Vous souvenez-vous du jour de la disparition de David Baskin ?

— Oui, bien sûr. Pourquoi ?

— Il vous a laissé un mot avant de partir, n'est-ce pas ?

— Et quel mot ! Vous vous rappelez, m'dame ? Je vous l'ai lu au téléphone quand vous avez appelé. De ma vie, je n'avais pas rougi autant.

— Que s'est-il passé ensuite ? demanda Graham.

— Comment ça ?

— David est-il revenu à l'hôtel ?

— Oui, comme je l'ai dit à Mme Baskin, il est repassé un petit moment.

— Puis il est reparti ?

— Exact, confirma Monty.

— Il est resté combien de temps ?

— Oh, une heure, à peu près.

— À quelle heure M. Baskin a-t-il quitté l'hôtel la seconde fois ?

Monty réfléchit un instant.

— Je ne sais pas trop. Tout ce que je peux vous dire, c'est que M. Baskin est reparti juste après avoir reçu un coup de fil.

Graham et Laura échangèrent un regard.

— Quel coup de fil ? demanda Graham.

Monty haussa les épaules.

— Je saurais pas vous dire exactement. Je m'occupais du standard quand quelqu'un l'a appelé. J'ai transféré l'appel dans sa chambre. Quelques minutes plus tard, M. Baskin est descendu et sorti en trombe.

— Vous vous rappelez la voix du correspondant ? Le sexe, l'accent ou d'autres détails ?

— Non, pas vraiment. Ça fait un sacré bout de temps. Je m'en souviens seulement parce que M. Baskin était célèbre, et que je m'en suis voulu après de ne pas avoir filtré l'appel. Ç'aurait pu être un journaliste ou un fan trop insistant. Enfin, la personne a seulement dit : « David Baskin, s'il vous plaît. » La voix était plus ou moins étouffée. Homme ou femme ? Difficile à dire. Mais avec un accent américain. Ça, j'en suis certain.

— Autre chose ?

Monty secoua la tête.

— Ah, si. C'était un appel local.

— Comment le savez-vous ?

— Les communications depuis l'étranger ne passent pas bien à l'hôtel. Mais là, il n'y avait pas de parasites.

Graham remercia le réceptionniste puis entraîna Laura vers un fauteuil de bambou dans un coin du hall. Elle s'assit sans dire un mot, les yeux perdus dans le vague.

— Laura ?

Elle tourna lentement la tête.

— Oui ?

— Ça va ?

Elle ignora la question.

— Quelqu'un l'a appelé.

— Apparemment, acquiesça Graham. Essayons de reconstituer ce puzzle pour voir où ça nous mène, d'accord ?

Laura fit oui de la tête.

Graham se leva et se mit à marcher en cercle.

— Première étape : vous allez à votre rendez-vous dans les locaux de Peterson à Cairns. David s'habille et sort pour se baigner et tirer quelques paniers. Étape deux : vous appelez l'hôtel. David est encore dehors. Il vous a laissé un petit message coquin. Étape trois : David rentre à l'hôtel. Monte dans sa chambre. Reçoit un appel d'un Américain ou d'une Américaine qui se trouve dans la région...

— Ce qui exclut TC, le coupa Laura. Il n'aurait pas pu appeler d'ici et être de retour à Boston à l'heure pour recevoir mon coup de fil.

— Logique. Mais ça ne nous éclaire pas beaucoup. Et ça ne veut pas dire qu'il n'est pas impliqué dans la noyade. Bon, j'en étais où ?

— David a un appel.

— C'est ça. David reçoit un appel d'un Américain. Vite, il vous écrit un message assez mystérieux et quitte l'hôtel. On peut supposer qu'il est sorti rencontrer son correspondant. Ce qui nous amène à l'étape quatre : David va à l'hôtel Pacific International à Cairns.

— Un chauffeur de taxi se rappellera peut-être l'y avoir conduit ?

— Pas évident à retrouver, mais je vérifierai. Bon, un témoin nous assure avoir vu David dans cet hôtel à cette heure-là. Étape cinq : David arrive au Pacific International. Il est un peu distrait, sans doute à cause de ce que lui a dit son mystérieux correspondant. Il monte, passe une heure là-haut, rencontre probablement la personne en question. Quand il redescend, il est paumé. Il s'est passé quelque chose là-haut qui l'a complètement désorienté.

— Mais quoi ? demanda Laura, autant pour elle-même que pour Graham.

— Aucune idée, répondit le shérif. Ensuite, il va marcher, fait le tour du pâté de maisons. Il n'est pas impossible qu'il soit même entré dans l'immeuble Peterson où vous aviez votre rendez-vous. Plus tard, il retourne au Pacific International et passe un coup de téléphone aux États-Unis. À qui ? Je l'ignore. Il va encore se promener pendant deux heures. Un témoin l'a aperçu devant la plage, à côté de l'embarcadère, à 23 h 30 environ. À partir de là, c'est le noir complet. On ne l'a revu que mort. Corsel, votre ami banquier, prétend lui avoir parlé à minuit. Possible. Sauf si le correspondant a imité sa voix.

Laura s'agita dans son fauteuil.

— Ça ne paraît plus très plausible, hein ?

— Plausible, si. Probable, non. D'après moi, David est retourné à l'hôtel pour appeler la banque. Pourquoi ? Mystère. Mais c'est certainement en rapport avec la personne qu'il a rencontrée au Pacific International. On saura avec certitude qui il a appelé quand Gina mettra la main sur les factures téléphoniques. Il nous faudrait aussi interroger le portier de nuit ou le réceptionniste de l'immeuble Peterson. Il se peut qu'ils aient aperçu David. Nous n'en sommes encore qu'au début. Une véritable enquête ne se fait pas en un jour.

— Et maintenant ?

Graham haussa les épaules.

— Combien de temps comptez-vous rester ?

— Je dois repartir demain soir. Il y a une cérémonie en l'honneur de David samedi, à Boston.

— OK, pas de souci. Il nous reste à remplir ces gros blancs. On doit découvrir qui David a vu au Pacific International.

— C'est la clé, n'est-ce pas ? L'identité du mystérieux correspondant.

— J'en ai bien l'impression.

— Et le légiste ?

Graham consulta sa montre.

— Il est trop tard pour appeler le Dr Bivelli. On le fera demain à la première heure.

Laura baissa les yeux.

— À votre avis, Graham, qu'est-il arrivé à mon mari ?

Graham posa sa grande main sur son épaule.

— Je ne sais pas, mon chou, mais nous allons le découvrir.

— Maintenant ?

TC lança un coup d'œil à l'horloge derrière la tête de Mark.

— Maintenant.

Avec un soupir, il décrocha, composa les treize chiffres du numéro et attendit.

Mark faisait les cent pas dans la pièce.

— Elle ne croira plus que Baskin s'est noyé.

— Je sais. J'y travaille.

Au bout de trois sonneries, une voix au fort accent répondit.

— Résidence Bivelli.

— Puis-je parler au Dr Bivelli, s'il vous plaît ?

— Qui dois-je annoncer ?

— Terry Conroy.

— Un moment, monsieur Conroy.

Quelques secondes plus tard, le Dr Bivelli prit le combiné.

— TC ?

— Aaron, comment ça va ?

— Pas mal, mon vieux. Je ne m'attendais pas à vous parler si vite.

— J'ai besoin que vous me rendiez un nouveau service.

— Vous savez bien que je ne rends pas de services, dit Bivelli. Stu vous l'a expliqué avant que vous ne me contactiez.

— Je sais, Aaron, vous êtes un vrai mercenaire. Mais je vous ai déjà payé pour ce boulot.

— La noyade Baskin ?

— Exact.

— Je croyais que tout avait marché comme sur des roulettes.

— C'était le cas jusqu'à maintenant. Mais je voulais vous avertir que certaines personnes vont peut-être venir vous poser des questions.

— Après tout ce temps ?

— Ouais.

— OK, ça fait partie du service après-vente.

— Je tenais juste à vous prévenir.

— Merci, TC, mais ne vous inquiétez pas. Cependant, ajouta Bivelli, un de ces jours, j'aimerais beaucoup entendre le fin mot de l'histoire.

TC esquissa un sourire. Bivelli connaissait une partie de la vérité. Stu une autre. Hank une troisième. Mais aucun n'en savait assez pour reconstituer ce qui s'était passé.

— Un de ces jours, répéta TC.

Le lendemain matin, Graham contacta le Dr Bivelli et convint avec lui d'un rendez-vous plus tard dans la journée. Tous les vols Cairns-Townsville étant complets, Laura affréta un petit avion privé. À midi, ils arrivèrent à l'hôpital de la petite ville. Comme c'était à prévoir, le bureau du Dr Bivelli se trouvait au sous-sol, à côté de la morgue.

Petit, âgé d'une soixantaine d'années, le médecin était complètement chauve, et son ventre rebondi tirait sur les boutons de son gilet gris.

— Je suis le shérif Rowe, se présenta Graham. Et voici Laura Baskin.

Le Dr Bivelli tourna vers celle-ci une mine de circonstance.

— Je suis vraiment désolé pour votre mari, madame Baskin.

— Merci.

— Asseyez-vous, je vous en prie, dit-il, reprenant place derrière son bureau. J'ai relu le dossier après le coup de fil du shérif Rowe ce matin. J'espère sincèrement pouvoir vous être utile.

— Vous saurez peut-être nous aider à clarifier certains détails, dit Graham.

— Je m'y efforcerai.

— D'après vous, docteur, David Baskin a-t-il pu être victime d'un homicide ?

Le Dr Bivelli se cala dans son fauteuil.

— Question difficile, shérif. C'est une possibilité, mais j'en doute fortement. En premier lieu, les poumons de M. Baskin étaient remplis d'eau lorsqu'il a été découvert. Ce qui signifie que la noyade a été la cause de la mort. Il n'a pas été assassiné d'abord puis jeté dans l'océan. Comment s'est-il noyé ? On en est réduits aux conjectures. Il a été pas mal secoué.

— Que voulez-vous dire ? demanda Laura.

— Le corps de votre mari a subi l'assaut des vagues. Il a été déchiqueté par le corail, fracassé contre les rochers et sûrement grignoté par les poissons.

Laura devint livide.

— Je suis désolé, madame Baskin, ajouta-t-il très vite. Je suis médecin légiste. Je n'ai pas l'habitude d'y aller par quatre chemins.

— Ça ira. Continuez.

— Tout ça pour dire que le corps était très abîmé. Alors, quelqu'un a-t-il pu le frapper à la tête puis le balancer en haute mer ? Peu vraisemblable, mais possible.

— Pourquoi peu vraisemblable ?

— Parce que, dans la plupart des cas, ça ne se passe pas ainsi. Il arrive qu'on tue un homme puis qu'on le jette à la mer pour faire croire à une noyade accidentelle. Mais comme je vous l'ai dit, David Baskin s'est noyé. Or j'imagine mal qu'on l'ait assommé puis jeté à l'eau dans l'espoir qu'il y resterait. Supposez qu'il s'en soit tiré et ait été secouru par un pêcheur. Non, un assassin n'aurait pas pris ce risque.

Graham hocha la tête.

— Vous nous avez dit que le corps de M. Baskin était en très mauvais état. Au point d'être méconnaissable ?

— C'était limite.

— Dans ce cas, comment avez-vous pu l'identifier formellement ?

Le Dr Bivelli toussa dans son poing.

— De deux manières. D'abord, grâce à ce policier américain, là.

Il chaussa ses lunettes et ouvrit le dossier.

— Un certain inspecteur Conroy a reconnu plusieurs caractéristiques. Plus important, on m'a faxé son dossier médical. Les radios dentaires sont arrivées le lendemain et ont confirmé ce que nous savions déjà.

Bivelli baissa de nouveau les yeux sur le dossier.

— D'après l'inspecteur Conroy, M. Baskin aurait dû porter son anneau du championnat de la NBA. Confirmez-vous, madame Baskin, que votre mari le mettait à la main droite ?

Elle hocha la tête. La bague… elle l'avait totalement oubliée. C'était pourtant le seul bijou qu'il aimait porter.

Bivelli se racla la gorge encore une fois.

— Eh bien, on n'a pas pu l'identifier grâce à ça parce qu'il n'avait plus de main droite.

Et comme Laura ouvrait de grands yeux horrifiés, Graham se hâta d'intervenir :

— Je vois. Dites-moi, docteur, l'heure estimée de la mort est-elle fiable ?

— Dans le cas d'une noyade, il s'agit d'une estimation, avec une marge d'erreur de douze à quinze heures.

— Vous avez estimé que la mort avait dû survenir autour de 19 heures, lui rappela Graham. Seriez-vous étonné d'apprendre qu'un témoin a vu M. Baskin à minuit ?

— Pas du tout, shérif, répondit Bivelli d'un ton désinvolte. Comme je crois vous l'avoir dit, l'autopsie d'un noyé au corps déchiqueté ne permet pas d'obtenir des résultats scientifiques exacts. Je le regrette. Mon estimation a été largement influencée par les déclarations de Mme Baskin. Elle a affirmé que son mari était parti nager vers 16 ou 17 heures : il était donc logique de penser qu'il s'était noyé dans les heures suivantes, et pas à minuit.

Graham se gratta la barbe.

— Une dernière question et nous vous laisserons tranquille. Pourquoi a-t-on fait appel à vous, et non à votre collègue de Cairns ?

Bivelli haussa les épaules.

— Eh bien, non seulement M. Baskin était une célébrité, mais de surcroît un ressortissant étranger. Le gouvernement ne plaisante pas avec ce genre d'affaire. J'ai souvent travaillé avec les autorités, dans le passé. Elles me font confiance. Townsville n'étant qu'à une heure de vol de Cairns, elles ont dû estimer que j'étais l'homme de la situation.

— Donc, vous n'avez pas été contacté par l'inspecteur Terry Conroy ?

— Non.

Graham se leva, Laura l'imita.

— Merci, docteur Bivelli. Vous nous avez été très utile.

— Je vous en prie, shérif, répondit le légiste en lui serrant la main. Et toutes mes condoléances, madame Baskin, ajouta-t-il à l'intention de Laura.

Quand les portes de l'ascenseur se furent refermées sur eux, Laura se tourna vers Graham.

— Il ment.

Le shérif hocha la tête.

— Comme un arracheur de dents.

Judy contemplait la photo, les larmes aux yeux.

Combien de temps encore ce vieux cliché en noir et blanc aurait-il le pouvoir de lui briser le cœur ? Elle avait tellement aimé cet homme. Et lui, avait-il ressenti la même chose ? Judy le pensait. Elle se rappelait une époque où ils avaient été extraordinairement heureux, tellement amoureux que plus rien d'autre ne comptait...

... jusqu'au jour où on le lui avait arraché.

C'est moi qui l'ai tué. C'est ma jalousie qui a pressé ce pistolet contre son crâne et appuyé sur la détente.

Elle s'était montrée tellement idiote, impatiente, tellement jeune. Pourquoi ne s'était-elle pas contentée de se mettre en retrait et d'attendre ? À la fin, il aurait compris son erreur et lui serait revenu.

Pourquoi ai-je fait une chose pareille ?

Autant de questions qui la hantaient depuis trente ans, et auxquelles elle n'avait toujours pas de réponse. Elle replia la photo et la rangea dans son sac.

— Mademoiselle Simmons ?

Elle leva les yeux. Son petit coffre-fort était posé sur l'avant-bras de l'employé de banque.

— Si vous voulez bien me suivre.

Il la guida dans une pièce privée.

— Appelez-moi quand vous aurez terminé.

— Merci.

Restée seule, Judy ouvrit le couvercle du coffre et tomba sur les vieux bons du Trésor légués par ses parents. Son père était mort brutalement à l'âge de cinquante-sept ans, et son épouse l'avait rejoint il y a un an. Ils lui manquaient cruellement. Ils sont si rares, en ce monde, ceux qui vous aiment sans condition.

Sous son acte de naissance et de vieux papiers, ses doigts sentirent le contact du cuir. Les mains tremblantes, elle sortit le petit calepin et le posa sur la table devant elle. La couverture fatiguée annonçait : « *Journal, 1960.* »

Depuis 1955, Judy tenait des carnets dans lesquels elle consignait tous les événements de sa médiocre existence. Des bêtises, pour l'essentiel : la perte de sa virginité, son premier joint, ses fantasmes secrets. Rien d'intéressant.

Sauf en 1960.

Judy conservait tous les autres volumes bien classés dans un placard, chez elle. Tous, excepté celui-là. Celui de 1960 – cette année qu'elle aurait voulu rayer de sa vie de la même manière qu'elle avait séparé ce calepin des autres. Jamais elle ne l'avait mentionné dans ses écrits ultérieurs : elle avait essayé de maintenir le drame enfermé dans ce seul journal, comme pour préserver de la contagion le temps qu'il lui restait à vivre.

Ce en quoi elle avait échoué.

Les événements de 1960 les avaient tous contaminés. Et s'ils réussissaient parfois à se faire oublier pendant plusieurs années, ils étaient toujours là, prêts à refaire surface au moment le plus inattendu.

Ouvrant le journal, elle survola les mois de janvier et février, transcrits par l'écriture – allègre et insouciante, dont les lettres tarabiscotées coulaient, fluides, d'un bout à l'autre de la page – de l'étudiante qu'elle était alors. Difficile de croire que la personne qui lisait le journal était celle qui l'avait écrit.

18 mars 1960

Jamais je n'ai été aussi heureuse ; je n'imaginais même pas un tel bonheur possible. Finalement, perdre James s'est révélé une bénédiction. Mary et lui sont heureux, et moi, je suis extatique. La vie pourrait-elle être plus merveilleuse ? J'en doute. Je suis tellement…

Judy secoua la tête et tourna la page. Elle avait du mal à se reconnaître – elle éprouvait seulement un vague sentiment de déjà-vu, comme si elle se rappelait une amie disparue depuis longtemps. Qui était donc cette jeune fille enamourée qui enchaînait les poncifs à l'eau de rose ? Si une de ses étudiantes s'était avisée de lui rendre un torchon pareil, Judy aurait barré la copie d'un gros « Passez me voir ». Hélas, l'amour était comme ça. Bourré de clichés.

3 avril 1960

Aujourd'hui, nous allons rendre visite à ma famille. Je ne m'attends pas à ce qu'ils soient ravis. Je doute qu'ils comprennent. Mais comment pourraient-ils ignorer mon visage rayonnant ? Comment pourraient-ils être fâchés en me voyant si heureuse ? Ils devront nous accepter…

Comme la vie lui paraissait magnifique en ce matin d'avril. Le monde entier étincelait. Elle en sentait encore le bourdonnement d'excitation dans le ventre. Tout allait bien se passer. Tout serait parfait…

Quelle naïveté ! Ces moments de joie s'étaient révélés fragiles et évanescents. Mais, en ce merveilleux jour d'avril, qui aurait pu reprocher à une jeune fille amoureuse et confiante d'être aveugle au cruel coup du sort qui l'attendait ?

29 mai 1960

Aidez-moi, mon Dieu ! Qu'ai-je fait ? La situation me dépasse. Elle est devenue ingérable, et je ne sais pas comment tout cela va se terminer. Je crains le pire, qu'est-ce qui pourrait arriver d'autre ?

Judy n'en lut pas davantage. Après, c'était le 30 mai. Elle n'avait pas le courage de regarder les mots qu'elle avait écrits ce jour-là, pas le courage de penser à cette journée.

30 mai 1960.

Elle ferma les yeux. Assez ! Pourquoi se torturait-elle ainsi ? Pourquoi, alors que sa relation avec Colin lui apportait le bonheur, pour la première fois en trente ans, était-elle venue ici ? Elle aurait dû laisser le passé en paix, mais celui-ci refusait de se faire oublier. Et un jour, il s'imposerait. À la mort de Judy, le coffre-fort serait enfin ouvert. Les secrets qu'il renfermait apparaîtraient à la lumière de la vérité et, avec un peu de chance, ils finiraient par s'y brûler et disparaître. Un jour, ce petit carnet révélerait à Laura pourquoi son précieux David avait dû la quitter pour toujours. Un jour, Laura apprendrait ce qui s'était passé le 29 mai et… le 30 mai 1960.

Judy rangea le carnet au fond du coffre qu'elle referma et appela l'employé. Puis elle le regarda repartir en emportant son bien le plus intime, sans savoir qu'elle ne le reverrait pas.

19

Vingt-quatre heures s'étaient écoulées depuis que Laura avait quitté Graham en lui faisant promettre de l'appeler dès qu'il aurait du nouveau. À travers le hublot du 747, elle vit se profiler la silhouette de l'aéroport Logan, de Boston. Malgré son épuisement, elle n'avait pas réussi à dormir. Chaque fois qu'elle fermait les yeux, la même question revenait, lancinante : qu'était-il arrivé à David ?

Son séjour en Australie avait soulevé plus d'interrogations qu'il n'avait apporté de réponses. Alors qu'elle s'installait dans un taxi, après avoir passé la douane, son esprit retourna une fois encore aux dernières heures de David. Plus rien n'avait de sens. Si quelqu'un en avait eu après son argent, pourquoi l'avoir tué ? Pourquoi ne pas avoir cherché à obtenir une rançon ? Laura aurait donné toute sa fortune sans rien dire à personne. Mais non, quiconque était derrière tout ça avait préféré ce scénario compliqué.

Pourquoi ?

Pour quelle autre raison que l'argent aurait-on voulu se débarrasser de lui ? Certes, David avait des adversaires, mais de là à le tuer… Était-ce lié à sa carrière ? Avait-on voulu l'éloigner des terrains de basket ? Et si un gros bookmaker avait parié une fois de trop contre les Celtics et voulu le faire payer ? Très improbable. En plus, ça ne ressemblait pas aux méthodes de la mafia. Si des truands avaient décidé de lui régler son compte, ils auraient envoyé un type avec un stylet. Toute cette mise en scène aurait été inutile.

Alors que le taxi traversait le centre-ville, Laura regardait passer tous les repères familiers qu'elle considérait comme de vieux amis. David avait-il seulement été assassiné ? se demandait-elle. En se repassant mentalement tous les indices, elle se rendait compte qu'ils étaient ténus. Son mari avait rendu visite à quelqu'un dans un hôtel puis passé quelques coups de téléphone... Pas de quoi fouetter un chat ! On était loin d'une preuve d'homicide.

Et quand bien même elle aurait eu la certitude que David avait bel et bien été tué, que ferait-elle ? Traquer les assassins, avide de faire couler leur sang comme les héros de cinéma ? Cherchait-elle la vengeance ou cette « enquête » lui servait-elle de prétexte pour maintenir la réalité à distance ?

La vengeance n'avait jamais été son truc. Elle se remémora le coup de fil angoissant que Gloria lui avait passé de Californie, l'année précédente. Les deux sœurs avaient parlé de tout et de rien, se donnant seulement quelques nouvelles. Lorsqu'elles avaient raccroché, Laura avait pourtant été prise d'un accès de panique. Gloria ne lui avait rien dit de particulier, mais elle avait la certitude qu'il y avait un problème. Un problème grave. Elle avait décidé d'affréter un avion pour aller voir sa sœur.

« Pourquoi cette hâte ? lui avait demandé David.

— Je ne peux pas t'expliquer. Si tu avais entendu sa voix... Complètement éteinte. Comme quelqu'un qui sait sa fin proche. »

TC les avait rejoints à l'aéroport. À San Francisco, ils avaient déboulé en pleine scène de viol collectif. Après avoir chassé les Colombiens de la maison, David avait voulu démolir l'ignoble petit ami de Gloria. TC était pour. Mais même si Tony avait fait vivre l'enfer à sa sœur, Laura n'éprouvait aucun désir de vengeance. Il lui importait seulement de sauver Gloria. Le reste ne l'intéressait pas.

Pourquoi en serait-il autrement maintenant ? Peut-être parce que David aurait eu cette réaction si Laura avait été assassinée ? À moins que ses motivations ne soient plus simples. Peut-être espérait-elle de cette conspiration imaginaire qu'elle la distraie de l'essentiel : la mort de David. Meurtre ou accident, rien ne pourrait changer la réalité du fait. David était mort. Si Laura parvenait à prononcer ces trois mots, elle était incapable d'en assimiler le sens.

— Nous y sommes, m'dame.

Laura récupéra sa valise dans le coffre et paya le chauffeur. Une rafale de vent la transperça jusqu'aux os. Lorsqu'elle arriva à son appartement, elle avait déjà sa clé à la main. Elle posa ses bagages, ouvrit, tâtonna pour trouver l'interrupteur et le pressa.

Rien.

Elle l'actionna plusieurs fois, sans plus de résultat. Bizarre. Ça ne pouvait pas être une ampoule grillée, puisque le bouton commandait plusieurs lampes. Plus sûrement un fusible. En soupirant, elle traîna sa valise dans l'appartement obscur. Il n'y avait aucune lumière excepté celle du couloir…

… et le rai filtrant sous la porte de sa chambre.

Laura se raidit, percevant un bruit en provenance de la pièce.

Tire-toi, Laura. Appelle la police !

Mais une pensée l'en empêcha : l'intrus avait forcément un lien avec la mort de David. Derrière cette porte se trouvait peut-être ce qu'elle était partie chercher en Australie. Si elle fuyait, cet indice risquait de lui échapper.

Sur la pointe des pieds, elle s'avança vers la chambre. Les bruits s'intensifièrent. Des voix. Des voix et un son qu'elle n'identifiait pas. Le rai de lumière sous le battant vacilla plusieurs fois mais ne s'éteignit pas.

Plaquée contre le mur, elle approchait, centimètre par centimètre. Le souffle court, elle sentait son cœur battre à tout rompre. Elle colla l'oreille à la porte. Il s'agissait bien de voix. Mais que disaient-elles ? Et que faire à présent ? Se ruer dans la chambre, telle Wonder Woman ?

Ce fut alors qu'elle entendit des applaudissements. Une vague de soulagement l'envahit. Le halo de lumière, les voix, les applaudissements : la télévision. Elle secoua la tête, se reprocha d'avoir une imagination trop fertile. David ne cessait de la mettre en boîte à cause de ça.

« Tu vois des complots partout », avait-il coutume de lui dire.

Au moment où elle ouvrit la porte, elle eut une vision très nette du poste éteint quand elle avait quitté l'appartement. Puis son regard se posa sur l'écran, et son visage se décomposa.

David.

Un vieux match de basket. David courait sur le terrain. Elle reconnut les voix des commentateurs de CBS lors du championnat de la NBA.

— *Baskin part à gauche, feinte, passe à Roberts. Roberts tire. Raté…*

Mais comment… ? Le magnétoscope. Les images provenaient d'une cassette. Quelqu'un était entré chez elle et s'y trouvait peut-être encore. Elle allait tourner les talons quand elle vit l'enveloppe scotchée au bas de l'écran, avec son prénom inscrit dessus.

Les jambes flageolantes, elle s'approcha et s'en saisit. La lueur de la télévision lui offrait la lumière suffisante pour lire la note qu'elle contenait.

Laura,

J'espère sincèrement que vous avez bien profité de votre petit voyage à l'étranger. Vous m'avez manqué. Ce petit mot amical pour vous rappeler que je peux agir à ma guise. Vous n'êtes pas en sécurité. Pas plus que vos parents et votre sœur. Vous n'y pouvez rien. Mais si vous m'oubliez, je vous oublierai, vous et votre famille. Dans le cas contraire, je les tuerai les uns après les autres. Qu'en dites-vous ?

Un ami

P.-S. : Regardez sous votre oreiller.

La gorge nouée, elle s'approcha du lit et alluma la lampe de chevet. L'éclat soudain la fit cligner des yeux. Elle relut le message et souleva son oreiller.

Son hurlement perça le silence de la nuit.

Dans la lumière vive, elle lut l'inscription sur l'anneau de David.

« 1989, CHAMPIONS NBA : BOSTON CELTICS »

Du sang, tellement de sang.

« Maman ! Maman !

— Sors d'ici, Gloria ! Sors d'ici tout de suite ! »

Tellement de sang. Du sang partout.

Gloria hurla.

Elle se redressa d'un coup et ouvrit les yeux, pantelante.

— Gloria… Gloria, qu'est-ce qu'il y a ? murmura Stan en se réveillant.

Il la prit dans ses bras et la sentit trembler contre lui.

— Là, là, chérie, c'est fini.

Elle avait le regard d'un animal pris au piège.

— Tu as fait un cauchemar ?

Elle hocha la tête et s'efforça de respirer plus calmement.

— Tu veux me raconter ?

Elle acquiesça de nouveau mais resta silencieuse pendant une bonne minute.

— Tu n'es pas obligée de m'en parler si tu ne veux pas, dit-il.

— Si… mais, je ne sais pas par où commencer…

Elle hésita, la voix chevrotante.

— Ce n'est pas la première fois que je fais ce rêve. Quand j'étais petite, il revenait très souvent.

Je me réveillais en hurlant et je ne pouvais plus m'arrêter. Mes parents venaient dans ma chambre pour essayer de me calmer. Ils me berçaient et me parlaient, mais ça ne servait à rien. Seule Laura réussissait à me consoler. Elle se glissait dans mon lit et me tenait la main pour que je me rendorme.

Stan lui sourit gentiment.

— Tu crois que je pourrais remplacer Laura cette nuit ?

— Possible, répondit-elle en lui rendant son sourire.

Bon Dieu, qu'elle était belle. Son corps si mobile, souple, délié, apparaissait à travers la fine étoffe de son déshabillé. Gloria l'excitait comme aucune autre femme au monde, excepté sa petite sœur. Et ça, amis et fans du bon vieux Stan, c'était la raison pour laquelle il restait. Il s'en était rendu compte la veille. Mister B avait tout faux : Stan n'était pas amoureux de cette fille. Non, mais c'était un coup d'enfer et, plus important, la reine des paumées constituait un barreau de l'échelle menant à son but ultime : baiser la sublime Laura Ayars-Baskin.

Mais il avait beau se le répéter, Stan savait qu'il se mentait à lui-même. Que ça lui plaise ou non, il était attaché à Gloria.

— Raconte-moi ton rêve, reprit-il.

La jeune femme baissa la tête et l'agrippa plus fort.

— Je ne m'en souviens pas très bien. Tout ce que je vois, c'est du sang.

— Du sang ?

— Oui. Dans le rêve, je suis une fillette de cinq ou six ans. À l'époque, nous n'avons pas encore déménagé à Boston et vivons dans une petite maison en banlieue de Chicago. C'est la nuit. Je traverse le couloir quand j'entends du bruit dans la chambre de mes parents. Je m'approche, je tourne la poignée de la porte et…

— Et ?

Gloria secoua la tête.

— Je me mets à hurler et je me réveille toujours avant de savoir ce qui se passe. Tout ce que je vois, c'est du sang. Du sang qui coule et qui suinte de partout. Et quelqu'un regarde avec une affreuse grimace et…

— Chut, c'est fini, maintenant.

Inspirant profondément, elle se força à sourire.

— Ça paraît dingue, hein ?

— Pas du tout. On a tous nos terreurs enfantines.

Elle se redressa et le regarda.

— Toi aussi ?

— Bien sûr, même si ce n'est pas vraiment un cauchemar.

— C'est quoi ?

— Il m'est arrivé une chose très étrange quand j'avais dix ans.

— Quoi ?

Les yeux rivés au plafond, Stan se demanda pourquoi il s'apprêtait à révéler à Gloria un secret qu'il avait gardé cadenassé en lui pendant presque trente ans… surtout au moment où il venait de se convaincre qu'elle ne comptait pas pour lui. Il s'était juré de ne jamais raconter ça à quiconque. Jamais. Mais David était mort. Tout comme leur mère. Comment la vérité pourrait-elle encore le faire souffrir ? Il contempla Gloria pendant un long moment sans rien dire. Puis :

— J'ai vu mon père se faire assassiner.

Gloria tressaillit.

— Mais... Mais David avait dit que...

— Qu'il s'était suicidé ? Je sais. C'est ce que tout le monde croit. Mais c'est faux. Mon père a reçu une balle dans la tête, puis on lui a fourré le pistolet dans la main pour faire croire à un suicide.

Toute couleur reflua du visage de Gloria.

— Mais... je ne comprends pas. Comment l'assassin s'en est-il sorti ?

— Très simple. Personne ne m'a vu. J'étais caché derrière le canapé. J'aimais bien aller jouer dans le bureau de mon père, même si ça le rendait dingue. Il piquait des colères noires quand j'entrais en douce et que je dérangeais ses précieux papiers avec mes jeux. Donc, en l'entendant arriver, je me suis planqué derrière le canapé. Mais j'ai tout vu. J'ai vu le pistolet pressé contre son crâne. J'ai vu le sang gicler de sa tête. Jamais je n'oublierai ces images, Gloria. Jamais.

— Tu n'en as parlé à personne ? Pourquoi ?

— Si je le savais... Au début, j'étais sous le choc. Et aussi mort de trouille.

— À cause de quoi ?

— De l'assassin. J'avais peur qu'il ne vienne me tuer à mon tour. En plus, je crois que la police connaissait la vérité sur ce meurtre.

— Mais pourquoi... ?

— En raison de pressions de la direction du collège universitaire. Mon père enseignait à Brinlen.

— Brinlen ? Nous habitions tout près, autrefois.

— Ça se trouve bien dans la banlieue de Chicago, acquiesça Stan. Et Brinlen était un de ces établissements huppés pour les rejetons de la grande bourgeoisie. Un suicide aurait déjà causé un scandale de tous les diables, alors un meurtre ! L'image du collège en aurait pris un coup.

— Je ne sais pas quoi dire, murmura Gloria.

— Ne dis rien. Et je t'en prie, surtout, garde ça pour toi.

— Promis, souffla-t-elle. Stan, je peux te poser une question ?

— Bien sûr.

Elle lui caressa tendrement les cheveux.

— Tu as reconnu l'assassin ? Je veux dire, tu le connaissais ?

— Non, mais je me rappelle encore son visage.

Stan ferma les yeux. Oh oui, il se rappelait le visage grimaçant qui hantait encore ses rêves. Il était sûr de ne jamais le revoir.

En quoi il se trompait.

— Récapitulons, déclara le plus grand des deux policiers qui avaient répondu à l'appel de Laura.

D'une maigreur peu commune, la pomme d'Adam saillante, il présentait une singulière ressemblance avec Ichabod Crane, l'enquêteur de *Sleepy Hollow*.

— Vous vous étiez absentée pendant deux jours, exact ?

— Oui.

— Vous êtes revenue en taxi de l'aéroport. Vous avez pris l'ascenseur, traversé le couloir jusqu'à votre porte. Elle était fermée à clé ?

— Oui.

— OK, porte verrouillée, inscrivit-il dans son calepin. D'où veniez-vous, madame Baskin ?

— Qu'est-ce que ça peut faire ?

— Eh bien…

Une voix l'interrompit :

— Je m'en occupe, Sleepy.

Le policier fit volte-face.

— Salut, TC, comment vas-tu ?

— Pas mal. Qu'est-ce qui se passe, ici ?

— Il y a eu une effraction.

— Tu permets que je prenne le relais ?

Sleepy haussa les épaules.

— Je t'en prie. Joe est dans la pièce d'à côté. On a tout vérifié. Pas d'empreintes. C'est assez bizarre. Quelqu'un est entré, a allumé le magnétoscope…

— Merci, Sleepy. Je vais repartir de là.

TC lança un coup d'œil à Laura. Elle l'observait, le regard brillant de colère.

— Comme tu veux, dit Sleepy. Joe, on y va ! cria-t-il.

Joe sortit de la chambre, et les deux policiers prirent congé, laissant TC et Laura seuls dans l'appartement. Aucun ne dit mot. TC regardait la porte close ; Laura n'avait pas bougé d'un pouce. Au bout d'un moment, il se tourna vers elle.

— Tu ne me fais plus confiance, n'est-ce pas, Laura ?

Elle tenta de dissimuler sa panique.

— Je devrais ?

— Je regrette, dit-il. Je regrette vraiment.

Il sortit un cigare de sa poche.

— Tu permets ?

Elle hocha la tête.

— Bon. Que s'est-il passé ici ?

— Quelqu'un est entré chez moi.

— Et ?

— C'est tout.

— Écoute, Laura, je finirai par savoir. Ne serait-il pas plus simple que tu me racontes ?

Elle continuait de le dévisager.

— Je me suis absentée quelques jours. À mon retour, le magnétoscope était allumé et passait le dernier match joué par David.

— La cassette marchait ?

— Oui.

— Donc, la personne qui est entrée a tout calculé. Elle savait précisément à quelle heure tu allais revenir.

— Logique, admit Laura.

— Qui était au courant de ton emploi du temps ?

— Personne.

— Tu es sûre ?

— Uniquement Serita.

— Bon, on peut l'exclure. Où étais-tu, d'ailleurs ?

— En voyage d'affaires.

TC soutint son regard un long moment.

— Tu n'as vraiment plus confiance en moi, Laura ?

— Je ne sais plus que croire.

— Penses-tu sincèrement que j'aie pu faire du mal à David ?

Laura hésita ; les interrogations les plus folles se bousculaient dans son esprit.

— Non, je ne crois pas, finit-elle par répondre.

TC poussa un profond soupir. Le soulagement se lisait sur ses traits.

— Alors, où étais-tu ?

— En Australie.

— Je sais.

— Tu sais ? Comment as-tu... ?

— J'ai mes sources, expliqua-t-il.

— TC, lui demanda-t-elle d'une voix lente. Crois-tu que David ait été assassiné ?

Elle reçut la réponse comme un coup de poignard dans le cœur.

— Oui.

— As-tu tué mon mari ?

— Non.

— Alors, qui ?

TC traversa la pièce et alla regarder par la fenêtre.

— Je ne sais pas. Du moins, pas encore.

— Tu veux dire que tu es près de trouver ?

— J'étais beaucoup plus près avant que tu n'ailles mettre le bazar en Australie.

— Comment sais-tu cela ? demanda une nouvelle fois Laura.

— Enfin, Laura, ouvre les yeux. Tu joues dans une autre division, là. Tu t'imagines que je suis le seul à être au courant de ton voyage ? Tu t'imagines que celui qui s'est introduit chez toi est un amateur ?

— Comment l'as-tu découvert ? insista-t-elle.

— Crois-moi, ça n'a pas été difficile pour moi, et pas non plus pour eux. Je te le répète, tu ne boxes plus dans ta catégorie. Alors, arrête de jouer et raconte-moi ce que tu as appris là-bas.

Laura le regarda un bref instant, puis tout sortit d'un coup. Elle ne garda rien pour elle. Si TC était lié à la mort de David, elle se moquait de ce qui pourrait se passer. Mais il n'avait pas tué David. Elle en était sûre. Personne ne pourrait jouer aussi bien la comédie. Bien sûr, elle s'était laissé abuser par Stan. TC, elle le connaissait depuis des années et l'avait vu avec David en d'innombrables circonstances. Jamais il ne lui aurait fait de mal. Non, son étrange comportement s'expliquait certainement par sa volonté de la protéger – non pas par le souci de dissimuler un complot mortel.

Se confier, partager ses secrets et ses peurs, se reposer un tant soit peu sur TC lui faisait du bien.

Lorsqu'elle eut tout raconté, elle lui tendit l'anneau trouvé sous son oreiller.

— Tu l'as montré à Sleepy ou à Joe ? s'enquit TC.

— J'allais le faire, mais je me demandais si c'était une bonne idée. Qu'est-ce que ça veut dire ?

TC écrasa son cigare et s'assit. Tel un bijoutier évaluant un diamant, il examina l'anneau.

— Il y a certaines choses, commença-t-il, que je ne veux pas te dire. Il vaut mieux que tu les ignores.

— Comme quoi ?

— Je t'en prie, Laura, laisse tomber.

— Pourquoi tu ne m'as pas dit que David avait été assassiné ?

— Je ne voulais pas que tu souffres davantage.

— En me mentant ?

— En te protégeant, corrigea-t-il. Laura, regarde ce que ces types sont capables de faire ! Ils avaient même minuté ton retour dans ton appartement. À quoi cela aurait-il servi de t'en parler ? Tu as déjà mis ta vie en danger, et en plus tu as fait fuir le meurtrier. Je voulais leur faire croire qu'ils ne risquaient plus rien. C'est comme ça qu'ils commettent des erreurs.

— Qu'essaies-tu de me dire ?

— Reste à l'écart de tout cela.

La voix de Laura n'était plus qu'un murmure.

— Je ne peux pas.

— C'est pour ton bien.

— Je me fiche...

— De toi-même ? l'interrompit TC. David, lui, ne s'en serait pas fichu. Il n'aurait pas voulu qu'il t'arrive quoi que ce soit. Il t'aimait, Laura. Il m'avait fait promettre de veiller sur toi.

Elle ferma les yeux et tourna la tête pour le faire taire. En vain.

— Et ta famille ? Tu voudrais la mettre en danger, elle aussi ?

Laura se rappela le message scotché sur le téléviseur.

— Tu penses vraiment que le tueur...

— ... s'en prendrait à eux ? Ces gars-là ne plaisantent pas, Laura. Tuer fait partie de leur métier.

— Mais pourquoi ? Pourquoi ont-ils assassiné David ?

— Je ne sais pas. Mais j'ai bien l'intention de le découvrir.

Graham Rowe alluma le ventilateur. Bon Dieu, quelle chaleur ! Vivant à Palm Cove, il avait l'habitude des températures élevées, mais aujourd'hui le thermomètre battait des records.

Il se cala dans son fauteuil et parcourut des yeux son bureau. La paperasse s'accumulait, et il détestait le boulot administratif. Il jeta un coup d'œil à ses fusils, à la cellule vide : n'importe quoi pour échapper à la corvée.

Se sentant poisseux, il tira sur sa chemise humide, qui émit un bruit de ventouse en se recollant à son torse. Il avait désespérément besoin d'une douche. Et s'il repassait chez lui en vitesse pour se changer ? Ensuite, il serait d'attaque pour affronter toute la paperasserie de la semaine.

Il se leva à moitié, sourit puis se rassit. *Tu n'as pas honte, espèce de flemmard ? Comme si ça allait changer quoi que ce soit... tes vêtements propres seront tout aussi trempés avant même que tu aies atteint la voiture.*

En soupirant, Graham prit la pile des permis de pêche, et il commençait à les feuilleter quand le téléphone sonna.

— Bureau du shérif.

— Graham ?

Il reconnut aussitôt la voix de Gina Cassler.

— Comment ça va, Gina ?

— Tu fais aussi réceptionniste ?

— Ce n'est pas un hôtel ici, mon chou. Quoi de neuf ?

— Nous devrions avoir les formulaires de passeport dans un jour ou deux, mais mon neveu a été efficace. J'ai les factures téléphoniques sous les yeux.

Une frisson d'excitation le parcourut.

— Des appels vers les États-Unis ce soir-là ?

— Oui. Et passés de l'appareil du hall exactement à l'heure.

— Bon sang de bonsoir, marmonna Graham.

Coinçant le combiné contre son épaule, il attrapa ses clés de voiture.

— J'arrive.

20

La horde des supporters des Celtics prit d'assaut les entrées du Boston Garden pour le match d'ouverture tant attendu. On se bousculait dans les escaliers, devant les buvettes et dans les allées. Les riches abonnés qui occupaient les meilleures tribunes saluaient les ouvreurs comme de vieux amis. Tout en haut des gradins, les spectateurs admiraient les bannières du championnat et les numéros des joueurs mythiques suspendus aux poutres du plafond. Ce soir, à la mi-temps, deux nouvelles bannières seraient ajoutées à cette collection historique : celle du championnat de 1989 et le maillot de David Baskin.

Six mois s'étaient écoulés depuis que ce dernier avait mené les Celtics à la victoire en championnat. Six mois que l'Éclair blanc avait été élu meilleur joueur de la ligue. Et six mois qu'il s'était noyé sur une côte australienne.

L'atmosphère était donc mitigée. Les fans étaient partagés entre le calme respectueux et l'excitation. En cette fraîche soirée de novembre, un relatif silence régnait dans l'enceinte que ne foulerait plus jamais l'Éclair blanc.

Laura et Serita se tenaient au bout du couloir d'entrée. De là, les joueurs allaient bientôt pénétrer sur le terrain sous les clameurs assourdissantes (pour les Celtics) et les huées (pour l'équipe adverse). Les larmes aux yeux, Laura regardait l'arène familière. Elle n'était pas revenue ici depuis des mois, mais rien n'avait changé. La peinture était toujours écaillée, l'atmosphère toujours étouffante.

Deux agents de sécurité la serraient de près. Serita lui prit la main.

— Prête ? demanda-t-elle.

Laura hocha la tête. Les deux hommes les escortèrent dans l'éclat aveuglant des lumières du Garden. Laura et Serita essayèrent de ne pas marcher trop vite, de ne pas trop attirer l'attention. Personne ne semblait les avoir remarquées, ou alors on faisait comme si. Laura, les yeux braqués droit devant elle, sentit plutôt qu'elle n'entendit la foule faire silence, mais peut-être n'était-ce qu'un effet de son imagination. Il y avait cependant quelque chose d'étrange. Nul ne les dévisageait. Nul ne les montrait du doigt ni ne les sifflait.

Gloria et Stan étaient déjà installés à leurs places. Stan se leva, tout sourire, pour les accueillir.

— Ah, Laura, quel plaisir de te voir.

Il lui prit la main et y déposa un baiser.

La jeune femme ferma les yeux pour échapper au sourire de son beau-frère. *Pas maintenant, se dit-elle. Pas ce soir. Pour une fois, essaie de te persuader que c'est le frère de David et pas une vermine.*

— Merci, Stan. Je te présente mon amie Serita.

— Encore une merveilleuse créature, déclara-t-il en prenant la main de la jeune femme qu'il baisa à son tour. Avec trois beautés comme vous, je vais faire baver d'envie tous les hommes de cette salle.

Serita se retint d'éclater de rire. Une fois assise, elle se pencha pour marmonner à l'oreille de son amie :

— C'est une blague, ce type ?

En guise de réponse, Laura se contenta de hausser les épaules.

— Je vais me chercher du pop-corn, annonça Stan en se levant. Ces dames auraient-elles envie de quelque chose ?

— Non, merci, répondit Laura.

— Rien pour moi, ajouta Gloria.

— Vous pourriez me rapporter un soda ? demanda Serita.

— Bien sûr. Quelle marque ?

— Un Coca light.

— Light ? répéta Stan avec son sourire automatique. Pour une brindille comme vous ?

Serita leva les yeux au ciel. Elle attendit que Stan soit hors de portée avant de se pencher de nouveau vers Laura.

— Encore une réplique mémorable, chuchota-t-elle d'un ton sarcastique.

Laura la fit taire et se tourna vers sa sœur.

— Comment vas-tu, Gloria ?

— Très bien. Et toi, ton voyage ?

— Assez fructueux. Où sont papa et maman ?

— Ils passent prendre tante Judy au Sheraton. Ils ne devraient pas tarder.

— Bien.

— Laura, reprit Gloria. Je voudrais te demander une faveur.

Croisant le regard de sa sœur, Laura devina ce que celle-ci allait lui dire.

— Quoi donc ?

— Ça concerne Stan. Je sais que vous êtes en bisbille, tous les deux. J'ignore à propos de quoi, mais je l'aime, Laura. Vraiment. Tu voudrais bien lui donner une seconde chance ? Pour moi ? S'il te plaît.

Laura prit une profonde inspiration, un truc qu'elle utilisait fréquemment pour gagner un peu de temps. Manœuvre réussie. Au moment où elle ouvrait la bouche pour répondre, ses parents et Judy arrivèrent. Tout le monde s'embrassa et s'étreignit.

James serra Laura dans ses bras plus fort que de coutume.

— Comment va ma petite fille ?

— Bien, papa.

— À d'autres, marmonna-t-il.

Laura eut un petit rire forcé.

— Il me manque tellement, chuchota-t-elle.

— Je sais, chérie. Je sais.

La mort de David l'avait vieilli. Il avait le visage fatigué, marqué de nouvelles rides.

Sa mère aussi n'était plus que l'ombre d'elle-même. Laura s'aperçut qu'elle tremblait en retirant son manteau. Le mélange de nuits sans sommeil et d'un excès d'alcool avait transformé son teint de rose en un masque gris.

— Où est ton nouveau petit ami ? demanda James à Gloria.

Celle-ci sourit jusqu'aux oreilles.

— Il arrive. Il est juste parti chercher du pop-corn.

Le Dr Ayars adressa un sourire chaleureux à son aînée.

— Nous avons hâte de faire sa connaissance.

— Je pense que vous allez l'aimer, dit Gloria.

— J'en suis sûr, répondit-il.

Malgré la chaleur qui régnait dans la salle, Laura vit que sa mère frissonnait.

— Ça va, maman ? lui demanda-t-elle.

Mary plaqua un sourire sur ses lèvres.

— Juste un petit rhume. Pas de quoi s'inquiéter.

L'espace d'un instant, tous se turent, faisant mine de s'intéresser à ce qui se passait sur le terrain.

— Le voici ! s'écria Gloria.

Laura se retourna. Descendant l'escalier d'un pas vif, Stan regardait Gloria comme s'il n'avait d'yeux que pour elle. Quel faux jeton ! Même si elle devait admettre que dans son rôle d'amoureux transi, il était très convaincant.

Les têtes du petit groupe se tournèrent dans sa direction. Arrivé à leur hauteur, il déposa un baiser sur la joue de Gloria, qui rougit et lui prit la main.

— Maman, papa, tante Judy, commença-t-elle, je voudrais vous présenter Stan Baskin.

Stan dégagea sa main et se figea. Son sourire disparut. Son visage perdit toute couleur. Sa bouche s'ouvrit.

Mary et Judy semblèrent elles aussi se décomposer. Seul James ignora l'expression de Stan.

— Ravi de vous rencontrer, dit-il en tendant la main.

Pareil à un boxeur qui utilise le compte à rebours pour recouvrer son équilibre, Stan commença à se reprendre. Son sourire revint – moins éblouissant toutefois. Il serra la main de James.

— Moi de même, monsieur.

Puis il salua cordialement Judy et Mary, mais sans croiser leur regard. Enfin, il s'assit.

— Bon sang, t'as vu ça ? murmura Serita à l'oreille de Laura.

— Bizarre, hein ?

— Tu m'étonnes.

Laura vit sa mère se tasser sur elle-même. Même tante Judy paraissait mal à l'aise. Un silence embarrassé pesait sur eux tous. À la gauche de Laura, un siège demeurait libre pour TC. Il avait prévenu qu'il serait en retard. Laura regrettait son absence : elle aurait aimé avoir son avis sur la drôle de scène à laquelle ils venaient d'assister.

Pour rompre le silence inconfortable qui menaçait de s'éterniser, Laura se tourna vers Judy.

— Parle-nous de Colin, dit-elle.

Sa tante eut l'air soulagée.

— Il est professeur de géologie à Colgate. C'est le directeur du département.

— Et ? la relança Serita.

Judy sourit.

— Il est merveilleux.

— C'est formidable ! s'exclama Gloria.

— Oui. Enfin, assez parlé de moi, répondit Judy. J'ai entendu dire que les Celtics plaçaient beaucoup d'espoirs dans ce Seidman.

Mary Ayars s'efforça de faire comme si de rien n'était.

— Ça ne t'a toujours pas passé, cette folie du basket, Judy ?

— Tu plaisantes ? J'ai déjà mes billets pour la finale et je me suis abonnée à MSG pour voir tous les matches des Knicks cette année.

Apparemment, elle aussi faisait de son mieux pour donner le change.

— Qui sont les Knicks et qu'est-ce donc que MSG ? demanda Mary.

Judy éclata de rire.

— Laisse tomber.

Leur conversation fut interrompue par le crépitement du haut-parleur.

— Mesdames et messieurs, les Boston Celtics !

Un grondement soudain s'éleva de partout, et l'arène s'embrasa. Douze hommes en survêtement vert entrèrent au pas de course sur le terrain, et le vacarme s'intensifia. L'espace d'une seconde, Laura chercha David sur le parquet. Puis se rappela qu'il n'était pas là, qu'il ne serait plus jamais là. Une douleur familière lui transperça le cœur.

Les joueurs firent plusieurs tours de terrain avant de commencer à s'échauffer, certains par des étirements, d'autres avec des tirs. Sous le panier, Laura repéra Earl qui leur adressa un signe discret. En réponse, Serita lui souffla un baiser. Laura scruta les autres visages. Chacun des coéquipiers de David lui adressa à son tour un sourire chaleureux et triste. Timmy Daniels, Johnny Dennison, Mac Kevlin, Robert Frederickson... tous, à l'exception d'un seul.

Le numéro 30.

Le seul qu'elle ne reconnaissait pas. Il devait mesurer un mètre quatre-vingt-cinq, avait des cheveux blonds et bouclés, et un corps proche de la perfection. Elle l'observa effectuer des doubles pas avec décontraction, lançant le ballon contre le panneau du panier sans le regarder, sachant qu'il l'atteindrait exactement selon l'angle voulu pour y entrer. Ce devait être le nouveau dont Earl et Serita lui avaient parlé la semaine précédente. Comment s'appelait-il déjà ? Tante Judy venait d'en faire mention. Seidman. Mark Seidman. L'homme venu de nulle part.

Comme hypnotisée, Laura regarda le nouveau Celtic participer à l'échauffement : attendre dans la file, tirer, attendre dans la file, dribbler. Ses mouvements étaient précis et fluides. Il semblait détendu, incroyablement détendu pour un bleu dont la presse faisait le nouveau sauveur de l'équipe.

TC arriva au moment où l'arbitre lançait le ballon pour donner le coup d'envoi du match. Il salua tout le monde (sauf Stan), et se glissa doucement devant eux (sauf Stan, à qui il écrasa les pieds).

— Désolé, vieux. J'ai pas fait exprès.

Il ignora le regard furieux de Stan et s'effondra sur le siège vide à côté de Laura.

— Désolé d'être en retard.

— Tu n'as pas raté grand-chose.

Ils se concentrèrent ensuite sur le jeu. Johnny Dennison passa à Timmy Daniels. Timmy regarda autour de lui avant de passer à Mac Kevlin, qui passa à Mark Seidman. Celui-ci se retrouva bloqué dans un coin par deux adversaires.

— Il va devoir tirer, fit remarquer TC.

Comme sur un signal, Seidman bondit dans les airs, pivota et tira. Le ballon toucha le panneau et traversa le cercle. Laura en eut le souffle coupé. Son ventre se noua. Ce tir en suspension... pas étonnant que ce type ait été surnommé l'Éclair blanc II.

— Mon Dieu, TC, tu as vu ça ?

— Sacré beau panier.

— Incroyable, oui, marmonna Judy.

Mary ne prêtait aucune attention au match. Ses yeux s'égaraient en direction de Stan. Lui aussi se préoccupait moins du jeu que de ses voisins immédiats. Sa main agrippait celle de Gloria.

— Qu'est-ce que tu sais de lui ? demanda Laura à TC.

— De Seidman ? Uniquement ce que j'ai lu dans les journaux. Et Earl m'en a parlé une fois ou deux. Il m'a dit qu'il n'était pas bavard et restait dans son coin.

Sur le terrain, Mark Seidman jouait comme un possédé. Il marqua huit points dans le premier quart-temps, plus trois passes décisives et quatre rebonds. Les Celtics menaient de sept points. À la pause, ils en avaient douze d'avance.

La cérémonie organisée pendant la mi-temps sembla se dérouler dans un brouillard. Laura descendit sur le terrain, tandis que la salle entière se figeait dans le silence. Elle tint le coup, entendit les paroles solennelles, regarda, la lèvre inférieure tremblante, Earl et Timmy hisser au plafond le numéro de David.

Judy Simmons, elle, ne suivit pas vraiment la cérémonie. Les yeux rivés sur Mark Seidman, elle scrutait sa réaction pendant l'hommage à David Baskin. S'il garda une expression impassible, à aucun moment son regard ne se posa sur Laura.

Des pensées folles, irrationnelles, traversaient l'esprit de Judy. Elle tenta de mettre de l'ordre dans cette bousculade afin de bâtir une théorie cohérente – en vain.

Pris séparément, les faits n'étaient pas significatifs. De nombreux joueurs avaient copié le tir en suspension de David. Il y avait ce jeune de l'UCLA et le meneur de Seattle. Partout, les basketteurs tentaient de perfectionner la technique de l'Éclair blanc, cette impulsion rapide impossible à bloquer. Non, cela seul n'avait rien de louche.

Sauf, bien sûr, si on connaissait toutes les données du problème.

Laura retourna à sa place, la tête haute et les yeux secs. Les larmes viendraient plus tard, se dit Judy, quand elle serait seule, à l'abri des regards. Elle embrassa sa nièce sur la joue en tâchant de chasser les idées invraisemblables qui continuaient de lui trotter dans la tête. Sans doute se laissait-elle influencer par sa nature soupçonneuse. Mieux valait réfléchir froidement à la situation plutôt que de tirer des conclusions hâtives et de s'engager dans un champ de mines.

Et si ses soupçons se révélaient fondés, si les fantômes du passé se relevaient une fois encore, il faudrait les affronter.

Mark se prit la tête dans les mains. Assis sur le banc devant son casier, il tentait de faire abstraction de la folie médiatique qui se déchaînait dans les vestiaires. La plupart des journalistes le laissaient tranquille, sachant qu'il ne parlait pas à la presse, et s'adressaient à des clients plus bavards, tels Earl Roberts, Timmy Daniels et Mac Kevlin.

Ç'avait pourtant été le match de Mark Seidman. Pour cette première apparition, il avait marqué vingt-sept points, effectué douze rebonds et huit passes décisives pour offrir aux Celtics une victoire de 117 points à 102 sur Washington. Qui aurait pu imaginer que ce talent naissant dépasserait toutes les espérances placées en lui ? Réussir en avant-saison était une chose. S'imposer devant la foule du match d'ouverture au Boston Garden en était une autre. Cependant, Mark ressemblait plus à un vétéran fatigué qu'à un bleu. Sa concentration sur le terrain était proprement stupéfiante. Jamais il n'échangeait de signes de connivence avec ses coéquipiers après un panier, jamais il ne souriait ni ne saluait un beau tir. Il ne laissait jamais filtrer la moindre émotion. Heureusement, il lui restait la beauté de son jeu, cette grâce du maître en pleine possession de son art.

Clip Arnstein entra dans les vestiaires, son légendaire cigare de la victoire entre les dents. Les journalistes se ruèrent sur lui.

— Qu'avez-vous pensé du match, Clip ?

— Je fume un cigare, non ? répondit-il.

— Et le jeu de Mark Seidman ?

Pour toute réponse, il sourit plus largement encore.

— Et vous pouvez me citer, les gars. Maintenant, soyez gentils et sortez d'ici. Les joueurs doivent se préparer pour la réception.

En d'autres circonstances, les journalistes auraient protesté, mais pas cette fois. Ils savaient que les Celtics assistaient à une soirée en l'honneur de David Baskin. Le joueur décédé avait été le chouchou de la presse : drôle, aimable, imprévisible, toujours disponible pour répondre aux questions sans pour autant se mettre en avant.

Tandis que les joueurs se rhabillaient, Clip se dirigea dans le coin à l'écart où Mark était toujours assis, tête baissée. Il lui posa la main sur l'épaule.

— Ça va ?

Mark hocha la tête.

— Écoute, je sais que tu n'aimes pas t'exposer et parler à la presse. C'est ton affaire. Mais David représentait beaucoup pour ces gars. Je sais que tu n'es pas un mondain et j'ai cru comprendre que tu ne voulais pas fraterniser avec tes coéquipiers. Je ne te le reprocherai pas tant que tu feras ton boulot correctement. Tu comprends ?

Mark leva la tête.

— Oui.

— Donc, je passe sur ton mutisme, même s'il ne me plaît pas. Mais je n'accepterai aucun acte de ta part qui leur donne l'impression d'être méprisés.

Les derniers Celtics quittèrent les vestiaires, laissant les deux hommes seuls dans la pièce jonchée de serviettes de toilette.

— Je dois mettre une limite, Mark, reprit Clip, la voix tremblante, le visage écarlate. Je me fous que tu sois un joueur extraordinaire. David Baskin comptait énormément pour nous tous. Si tu manques de respect à sa mémoire, tu auras beau être le Messie, je ferai en sorte que tu restes assis si loin sur le banc de touche que tu auras de la chance si tu vois le parquet. Compris ?

Mark aurait tellement voulu se lever et serrer dans ses bras son frêle interlocuteur, pour l'heure en colère.

— Je crois, dit-il.

Clip se calma, sa voix s'adoucit.

— On te compare déjà à David. Tu tires comme lui, tu bouges comme lui, et tu as pris son poste.

Il se dirigea vers la porte.

— Prépare-toi. Nous irons ensemble.

Mark hocha la tête. Toute résistance supplémentaire ne ferait qu'attirer l'attention sur lui. Paniqué, il se mit à trembler de manière incontrôlable à l'idée de pénétrer dans le salon de réception. Les autres joueurs seraient là. TC serait là… et tous ses voisins de rangée. Il avait évité de regarder dans cette direction pendant le match. Mais, même s'il ne l'avait pas vue, il avait senti sa présence dès qu'elle était entrée dans la salle. Que cela lui plaise ou non, il allait se retrouver face à elle pour la première fois. Son ventre se contracta.

Mark Seidman allait rencontrer Laura Baskin.

21

Laura avait déjà salué les anciens coéquipiers de David, à grand renfort d'accolades et de mots aimables. Toute l'équipe était là, sauf Clip et sa mystérieuse nouvelle recrue. Laura avait encore du mal à croire à ce qu'elle avait vu et comprenait ce qu'Earl lui avait dit. Il y avait chez ce Seidman quelque chose de profondément déroutant : son jeu – techniquement si comparable à celui de David, mais sans une once d'émotion. Or c'était l'émotion qui poussait David à donner le meilleur de lui-même. Il se nourrissait de son affection pour ses coéquipiers et de son amour du jeu. Cela se voyait sur son visage à chaque tir, à chaque passe, à chaque rebond. Mark Seidman, lui, semblait guidé par des motivations abstraites et impersonnelles. On aurait dit un guerrier tentant de survivre à la plus infernale des batailles pour pouvoir simplement rentrer chez lui.

Cependant, et on y revenait toujours, il avait beaucoup de points communs avec David. Il avait pris sa place dans la sélection, jouait au même poste, affichait la même concentration sur le terrain et, surtout, maîtrisait le fameux tir en suspension. Avec Seidman comme avec David, le ballon semblait flotter vers l'anneau, guidé par quelque main invisible. Laura n'arrivait pas à le quitter des yeux. Chacun des mouvements de Mark Seidman la remuait au plus profond d'elle-même. Il avait tant de David. De son beau, de son merveilleux David. Maintenant encore, elle en tremblait.

Voyant Clip pénétrer dans la salle, elle tenta de chasser de ses pensées le nouveau joueur. Le patron des Celtics lui adressa un sourire un peu triste… le sourire réconfortant d'un vieil ami. Elle s'avança à sa rencontre puis se figea.

Mark Seidman venait d'entrer juste derrière.

Pour une raison inexplicable, Laura se sentait obligée de regarder ailleurs.

Clip prit Seidman par le bras et l'escorta à travers la pièce, le présenta aux Ayars, à Serita, à TC. Puis le guida jusqu'à elle.

— Laura, voici Mark Seidman. Mark, je te présente Laura Baskin.

Laura releva lentement la tête. Elle eut l'impression de recevoir un coup en pleine poitrine. Aussitôt, elle détourna les yeux, et il fit de même. Mais, en cette fraction de seconde, elle avait lu dans son regard une douleur indicible.

— Félicitations pour votre match, réussit-elle à dire.

— Merci, répondit-il d'une voix douce. Je suis désolé pour votre mari.

Ils se serrèrent la main. Le visage de Mark rougit à ce contact.

— Si vous voulez bien m'excuser.

Clip voulut le retenir, mais Mark lui échappa et s'éloigna.

— Que vous dire ? s'excusa Clip, embarrassé. Mark est d'une timidité maladive.

— Earl m'en a parlé.

— Un type vraiment bizarre. Mais un bon joueur.

Laura hocha la tête. Clip la laissa pour aller rejoindre les entraîneurs des Celtics.

Ce fut alors que Stan s'avança vers elle d'une démarche titubante.

Après avoir avalé plusieurs bières au cours du match, il traînait autour du bar bien garni depuis le début de la réception. Manifestement ivre, il tenait à peine debout. Laura eut beau fouiller la pièce des yeux, Gloria n'était nulle part en vue.

Arrivé près d'elle, il lui passa le bras autour des épaules, se pencha et l'embrassa.

— Toujours aussi bandante, Laura.

— Connard, susurra-t-elle.

— Tout doux, c'était juste un petit baiser sur la joue.

— Qu'est-ce que tu veux ?

Stan vacilla puis se redressa. Le bras toujours passé autour du cou de Laura, il l'attira plus près de lui.

— Ce que tu peux être désagréable ! On ne te l'a jamais dit ?

— Tu es ivre.

— Sans blague ! Je suis ivre, et alors ? Ça devrait m'empêcher de venir voir comment va ma petite belle-sœur ? Tu ne peux même pas être polie dans une circonstance aussi tragique ?

Laura gloussa amèrement.

— Pour un dollar, tu cracherais sur la tombe de David.

— Même pour la moitié, marmonna-t-il.

Laura eut bien envie de le frapper, comme le jour où il l'avait agressée dans son bureau, mais le lieu était mal choisi pour faire une scène.

Prenant sur elle, elle plaqua un sourire sur son visage.

— Lâche-moi, sale porc.

— J'ai une bonne nouvelle pour toi, Laura. Le mystère est sur le point d'être résolu.

— Où est Gloria ?

— Partie se repoudrer le nez. Mais écoute-moi. C'est fini. Ce soir.

Il tanguait d'avant en arrière.

— Je n'ai plus besoin de ton fric ni de celui de ta frangine.

— Je ne sais pas de quoi tu parles et je m'en fiche. Va-t'en, c'est tout ce que je te demande.

— Sois patiente. C'est fini. Je m'en vais.

— Ravie de t'avoir connu. Adieu.

Stan sourit, les yeux injectés de sang.

— Tu n'oublies pas un petit détail ?

— Quoi donc ?

— Gloria ?

— Et alors ?

Il haussa les épaules et faillit vaciller sous l'effort.

— Elle m'aime, tu sais. Je peux la laisser tomber en douceur, en lui racontant que je ne suis pas assez bien pour elle et ce genre de conneries. Ou alors, je peux la détruire, lui dire que je me suis servi d'elle, qu'elle n'est qu'une pute.

Malgré la rage qui montait en elle, Laura parvint à conserver un air serein.

— Si tu fais ça, dit-elle d'un ton égal, je te tuerai. Je le jure.

— Des menaces, Laura ? Je te pensais plus maligne.

— Que veux-tu ? Je croyais que tu n'avais plus besoin d'argent. Et c'était quoi, ce cirque, avant le match ?

— Patience, ma petite fleur. Tu as raison sur ce point : je n'ai plus besoin de ton argent.

— Dans ce cas, pourquoi ne pas laisser ma sœur tranquille ?

— Rien ne me ferait plus plaisir. Mais la vie n'est pas si simple. D'abord, tu dois faire quelque chose pour moi.

Stan la saisit par l'épaule et l'obligea à le regarder.

— Quoi ?

— Coucher avec moi. Si tu acceptes, je ne ferai aucun mal à ta sœur.

Prise d'un haut-le-cœur, Laura se rendit compte soudain que les apparences pouvaient être trompeuses. Stan et elle se souriaient, face à face, en pleine intimité. Autour d'eux, les gens devaient les prendre pour un couple heureux et séduisant…

Sauf Mark Seidman. Pour la première fois de la soirée, Laura vit son masque se fissurer. Il se tenait derrière eux, non loin de Stan, les traits déformés par une grimace de haine. Mais pourquoi ?

— Alors ? reprit Stan, l'haleine chargée d'alcool. J'attends.

Laura reporta son regard sur lui.

— Tu es ivre.

— Tu te répètes. J'attends toujours ta réponse.

— Va te faire foutre.

Stan secoua la tête.

— Pas très malin de ta part, Laura. Tu devrais y réfléchir d'abord.

— Réfléchis plutôt à ça, Stan : tu es l'être le plus répugnant que j'aie jamais rencontré. Je te déteste.

— Sais-tu pourquoi tu me détestes ?

— Tu veux la liste complète de mes raisons ?

Il éclata de rire.

— Laura, pourquoi continuer à te mentir à toi-même ? Pourquoi ne pas admettre que je te plais ? Tu me désires, mais tu te sens coupable. Tu as l'impression de trahir David. Comment compenser ça ? En créant cette affreuse illusion, une illusion que tu peux haïr.

— Tu es malade, Stan, rétorqua Laura. Quand je t'ai vu avec Gloria ce soir, j'ai eu la bêtise de penser que tu tenais à elle. Mais je n'oublierai pas la vérité. La vérité, c'est que tu n'es qu'une merde.

— Peut-être, mais une merde qui obtiendra de toi ce qu'elle voudra.

— Jamais.

— Ah, Laura, tu cèdes une fois de plus à tes émotions. Ne t'ai-je pas déjà mise en garde ? Dis-toi qu'il s'agit d'une décision pragmatique. Si tu couches avec moi ce soir, je disparaîtrai pour toujours. Pour Gloria, je ne serai plus qu'un agréable souvenir. Si tu refuses, je la détruirai. Penses-y, Laura. Que vaut pour toi la vie de Gloria ? Compte-t-elle moins que ta chasteté de veuve ?

Laura ne répondit pas, mais le petit sourire satisfait de Stan lui labourait le cœur.

— Je vois que tu commences à y réfléchir rationnellement. Une nuit, et je disparais. Rien ne t'empêchera de fermer les yeux. En revanche, bien sûr, si ton corps s'aperçoit qu'il en redemande, je pourrais rester un temps avec toi. Ce sera notre petit secret.

Laura ravala sa bile, sans croire elle-même à ce qu'elle s'apprêtait à lui demander.

— Qu'est-ce qui me prouve que tu partiras vraiment ?

Le sourire de Stan s'élargit. Elle avait mordu à l'hameçon.

— Tu ne me fais pas confiance ?

— Absolument pas.

— Eh bien, il va pourtant falloir, chérie. La vie est un pari. Tu devras faire un choix et l'assumer. Dans tous les cas, je pars demain. Si tu retrouves Gloria dans les toilettes, les poignets tailladés, tu sauras que tu as pris la mauvaise décision.

À l'autre bout de la salle, Laura repéra sa sœur.

— Je te retrouve chez toi à minuit, chuchota Stan.

Il s'éloigna en chancelant pour aller rejoindre Gloria qui s'illumina en le voyant. Sa sœur était follement amoureuse de ce sale type. Elle ne pouvait rien y faire.

David était mort. Elle était arrivée trop tard pour le sauver. En revanche, Gloria était bien vivante.

Et elle, Laura pouvait encore la sauver.

En voyant Laura et Stan, Mark bouillait de rage. Il n'en croyait pas ses yeux. Pourquoi TC ne lui avait-il pas dit que Stan était à Boston ? La réponse était évidente : maintenant que David

Baskin était mort, Mark Seidman n'était pas en droit de savoir quoi que ce soit.

Une voix qu'elle connaissait l'arracha à sa fureur.

— Excusez-moi...

Mark pivota et se retrouva face à une grande femme aux cheveux auburn. Judy Simmons. Il s'était attendu à ce qu'elle assiste à la cérémonie et le redoutait. La brillante tante de Laura était la seule en mesure de découvrir ce qui était vraiment arrivé à David Baskin.

— Oui, madame...

Il feignit d'avoir oublié son nom.

— Simmons, compléta Judy. Judy Simmons. Je suis la tante de Laura Baskin.

— Oui, bien sûr.

Elle le dévisagea un long moment.

— Je voulais juste vous complimenter sur votre jeu de ce soir, monsieur Seidman.

— Merci.

— Où avez-vous appris à jouer comme ça ?

Mark haussa les épaules.

— Ici et là.

— Eh bien, félicitations. Je n'avais jamais vu une telle performance lors d'une première sélection.

Elle s'interrompit et plissa les yeux.

— Votre visage m'est familier, monsieur Seidman. Nous sommes-nous déjà rencontrés ?

— Je ne crois pas.

— C'est drôle, je suis sûre de vous avoir déjà vu. Avez-vous fréquenté le Colgate College ?

— Non.

— J'ai peut-être connu votre mère. Oui, sûrement. Seidman... même votre nom me dit quelque chose.

— Ma mère est décédée il y a très longtemps.

Une fois encore, Judy le disséqua du regard. Elle avait remarqué sa réaction en découvrant Laura et Stan ensemble, mais cette fois, il demeura de marbre.

— Je suis désolée.

— Si vous voulez bien m'excuser, madame.

Judy ne le quitta pas des yeux alors qu'il lui adressait un faible sourire, hochait la tête et se dirigeait vers la sortie.

Impossible, se dit-elle. *Calme-toi. Mark Seidman n'est qu'un nouveau jeune prodige sportif. Rien de plus. Arrête ton cinéma.*

Mais elle savait qu'elle essayait de se leurrer elle-même.

La démarche erratique, Stan traversa le couloir vide du Boston Garden pour se rendre aux toilettes du dernier étage. Il n'en était pas à sa première cuite, loin de là, mais ce soir il se sentait malade, incapable de se contrôler. La tête lui tournait comme un 78-tours sur un vieil électrophone. Il lui semblait avoir la gorge emplie de sable. Et son estomac..., bon sang, son fichu estomac semblait bourré d'explosifs.

Il se regarda dans le miroir, la gorge nouée par la peur. L'alcool n'était pas le seul responsable de son état. Jamais de sa vie il ne s'était senti aussi terrifié, alors même qu'une occasion extraordinaire venait de se présenter à lui. Du fric. Autant qu'il en voudrait. Autant qu'il en avait besoin. À portée de main. Il allait exiger cent mille tout de suite, puis réclamerait des rallonges chaque fois qu'il le jugerait nécessaire. Il pourrait satisfaire toutes ses lubies…

… à condition de serrer la main du diable.

Stan s'écarta du miroir. Parfois, il se comportait comme un imbécile, surtout quand il s'agissait de Laura. Quand apprendrait-il à fermer sa grande gueule ? Peut-être devrait-il lui présenter des excuses ? Non, inutile. Elle se contenterait de lui cracher dessus. Pourquoi agissait-il toujours ainsi ? Pourquoi replongeait-il au fond du trou alors qu'il était sur le point d'en sortir ? Il avait trop bu, il avait vu Laura, et son désir de se venger de David avait repris le dessus. Le pauvre type était mort. Pourquoi, confronté à la beauté de Laura, sa vieille haine refaisait-elle toujours surface ?

Il défit sa braguette et s'approcha de l'urinoir. À la vérité, il n'avait pas encore envie de prendre le large. Il pouvait très bien récupérer l'argent et garder Gloria… même si ça risquait de devenir compliqué. Après tout, sa source financière faisait partie de la famille.

Oui, il pensait au chantage, purement et simplement. Mais il n'allait pas s'en prendre à n'importe qui.

Il ferait chanter l'assassin de son père.

Il s'agrippa au bord de l'urinoir pour ne pas chanceler. Ses vêtements imbibés de sueur lui collaient désagréablement à la peau. Après toutes ces années, il venait enfin de revoir la personne qui avait tué son père. La plupart des fils auraient crié vengeance. Ils en auraient appelé à la justice divine, auraient réclamé du sang, la mort. Mais pas Stan. Trop d'années avaient passé pour qu'il joue les redresseurs de torts. De plus, il n'avait jamais été un adepte de la violence. Il pourrait aller trouver les flics, mais qui le croirait ? Qui prêterait foi à la parole d'un homme ayant attendu trente ans pour affirmer avoir été le témoin du meurtre de son père ? Avec un casier judiciaire comme le sien ? La bonne blague.

Non, il lui faudrait prendre une revanche à sa façon contre l'assassin de son enfance heureuse. Il l'obligerait à vivre dans la peur permanente d'être dénoncé... et réaliserait du même coup un joli profit.

Une vague de nausée le submergea. Sur le point de vomir, il tituba vers la cabine, se cognant l'épaule contre la paroi métallique. S'il avait été sobre, il se serait sûrement rendu compte d'une douleur sourde dans l'omoplate. Heureusement, l'alcool l'anesthésiait. Stan tomba à genoux, saisit le rebord de la cuvette et attendit.

Ce fut alors qu'on l'attrapa par les cheveux.

— Putain, qu'est-ce... ?

La fin de sa phrase se noya dans l'eau glacée. La tête de Stan s'enfonça dans la cuvette et s'écrasa contre le fond. Paniqué, il tenta de se débattre, mais ne réussit pas à se libérer de la main de fer qui le tenait en étau.

— Espèce d'ordure !

Stan entendait à peine les mots qu'on lui criait. *Je vais mourir*, songea-t-il. *Je vais me noyer dans de foutues chiottes.*

Ses poumons menaçaient d'éclater. De l'eau lui descendait dans la gorge. Il suffoquait. Les yeux lui sortaient des orbites. Toute pensée l'abandonna. Seul demeura un instinct primitif. L'instinct de survie. Comme tout mammifère coincé sous l'eau, il se retrouvait incapable de respirer. Il avait beau gigoter, ruer, la main lui maintenait la tête en bas, lui écrasant le nez contre la porcelaine. Stan vit son propre sang se mélanger à l'eau.

Sa gorge le brûlait. Ses yeux se révulsèrent. La mort. La noyade. Comme David. C'était comme ça, petit frère ? C'était... ?

Son assaillant le ressortit de l'eau, relâchant sa tête tel un objet inanimé. Son crâne heurta le bord de la cuvette avant d'atterrir sur le carrelage, mais Stan s'en rendit à peine compte. Il haletait et se convulsait, la main autour de la gorge, dans une vaine tentative pour atténuer la douleur. Il roula par terre, essayant désespérément d'apporter de l'oxygène à ses poumons douloureux.

Puis on le saisit de nouveau par les cheveux.

— Putain, non, réussit-il à prononcer.

Sa tête fut projetée vers le bord de la cuvette ; son visage plongea, s'arrêta à un centimètre de l'eau.

— Non, s'il vous plaît...

Stan sentit son agresseur se baisser vers lui, sans relâcher sa prise. Une haleine chaude lui picota l'oreille et le cou.

— Si tu t'approches d'elle encore une fois, dit la voix masculine, je te tue.

Le coup jaillit de nulle part. La tête de Stan partit en arrière. Son corps se liquéfia. Il glissa sur le sol et plongea dans une bienheureuse inconscience.

Les mains tremblantes, Mark regarda la forme immobile de Stan. Il serra les poings et tenta de ravaler sa rage contre ce salaud. Jamais il n'avait perdu le contrôle de lui-même de cette façon ; jamais il ne se serait cru capable d'une telle violence.

Du pied, il fit rouler Stan sur le dos. Son visage était couvert de sang. Rien d'inquiétant cependant : dans son état d'ébriété, il aurait suffi d'une pichenette pour lui faire perdre connaissance.

Stan était donc de retour. Et, à en juger par les bribes de conversation qu'il avait surprises entre Laura et lui, il n'avait pas changé : c'était toujours une ordure doublée d'un taré.

Pourquoi était-il venu à Boston ? Pas besoin de chercher la réponse très longtemps : l'argent. Stan avait dû s'imaginer que la riche veuve de son défunt frère serait une proie facile. La trouver seule, vulnérable et magnifique n'avait dû la rendre que plus attirante.

Quel salaud !

Un coup retentit à la porte.

— Mark ? Tu es là ?

Il sortit de la cabine.

— TC, tu es seul ?

— Oui.

Il alla ouvrir la porte. TC entra dans les toilettes et referma le loquet.

— Qu'est-ce qui se passe ? demanda-t-il.

Puis il remarqua Stan avachi par terre dans la cabine et émit un sifflement.

— Qu'est-ce que tu lui as fait ?

— Une petite trempette. Merde, pourquoi tu ne m'as pas dit qu'il était ici ?

TC se détourna, haussa les épaules.

— Ça ne te regardait pas.

— Quoi ? Tu n'as pas l'impression de...

Mais il ne put finir sa phrase. La douleur le submergea par vagues violentes, irrésistibles. Se prenant la tête à deux mains, les ongles enfoncés dans les tempes, Mark tomba à genoux.

Sans hésiter, TC se précipita vers lui.

— Ça va, je suis là.

Mark leva vers lui des yeux où ne se lisait qu'une incoercible douleur. Prenant son ami par les épaules, TC l'aida à se mettre debout.

Il est de retour, songea TC, saisi de frayeur. *Le démon est de retour.*

Laura prit congé et se dirigea vers la sortie. Elle avait besoin de s'extraire un moment de la cohue, d'être seule pour penser à David. Les soirées comme celle-là se déroulaient dans un état second, mais Laura savait qu'au bout d'un moment le mur protecteur érigé autour d'elle se fissurait et que la réalité reprenait ses droits.

Elle déambula sans but dans le hall vide, hantée par des images de David. Les six mois écoulés lui avaient appris que chacun réagissait à sa façon face à la mort. Certains affichaient leur douleur. D'autres tentaient d'éviter le chagrin en feignant de se comporter comme s'il ne s'était rien passé et que l'être aimé n'avait jamais existé. Laura, elle, entrait dans une troisième catégorie. Ses amis lui enjoignaient de surmonter la tragédie, affirmant que la vie continuait. Et sans doute aurait-elle prodigué le même conseil à des proches endeuillés. Mais elle ne voulait pas oublier David, puisant un étrange réconfort à penser à lui, à se rappeler tous les moments passés ensemble. Elle se laissait aller à pleurer en contemplant les albums de photos, en songeant à tout ce qu'ils n'avaient pas encore vécu, à la famille heureuse qu'ils n'auraient jamais. Il n'y avait pas de mal à pleurer. Cela valait mieux que d'occulter l'existence de David. Mieux que de ne rien éprouver.

La voix de TC l'arracha à ses pensées pour la ramener dans le hall obscur du Boston Garden. Il parlait bas. Elle dut se rapprocher pour l'entendre.

— Tout va bien, disait-il. Je te tiens.

Elle passa la tête à l'angle du mur et s'immobilisa. TC soutenait Mark Seidman pour l'aider à avancer dans le couloir. Les jambes du basketteur semblaient ne plus fonctionner. Il se tenait la tête dans les mains, comme si elle était près d'exploser. TC étouffa son cri en lui plaquant une main sur la bouche.

— Courage, mon vieux. Appuie-toi sur moi. Tu seras bientôt à la maison.

Mark répondit dans un murmure douloureux :

— Je ne voulais pas la voir, TC. Je ne voulais pas m'approcher d'elle.

— Je sais, Mark. Je sais.

Laura demeura figée par le choc pendant que les deux hommes disparaissaient au détour du couloir. Quelques heures plus tôt, TC ne lui avait-il pas affirmé n'avoir jamais rencontré Mark Seidman ?

22

Judy faisait les cent pas dans son salon en se repassant mentalement le film de la soirée de la veille. Elle repensait à ce qu'elle avait vu et entendu au Boston Garden, et tentait d'en tirer des conclusions. Le premier tir en suspension de Mark Seidman avait entraîné son cerveau dans une spirale folle et terrifiante qu'elle ne parvenait pas à stopper. Était-ce possible ? Cela paraissait invraisemblable et pourtant, quand elle réfléchissait au déroulement de l'intégralité du scénario, elle en arrivait à cette conclusion inévitable.

Elle ouvrit son portefeuille et en sortit la vieille photo familière. Le cliché tremblant entre ses doigts, elle contempla l'image d'une jeune Judy rayonnante, dans les bras d'un homme plus âgé. La photographie en noir et blanc avait été prise après un match de softball universitaire, par un bel après-midi ensoleillé à Chicago, en 1960. Dans sa main libre, l'homme tenait une batte. Sa casquette penchait d'un côté, un sourire illuminait son beau visage.

Le père de David.

Sinclair et Judy étaient très amoureux. Aucun des deux ne l'avait prévu. Ils ne voulaient blesser personne. Mais comment imaginer le coup de foudre qui avait fait succomber la jeune fille sérieuse et très convenable au charme de cet homme marié ?

Bien sûr, Sinclair avait une réputation de séducteur. Elle le savait coutumier de l'adultère, mais toutes celles qui l'avaient précédée n'étaient que des poupées sans cervelle avec qui il s'était amusé avant de s'en débarrasser. Pas Judy. Quoique jolie, elle n'était pas le genre à faire tourner les têtes. Surtout, leur aventure durait depuis plusieurs mois. Sinclair Baskin l'aimait, Judy n'avait aucun doute là-dessus, et il allait demander le divorce. D'accord, ce ne serait pas facile. Ses parents ne pourraient ni comprendre ni approuver. Mais l'amour permettait de surmonter tous les obstacles, non ?

En réalité, l'amour n'avait pas été de taille à lutter contre la jalousie, la beauté, la tromperie et la rage.

Pour Sinclair non plus, cette liaison n'était pas simple. Il avait un fils de dix ans et un bébé qu'il aimait tendrement. Judy sourit tristement. Le petit Stan avait maintenant quarante ans, et le bébé était devenu un jeune homme merveilleux et un prodige du sport. Sinclair aurait été tellement fier de David. Et sûrement anéanti par son décès...

Mais non, rien de tout cela ne serait arrivé. Si Sinclair avait été en vie, David le serait aussi.

Ses pensées la ramenèrent tout naturellement au présent. La frontière séparant le Chicago des années soixante du Boston des années quatre-vingt-dix était si mince. Sa nièce avait elle aussi aimé un Baskin. David. Le fils de Sinclair. Elle avait tout misé sur cet amour – ses rêves, ses espoirs, sa vie – et avait tout perdu.

Seulement, il existait des différences essentielles entre la tragédie de Judy et celle de Laura. D'abord, David avait aimé Laura corps et âme. Judy ne pouvait pas en dire autant de Sinclair. Plus important encore, Laura n'était en rien responsable de la mort de l'homme qu'elle aimait.

Contrairement à Judy.

Maudit sois-tu, Sinclair Baskin. Pourquoi as-tu commis pareille erreur ? Et pourquoi ai-je été aussi stupide ? Pourquoi avoir réagi de manière aussi impulsive ? Tout était pourtant parfait. Parfait.

Pour Judy, tout était mort, fini. Mais pour Laura ?

Peut-être restait-il un espoir.

Sa décision était prise. Après avoir décroché le combiné du téléphone, elle composa un numéro.

L'entraînement terminé, Mark Seidman se doucha et se rhabilla en silence. Les joueurs étaient encore d'humeur nostalgique après la cérémonie de la veille. Aucune stéréo ne braillait le dernier tube de Samantha Fox ou de Chaka Khan. Les conversations étaient étouffées, ce qui évita à Mark d'y prendre part. Autrefois, il avait apprécié la camaraderie de ses coéquipiers. Pour lui, pas de victoire sans complicité. Quand le basket n'était plus qu'un métier, le niveau de jeu baissait inéluctablement.

Pourtant, Mark ne pouvait pas se lier avec ses compagnons, et ceux-là ne l'accueillaient pas à bras ouverts. Même s'il en souffrait, il savait qu'une amitié entre eux pourrait se révéler catastrophique. Earl n'était pas idiot. Pas plus que Timmy, Mac ou Johnny. Même s'il doutait qu'ils puissent reconstituer toute l'histoire, mieux valait ne pas prendre de risque.

Alors que, son sac de sport à l'épaule, il passait devant le casier d'Earl, il entendit :

— À demain, Mark.

Earl ne lui avait pratiquement pas adressé la parole depuis le début de la saison.

— Oui, à demain, répondit-il.

— Beau match, hier, reprit Earl.

— Pour toi aussi.

Tous deux se tenaient face à face, mal à l'aise. Avec un sourire contraint, Mark se détourna et sortit.

Comme il parcourait le couloir, il s'entendit héler par un membre du staff :

— Mark ? Un coup de fil pour vous !

— Dites que je ne suis pas là.

— La dame prétend que c'est urgent. Elle jure que vous la connaissez. Judy Simmons.

Le ventre de Mark se noua.

— Ça va ?

Il hocha la tête, le corps soudain engourdi.

— Passez-la-moi dans la salle cinq.

S'efforçant de rester calme et maître de lui, il entra dans la pièce et referma la porte. Puis il décrocha le combiné.

— Allô ?

— Monsieur Seidman ? Ici Judy Simmons. Nous nous sommes rencontrés hier soir.

Sa bouche était sèche comme du parchemin.

— Oui, bien sûr. Que puis-je faire pour vous, mademoiselle Simmons ?

— Comment savez-vous que je ne suis pas mariée ?

— Pardon ?

— Vous venez de m'appeler « mademoiselle ». Comment savez-vous que je ne suis pas mariée ?

Mark ferma les yeux. Il devait surveiller chaque mot qui franchissait ses lèvres.

— Je... Je crois qu'on vous a appelée ainsi quand on nous a présentés hier.

— Je vois.

— Vous m'avez fait dire que vous vouliez me parler de toute urgence ?

— C'est vrai. Vous permettez que je vous appelle Mark ?

— Je vous en prie.

Judy hésita une seconde avant de reprendre :

— Vous permettez que je vous appelle David ?

Ses mots frappèrent Mark avec la force d'un coup de poing. *Reste calme, mon vieux. Reste calme.*

— C'est une plaisanterie ?

— Non.

— Écoutez, je ne sais pas où vous voulez en venir, mais je n'apprécie pas que vous prétextiez une urgence pour...

— Arrêtez de me mener en bateau, David, le coupa-t-elle. C'est votre vrai nom, n'est-ce pas ? David Baskin.

— Bien sûr que non, rétorqua-t-il.

Malgré son aplomb, il éprouvait une frayeur intense.

— Je ne sais pas ce que vous avez derrière la tête, et, franchement, je m'en moque. Je ne supporte déjà plus d'entendre le nom de ce gars. Votre famille a vécu un drame, j'en conviens. Et je sais que mon jeu ressemble au sien. Mais je suis Mark Seidman, pas David Baskin. Vous m'entendez ? Je ne suis pas le mari de votre nièce.

— Attendez une...

— Non, vous, attendez une seconde. Il arrive que des tragédies se produisent, mademoiselle Simmons. Elles sont aveugles et cruelles. Je sais que la mort d'un homme jeune et en bonne santé comme David Baskin est difficile à accepter pour tout le monde. Même la presse et les fans ont du mal à l'admettre. Ils m'appellent l'Éclair blanc II, comme si j'étais la réincarnation de David. J'en ai par-dessus la tête, vous comprenez ? Alors, soyez gentille, acceptez la réalité et aidez votre famille à faire de même. David Baskin est mort. J'ai pris sa place sur le terrain de basket, c'est tout.

Il y eut un long silence avant que Judy ne reprenne la parole.

— Vous ne comprenez rien, n'est-ce pas ?

— Pardon ?

— Vous croyez savoir ce que vous faites, mais vous vous trompez. Certains éléments concernant cette histoire vous ont été dissimulés.

— J'ignore de quoi vous...

— Comme vous voudrez, monsieur Seidman, ou quel que soit votre nom. Si vous voulez continuer à feindre l'ignorance, libre à vous. Mais si vous voulez apprendre ce qui s'est réellement passé il y a trente ans, si vous voulez épargner à Laura les effets d'une indicible cruauté, venez me voir à Colgate demain, à 19 heures. Je vous expliquerai tout. Quand vous aurez entendu ce que j'ai à dire, j'accepterai votre décision. Et je ne reparlerai plus jamais de tout ça. Mais si vous ne venez pas, je serai dans l'obligation de trouver un autre moyen d'action. Qui ne vous plaira peut-être pas.

Mark déglutit avec peine. Une larme perla au coin de son œil.

— Demain soir, monsieur Seidman. 19 heures.

Et elle raccrocha.

Mark quitta la salle cinq et rejoignit la voiture qui l'attendait dehors.

— Judy Simmons vient de m'appeler, annonça-t-il en s'installant dans le véhicule.

La réaction de TC fut prompte et prévisible :

— Qu'est-ce qu'elle t'a raconté ?

— Elle pense que je suis David Baskin. Et elle prétend qu'on lui a caché une partie de la vérité.

— Qu'est-ce que ça signifie ?

— Je ne sais pas exactement. Elle m'a dit que c'était lié à ce qui s'est passé il y a trente ans.

TC arracha d'un coup de dents l'extrémité de son cigare.

— Intéressant, non ?

— Tout dépend de ce qu'elle a en tête.

— Se peut-il qu'elle ait raison ? Que Baskin ait été trompé ?

— C'est toi, le flic. À toi de me le dire. Ce n'est pas impossible. Mais en quoi ? Et surtout, pourquoi ?

— Je l'ignore, admit TC. Mais elle n'a aucune idée de ce que sait Baskin, n'est-ce pas ?

— C'est-à-dire ?

— Eh bien, elle s'imagine peut-être qu'il ne connaissait pas toute l'histoire.

Mark regarda par la vitre en réfléchissant.

— Elle a ajouté que si je voulais épargner à Laura les effets d'une « indicible cruauté », selon ses propres mots, je devais aller la voir à Colgate demain soir. Et que si je n'y allais pas, elle trouverait un autre moyen de régler l'affaire.

— Elle a dit ça ?

Mark hocha la tête.

Le visage tendu, TC serra plus fort le volant.

— Eh bien, on ne peut pas la laisser faire !

Driiing, driiing. Debout, Stan ! C'est l'heure d'appeler l'assassin de ton père.

— Oh, putain, ma tête !

Stan roula sur le dos. Quelle gueule de bois ! Exactement comme au bon vieux temps. Tendant la main, il arrêta le réveil et le tourna vers lui.

13 heures.

Son nez lui faisait un mal de chien quand il respirait. Il fallait qu'il passe se faire examiner à l'hôpital. Mais plus tard. Pour l'heure, il avait du pain sur la planche.

Il se leva et s'approcha du miroir. Son visage était en piteux état : le nez cassé, les yeux au beurre noir, un teint de papier mâché après tout ce qu'il avait vomi. Des bribes de l'incident de la veille lui revinrent, mais la scène demeurait floue. Un type qui l'agressait, qui lui plongeait la tête dans la cuvette des chiottes puis le mettait K-O. Bizarre, mais vrai. Et que lui avait dit le type ? De rester loin d'« elle ». C'est-à-dire, à n'en pas douter, de Laura.

Sa belle-sœur aurait-elle pu engager un homme de main ? Peu probable. Le suspect numéro un était TC, mais ce n'était pas sa voix.

Alors qu'il se remémorait sa conversation avec Laura, Stan se reprocha pour la centième fois sa stupidité. Pourquoi se faire une ennemie d'une femme aussi puissante ? Pourquoi ne pas l'oublier ? Il était heureux avec Gloria. Il allait avoir de l'argent à gogo. Pourquoi tout faire capoter ? Quel besoin avait-il de foutre systématiquement sa vie en l'air ?

Hélas, il était ainsi fait. Lorsque, après moult efforts, il parvenait à sortir un pied de la boue, il s'apercevait que l'autre s'y était profondément enfoncé.

Il entra dans le salon et se laissa choir sur le canapé. Assez d'introspection pour ce matin, merci bien. Il se frotta nerveusement les mains. Une mince pellicule de sueur lui couvrait tout le corps.

Le moment du petit coup de fil était venu.

L'espace d'une seconde, ce qu'il s'apprêtait à faire le dégoûta. Comment pouvait-il laisser l'assassin de son père s'en tirer ? Comment pouvait-il se laisser acheter de la sorte ? Son père avait été l'une des rares personnes en ce monde à l'avoir sincèrement aimé. Peut-être même la seule.

Mieux valait ne pas voir les choses comme ça, se dit-il en se versant un réconfortant doigt de vodka. Il devait considérer cet appel comme une transaction commerciale ordinaire – et très profitable.

Vidant la vodka d'un trait, il décrocha le téléphone.

Après sa conversation avec Mark Seidman, Judy recommença à arpenter son salon de long en large. Que faire à présent ? La réponse était assez évidente : appeler la seule personne au monde qui ne la prendrait pas pour une folle, la seule personne qui comprendrait ses soupçons. Quelqu'un qui aimait Laura plus que sa vie même.

James.

Ils s'étaient parlé plusieurs fois après avoir deviné que la mort de David n'était pas un accident, que, selon toute probabilité, il s'était suicidé. Ils avaient même envisagé la possibilité que Mary ait été responsable de la noyade. Maintenant, Judy s'apercevait qu'ils n'avaient fait qu'effleurer la surface des choses. Les grondements, au-dessous, commençaient seulement à se faire entendre. Et s'ils effrayaient Judy, ils lui redonnaient aussi espoir. James, elle le savait, éprouverait la même chose, car, en vérité, tous deux désiraient ce qu'il y avait de mieux pour Laura. James réussirait peut-être même à trouver un moyen de sauver la situation sans faire remonter le passé.

— Passez-moi le Dr Ayars, s'il vous plaît. Je suis sa belle-sœur.

— Une seconde.

Un instant plus tard, la voix de James résonna dans l'écouteur.

— Judy ?

Cette autorité, cette assurance… c'était entre autres ce qui l'avait séduite en lui autrefois. Son cœur s'était brisé quand elle l'avait perdu au profit de Mary, même si elle n'en avait rien montré. Elle s'était gracieusement mise en retrait, comme la pauvre et brave Judy l'avait toujours fait, troquant le rôle principal de fiancée contre celui, secondaire, de demoiselle d'honneur. Elle avait rencontré Sinclair Baskin quelques mois plus tard. Il l'avait guérie, lui faisant oublier l'époux de Mary.

Puis son cœur s'était de nouveau brisé. Elle ne s'en était jamais vraiment remise.

— Il faut que je te parle, dit-elle. Tu es seul ?

— Oui. Qu'y a-t-il ?

Ne sachant pas trop par où commencer, Judy prit une profonde inspiration.

— Tu n'as rien remarqué d'étrange, hier soir, au match ?

— Comment ça ?

— Je veux dire, une chose bizarre.

— J'ai une dizaine de patients dans la salle d'attente, Judy. Ce n'est pas le moment de jouer aux devinettes.

Elle chercha ses mots.

— As-tu prêté attention à Mark Seidman ?

— Le nouveau ? Bien sûr. Excellent joueur.

— Et son tir en suspension ?

— Eh bien ?

— Il ne te rappelle rien ?

— Si, il a le même style que David. Et alors ? Où veux-tu en venir ?

Il s'interrompit brusquement, bouche bée. Quand il eut recouvré la parole, sa voix ne fut plus qu'un chuchotement.

— Tu ne crois pas… ?

— Si.

— Mais comment ? C'est insensé.

— Au contraire. Réfléchis une seconde. Après ce rendez-vous chez l'avocat de David, tu m'as bien dit que tu ne croyais plus au suicide ?

— Oui, admit James, mais c'était à cause de cet argent disparu. J'avais envisagé que quelqu'un l'avait tué pour s'en emparer.

— Réfléchis-y de nouveau à fond, James. Ne serait-ce pas une coïncidence des plus étranges que David ait été assassiné ?

— Peut-être, mais ce que tu suggères est tout bonnement ridicule.

— Vraiment ? Ou est-ce la seule réponse qui colle parfaitement ?

— Comment David aurait-il pu réaliser une chose pareille ?

— Pas évident, j'en conviens. Il aurait dû se faire aider. Sans doute par TC…

— … qui a été le premier à se rendre en Australie quand Laura a découvert sa disparition, ajouta James.

— Exactement.

— N'empêche que nous n'avons pas le début d'une preuve. On ne peut pas foncer tête baissée sur une simple supposition. Pense aux répercussions.

— Je connais parfaitement les répercussions.

— Alors, que doit-on faire, à ton avis ?

Judy soupira.

— Nous avancerons avec prudence, mais il faut mener l'enquête.

— Le plus tôt sera le mieux, renchérit James. J'irai à la banque pour essayer de savoir où est passé l'argent disparu.

— Bien.

Un silence.

— En as-tu parlé à Mary ? demanda-t-il.

— Tu plaisantes ? Qui sait comment elle réagirait.

— Je suis d'accord.

— Alors, bonne chance, James. Tiens-moi au courant de ce que tu découvriras.

Graham Rowe détailla la facture téléphonique. Il aurait pu obtenir le document de l'opérateur, mais une telle requête n'aurait pas manqué de susciter la curiosité de ses supérieurs. Et s'il s'agissait d'une grosse affaire, si le Dr Bivelli et les fédéraux travaillaient avec ce TC, fourrer son nez là-dedans pourrait se révéler dangereux pour sa santé.

Il n'était qu'un shérif de bourgade. Il aimait pêcher, chasser et boire quelques bières chez Luke, le pub de la ville. Avec modération, évidemment, mais il n'y a rien de tel qu'une bonne bière fraîche pour vous remettre un bonhomme d'aplomb.

Les complots, les complications, les meurtres, il évitait tout ça comme la peste. Quelle idée aussi de s'être embarqué dans cette galère ? Apparemment, la noyade s'était produite à Cairns. Ils avaient tout un commissariat, là-bas. Il pouvait très bien leur refiler le bébé, s'enfoncer dans son fauteuil et s'offrir une bonne petite sieste.

Ça te plairait, Graham, pas vrai, vieux renard ? Sauf que David Baskin était en vacances dans sa juridiction. Sa femme était venue lui demander son aide. Elle courait peut-être un grave danger, et Graham Rowe n'était pas du genre à tourner le dos à une dame en détresse.

Saisissant un stylo, il entoura tous les appels à destination des États-Unis. Il y en avait eu sept le 17 juin. Le shérif eut vite fait de les vérifier. Trois avaient été passés par des touristes à leurs familles en Californie. Un au Texas. Un à Cleveland. De fausses pistes, comme il s'y était attendu.

Il n'en allait pas de même des deux derniers : deux appels vers la région de Boston, passés du téléphone du hall – celui qu'avait utilisé Baskin. Graham contemplait ses découvertes, contrarié par ce qu'elles signifiaient.

Il secoua la tête. Inutile de tergiverser. Autant appeler Laura tout de suite et en finir, même si la nouvelle n'allait pas la réjouir.

Une seconde plus tard, il entendit la voix de la jeune femme à l'autre bout du monde.

— Bonjour, mon chou.

— Graham, c'est vous ?

Il tenta de prendre un ton jovial, sans trop savoir pourquoi.

— Vous avez beaucoup de relations qui ont l'accent australien ?

— Avez-vous appris quelque chose ? On a retrouvé les formulaires de passeport ?

— Oui et non.

— Commencez par le « non ».

— On n'a toujours pas reçu les formulaires, mais on devrait les avoir demain.

— Et le « oui » ?

Il poussa un long soupir.

— On a le relevé du téléphone.

— Il y a eu des appels vers Boston ?

— Deux. Passés du hall de l'hôtel.

Laura sentit son pouls s'accélérer.

— Qui a-t-il appelé, Graham ?

— Comme on le supposait, il a bien appelé la banque Heritage of Boston.

— Et l'autre ?

Il percevait l'impatience et l'angoisse dans la voix de la jeune femme.

— Il a appelé TC. Ils se sont parlé pendant un très long moment.

Les mots de Graham lui fouaillèrent le ventre. Ses pires craintes se confirmaient. Encore un mensonge de TC. La veille, il avait prétendu ne pas connaître Mark Seidman, puis elle les avait vus sortir ensemble du stade. D'une manière ou d'une autre, Mark Seidman était mêlé à toute cette affaire.

— Laura ? Vous êtes là ?

— Oui, Graham. Il y a autre chose ?

— Pas encore.

— Merci de m'avoir appelée.

— Pas de souci. Mais allez-y mollo, Laura, d'accord ? Si TC est effectivement impliqué, mieux vaut avancer sur la pointe des pieds. Ça pourrait devenir dangereux.

Laura se rappela ce que TC lui avait dit quelques jours plus tôt : « Tu as déjà mis ta vie en danger, et en plus tu as fait fuir le meurtrier. Je voulais leur faire croire qu'ils ne risquaient rien. C'est comme ça qu'ils commettent des erreurs. »

Ils commettaient des erreurs, n'est-ce pas ? Peut-être devrait-elle laisser TC penser qu'il était en sécurité dans sa toile de mensonges, lui faire croire qu'elle avait cessé de chercher la vérité. Alors, peut-être commettrait-il une erreur ?

— Je ferai attention, promit-elle.

Les doigts sur le clavier de son ordinateur, Richard Corsel contempla pensivement l'écran blanc. Pour la troisième fois de la journée, le système informatique ultraperfectionné de la banque Heritage of Boston venait de planter.

— Monsieur Corsel ?

Richard soupira, fit pivoter son fauteuil.

— Oui, madame Tansmore ?

— Un monsieur demande à vous voir. Le Dr James Ayars.

— Il n'a pas pris rendez-vous ?

— C'est exact.

— Savez-vous ce qu'il veut ?

— Il souhaite vous parler du compte de son gendre chez nous.

— Quel est le nom de son gendre ?

— David Baskin.

En entendant ce nom, Richard revit aussitôt le couteau pointé sur sa gorge, entendit de nouveau les menaces proférées contre sa femme et ses enfants. Malgré ces menaces, il avait découvert où avait été transféré l'argent après avoir transité par la Suisse. Quelqu'un détenait les cinq cent mille dollars de David Baskin, et Richard savait qui était ce quelqu'un.

Mais que pouvait-il y faire ? Bon sang, le cinglé avait menacé ses enfants ! Laura Baskin était une femme riche : elle pouvait très bien se passer de cet argent. Il devait garder le silence, pour protéger sa famille. À quoi cela servirait-il de raconter à Laura ce qu'il savait, sinon à la mettre en danger à son tour ?

Évidemment, la théorie de Richard comportait une grave lacune. À supposer que le cinglé et ses complices en aient après Laura Baskin, après avoir tué David pour son argent, Laura pouvait fort bien être leur prochaine victime. Et s'ils estimaient que Richard Corsel en savait trop et décidaient de le réduire une fois pour toutes au silence ?

— Faites entrer le Dr Ayars, dit-il, l'esprit en ébullition.

Soigné, élégamment vêtu, les cheveux gris, séduisant, sérieux : aux yeux de Richard, James Ayars avait tout du médecin de série télé. Le banquier se leva et serra la main de son visiteur.

— Asseyez-vous, je vous en prie, docteur Ayars.

— Merci.

— Que puis-je faire pour vous ?

James alla droit au but :

— Je voudrais des renseignements sur le compte bancaire de M. Baskin.

— Je crains de ne pas vous suivre.

— David Baskin était mon gendre. Avant sa mort, une grosse somme d'argent a été transférée de son compte. Elle s'est pour ainsi dire volatilisée. Je désire savoir où elle est passée.

Richard faillit pousser un soupir de soulagement. Apparemment, Laura avait eu la sagesse de ne pas révéler ce qu'elle avait découvert.

— Je suis désolé, docteur Ayars, il s'agit d'une information confidentielle.

— Confidentielle ?

Richard hocha la tête.

— Supposez, docteur, que vous transfériez de l'argent de cette banque. Accepteriez-vous que n'importe lequel de vos parents puisse obtenir des informations sur cette opération ?

— Logique, concéda James Ayars. Mais M. Baskin est décédé.

— Cela ne change rien à ses droits.

— Son plus proche parent est sûrement autorisé à savoir ce qu'il est advenu de son argent.

— Dans la plupart des cas, oui. Cependant, vous n'êtes pas son plus proche parent.

— Je comprends, mais ma fille a vécu une épreuve terrible ces derniers mois. Ne puis-je pas agir comme son mandataire ?

— Vous pourriez, si vous aviez sa procuration.

Le Dr Ayars se pencha en avant, le visage sombre.

— Avez-vous appris quoi que ce soit de nouveau concernant cette affaire ?

— Je suis désolé. Ça aussi, c'est confidentiel.

James se cala de nouveau dans son fauteuil.

— Je respecte votre intégrité professionnelle, monsieur Corsel, mais je soupçonne que ces virements bancaires cachent autre chose. Des choses qui pourraient se révéler dangereuses pour ma fille. J'ai besoin de savoir où est parti cet argent.

Les deux hommes se dévisagèrent un instant.

— J'aimerais pouvoir vous aider, reprit Richard, mais cela impliquerait de contourner plus d'une règle bancaire. Vous demandez à Heritage of Boston de violer la loi.

— Quel autre moyen ai-je de découvrir ce qui s'est passé ?

— Je vous suggère d'en parler avec votre fille.

James comprit qu'il ne servirait à rien d'insister.

— Merci, monsieur Corsel.

En sortant du bureau, James se demanda ce qu'il devrait faire à présent. Que la folle hypothèse de Judy soit avérée ou non, sa fille continuerait de souffrir. Or il ferait n'importe quoi pour lui épargner de nouvelles souffrances.

Judy était aux prises avec un dilemme : devait-elle, oui ou non, appeler Laura ? Si elle se trompait à propos de Seidman, parler à sa nièce aurait pour seul effet de rouvrir de vieilles plaies et d'aviver les douleurs présentes. Le résultat serait catastrophique. En vérité, Judy ne connaissait pas toute l'histoire de Mark Seidman. Et la théorie que son esprit avait échafaudée n'était peut-être que conjectures. En toute logique, il était encore trop tôt pour contacter Laura.

Et pourtant... son doigt composait déjà le numéro.

Étrangement, le moment semblait venu pour Judy de ne plus tenir compte de ce genre de considération. Si elle se trompait, elle blesserait peut-être sa nièce en lui parlant. Mais si elle avait raison et se taisait, elle se rendrait coupable du pire crime possible : celui de priver Laura de toute chance de vivre normalement.

La main de Judy serrait le combiné presque à le briser.

— Allô ?

Ses cordes vocales se bloquèrent.

— Allô ? Allô ? répéta Laura.

— Laura ?

— Tante Judy ? Pourquoi tu ne me répondais pas ?

— La ligne est mauvaise, désolée.

— Comment vas-tu ?

— Bien, et toi ?

— Ça va. Merci encore d'être venue hier soir. Ta présence comptait beaucoup pour moi.

— Inutile de me remercier. Tu sais à quel point j'aimais David.

Un silence inconfortable flotta sur la ligne.

— Tu ne m'appelles pas pour parler de la pluie et du beau temps, n'est-ce pas, tante Judy ?

— Pas exactement, non.

— Est-ce lié à hier soir ?

— Oui.

Nouvelle pause.

— Je t'écoute.

Jette-toi à l'eau, Judy.

— Ça concerne la mort de David.

Laura sentit le souffle lui manquer.

— Eh bien ? demanda-t-elle, la voix réduite à un murmure.

— Ce n'est peut-être rien du tout... Écoute, Laura, je sais que cela va te faire un choc. Un peu de patience, d'accord ?

— Parle.

— Il y a certaines choses, commença Judy, que tu ignores. Des choses qui se sont passées il y a très longtemps.

— Mais David s'est noyé au mois de juin.

— Je le sais bien, poursuivit Judy, s'efforçant de s'exprimer posément. Parfois, le passé envahit le présent. C'est ce qui est arrivé avec David.

— Je ne comprends pas.

— Je sais, ma chérie.

— Cherches-tu à me dire que David a fait quelque chose dans le passé qui a causé sa mort ?

— Non, pas David. Il a été une victime innocente.

— Alors, pourquoi... ?

— Écoute-moi, Laura. Nous devons nous parler de vive voix. David pourrait...

Elle se tut. Une idée venait de lui traverser l'esprit. Elle jouait un jeu dangereux en les mettant en présence l'un de l'autre, mais c'était peut-être la seule façon de savoir si sa théorie était fondée.

— J'ai des photos et des objets à te montrer. On ne peut pas en discuter au téléphone. Peux-tu venir chez moi demain soir ? À 19 heures ?

— Je peux prendre un avion tout de suite et être chez toi dans deux heures...

— Non. Je préfère que tu viennes demain à 19 heures. Pas avant.

— Mais pourquoi ?

— Je t'en prie, Laura, fais-moi confiance, d'accord ?

— Mais je veux savoir…
— Demain. Je t'aime, Laura.
— Moi aussi, tante Judy.
Laura entendit la tonalité et raccrocha. Elle se retourna vers sa mère, assise sur le canapé. Toute couleur avait reflué du visage de Mary, pour faire place à ce qui ressemblait à un masque mortuaire.

23

Le feu. Emblème de l'enfer. Arme de destruction massive. Le feu dévorait tout sur son passage, sans égard pour la valeur des choses ou des gens. Le feu brûlait la peau, faisait fondre la chair, obstruait les poumons jusqu'à la…

L'assassin passa la frontière entre le Connecticut et l'État de New York, se dirigeant vers le Colgate College.

… la mort.

Qu'est-ce que la mort ? Nul ne le sait vraiment. Les gens s'interrogent depuis l'origine du monde, mais tout nouveau concept est aussi absurde que le précédent. Qu'en disait Hamlet, avant son propre décès ? Que c'était une « contrée inexplorée dont aucun voyageur ne revient » ? Est-ce cela qui nous effraie, l'inconnu du grand au-delà ? Glorieux paradis, enfer destructeur, néant obscur, ou tout cela à la fois ?

Des larmes lui montèrent aux yeux, des larmes de tristesse et de regret.

J'ai envoyé des gens dans ce mystérieux autre monde. Confié deux êtres à la Grande Faucheuse…

Trois, en comptant David.

Non ! Non, je n'ai pas tué David. Chacun réagit à sa manière. David a fait ce qu'il croyait devoir faire. Malgré son père, je ne pouvais m'empêcher de l'admirer. Je ne suis pas sanguinaire. Pas dans mon cœur. Je n'ai jamais voulu faire de mal à personne. Oui, j'ai tué Sinclair Baskin. Sous le coup d'une colère irréfléchie, j'ai appuyé un pistolet contre sa tête et pressé la détente, mais cet homme méritait de mourir. Comme David Baskin, j'ai réagi aux circonstances. Quant au deuxième meurtre…

Le volant lui glissa des mains, manquant envoyer la voiture dans le décor.

Le deuxième meurtre. La culpabilité brûlera à jamais en moi pour avoir détruit cette âme pure et sans nom. Pourquoi ai-je fait cela ? C'était une innocente victime. Mais la fin justifie les moyens : c'est dans ce concept de Machiavel que je puise du réconfort. Il suffit de regarder Laura pour se convaincre de la justesse de ma décision.

Sur l'autoroute, le panneau indiquait la sortie Hamilton. La ville du Colgate College.

Tous ces événements dataient de trente ans. Kennedy était encore en vie. Incroyable. Malgré le temps écoulé, il ne se passe pas une heure sans que l'époque de Chicago ne se rappelle à moi. Elle hante chacun de mes pas, chacun de mes rêves, même si je marche et dors la conscience tranquille. Mais j'avais pensé, espéré de tout mon cœur que les secrets du passé étaient oubliés depuis longtemps.

Voilà pourtant qu'ils me sautent à la figure, persiflent, me narguent et menacent de détruire tout ce qui m'est précieux. Stan Baskin – le portrait de son père ! – veut me faire chanter. Je lui réglerai son compte demain soir. Définitivement.

Et Judy. Après tout ce temps, elle souhaite parler du passé. Pourquoi ? Pourquoi ne peut-elle le laisser en paix ? Pourquoi tient-elle tant à le maintenir en vie, à le laisser prospérer, avec toute sa puissance de destruction ?

La voiture quitta l'autoroute. Le bidon d'essence brinquebalait dans le coffre. Une boîte d'allumettes était posée sur le tableau de bord. Hamilton n'était plus très loin.

D'abord Judy.

Ensuite, Stan.

Et après... ?

Judy se prépara une tasse de thé et s'assit dans la cuisine. Pour la troisième fois en cinq minutes, ses yeux pivotèrent vers la pendule.

18 h 20.

Si tout se déroulait selon ses plans, Mark Seidman et Laura arriveraient l'un et l'autre dans quarante minutes. Une situation potentiellement explosive. Judy avait passé les dernières heures à s'interroger sur le bien-fondé de sa décision, à peser le pour et le contre, pour en arriver à la conclusion qu'elle avait bien fait. Il y avait déjà eu trop de temps perdu, trop de vies brisées.

Une fois le thé infusé, elle jeta le petit sachet et ajouta un nuage de lait. Un des étudiants de son séminaire sur la poésie américaine au XIXe siècle avait passé un semestre en Asie et lui avait rapporté de merveilleux thés de Chine. Hélas, elle les avait déjà finis et avait dû se rabattre sur un vulgaire sachet. Demain, elle passerait à l'épicerie fine pour en acheter.

Demain... une éternité l'en séparait. Elle avait conscience que la Judy qui boirait son thé le lendemain vivrait dans un monde totalement différent de celui où évoluait la Judy assise en cet instant à la table de la cuisine. Plus rien ne serait pareil. Leur vie, à elle et à ses proches, serait transformée à tout jamais... pour le meilleur ou le pire, elle ne pouvait le dire.

Elle sirota son thé, savourant la chaleur qui déferlait dans sa gorge. Les aiguilles de la pendule poursuivaient leur inexorable progression. Trop rapide ou trop lente, elle ne savait plus. Ses émotions passaient d'un extrême à l'autre. Une seconde, l'attente la faisait presque suffoquer ; la seconde d'après, elle redoutait d'entendre frapper à sa porte.

Elle prit son trousseau de clés sur la table : une pour la voiture, deux pour la maison et une pour le coffre contenant son journal de l'année 1960. Laura allait bientôt tout connaître de son contenu. Elle allait découvrir les secrets qu'on lui avait cachés si longtemps. Ensuite, Judy priait pour que tout s'apaise.

En irait-il ainsi ?

Elle avala une gorgée de thé. Il avait un goût amer.

La jambe de Laura tressautait, mais, comme à son habitude, elle ne s'en rendait pas compte.

Bon sang, ce vol n'en finissait pas ! Elle se surprit à se ronger les ongles, à désirer une cigarette, à lire intégralement l'ennuyeux magazine de la compagnie aérienne, à mémoriser l'emplacement des sorties de secours, à apprendre comment vomir dans un sac en papier en trois langues.

Tout ça pour une malheureuse heure de vol jusqu'à Hamilton.

Sa jambe s'agitait toujours. Sa voisine aux cheveux bleutés lui lança un regard agacé.

— Désolée, s'excusa Laura en y mettant un terme.

Elle rouvrit le magazine et tourna négligemment les pages. Elle avait tenté de rappeler Judy plusieurs fois la veille, tombant toujours sur son répondeur. Qu'avait-elle voulu lui dire hier soir ? Qu'est-ce que sa tante pouvait bien savoir à propos de la mort de David ?

Et sa voix... remplie de frayeur, presque sans timbre. Et ses manières de comploteuse ? Qu'y avait-il de si important que tante Judy ne puisse en parler au téléphone ? Et quel genre de photos voulait-elle lui montrer ? Pourquoi devait-elle attendre 19 heures pour obtenir ces révélations ? Et quel rapport avec la disparition de David ?

Trop de questions. Trop peu de réponses.

Sa voisine toussa pour bien marquer son énervement.

Laura baissa les yeux. Sa jambe avait repris sa danse effrénée. Elle posa la main sur son genou pour l'arrêter.

— Désolée, répéta-t-elle.

Nouveau regard mauvais de la dame, qu'elle lui rendit cette fois.

Dès qu'elle reporta son attention sur son magazine, les mêmes pensées reprirent leur course folle. Ses soupçons concernant la mort de David prenaient un tour nouveau et terrifiant. Son intuition lui soufflait qu'elle courait un danger, que la réalité était bien plus effrayante que tout ce qu'elle avait pu imaginer jusqu'alors. Elle arrivait devant un placard cadenassé au contenu terrible, néfaste, qui menaçait de les détruire tous. Elle aurait voulu fuir, oublier qu'elle l'avait jamais trouvé, mais ses pieds restaient cloués au sol. Sa main se tendait vers le cadenas. Bientôt, elle déverrouillerait la porte, tournerait la poignée et regarderait à l'intérieur. Désormais, il n'y avait plus de retour en arrière possible.

Dans quelques minutes, l'avion atterrirait à Ithaca. Un taxi l'emmènerait chez sa tante Judy. Là-bas, le placard s'ouvrirait.

La voiture de l'assassin tourna à droite devant le panneau « COLGATE COLLEGE ». Un petit campus idyllique, avec ses bâtiments couverts de vigne vierge en été et aujourd'hui sous la neige. Ici, les humanités avaient la part belle. Les étudiants y discutaient de Hobbes, Locke, Marx et Hegel, de Tennyson et Browning, Potok et Bellow. Dans la journée, ils allaient en cours, se retrouvaient à la cafétéria, allaient chercher leur courrier au bureau de poste. Le soir, ils planchaient à la bibliothèque, éclusaient quelques bières au foyer et flirtaient.

Pour ces jeunes, rien n'existait en dehors du campus. Le monde, avec ses problèmes et ses complexités, avait rétréci à la mesure de ses frontières. La plupart d'entre eux ne connaîtraient jamais plus une existence aussi douce. Jamais plus ils n'auraient l'occasion de débattre aussi passionnément de sujets qui ne les affectaient pas. Jamais plus ils ne pourraient profiter de cette répétition en costumes de la vie réelle.

La voiture ralentit. Le site était pratiquement désert.

Un vent glacial soufflait, la température devait être négative. Des stalactites pendaient des gouttières de la bibliothèque. Une épaisse couche de neige couvrait le sol. L'assassin freina devant un ralentisseur et regarda par la vitre côté passager. Sans préavis, des larmes perlèrent à ses yeux.

Pourquoi dois-je faire ça ? N'y a-t-il pas d'autre solution ?

À l'évidence, la réponse était non. Le passé utilisait Judy comme canal d'accès au présent : il fallait donc l'arrêter, lui imposer le silence.

De légères rafales venaient caresser le pare-brise. Après un virage à gauche, le véhicule pénétra dans la zone d'habitation du campus. Un peu plus loin se dressait le modeste bâtiment de brique où Judy était assise devant sa tasse de thé.

En sortant de l'avion, Laura traversa le petit terminal à la hâte. Le vol avait-il été calme ou agité ? Lui avait-on servi à boire, à manger ? La jeune femme n'aurait su le dire. Pas plus qu'elle ne savait dans quel appareil elle avait voyagé, ni le nom de la compagnie aérienne. Le seul souvenir qui surnageait du brouillard était celui d'une femme aux cheveux bleutés vêtue comme une serveuse de restaurant pour routiers. Sa voisine avait passé la moitié du temps à lui lancer des regards noirs, l'autre à ronfler en somnolant. Une bien agréable compagne de voyage.

Au moins l'avait-elle brièvement distraite de son angoisse mortelle.

Laura jeta un coup d'œil à sa montre. Il était presque 18 h 20. Elle tenait à arriver chez sa tante à 19 heures précises. Un panneau indiquait la station de taxis à sa droite. Les portes automatiques s'ouvrirent devant elle, et un vent glacé lui gifla le visage quand elle mit le pied dehors. Un peu plus loin, elle repéra une seule voiture. Elle piqua un sprint, levant haut les jambes pour franchir les congères.

Arrivée devant le véhicule, elle attrapa la poignée de la portière et tira. En vain. Elle baissa les yeux pour voir l'intérieur… et se retrouva face au regard noir à présent familier. Sans la quitter des yeux, la femme à la mise en plis bleutée retirait son manteau en parlant au chauffeur.

Laura recula d'un pas tandis que le taxi démarrait.

L'assassin gara sa voiture sous les arbres, derrière la maison de Judy. Personne ne la verrait d'ici. Entrer et sortir incognito était capital.

Il n'y avait personne alentour. Parfait. La main tremblante sortit du coffre le bidon d'essence.

Arrête de trembler. Reprends-toi. Ce n'est pas le moment de flancher. Il faut le faire. C'est trop important.

La maison de Judy apparaissait entre les arbres. À cent mètres, puis cinquante, puis vingt. Un pied se posait, l'autre effaçait sa trace. Inutile que la police repère la pointure des chaussures dans la neige.

Quelques secondes plus tard, l'assassin atteignait la cour arrière et plaçait le bidon dans une poubelle. Il n'y resterait pas longtemps. Bientôt, l'essence enflammée transformerait la maison de Judy en bûcher mortel.

Par la fenêtre, l'assassin vit sa victime attablée dans sa cuisine devant une tasse de thé et s'apprêta à frapper à la porte de derrière.

Judy leva brusquement la tête en entendant des pas crisser sur la neige. Quelqu'un traversait le jardin et se dirigeait vers sa maison.

Un frisson la parcourut. Qui donc utiliserait l'entrée de derrière, alors que l'allée de devant était parfaitement dégagée ? Elle jeta un coup d'œil à la pendule : 18 h 45. C'était peut-être Laura ? Ou plus probablement Mark. Mark ne voudrait pas être vu en ce lieu. Pas question qu'on puisse faire un rapprochement entre Judy et lui.

Le coup frappé à la porte la fit sursauter. Le cœur battant, elle alla ouvrir, posant sa tasse dans l'évier au passage.

Elle retira la chaîne de sécurité et se trouva face à un large sourire.

— Bonsoir, Judy.

— Dites, vous seriez pas ce mannequin, là ? Laura Ayars, c'est ça ?

La jeune femme avait dû attendre dix minutes l'arrivée d'un autre taxi.

— Oui, c'est moi. On y sera dans combien de temps ?

Le chauffeur s'esclaffa.

— Laura Ayars dans mon taxi ! Ma femme n'y croira jamais. Une année, j'ai acheté votre calendrier, où vous étiez en maillot de bain.

— Magnifique. Peut-on accélérer un peu ?

— J'aimerais bien. Comme ça, je pourrais faire plus de courses. Plus de courses, ça veut dire plus d'argent. D'autant que j'aime bien conduire vite. Sauf que j'ai déjà eu deux contraventions pour excès de vitesse ce mois-ci. Vous vous rendez compte, Laura ? Je peux vous appeler Laura ?

— Faites.

— Deux contraventions. Les flics d'ici n'ont rien de mieux à faire que d'embêter les gens qui essaient de gagner leur vie honnêtement. Mais, le vrai problème, c'est le verglas. J'ai pris un virage trop vite par ici l'année dernière et je me suis retrouvé dans le fossé. Sans rire. Alors que je connais cette route par cœur. Mais ce jour-là, c'était une vraie patinoire. Et zou ! la voiture a...

Laura ferma les écoutilles et regarda par la vitre. De hautes murailles de neige se dressaient de part et d'autre de la chaussée. La route était déserte, peu de véhicules venaient en sens inverse.

La campagne était silencieuse et figée. Laura avait toujours aimé se promener dans la région. Ce paysage avait sur elle un effet apaisant. Oui, c'était un bel endroit où séjourner quelques jours. Plus longtemps, on risquait la neurasthénie. La solitude, ça allait bien de temps en temps.

— La résidence universitaire, c'est ça ?...

— Oui.

Le taxi pénétra sur le campus, prit à gauche et s'arrêta un peu plus loin.

— Nous y sommes.

Laura jeta un coup d'œil à la petite maison de Judy. Tout était calme. Après avoir réglé la course et enfilé son manteau, elle abandonna le confort de l'habitacle pour le froid polaire du dehors.

Les bras collés au corps pour se tenir chaud, elle sortit la main de sa poche juste ce qu'il fallait pour jeter un œil à sa montre. 19 heures pile.

Arrivée à la porte, elle sonna et entendit le carillon résonner dans le petit logement. Puis le silence retomba. Elle réessaya, s'attendant à percevoir des bruits de pas.

Rien.

Elle sonna encore, frappa, mais personne ne vint. Et toujours aucun bruit.

Non, faux. Elle perçut comme un son étouffé.

— Tante Judy ? cria-t-elle.

Pas de réponse. Laura saisit la poignée, qui tourna sans difficulté.

À l'instant même où elle entrait dans la maison de sa tante, deux choses se produisirent simultanément : l'assassin sortit par la porte de derrière et la jeune femme détecta une odeur d'essence.

24

— Tiens, tiens, qu'est-ce qu'on a là ?

— Merde, le shérif !

Graham Rowe s'avança vers les deux adolescents. Il n'avait pas mis longtemps à les retrouver. Mme Kelcher avait repéré l'endroit précis, sur la route 7, d'où les œufs avaient été lancés sur sa voiture. Graham avait tout de suite compris que les coupables devaient se cacher en haut de Wreck's Pointe. Un vrai gymkhana, pour monter jusque-là en voiture. Personne n'empruntait la vieille route cahoteuse, mais si les bonnes gens de Palm Cove s'imaginaient que le shérif Rowe allait escalader une montagne à mains nues pour arrêter deux malheureux gamins, ils se fourraient le doigt dans l'œil.

— Alors, les gars, on balance des œufs sur les voitures ?

Le plus grand des deux se leva. Il tenait encore un projectile à la main.

— C'était juste pour se marrer, shérif.

— Allons, Tommy, tu ne trouves pas que vous êtes un peu vieux pour ce genre de bêtise ?

Les deux frères baissèrent la tête.

— Que va dire votre père ? Tommy ? Josh ?

Aucun ne répondit.

Graham s'apprêtait à leur délivrer son petit sermon réservé aux fauteurs de troubles chroniques, quand il s'entendit appeler dans la radio de sa voiture. Il poussa un profond soupir.

— Allez, barrez-vous, tous les deux. Si je vous reprends encore à faire du grabuge, je vous enferme dans une cage avec un crocodile affamé. Compris ?

— Oui, m'sieur.

— Oui, shérif.

— Bien. Maintenant, disparaissez.

Les deux frères dévalèrent la colline sans demander leur reste.

Graham entendit son prénom crépiter une nouvelle fois. Maudite radio ! Plus infestée de parasites qu'un chien galeux faisant les poubelles de la ville. Graham se rua vers sa voiture et décrocha le micro.

— Ici le shérif Rowe. Qu'est-ce qui se passe ?

La voix de son adjoint était difficilement audible.

— Mme Cassler, du Pacific International, vous a appelé. Elle veut que vous passiez là-bas immédiatement.

— Elle a dit pourquoi ?

— Elle a les formulaires que vous attendiez.

Graham avait déjà démarré la voiture. Il brancha la sirène et appuya sur l'accélérateur.

— Dites-lui que j'arrive.

L'assassin se tenait au-dessus du corps de Judy. Les yeux fermés, elle semblait presque dormir. Mais si sa poitrine se soulevait et retombait, comme dans un profond sommeil, son corps était parfaitement immobile. Une petite mare de sang s'était formée par terre, à l'arrière du crâne, là où le buste en bronze de Keats l'avait atteinte.

Ne restait plus maintenant qu'à faire disparaître les différentes preuves.

Le petit bureau et le corps avaient déjà été arrosés d'essence, des feuilles de papier disposées ici et là. Pas trop d'essence et pas trop de papiers. Jusqu'ici, tout allait bien, mais il ne fallait pas se réjouir trop vite.

Depuis son arrivée dans la maison, tout avait marché comme sur des roulettes. Ils avaient parcouru l'étroit couloir décoré de posters de toiles de Chagall, de Dalí et même de McKnight. Mais, au moment d'entrer dans le bureau, Judy avait commis une erreur.

Elle lui avait tourné le dos.

L'assassin n'en demandait pas tant. Le buste de Keats trônait sur un piédestal près de la porte. La réplique en bronze s'était révélée étonnamment lourde, mais une fois brandie elle était retombée facilement sur la tête de Judy, avec un bruit mat écœurant. Son corps s'était recroquevillé avant de s'effondrer.

Judy gardait dans son bureau tous ses journaux intimes et ses papiers importants. Une fois qu'ils auraient été détruits, consumés par les flammes comme leur auteur, toute preuve aurait disparu. Rien ne relierait plus le passé au présent. Tous seraient de nouveau en sécurité.

Un souffle d'air glacé balaya la pièce, semblable à un murmure d'avertissement... on n'enterrait pas si facilement le passé.

Les enquêteurs finiraient forcément par découvrir qu'il ne s'agissait pas d'un accident, que de l'essence avait favorisé la propagation du feu et qu'il s'agissait donc d'un incendie criminel. Mais, d'ici là, la piste aurait refroidi, la neige effacé les traces. La voiture de location aurait été rendue. L'assassin serait loin depuis longtemps.

Parfait. Tout était parfait.

Alors, pourquoi cette nouvelle montée de sanglots ?

— Adieu, Judy.

La main essuya une larme puis se tendit vers la boîte d'allumettes, en craqua une…

Ce fut alors que le carillon de la porte d'entrée retentit.

L'assassin sentit son cœur lui remonter dans la gorge. La panique le gagna à une vitesse vertigineuse, tandis que la flamme descendait lentement le long de l'allumette.

Nouveau coup sur le battant. Qui ? Pourquoi ?… La flamme atteignit les doigts de l'assassin qui, avec un petit cri de douleur, lâcha l'allumette sur les papiers répandus à terre, qui s'embrasèrent aussitôt.

Les dés étaient jetés. Il n'y avait plus de retour en arrière possible.

Va-t'en d'ici ! cria une petite voix quand de nouveaux coups retentirent à la porte. *Va-t'en tout de suite !*

L'assassin traversa le bureau en courant, abandonnant Judy dans l'espace exigu livré au feu.

Au moment où la porte de derrière s'ouvrait, une voix se fit entendre. Une voix familière, horriblement familière…

Laura ouvrit lentement la porte d'entrée.

La maison était plongée dans le noir. L'unique réverbère de la rue offrait seul un peu de lumière.

La jeune femme fit le tour du vestibule des yeux. Pas un bruit, pas un mouvement.

— Tante Judy ?

Pas de réponse.

Une étrange odeur âcre imprégnait la maison. De l'essence ou du pétrole. Ça venait sûrement du garage. Quoique... Laura inspira plus profondément, et en eut un haut-le-cœur. Ça sentait plutôt... le brûlé.

Elle passa la main le long du mur jusqu'à trouver l'interrupteur. Une lumière vive éclaira soudain l'entrée, l'aveuglant un instant. En rouvrant les yeux, elle vit de la fumée s'infiltrer sous la porte du bureau.

Oh, mon Dieu, non !

Laura se précipita. De longues volutes noires montaient vers le plafond. Elle posa la paume sur la porte et la retira vivement.

Le panneau était brûlant.

Sors d'ici, Laura ! Sors, et appelle les pompiers. Judy a dû partir en laissant le fer allumé. Sors de là, bon sang !

Se protégeant les yeux d'une main, elle s'apprêtait à faire demi-tour quand un bruit lui parvint de l'intérieur du bureau.

Un toussotement.

Il y avait quelqu'un derrière cette porte.

Sans réfléchir, Laura ouvrit. Une rafale d'épaisse fumée noire l'atteignit de plein fouet. Elle tomba et roula sur le côté. Alors qu'elle se relevait, elle perçut un nouveau toussotement. Ou plutôt, un affreux bruit étranglé.

Malgré la fumée étouffante, elle risqua quelques pas dans le bureau. Sur le sol, elle découvrit Judy.

Laura se pencha et ouvrit la bouche, mais la fumée la prit à la gorge, la réduisant au silence. Sa tante la regardait de ses yeux implorants, prise d'une quinte de toux incontrôlable. Un filet de sang sirupeux dégoulinait de ses cheveux. Elle sentit la main de Judy placer quelque chose dans la sienne et refermer ses doigts dessus.

— Tiens, dit-elle dans un murmure rauque.

Laura fourra les objets dans sa poche et s'agenouilla à côté de Judy. Celle-ci venait de perdre connaissance ; sa respiration était irrégulière. La prenant par le bras, Laura commença à tirer. Le feu, pour l'instant circonscrit à un coin de la pièce, gagnait en force à un rythme lent mais régulier. Des papiers se recroquevillaient sous les flammes. Une chaise était sur le point de s'effondrer.

Puis le feu entra en contact avec l'essence.

D'un seul coup, le coin de la pièce s'enflamma. Le brasier commença à grignoter le tapis ; les rideaux s'embrasèrent. Laura s'aperçut alors que Judy était couverte d'essence. Les flammes se précipitaient vers elle.

Allez ! s'exhorta-t-elle en tirant plus fort. *Je dois la sortir de là avant que…*

La fumée obscurcissait tout. L'incendie ne s'arrêterait pas avant d'avoir pris son dû. Les flammes s'emparèrent de la table de travail, des livres, des chaises. Centimètre par centimètre, Laura tirait le corps de Judy, mais le feu gagnait du terrain, menaçant de les encercler.

Puis les flammes atteignirent Judy.

Un hurlement bref et hideux s'échappa de sa poitrine embrasée. Saisie de panique, Laura l'agrippa plus fort et continua de tirer. Elle n'était plus qu'à quelques centimètres de la porte quand elle trébucha sur le buste de Keats. Elle bascula en arrière. Sa tête heurta le cadre de la porte, envoyant dans son crâne des décharges de douleur. Le vertige la saisit.

Je dois me lever. Me lever et sortir Judy d'ici.

Il y avait de la fumée partout. Laura luttait pour respirer. Les flammes lui léchaient les pieds. Ses membres lui semblaient lourds comme des blocs de béton.

Il faut que je bouge. Il faut…

Elle rampa lentement. La douleur lui martelait la tête. Impossible de respirer. Elle s'immobilisa. Ses yeux se révulsèrent. Sa main n'atteignit jamais sa tante.

À l'instant où elle perdait connaissance, un bras puissant lui entoura la poitrine et la souleva.

25

Les touristes tenaient une occasion unique de faire la photo de leurs vacances. Un shérif du cru, bâti en armoire à glace se précipitait dans le hall du Pacific International, manquant fracasser les portes vitrées. Graham sauta par-dessus les valises, zigzagua entre les clients de l'hôtel et sprinta sur le sol carrelé. Sans ralentir l'allure, il tourna à gauche de la réception, courut encore vingt mètres avant de s'arrêter devant la porte marquée « DIRECTION ». Saisissant la poignée, sans prendre la peine de frapper, il entra.

— Où sont-ils ?

Gina Cassler leva la tête.

— Mon Dieu, Graham, tu es sacrément essoufflé.

— Pas grave, articula-t-il en inhalant à pleins poumons. Où sont les formulaires de passeport ?

— Rangés. Tu ne veux pas t'asseoir et te détendre ?

Il s'écroula dans un fauteuil comme une baudruche qui se dégonfle.

— Montre-moi ça, mon chou.

Gina prit une clé pour ouvrir le meuble de rangement derrière elle.

— Je les ai rangés en lieu sûr.

— C'est gentil, merci.

Elle sortit une grande enveloppe kraft qu'elle lui tendit.

— Tiens.

— Tu y as jeté un œil ?

— Pourquoi ? Je ne sais même pas ce que tu cherches.

Graham hocha la tête, satisfait, et décacheta l'enveloppe.

— Tu as eu du mal à les obtenir ?

— Aucun.

— On ne t'a pas demandé pourquoi tu en avais besoin ?

— J'ai expliqué que mes registres étaient toujours scrupuleusement tenus, mais qu'un employé négligent avait mal classé des données.

Graham regarda la paperasse qui colonisait la pièce.

— Et ils ont gobé ça ? Une chance pour toi qu'ils n'aient jamais mis les pieds dans ce bureau.

Il sortit les formulaires de l'enveloppe et commença à les trier, mettant de côté ceux des Américains.

— Je te sers quelque chose à boire ? proposa Gina.

Sans lever les yeux, Graham répondit :

— Un whisky.

Gina sortit une bouteille du meuble derrière elle, remplit deux petits verres et en poussa un vers Graham. Il l'ignora.

— Tu as trouvé quelque chose ?

Graham secoua la tête. Ayant fini de trier les formulaires, il se concentra sur ceux qu'il avait mis de côté. Dans le coin supérieur, le réceptionniste avait noté le numéro de chambre. Au-dessous figuraient le nom et l'adresse, la nationalité, le numéro de passeport, avec la date et le lieu de délivrance. Quand il arriva au formulaire correspondant à la chambre 607, il vérifia l'adresse à Boston, Massachusetts. Puis il lut le nom. Et eut l'impression de recevoir un coup de marteau sur la tête.

— Bon Dieu…

— Graham, ça va ?

Les autres formulaires lui tombèrent des mains. Graham saisit le verre de whisky et l'avala cul sec.

— Mary Ayars, dit-il. La mère de Laura.

Le Dr Eric Clarich vivait à Hamilton, dans l'État de New York, depuis l'âge de trois ans. Après y avoir suivi toute sa scolarité, de l'école primaire jusqu'au collège universitaire, il ne l'avait quitté que pour entrer à la faculté de médecine de Cornell. Puis il était revenu faire son internat dans l'hôpital le plus proche de cette ville où il avait passé son enfance et son adolescence.

Eric était ce que l'on appelait un gars du coin. D'aucuns trouvaient dangereuse cette fidélité presque obsessionnelle à Hamilton : cette méconnaissance du monde extérieur risquait de limiter son horizon. Même si c'était vrai, Eric n'en avait cure. Sa vie était ici. Il avait épousé son amour de jeunesse, qui portait leur deuxième enfant. Son nouveau cabinet se développait bien. Son avenir semblait clairement tracé. On parlait même d'une candidature possible aux prochaines élections municipales.

— Ce ne serait pas ce top model célèbre ? lui demanda une infirmière.

Eric hocha la tête d'un air grave. Deux femmes venaient d'être admises aux urgences. Il avait reconnu la première ; il connaissait très bien la seconde. Il savait aussi que la plus jeune était la nièce de l'autre. Eric avait rencontré Judy Simmons dix ans plus tôt. C'est elle qui avait initié à Shakespeare le jeune Eric Clarich, frais émoulu du lycée, lui faisant profiter d'une intelligence et d'une érudition qui stupéfiaient et stimulaient tous les étudiants ayant eu la chance d'être acceptés dans sa classe. Elle s'enorgueillissait d'être disponible pour ses élèves, et Eric en avait largement bénéficié. Jamais il n'oublierait les heures passées à discuter avec elle, dans son bureau de la fac ou chez elle, devant une tasse de thé. Aujourd'hui, d'après ce qu'il avait entendu dire, ce bureau n'était plus qu'un tas de cendres.

Les souvenirs remontèrent doucement à la mémoire d'Eric. Le Pr Judy Simmons lui avait écrit une fervente lettre de recommandation à la faculté de médecine de Cornell, décrivant Eric comme un « véritable humaniste ». Pour elle, c'était le compliment suprême. Nombre d'apprentis médecins pouvaient revendiquer un savoir scientifique froid et impersonnel, mais combien étaient capables de combiner cette qualité avec un amour sincère de la littérature et des arts ? C'était, avait-elle expliqué dans sa lettre, ce qui faisait la supériorité d'Eric Clarich, son élève et ami.

Cela dit, Judy Simmons lui était toujours apparue comme une énigme. Il n'avait jamais compris pourquoi elle ne s'était pas mariée, pourquoi elle n'avait pas de soupirant ni même d'amis proches. Lorsqu'il avait abordé le sujet avec elle un jour, elle avait répondu en plaisantant que ses relations sentimentales se lisaient comme un roman de Dickens. Il l'avait toujours trouvée légèrement décalée. Un observateur inattentif aurait vu en elle une jolie femme enjouée, mais, derrière la façade, Eric devinait un personnage solitaire et triste, digne des héroïnes des romans gothiques que Judy affectionnait. Le roman, aujourd'hui, avait viré au drame.

Judy Simmons n'était plus.

Eric observait le corps calciné de son amie, espérant que la mort avait été rapide, que Judy n'avait pas survécu assez longtemps pour connaître l'horreur. Ses terminaisons nerveuses avaient brûlé, sa peau fondu, sa chair été dévorée. Il priait pour qu'elle ait perdu connaissance avant que le feu ne se soit emparé de son corps.

Morte. Nouvelle tragédie pour une famille qui semblait pourtant si favorisée par le sort. D'abord David Baskin. Maintenant Judy.

— Plus d'oxygène, réclama-t-il à l'infirmière.

— Bien, docteur.

Eric avait reporté son attention sur sa plus jeune patiente. Laura Ayars-Baskin, la belle et célèbre nièce de Judy, était couchée sur un brancard dans la salle des urgences. Il lui prit le pouls, puis appliqua de la pommade sur une brûlure. Avec les soins adéquats et du repos, elle se remettrait vite. Un vrai miracle, en vérité. Un quart d'heure plus tôt, elle gisait, inconsciente, au milieu d'un brasier infernal. Par un heureux hasard, quelqu'un était passé par là à ce moment, un homme courageux qui s'était précipité à l'intérieur de la maison en flammes et avait réussi à en extraire les deux femmes. Puis il avait appelé l'hôpital. Une ambulance avait aussitôt été dépêchée sur place, mais, à son arrivée, le sauveteur inconnu avait disparu. Très étrange... À l'heure qu'il était, la plupart des gens dans sa situation seraient en train d'appeler les médias pour donner une interview aux infos de 11 heures.

— Vous avez trouvé les numéros à joindre en cas d'urgence ?

— Oui, docteur. Ils figuraient dans son répertoire téléphonique.

L'infirmière les lui tendit.

— Appelez-moi s'il se passe quelque chose.

— Bien, docteur.

Eric Clarich se dirigea vers le téléphone dans le hall, composa le 9 pour sortir de l'hôpital, puis le numéro des parents de Laura. À la quatrième sonnerie, le répondeur se mit en marche. Eric laissa un message et raccrocha.

Il consulta sa montre. Presque sept heures et demie. Même s'il arrivait à joindre les parents, Boston se trouvait à plusieurs heures de route d'ici… surtout par ce temps. Il feuilleta le carnet de la jeune femme et trouva le numéro professionnel de son père. Un médecin. Il y avait donc de fortes chances pour que le Dr James Ayars soit encore à son bureau, à l'hôpital, le Boston Memorial. Ça valait le coup d'essayer.

Une standardiste répondit à la deuxième sonnerie.

— Boston Memorial, j'écoute.

— Pourrais-je parler au Dr James Ayars, s'il vous plaît ?

— Qui dois-je annoncer ?

— Dr Eric Clarich. C'est une urgence.

— Ne quittez pas, je vous prie.

Une minute plus tard, James Ayars prenait la communication.

— Docteur Ayars, je suis le Dr Clarich, de l'hôpital St Catherine, à Hamilton.

— Oui ?

— Je crains d'avoir de mauvaises nouvelles.

La voix demeura ferme et autoritaire.

— Je vous écoute.

— Un incendie s'est déclaré dans la maison de votre belle-sœur. Votre fille a été blessée...

— Blessée ? s'écria James Ayars. Comment va-t-elle ?

— Elle va bien, docteur. Elle a quelques brûlures et a inhalé pas mal de fumée, mais nous la soignons. Votre belle-sœur n'a pas eu cette chance. Je suis désolé, docteur. Judy Simmons est décédée.

Lourd silence.

— Décédée ? répéta doucement James. Judy ?

— Hélas, oui.

— Je... Je prends le premier avion. J'appelle ma femme à la maison et...

— Je viens de téléphoner chez vous. Il n'y avait personne.

Une fois encore, le silence. Lorsque James reprit la parole, ce fut d'une voix sans timbre.

— J'arrive aussi vite que possible, docteur Clarich. Dites à ma fille que je suis en route.

James raccrocha d'une main tremblante. Sa jambe s'agitait... le tic transmis à sa fille.

Laura, blessée. Judy, morte.

Il décrocha et appela chez lui.

Réponds, Mary, je t'en supplie.

Mais, à la quatrième sonnerie, le répondeur se mit en marche. James ferma les yeux, attendant impatiemment le bip. Puis il parla d'une voix calme et posée.

— Mary, il y a eu un incendie chez Judy. Laura a été blessée, mais elle est hors de danger. Je prends le premier avion. Fais la même chose dès que tu rentreras. Elle se trouve à l'hôpital St Catherine à Hamilton.

Il jugea inutile de l'informer dès maintenant de la mort de Judy. Elle paniquerait à coup sûr.

Il raccrocha, pensif. Mary était pratiquement toujours à la maison à cette heure, sinon elle lui laissait un message pour éviter qu'il ne s'inquiète. Pour autant qu'il s'en souvienne, jamais elle n'avait oublié de le prévenir de son absence.

À moins qu'elle ne soit tout simplement sous la douche. James voulait y croire, se persuader que Mary n'était pas loin, partie faire une course, ou chez le coiffeur, ou à...

Hamilton ?

James sentit ses genoux flancher. Oh, par pitié, non.

Mary avait peut-être rendu visite à sa sœur, pour avoir une petite conversation tranquille...

Judy aurait-elle pu se montrer aussi stupide ? Avait-elle pu parler à Mary ? Non. Judy n'aurait jamais fait part de ses soupçons à sa sœur ; elle n'aurait rien dit à quiconque avant d'être sûre d'elle.

Mais alors, que faisait Laura là-bas ? Une simple visite sur le campus de Colgate ? La coïncidence était un peu grosse.

James devait rejoindre l'hôpital d'Hamilton aussi vite que possible ; il devait protéger sa fille avant que le monde entier ne s'écroule autour d'elle.

S'il arrive quelque chose à Laura, mon Dieu, s'il arrive quoi que ce soit à ma petite fille…

James Ayars préféra laisser sa pensée en suspens.

Laura eut un mal fou à soulever ses paupières qui semblaient peser des tonnes. Une violente lumière devant les yeux l'empêchait de voir autre chose que du blanc. Grâce à Dieu, on retira la lampe et, lentement, sa vision lui revint. En découvrant la chambre immaculée, imprégnée d'un forte odeur de désinfectant, elle sut aussitôt où elle se trouvait.

— Madame Baskin ?

Sa langue lui parut collée à son palais.

— Oui ?

— Je suis le Dr Clarich, dit l'homme penché au-dessus d'elle. Vous êtes à l'hôpital St Catherine, d'Hamilton. Vous souvenez-vous de ce qui vous est arrivé ?

Pas rasé, les yeux injectés de sang, le jeune médecin la scrutait avec une inquiétude et une maturité qui n'étaient pas de son âge.

— Le feu, réussit-elle à dire.

— Oui, il y a eu un incendie. Vous souffrez de brûlures superficielles, mais vous allez vous remettre très vite.

Laura articula un seul mot :

— Judy ?

Voyant le médecin baisser les yeux, elle sentit son estomac se contracter.

— Elle est morte, dit-il. Je suis sincèrement désolé. J'aimais beaucoup votre tante. Elle et moi étions de bons amis.

La tête de Laura retomba en arrière. Elle avait les yeux rivés au plafond, ses paupières battaient convulsivement. Les derniers instants avec sa tante lui revinrent en mémoire, la lueur désespérée dans son regard alors que les flammes se rapprochaient. Elle se rappelait avoir trébuché sur quelque chose, s'être cogné la tête, avoir tendu la main vers Judy... puis le noir.

— Comment je m'en suis sortie ? demanda-t-elle.

Le médecin eut un demi-sourire.

— C'est assez mystérieux. Un inconnu vous a extraites du brasier toutes les deux. Hélas, il était déjà trop tard pour le Pr Simmons.

— Qui était-ce ?

— Nous l'ignorons. Il a appelé les urgences, puis il a disparu.

— Disparu ?

— Je sais, moi aussi, je trouve ça un peu bizarre.

Malgré son chagrin, Laura tenta de réfléchir. L'incendie n'était pas accidentel, elle en était sûre. Quelqu'un avait assommé Judy, puis aspergé le bureau d'un liquide inflammable dans l'intention de tuer sa tante. Mais qui ?

Le meurtrier de David.

Forcément. D'une manière ou d'une autre, Judy avait découvert la vérité sur le décès de David et l'avait payé de sa vie. Mais pourquoi mettre le feu, alors qu'une enquête de police prouverait facilement qu'il s'agissait d'un incendie criminel ? Pourquoi ne pas avoir utilisé un pistolet ou un couteau ? Pourquoi prendre la peine de réduire la maison en cendres, s'il s'agissait seulement de la faire taire...

Non, pas la maison. Le bureau.

Laura se sentit envahie par un grand froid. Le bureau. L'incendie avait eu lieu dans le bureau.

— J'ai parlé à votre père, dit Eric Clarich, interrompant le cours de ses pensées. Il est en route. Il devrait être là dans deux heures.

— Merci, docteur. Quand pourrai-je sortir ?

Eric sourit et ramassa ses notes.

— Il est un peu tôt pour en parler, non ? Vous feriez mieux de vous reposer.

Même en fermant les yeux, Laura savait que le sommeil ne viendrait pas. Elle avait peur et se sentait tellement seule... une enquêteuse amateur, en butte à des assassins sans pitié. Quelles chances avait-elle ? Aucune, en réalité. Et qu'était-elle censée faire, maintenant ? Tante Judy était morte, réduite au silence avant d'avoir pu lui parler.

« ... à te montrer, Laura. Te montrer. »

Elle ouvrit brusquement les yeux

« ... à te montrer, Laura... »

— Docteur Clarich ?

« ... Tiens. »

— Oui, madame Baskin ?

Elle avait la bouche toute sèche.

— Mes affaires personnelles ?

— Elles sont dans un sac en plastique dans le placard.

Alors que le feu menaçait de les encercler, Judy lui avait fourré quelque chose dans la main.

— Je peux l'avoir, s'il vous plaît ?

Le médecin poussa un gros soupir.

— Le chef des pompiers voudra vous parler tout à l'heure. Vous devriez vraiment vous reposer d'ici là.

— Je vous promets de le faire. Mais donnez-moi mes affaires, s'il vous plaît.

La note de désespoir dans sa voix n'échappa guère à Eric.

— D'accord, mais ensuite, repos.

Du placard, il sortit un sac en plastique rouge marqué « Urgences ». Laura essaya de se redresser, mais le moindre mouvement ravivait ses plaies. Songeant qu'elle avait bien failli être brûlée vive, elle s'interrogea une fois encore sur son mystérieux sauveteur.

— Tenez, dit le Dr Clarich en lui tendant le sac. Je vous laisse, à présent.

— Merci, docteur.

Dès que le médecin fut sorti de la pièce, elle ouvrit le sac en plastique et passa en revue son contenu.

Un indice, tante Judy. As-tu sauvé un indice de cet abominable incendie ?

La première chose qui attira son attention fut l'étiquette Svengali de son chemisier déchiré et légèrement roussi. Elle trouva le reste de ses vêtements, son portefeuille, son carnet, ses chaussures et ses clés de voiture. Puis elle tomba sur l'un des deux objets que lui avait donnés sa tante.

Un trousseau qui contenait quatre clés. Elle reconnut celles de la maison de Judy, celle de sa voiture, mais n'avait aucune idée de ce que la quatrième ouvrait.

Qu'est-ce que cela signifiait ?

L'esprit de Judy était peut-être un peu confus à ce moment-là. Peut-être avait-elle en tête de rejoindre sa voiture pour s'échapper ?

Laura reposa les clés et replongea la main dans le sac rouge. Ses doigts entrèrent en contact avec un bout de papier épais, à moins que ce ne soit du carton. Au toucher, ça paraissait vieux et froissé. Laura ressortit sa main avec précaution.

C'était une photo. Une vieille photo en noir et blanc. Abîmée à force d'avoir été manipulée, et constellée de taches brunes. Dessus, un couple d'amoureux, perdu dans la contemplation l'un de l'autre. Elle reconnut Judy à vingt ans. Comme elle avait l'air heureuse ! Son visage irradiait d'une manière que Laura ne lui avait jamais vue. C'était là la marque de l'amour, de l'amour véritable.

Dès que ses yeux s'attardèrent sur le visage de l'homme, sa gorge se serra. Il ne lui avait fallu que quelques secondes pour comprendre l'incroyable vérité.

L'homme sur la photo souriait, taquin, à une jeune et ravissante Judy Simmons. Il avait les cheveux en bataille sous sa casquette de travers, un beau visage puissant comme…

… comme celui de son plus jeune fils.

La tête lui tournait. Le père de David. Le père de David qui s'était suicidé trente ans plus tôt. Sinclair Baskin et Judy s'étreignant avec passion.

La photo lui tomba des mains. Le dernier indice de Judy. Tandis que la mort se rapprochait, ce cliché avait constitué l'ultime tentative de sa tante pour révéler à Laura ce qui était arrivé à David, et pourquoi il avait été tué.

Mais que signifiait-il ?

— Dépêchez-vous, bon sang !

— Eh, je vais déjà trop vite, mon vieux. Vous voulez finir aux urgences, vous aussi ?

James se cala contre le dossier de la banquette.

— Désolé, c'est juste que...

— Je sais, je sais, l'interrompit le chauffeur de taxi. Votre fille est à l'hôpital à Hamilton. Moi aussi, j'ai des gosses, vous savez. Je comprends ce que vous ressentez.

James se força à respirer calmement.

— Encore combien de temps ?

— Cinq minutes. Vu le temps qu'il fait, faut pas se plaindre. Une demi-heure pour aller de l'aéroport à Hamilton, c'est un record. D'ailleurs, on y est.

James tendit au chauffeur un billet de cinquante dollars.

— Merci, mon vieux, lui dit l'homme. Et j'espère que votre fille se remettra.

Mais James était déjà dehors et fonçait vers l'entrée de l'hôpital, le cœur battant. Ce trajet record d'une demi-heure lui avait paru durer des semaines. Il se précipita au comptoir d'accueil.

— Chambre 117, l'informa la réceptionniste. Au bout du couloir à droite. Je crois que le Dr Clarich est avec elle.

James dévala le couloir et tourna à droite, ses jambes le propulsant à une vitesse surprenante... puis s'arrêta net.

Au bout du couloir, à quelques mètres de la chambre de Laura, il vit sa femme, recroquevillée sur une chaise en plastique. Mary semblait si petite, si fragile. Elle avait le visage blême et tourmenté.

— Mary ?

Elle pivota lentement en entendant la voix familière.

— Oh, James.

Comment es-tu arrivée si vite, Mary ? Comment...

Elle se leva et s'avança vers son mari, les jambes flageolantes.

Elle devait déjà se trouver là, à Colgate.

— Je... J'ai interrogé le répondeur et j'ai eu ton message, expliqua-t-elle faiblement. Je suis venue ici dès que j'ai pu.

En moins de trois heures ? En parlant de record de vitesse...

— Où est le médecin ? demanda James, s'efforçant de garder sa contenance habituelle, décontracté et maître de soi.

— Dans la chambre avec Laura. Il m'a affirmé qu'elle allait bien.

Mary se mit à pleurer.

— Oh, James, dis-moi que ce n'est pas vrai. Pas Judy. C'est impossible. Elle ne peut pas être morte.

James la prit dans ses bras et la serra fort. Tout se résumait à ça, en définitive. Il l'aimait. Il l'aimait tellement. Elle avait commis des fautes, des fautes que la plupart des maris n'auraient jamais pardonnées. Mais, en dépit de tout, James ne pouvait s'empêcher de l'aimer un peu plus chaque jour. Elle paraissait si innocente, si vulnérable, si belle. Il devait la protéger...

... quoi qu'elle ait pu faire dans le passé.

— Là, là, ma chérie, murmura-t-il, les yeux clos. Je suis là. Tout ira bien désormais.

Cet instant de tendresse, peut-être le dernier que James et Mary partageraient, fut interrompu quand la porte de la chambre 117 s'ouvrit. Lâchant sa femme, James revêtit instantanément son masque professionnel.

— Docteur Ayars ? Je suis le Dr Clarich.

Les deux hommes se serrèrent la main.

— Je suis content que vous soyez là tous les deux, ajouta Eric.

— Comment va-t-elle ? demanda James.

— Bien. Nous pourrons la laisser sortir dans un jour ou deux.

— Merveilleux, dit Mary.

— Elle est un peu secouée. L'épreuve a été très douloureuse.

— Pouvez-vous nous dire ce qui s'est passé, docteur ?

Eric les guida jusqu'à une salle d'attente et les invita à s'asseoir.

— Apparemment, un incendie s'est déclaré chez le Pr Simmons au moment où votre fille est arrivée. Au dire de Laura, elle a ouvert la porte du bureau et trouvé le Pr Simmons étendue par terre. En tentant de porter secours à sa tante, elle a failli elle-même y passer. Elle a essayé d'évacuer le Pr Simmons, mais la fumée l'en a empêchée. Laura s'est évanouie.

Mary parut horrifiée.

— Elle s'est évanouie ? Mais alors, comment…

— Comment elle s'en est tirée ? C'est assez mystérieux. Un homme qui a préféré garder l'anonymat a sorti votre fille des flammes. Sans son intervention, elle aurait très certainement péri dans le bureau de votre sœur.

— Pouvons-nous la voir ? demanda James.

— Elle s'est endormie. Elle devrait se réveiller dans quelques heures.

— Nous attendrons, dit James, prenant dans la sienne la main tremblante de sa femme. Ça va, Mary ?

Elle hocha la tête.

— J'ai prévenu Gloria, poursuivit James. Stan et elle sont en route.

Nouveau hochement de tête.

James se tourna de nouveau vers son collègue.

— Connaît-on la cause de l'incendie ?

— Pas vraiment, mais les policiers soupçonnent un acte criminel.

Le Dr Clarich regarda refluer du visage des visiteurs le peu de couleur qui leur restait.

Plus tard dans la nuit, on frappa doucement à la porte de Laura

— Entrez.

Une tête blonde apparut dans l'embrasure.

— Gloria ! s'exclama Laura, tandis qu'un sourire lui montait aux lèvres. Je suis si contente que tu sois là.

— Et moi, alors ? fit une autre voix derrière.

— Serita ? Comment vous avez fait pour arriver si vite, toutes les deux ?

Les deux jeunes femmes entrèrent et, après avoir embrassé Laura, s'installèrent de part et d'autre du lit.

— Tu ne devineras jamais, répondit Serita.

— Stan nous a conduites en voiture, annonça Gloria.

— Crois-moi, Laura, il a fait preuve de beaucoup de gentillesse.

— Il est où, là ? demanda Laura.

— Allez, Gloria, dis-lui.

— Il est reparti. Il nous a expliqué qu'il t'avait raconté des sottises l'autre soir et qu'il n'osait pas te regarder en face.

Laura eut l'air perplexe.

— Il vous a dit ça ?

Elles hochèrent la tête de concert.

— Donc, il est reparti pour Boston ?

— C'est ça, ma grande. Tu te rends compte ? Le pauvre vieux a joué les chauffeurs pendant six heures, et maintenant il s'enquille la route dans l'autre sens.

— Il avait beaucoup trop bu, l'autre soir, ajouta Gloria. Il regrette énormément.

Laura ne sut que répondre.

— Laisse tomber, dit-elle.

— Alors, comment tu te sens, Wonder Woman ?

— Pas trop mal.

— Je n'arrive pas à le croire, dit Gloria en se tordant les mains. Tante Judy, morte. C'est tellement horrible. Maman et papa sont sous le choc.

— Je sais. Ils étaient là tout à l'heure.

— Quel accident atroce, dit Serita.

— Ce n'était pas un accident.

La sœur de Laura et sa meilleure amie écarquillèrent les yeux.

— Qu'est-ce que tu racontes ?

— Ce n'était pas un accident. Tante Judy a été assassinée.

— Tu es sûre ? demanda Serita.

— La maison a été arrosée d'essence et j'ai trouvé Judy assommée par terre.

— Mais qui ferait une chose pareille ?

Même si elle savait qu'il était dangereux d'impliquer quiconque dans l'affaire, Laura éprouvait un tel sentiment de détresse qu'elle ne put le garder pour elle.

— Vous devez me promettre de ne parler à personne de ce que je vais vous montrer. Pas un mot. Ce peut être une question de vie ou de mort.

— Pas un mot, jura Serita, tandis que Gloria acquiesçait d'un signe de tête.

— J'ignore qui a tué tante Judy, mais regardez ceci.

Laura fouilla dans son sac et en sortit la photo. Elle la tendit à Gloria, qui l'examina avant de la passer à Serita.

— Je ne comprends pas, dit Gloria. C'est une vieille photo de tante Judy, mais qui est le type ?

— Serita, tu as une idée ?

— Sa tête me dit quelque chose...

— Vous ne trouvez pas qu'il ressemble à David... ou à Stan ?

— Peut-être un peu.

— Où veux-tu en venir ? demanda Gloria.

— L'homme sur la photo est Sinclair Baskin. Le père de Stan et de David.

Gloria lâcha une exclamation de surprise.

— Je ne comprends pas, commenta Serita. Quel rapport avec la mort de Judy ?

— Je ne sais pas encore. Mais regarde-les. Ce n'est pas une pose ordinaire.

— Non, admit Serita. Ces deux-là ont l'air de vraiment s'aimer.

— Et regardez la bannière, derrière. Brinlen College, 1960. Sinclair Baskin y était enseignant. Et 1960 est l'année de sa mort.

— Donc, ta tante a eu une aventure avec le père de David avant qu'il meure en 1960, déclara Serita, les yeux rivés sur la photo. Mais quel rapport avec l'incendie d'aujourd'hui ?

— Je ne l'ai pas encore découvert, mais je suis sûre qu'il cxiste un lien. Il faut que j'aille à Chicago.

— Pourquoi Chicago ?

— C'est là-bas que se trouve Brinlen College. Ma mère et tante Judy y ont passé leur jeunesse.

— On vivait à Chicago avant ta naissance, commenta Gloria d'une voix voilée.

— Je sais. Je suis persuadée que tout ça s'imbrique. Il existe forcément un lien entre le meurtre de Judy et le suicide de Sinclair Baskin.

Gloria faillit hurler. Elle porta la main à sa bouche, et ses dents mordirent la peau tendre.

— Qu'y a-t-il, Gloria ?

La jeune femme se remémorait les révélations de Stan sur la mort de son père. Ses yeux firent frénétiquement le tour de la pièce, comme s'ils cherchaient un endroit où se cacher.

— Je... Je n'ai pas le droit de le dire.

Laura se redressa et prit sa sœur par les épaules.

— C'est important, Gloria. L'assassin de Judy a peut-être aussi tué David.

— Quoi ? Mais…. David s'est noyé.

— Peut-être. Mais peut-être pas. Dis-moi ce que tu sais.

— J'ai promis…

— Promis à qui ?

— À Stan. Je lui ai promis de me taire.

— Tu dois me le dire, Gloria. Tu pourrais être en danger. Stan pourrait être en danger.

— Je ne…

Laura la secoua.

— Dis-moi, dis-moi !

Serita s'interposa entre les deux sœurs.

— Eh, du calme, Laura.

Laura lâcha sa sœur et se laissa retomber contre les oreillers.

— Comment veux-tu que je me calme, avec un assassin qui court toujours ?

— Tu délires, ma grande. Des photos vieilles de trente ans. Des tueurs en vadrouille. Un suicide remontant à…

— Ce n'était pas un suicide ! s'écria Gloria.

Laura et Serita se tournèrent vers elle. Recroquevillée dans un coin de la pièce, elle tremblait de tout son corps, comme en proie à la fièvre.

— Il ne s'est pas suicidé, reprit-elle. Il a été assassiné. Sinclair Baskin a été assassiné.

— Quoi ?

— Stan était caché derrière le canapé dans le bureau de son père. Il n'avait que dix ans, mais il a tout vu. Quelqu'un a tué Sinclair Baskin.

— Mais..., commença Laura, abasourdie. Est-ce que Stan sait qui l'a tué ?

— Non, il n'a pas reconnu l'assassin. Mais il se souvient de son visage...

Laura secoua la tête. On lui tendait une nouvelle pièce du puzzle, qui ne semblait pourtant pas s'ajuster. Sinclair Baskin. David. Judy. Quelque chose s'était produit, quelque chose d'horrible, qui n'avait pas pris fin trois décennies plus tard. Les paroles de Judy lui revinrent, déchirantes :

« ... Il y a certaines choses que tu ignores. Des choses qui se sont passées il y a très longtemps... parfois, le passé envahit le présent... C'est ce qui est arrivé avec David... »

Il n'y avait qu'une façon de le découvrir.

— Serita, tu me rendrais un service ?

— Bien sûr.

— Tu n'en parles ni à mes parents ni au médecin.

— Promis.

— Peux-tu me prendre un billet d'avion pour Chicago ?

26

Mark fit irruption dans la pièce, le souffle saccadé. Le simple fait de respirer lui déchirait la poitrine.

— Qu'est-ce qui t'arrive ? demanda TC. Tu es dans un état !

— Donne-moi à boire. Une vodka, n'importe quoi.

— Tu ne bois pas.

— Maintenant, si, répliqua Mark en se laissant tomber dans un fauteuil.

TC attrapa deux canettes de Budweiser et lui en lança une.

— C'est tout ce que j'ai. Putain ! Mark, tes vêtements ont cramé.

Mark décapsula sa bière et en but la moitié d'un trait.

— Tu veux bien me raconter ce qui se passe ?

Mark se leva, la canette presque écrasée dans son poing. Les mots se bousculaient sur ses lèvres ; il avait la voix cassée.

— Je suis arrivé chez Judy Simmons à 19 heures, comme prévu. Je me suis garé à l'écart du campus et j'ai fini le trajet à pied. Au moment où j'approchais de la maison, un taxi s'est arrêté devant, et Laura en est descendue.

— Oh, merde.

— Je me suis planqué derrière un arbre. Pas besoin d'être grand clerc pour deviner ce que Judy avait manigancé. Elle avait dû deviner…

— … qu'en vous mettant face à face, Laura et toi, ça ferait des étincelles, termina TC à sa place.

Mark eut un petit rire sans joie.

— Qu'est-ce qu'il y a de drôle ?

— Attends, tu vas comprendre. J'étais donc caché derrière un arbre, à observer Laura.

Il s'interrompit en revoyant la scène. Il l'avait dévorée du regard, se consumant d'un désir si fort qu'il avait cru en mourir. Le seul fait de voir son joli visage rougi par le froid, de la voir marcher résolument dans cette allée, l'avait rempli d'un terrible sentiment de manque.

— Mark ?

— Désolé... Laura a sonné à la porte et attendu. Pas de réponse. Elle a appelé Judy – en vain. Comme la porte n'était pas verrouillée, elle est entrée.

— Et toi, tu as fait quoi ?

Mark regarda ailleurs.

— J'étais tétanisé. Je ne sais pas pourquoi. J'aurais dû tourner les talons et m'en aller. Mais j'en étais incapable. Je suis donc resté là, les yeux fixés sur la maison, jusqu'à ce que je voie de la fumée.

— De la fumée ?

— Un incendie avait éclaté. La fumée a commencé à s'échapper par les interstices des fenêtres et sous la porte. Laura n'était pas entrée depuis plus de cinq minutes. Je me suis précipité dans la maison. C'était un cauchemar. Les flammes montaient à l'assaut des murs. Et Laura était coincée quelque part dans ce brasier ! Je n'avais plus qu'une idée en tête : la retrouver. J'ai avancé, priant pour qu'elle soit encore en vie.

— Ne me dis pas...

Mark secoua la tête.

— Je l'ai trouvée et l'ai sortie de cet enfer. Elle était inconsciente. J'ai appelé les urgences et je suis resté avec elle jusqu'à ce que j'entende les sirènes. J'ai rappelé l'hôpital un peu plus tard. Elle va bien.

— Dieu soit loué.

Mark déglutit avec difficulté. Quand il l'avait soulevée, qu'il l'avait prise dans ses bras, il aurait voulu ne plus jamais la lâcher ; il aurait voulu la protéger, lui assurer que tout irait bien. Il se força à retenir ses larmes.

— On ne peut pas en dire autant de Judy, reprit-il lentement. Elle est morte, TC.

Le visage de ce dernier s'assombrit.

— Je suis désolé, Mark. Je sais que tu l'aimais beaucoup.

— Un incendie ne se propage pas aussi vite que ça, hein ? Quelqu'un a délibérément mis le feu. Judy Simmons a été assassinée.

— Rien ne le prouve…

— Je retrouverai ce salaud et je lui réglerai son compte, affirma Mark.

— Ou cette salope.

— Quoi ?

— Réfléchis une seconde. Qui voudrait faire taire Judy ?

— Tu ne crois tout même pas que…

TC haussa les épaules.

— Tu te souviens de ce qu'elle t'a raconté au téléphone ?

— Rien de très cohérent. Selon elle, que je ne savais pas ce que je faisais, je ne connaissais pas toute l'histoire.

— C'est peut-être vrai.

— Mme Klenke vous recevra dans un instant.

— Merci.

Laura changea de position dans le fauteuil. Ses brûlures la faisaient plus souffrir qu'elle ne l'avait imaginé. Malgré les analgésiques qu'on lui avait donnés à l'hôpital, il lui semblait à chaque mouvement qu'on frottait ses plaies au papier de verre.

Elle avait passé une bonne partie de la nuit à convaincre sa sœur et Serita de l'aider à préparer ce voyage. Elles avaient fini par céder, à contrecœur, comprenant qu'elle le ferait, avec ou sans leur assistance.

Ce fichu TC aurait été fier d'elle. Depuis son lit d'hôpital, Laura avait passé la matinée à jouer les détectives. Elle avait appelé Brinlen College et s'était entretenue avec divers enseignants et membres du personnel, qu'elle avait interrogés à propos de Sinclair Baskin. Les informations glanées étaient maigres : peu de gens étaient là en 1960.

Un de ses coups de fil avait cependant fini par payer.

« Avez-vous parlé à Mme Klenke ? lui avait demandé un des plus vieux professeurs.

— Non. Qui est-ce ?

— À l'époque, elle s'appelait Mlle Engle. C'était la secrétaire particulière de Sinclair Baskin et, à en croire la rumeur, sa fonction principale était définie par l'adjectif "particulière", si vous voyez ce que je veux dire. »

Les coordonnées de cette dame figuraient toujours dans les fichiers. Laura l'avait appelée et convaincue de la recevoir. Voilà pourquoi elle se trouvait à présent dans le salon de Mme Diana Klenke.

— Madame Baskin ?

Laura se tourna vers la femme aux cheveux gris. Âgée de vingt-sept ans en 1960, Diana Klenke devait donc en avoir cinquante-sept. Grande, fine, le sourire rayonnant, elle portait un élégant tailleur Svengali, et chacun de ses mouvements était empreint de distinction.

— Appelez-moi Laura.

— Seulement si vous m'appelez Diana.

— D'accord, Diana.

Sans cesser de sourire, Diana Klenke observa sa visiteuse.

— Mon Dieu, vous êtes magnifique. Les photos ne vous rendent pas justice, Laura.

— Merci.

La jeune femme lui aurait volontiers retourné le compliment, mais chaque fois qu'elle l'avait fait par le passé, ses interlocuteurs n'y avaient vu que snobisme et condescendance.

— Puis-je vous offrir quelque chose à boire ?

— Non, merci.

Diana Klenke s'assit dans le fauteuil de velours à côté de Laura. Le salon, superbe, devait être entretenu par une armée de domestiques. La demeure, de style victorien, ne possédait sans doute pas moins de vingt-cinq pièces.

— Vous avez une maison magnifique, fit remarquer Laura.

— Mon mari l'adorait, expliqua Diana. C'était sa joie et sa fierté. Il est mort il y a dix ans. Il a eu un accident de voiture en rentrant de l'aéroport. Comme vous l'avez sans doute deviné, c'était un homme très fortuné... Ce qui fait aujourd'hui de moi une veuve très fortunée, ajouta-t-elle avec un petit rire.

— Je suis désolée.

— Il n'y a pas quoi. Nous n'avons jamais été très unis. De plus, j'ai accaparé le marché des hommes de plus de cinquante ans. Ils en ont tous après mon argent.

— Je suis sûre que c'est faux.

Elle haussa les épaules.

— Peu importe. Dites-moi ce que je peux faire pour vous, Laura. Au téléphone, vous avez mentionné Sinclair ?

— Oui.

— J'ai appris par la presse la tragédie qui a frappé votre mari. Quelle tristesse. Il était si jeune. Parfois, je me dis qu'une malédiction pèse sur les hommes de la famille Baskin.

— Il semblerait.

— Alors, en quoi puis-je vous aider ?

La jambe de Laura s'était mise à tressauter. Inutile d'essayer de l'immobiliser : elle reprendrait sa danse. La douleur de ses brûlures se fit plus cuisante tandis qu'elle se penchait pour attraper son sac.

— Voudriez-vous regarder cette photo ?

Diana Klenke chaussa des lunettes de lecture qui ajoutaient encore à sa distinction. Pendant une minute, l'ancienne secrétaire de Sinclair Baskin contempla le cliché sans mot dire.

— C'est bien Sinclair, confirma-t-elle. Et la femme s'appelle Judy...

— Judy Simmons ? suggéra Laura.

— Oui, c'est ça. Je me souviens très bien de celle-là.

Devant l'air étonné de Laura, elle expliqua :

— Sinclair Baskin était un sacré don Juan.

— Il avait des aventures ?

Diana éclata de rire.

— Par dizaines. Des blondes, des brunes, des rousses, peu importait tant qu'elles étaient belles. Il en changeait tout le temps. Un jour l'une, le lendemain une autre. Vous comprenez, Sinclair Baskin était séduisant et beau parleur. Il flirtait avec les étudiantes, avec ses collègues, avec des femmes mariées.

Elle sourit et ajouta :

— Et même avec sa propre secrétaire.

Laura ne sut pas trop que dire.

— Et... vous vous rappelez ces femmes ?

Diana secoua la tête.

— Presque aucune.

— Mais vous vous souvenez de Judy Simmons. Pourquoi ?

— Parce que cette histoire était différente. Pour commencer, elle n'était pas son genre.

— Ah bon ?

— Ne vous méprenez pas. Judy était mignonne. Mais pour Sinclair, ça ne suffisait pas. Il voulait des femmes sublimes. N'oubliez pas qu'il recherchait le frisson des liaisons extraconjugales. Seule la beauté l'intéressait.

— Je vois.

— Je veux dire par là que, normalement, il aurait peut-être tenté de l'attirer dans son lit une fois, mais pas plus.

— Voilà pourquoi vous vous souvenez d'elle ?
— En partie seulement. La vraie raison, c'est que leur aventure a duré. Ils sont restés plus de deux mois ensemble. Pour la première fois, je voyais Sinclair amoureux... si tant est que les hommes comme lui puissent tomber amoureux. Il a même envisagé de divorcer pour épouser Judy. Il a cessé de penser aux autres femmes. Tout ça était très inhabituel pour lui.
— Et que s'est-il passé ?
— Ce qui s'est passé ?
Diana se leva et s'approcha de la fenêtre. Le jardin, agrémenté de fontaines et de statues, était aussi grandiose que la maison. Une piscine, un court de tennis et même un kiosque complétaient l'ensemble.
— Sinclair a rompu.
— Comme ça ? demanda Laura. Il était follement amoureux d'elle et il l'a laissée tomber ?
Diana hocha la tête. Dehors une branche imprimait une ombre légère sur son visage.
— Un jour il l'aimait. Le lendemain... c'était fini.
— Pourquoi a-t-il rompu ? À cause de sa famille ? De ses enfants ?
— Non, rien de tout ça.
Diana ferma les yeux un instant. Quand elle les rouvrit, ils se posèrent sur Laura.
— À cause de sa faiblesse. C'est sa faiblesse qui a détruit leur relation.
— Sa faiblesse ?
— La beauté, Laura. La beauté, qui l'a aveuglé une fois encore.

— Vous voulez dire qu'il a trouvé quelqu'un d'autre ?

Son sourire glaça Laura.

— Pas n'importe qui. Si Judy était mignonne, la beauté de sa conquête suivante sortait du commun. Le genre à faire tourner la tête d'un homme. Ou à le damner. Et c'est ce qui s'est passé. Sinclair en est devenu fou. Mon Dieu, elle était sublime, presque aussi sublime que…

Diana s'interrompit si brusquement que Laura sursauta. Toute couleur avait déserté le visage de son hôtesse.

— Qu'y a-t-il ? s'écria Laura. Que se passe-t-il, Diana ?

Celle-ci s'était mise à trembler.

— … vous, reprit-elle lentement.

Laura plissa les yeux.

— Je ne comprends pas.

— Cette femme… elle vous ressemblait. En fait, c'était votre portrait craché.

Une pensée affreuse, impardonnable, traversa l'esprit de Laura. Non. Impossible. Le corps et le cerveau engourdis, elle reprit son sac pour en sortir une autre photo.

— Je sais que cela remonte à trente ans, commença-t-elle d'une voix atone, mais pourrait-il s'agir de cette femme ?

Elle tendit le cliché à Diana Klenke qui, une fois encore, chaussa ses lunettes et l'étudia un long moment.

— Oui, c'est elle.

— Comment pouvez-vous en être sûre ?

— Une femme pareille, ça ne s'oublie pas.

Laura lui arracha presque la photo des mains, dans un réflexe défensif, et la tint contre sa poitrine, comme si elle représentait bien plus qu'une image sur un morceau de papier. Au bout d'un moment, elle la leva et la contempla comme si elle voyait cette femme-là pour la première fois.

Sa mère.

— Mary, dit soudain Diana. Elle s'appelait Mary.

Vidée, abattue, Laura se sentait comme un boxeur se demandant d'où allait venir le prochain coup.

— Encore une chose, reprit Diana.

— Oui ? parvint à articuler Laura.

— Cette femme a été la dernière à quitter le bureau de Sinclair juste avant son suicide.

À quoi bon tergiverser ? Graham savait bien qu'il devrait passer ce coup de fil. En plus, il ignorait ce qui s'était passé dans la chambre 607. Baskin avait peut-être eu droit à une bonne engueulade de la part de belle-maman. Ce ne serait pas la première fois qu'une belle-mère se mêlerait de ce qui ne la regardait pas. La sienne, par exemple… OK, elle n'irait sans doute pas jusqu'à traverser le Pacifique pour le harceler… quoique.

Pourquoi faire tout de suite ce qu'on peut repousser au lendemain : telle était la devise de Graham depuis qu'il était gamin. Il préférait attendre, surtout quand il s'agissait d'annoncer de mauvaises nouvelles. Pas par paresse, non, mais avec l'espoir qu'à force d'atermoiements, elles disparaîtraient ou que la réalité changerait. De sorte qu'il fut soulagé quand, ayant enfin rassemblé le courage d'appeler Laura, il tomba sur son répondeur.

Il laissa un message lui demandant de le rappeler, puis prit une autre rasade de whisky.

Richard Corsel adorait regarder le hockey sur glace. Les joueurs traversaient en douceur la surface gelée, tout au bonheur de la glisse, pour finir par se prendre un coup violent de la part d'un Bibendum au visage plus couturé que celui de Michael Jackson.

Quel spectacle !

Naomi, qui n'était pas fan de ce sport, s'agaçait de voir les jumeaux embrasser la passion de leur père.

— Autant les initier au catch professionnel, avait-elle râlé.

— Allons, chérie, ce n'est pas si terrible.

— Je refuse que mes fils jouent au hockey, c'est clair ?

Mais qui parlait de jouer ? Richard lui-même n'avait jamais chaussé une paire de patins. Non, ce sport était parfait en spectateur. Chaque fois qu'il regardait un match, il s'absorbait si profondément dans cette bataille quasi artistique, qu'il en oubliait ses soucis à la banque, ses factures et ses emprunts.

Aussi alluma-t-il la télévision, puis s'installa-t-il dans son vieux fauteuil confortable. Les jumeaux, couchés sur la moquette devant lui, se levaient de temps à autre pour imiter les actions. Ç'aurait dû être pour Richard un moment de pure détente. Pourtant, une brève lue dans le journal revenait inlassablement le titiller. Il avait beau essayer de l'oublier, de se concentrer sur sa femme et ses enfants, rien n'y faisait.

Ses pensées le ramenaient toujours au Colgate College.

Bien sûr, rien dans le journal n'indiquait que l'incendie ait un rapport avec le transfert d'argent. Rien ne suggérait que le psychopathe qui lui avait appuyé un couteau sous la gorge ait décidé de supprimer par le feu Laura et sa tante. L'article précisait simplement que l'incendie faisait l'objet d'une enquête.

« But ! » s'écria le commentateur.

— But ! firent Peter et Roger en écho.

Tous deux se levèrent pour applaudir.

— T'as vu ce tir, p'pa ?

— Superbe, répondit Richard.

— Tu nous emmèneras voir un autre match, cette année ?

— J'essaierai.

Les enfants se replongèrent dans le match de hockey, tandis que l'esprit de Richard demeurait ancré sur Laura Baskin. Supposons que l'incendie ne soit pas un accident ; supposons qu'il soit lié à l'argent du compte de David Baskin. La voix du père de Laura, venu le trouver la veille, résonna dans sa tête :

« Je soupçonne ces virements bancaires de cacher autre chose. Des choses qui pourraient se révéler très dangereuses pour ma fille. »

Il aurait tant voulu oublier toute cette affaire, mais sa conscience le lui interdisait. Pourquoi avait-il laissé Philippe Gaillard lui révéler qui détenait l'argent ?

Si Richard l'avait ignoré, il aurait pu dormir, manger et regarder son match de hockey la conscience tranquille. Lorsque Gaillard avait cité le nom, il ne signifiait rien pour Richard. Aujourd'hui, il n'en allait plus de même. À Boston, ce nom-là était sur toutes les lèvres. Et, franchement, la situation était devenue non seulement dangereuse, mais carrément angoissante.

Richard sentit un souffle de brise glacée, comme s'il s'était trouvé sur la patinoire. Que faire, bon Dieu ? Se taire ou révéler à Laura une vérité choquante à laquelle Richard lui-même avait du mal à croire ? Éviter de se mêler des affaires des autres ou lui apprendre que l'homme qui avait volé l'argent de David lui avait aussi dérobé sa position, ses records, son surnom ; que l'homme qui détenait l'argent de David n'était autre que le nouveau prodige des Celtics : Mark Seidman ?

Serita avait vu Laura de toutes sortes d'humeur – joyeuse, triste, fofolle, sage, amoureuse, en colère –, mais jamais dans cet état d'hébétude. Elle avait les pupilles dilatées, les yeux vitreux, et semblait tétanisée. Pendant tout le trajet depuis l'aéroport, elle n'avait pratiquement pas desserré les dents, sauf pour demander :

— Est-ce qu'Estelle t'a appelée ?

— Ta secrétaire ? Pourquoi elle m'appellerait ?

— Avant de mourir, Judy m'a donné la photo que je vous ai montrée, ainsi que quatre clés. J'en ai reconnu trois. Et j'ai envoyé Estelle à Colgate pour essayer de savoir ce qu'ouvre la quatrième.

Elle devait te contacter si elle découvrait quoi que ce soit.

— Désolée, elle ne l'a pas encore fait.

Une fois dans l'immeuble de Laura, elles prirent l'ascenseur jusqu'au dix-huitième étage. L'appartement était plongé dans le noir, à l'exception de la lueur clignotante du répondeur indiquant un message. Serita alluma, tandis que son amie s'effondrait sur le canapé.

— Ça va ? Tu es sûre ? Tu ne veux pas que je t'emmène à l'hôpital ?

— Non, je me sens bien.

— Ouais, je vois ça. Tu as passé tout le trajet à grimacer de douleur. À chaque bosse, j'avais l'impression que tu allais hurler.

— Je t'assure que ça va.

— OK, tu veux bien arrêter de te foutre de moi et me raconter ce qui s'est passé à Chicago ?

— C'est trop dingue. Tu ne vas pas me croire.

— Dis toujours. Qu'as-tu appris ? Que ta tante et le père de David couchaient ensemble ?

— Il semblerait.

— Alors qu'il était marié ?

— Ouais.

— Ah, ah, fit Serita en se frottant les mains. Allez, balance ! J'adore les potins.

— Tu vas être servie ! Leur histoire était assez sérieuse pour que Sinclair envisage de divorcer.

— Waouh ! Et qu'est-il arrivé à cet heureux couple ?

— Il a fini par la larguer pour une autre.

— Le salaud ! s'exclama Serita, secouant la tête de déception.

— Et l'autre, poursuivit Laura, c'était ma mère.

Serita en resta bouche bée.

— Tu déconnes ?

— Non.

— Ta mère a piqué le mec de sa sœur ?

— En trompant mon père par la même occasion. Joli, hein ?

— Mince, alors ! Mais ça veut dire quoi, tout ça, Laura ? Et quel rapport avec l'incendie ?

Laura se leva, haussant les épaules en signe d'ignorance, et alla enclencher le répondeur. La cassette se rembobina avec un bruit de mixeur.

— Aucune idée. Plus j'apprends de choses sur le passé, moins je vois le lien avec le présent.

La cassette s'arrêta, et un bip sonore interrompit leur conversation. La voix bourrue du shérif Rowe retentit dans le haut-parleur.

« Ici Graham. Quand vous aurez le temps, mon chou, rappelez-moi. J'ai peut-être trouvé à qui David a rendu visite au Pacific International. Vous pouvez me joindre chez moi toute la soirée. »

Sa voix... si triste, si vaincue. Pourquoi ? Qu'avait-il découvert ? Laura consulta sa montre.

— Bon, j'appelle l'Australie.

Stan se réveilla de sa sieste en sursaut. Encore un cauchemar, rempli d'esprits malveillants qui disparurent dès qu'il ouvrit les yeux. Seuls le tambourinement de son cœur, sa respiration haletante et un arrière-goût désagréable dans la bouche lui rappelaient que les démons du passé avaient une fois de plus envahi son sommeil.

Ce soir aurait lieu le face-à-face. Stan verrait l'assassin de son père pour la troisième fois. Et il recevrait le premier paiement. Cent mille dollars. Une somme rondelette qui lui permettrait de…

De faire quoi, au juste ?

Sortant de la chambre, il s'arrêta à l'entrée de la cuisine et contempla Gloria, occupée à vider le lave-vaisselle. Ses courbes délicates sous le corsage de soie, son doux sourire, sa concentration sur cette tâche toute simple… Ce spectacle lui donnait à réfléchir. Pourquoi avait-il besoin de tout ce fric ? Il avait arrêté de jouer. Il était intelligent ; rien ne l'empêchait de trouver un job, un vrai, et de stopper sa fuite en avant. Avec Gloria, il pensait en être capable.

Mais une fois seul, il ressentait de nouveau cette « démangeaison » dont avait parlé Mister B. L'idée de se ranger lui apparaissait pour ce qu'elle était : un fantasme. Il n'était pas fait pour la vie domestique. D'autant que, si Gloria semblait plus subtile que ses autres conquêtes, elle finirait tôt ou tard par le décevoir.

Ces cent mille dollars constituaient son assurance. Un matelas de sécurité pour l'après-Gloria, quand il aurait repris la route et sa liberté.

Cependant, lorsqu'il posait ses yeux sur elle comme en cet instant, ses soupçons se désintégraient devant sa beauté chaleureuse. Il n'avait plus seulement envie d'elle ; il voulait la tenir dans ses bras, la réconforter et, oui, lui faire l'amour passionnément. Leur relation était… complète. C'était exactement le mot : complète.

Quel était cet étrange pouvoir qu'elle exerçait sur lui ? Et où cela le mènerait-il ?

Elle se retourna, et son visage s'illumina en le voyant.

— Coucou, dit-elle. Tu es là depuis longtemps ?

— Deux minutes. J'avais juste envie de te regarder.

Les joues de Gloria s'empourprèrent.

— Tu as bien dormi ?

— Très bien. Et toi, tu te sens un peu mieux ?

— Un peu. Mais j'ai tellement de mal à croire que Judy est morte.

Il la prit dans ses bras.

— Je sais. Il te faudra du temps pour réaliser.

Ses yeux tombèrent sur la pendule derrière elle. 19 h 30. Dans une heure, il retrouverait l'assassin de son père au fond d'une ruelle, dans le sud de la ville. Là, Stan Baskin vendrait son enfance orpheline pour quelques malheureux dollars. Cent mille dollars : le prix pour la mémoire de son père.

— Stan, ça va ? lui demanda Gloria avec un sourire inquiet.

Il la serra plus fort.

— Ça va.

Laura retrouva le numéro de Graham et le composa.

— Tu veux que je m'éclipse ? lui proposa Serita.

— Au contraire, je préfère que tu restes, mais si tu veux échapper à ce sac de nœuds pendant qu'il en est encore temps, je comprendrai.

— Je serai là tant que tu auras besoin de moi, répondit Serita. Bon, parle-moi plutôt du shérif. Il est mignon ?

Laura pouffa, ravie de la diversion.

— Pas mal, dans le genre grizzli.

— Ah, exactement ce qu'il me faudrait. J'en ai assez de la sophistication d'Earl.

— Arrête ! Tu l'adores.

Serita ouvrit la bouche pour protester, puis la referma.

— Ouais, je sais.

Première sonnerie à l'autre bout de la ligne. La jambe de Laura se mit à tressauter.

— Enfin, tu l'admets !

Troisième sonnerie.

— Sans tomber dans la guimauve, Laura, quoi qu'il arrive, je dois te dire que tu es la meilleure amie que j'aie jamais eue.

Cinquième sonnerie.

— Pareil pour moi.

On décrocha dans l'autre hémisphère, et la grosse voix de Graham fit :

— Allô ?

— Graham ?

— Laura ! Content de vous entendre.

— Je viens seulement d'avoir votre message. Je me suis absentée deux jours.

— Des soucis ?

— À la pelle. La situation devient de plus en plus bizarre.

— Pourquoi ? Que s'est-il passé ?

— Ma tante m'a appelée avant-hier, commença Laura, disant qu'elle voulait me parler de la mort de David. La noyade avait soi-disant un rapport avec des événements d'autrefois. Elle paraissait confuse. En tout cas, elle a insisté pour me voir.

— Et alors, qu'a-t-elle dit ?
— Rien. Quand je suis arrivée chez elle, quelqu'un avait mis le feu à la maison. Ma tante est décédée dans l'incendie.
— Mon Dieu, c'est épouvantable !
— Je dois absolument découvrir ce qui se passe avant que ne surviennent d'autres drames, Graham.
Laura sentit des larmes couler sur sa joue, pour David, et aussi pour Judy.
— Je comprends, répondit le shérif.
Après quelques secondes de silence, il reprit :
— Bon, Gina Cassler a fini par mettre la main sur les formulaires de passeport.
— Vous les avez consultés ?
— Oui.
— TC y figurait ?
— Non, répondit Graham. Franchement, Laura, tout ça n'a pas de sens.
Laura enroula nerveusement le fil du téléphone autour de son bras.
— Graham ?
— Oui ?
— Qui David a-t-il vu à l'hôtel ?
— Votre mère. Avant de mourir, David a rencontré votre mère.
Le combiné lui échappa des mains. Serita se précipita.
— Laura ? Chérie, qu'est-ce qui se passe ? Qu'est-ce qu'il a dit ?
À présent, il n'y avait plus qu'un moyen d'aller enfin au fond des choses.
— Il faut que je parle à ma mère, dit-elle, les yeux braqués sur Serita. Tout de suite.

27

L'heure de la quatrième mort avait sonné.

L'assassin jeta un coup d'œil à l'horloge du tableau de bord. Encore une demi-heure à attendre avant son rendez-vous avec Stan Baskin – l'ultime rendez-vous pour lui. Il aurait bientôt rejoint son père, son frère, Judy Simmons...

... et David ? Qu'en était-il de David ?

Je ne sais pas. Je ne sais plus.

Le pistolet était rangé dans la boîte à gants. L'assassin n'avait pas touché à une arme depuis qu'il avait pressé le canon contre le crâne de Sinclair Baskin. La tête avait explosé ; le sang giclé ; des fragments d'os et de tissus avaient volé dans toutes les directions.

Ç'avait été simple. Tellement simple.

Il en irait de même pour Stan. C'était bien le digne fils de son père. Faire chanter l'assassin de son géniteur ! Quel genre d'ordure pouvait concevoir un plan pareil ? Imaginez : Stan Baskin voulait transformer le meurtre de son père en une entreprise lucrative. Un tel degré de bassesse dépassait l'entendement.

La voiture se gara à deux cents mètres de la ruelle. 20 h 10. Parfait. Encore vingt minutes pour inspecter les environs. Se familiariser avec la scène de crime avant d'agir. Juste au cas où.

La boîte à gants s'ouvrit. La main se referma sur la crosse du pistolet. Un contact plutôt rassurant, surtout dans ce quartier. Boston sud était l'endroit idéal pour commettre un crime. Les habitants y entendaient plus souvent des coups de feu qu'une cloche d'école.

Serait-ce le dernier meurtre ? Hélas, non.

Après Stan, une dernière personne devrait mourir : une dernière mauvaise herbe à extirper par la racine.

La portière de la voiture s'ouvrit. L'assassin descendit et se fondit dans l'air froid de la ruelle.

Stan s'installa dans la voiture et mit le contact. Un autre automobiliste attendait déjà pour récupérer sa place, denrée rare dans le quartier où habitait Gloria. Au retour, il devrait probablement se garer au parking. Vingt-cinq dollars de stationnement. Du racket pur et simple. Mais bientôt, Stan entrerait en possession de cent mille dollars. Il aurait tout l'argent désiré et n'aurait plus besoin de faire quatre fois le tour du pâté de maisons pour trouver une place.

Ne prends pas ce fric…

Cette maudite voix dans sa tête recommençait à débiter ses conneries. Bien sûr qu'il devait l'empocher. Et essayer d'en tirer le maximum.

N'y va pas, Stan. Reste à l'écart.

Il secoua la tête. D'accord, le chantage était un jeu dangereux. Très dangereux. Mais Stan s'était muni d'un cran d'arrêt, et, plus important, il avait affaire à un amateur. Rien à voir avec Mister B ou ses semblables. Sa victime était inoffensive, tel un animal pris dans les phares d'une voiture.

C'est ça, mon pote. Inoffensive. Demande donc à ton père…

En pensée, Stan retourna à ce 29 mai 1960. Il revit l'expression sur le visage meurtrier, la haine dans les yeux glacials... Cette personne serait capable de tuer de nouveau. Ce visage pouvait paraître innocent, mais Stan avait vu la rage contenue sous la façade.

Ce n'est pas ce que tu veux, Stan. Ne tire pas du fric du meurtre de ton père...

Mais alors, il était censé faire quoi ? Oublier qu'il avait été témoin de l'assassinat ? Se venger ? Avertir la police ? Se barrer ? Quoi ?

Stan fit taire les voix dans sa tête. Du fric. Beaucoup de fric. Voilà vers quoi il se dirigeait. Et tant pis pour la morale. Stan Baskin n'était pas un saint. Pas du genre à laisser filer un pactole à cause de voix imaginaires.

Il tourna à gauche pour pénétrer dans Boston sud sans prendre la peine de regarder dans son rétroviseur. S'il l'avait fait, il aurait peut-être reconnu la voiture rouge qui le suivait.

Gloria resta à environ cinquante mètres derrière Stan. Sa connaissance des techniques de filature se limitait à ce qu'elle avait vu à la télévision ou au cinéma. Elle n'avait jamais mis les pieds non plus dans ce quartier de Boston. Mais si elle n'avait aucune idée de la destination finale de Stan, elle était sûre qu'il devait exister un chemin plus sûr que cette jungle de béton.

Espionner son amoureux n'était pas dans ses habitudes – c'était même la première fois – et elle avait peur. Mais Stan courait un danger. Chaque parcelle d'elle le lui criait. Son corps ne cessait de trembler tandis que le manque, familier et ravageur, revenait frapper à sa porte comme un vieil ami.

Allez, Gloria. Un sniff et tu seras libérée. Un petit trip n'a jamais fait de mal à personne. Tu es capable de le contrôler à présent. Allez ! Merde, dans ce quartier, tu ne devrais pas avoir de mal à te procurer de quoi t'envoyer très haut. Il suffit d'arrêter la voiture près du parc, là-bas.

Elle sentit presque ses mains tourner le volant vers le parc. Mais elle lutta. La plupart des gens s'imaginent que la dépendance à la drogue est un mal curable. Erreur. On n'en guérit jamais. On peut se croire à l'abri pendant un jour, une semaine ou un mois, puis un problème survient dans sa vie, et on se sent seul, fragilisé. Alors, le drogué en vous refait surface. Le manque vous rappelle que la drogue est votre seule véritable amie. Toujours là quand on en a besoin. Elle ne vous déçoit pas, ne vous laisse pas tomber. Grâce à elle, on se sent bien. On oublie le reste du monde.

Voyant le feu passer à l'orange, Gloria accéléra. Pas question d'être bloquée au rouge et de le perdre. La sensation qui la tenaillait, cette impression que Stan courait un danger, s'intensifiait au fil des kilomètres. Toute la journée il lui avait paru bizarre, à cran. Quelque chose l'inquiétait. Non, plus que cela : le terrorisait.

Oh, Stan, dans quoi t'es-tu encore fourré ?

Il pouvait se montrer tellement bête, parfois. À bien des égards, il était plus fragile qu'elle. Il se croyait obligé de recourir à la tromperie et au mensonge pour se faire aimer. À ses yeux, tout n'était qu'escroquerie. Même les émotions. L'amour était un outil, un moyen de contrôler ou d'être contrôlé. Mais Stan apprenait... à faire confiance, à écouter ses sentiments. Gloria le voyait bien. Il avait fait du chemin depuis qu'il lui avait dérobé ces cent mille dollars à la Deerfield Inn.

Oui, Gloria avait compris la petite arnaque de Stan avec la complicité de Mister B. Oh, pas immédiatement. Sur le coup, elle s'était laissé prendre par leur mise en scène et avait été terrifiée. Mais, plus tard ce soir-là, elle avait retrouvé les capsules de sang au fond de la poubelle de la salle de bains et s'était aperçue que Stan n'avait pas de contusions, pas la moindre égratignure. Pas difficile d'en tirer des conclusions.

D'abord, elle avait voulu rendre coup pour coup et l'éjecter de sa vie. Puis quelque chose l'en avait empêchée. Même si c'était sans doute mérité, Stan avait été rejeté par tous ceux dont il avait été proche. Alors, elle était peut-être naïve, mais elle se demandait si cela n'avait pas conditionné chez lui un réflexe autodestructeur qui lui faisait gâcher toutes ses chances de bonheur, l'une après l'autre. Quoi qu'il en soit, il avait besoin d'aide, cela, elle en était sûre.

Et aussi qu'elle l'aimait.

Aussi Gloria avait-elle décidé de ne jamais mentionner l'argent. Elle se contentait de l'aimer du mieux qu'elle pouvait. Et ça marchait. Lentement, Stan l'arnaqueur disparaissait, et le véritable Stan commençait à émerger.

Elle le vit s'engager dans une voie à sens unique et se garer à l'entrée d'une ruelle. Gloria resta à distance. Toute la zone ressemblait aux ruines d'un champ de bataille futuriste. Aucune lumière, pas d'autres voitures, hormis quelques épaves abandonnées. Partout, des morceaux de parpaings cassés et des bouts de verre. Les fenêtres des immeubles étaient condamnées avec des planches pourries.

Qu'est-ce qu'il fabriquait dans un endroit pareil ?

Gloria vit s'ouvrir la portière du conducteur. Stan sortit et regarda des deux côtés, sans la repérer. Puis il disparut dans la ruelle. Gloria avança prudemment et s'arrêta derrière le véhicule de son compagnon. Elle s'assura que ses portières étaient bien verrouillées et attendit.

— Tu as fait quoi ? s'écria Mark.

— Du calme, mon vieux, répondit TC. Je voulais juste l'effrayer un peu.

— Donc, tu t'es introduit dans son appartement ?

— Écoute, Mark. Elle est allée fouiner en Australie. Elle s'est mis en tête que David a été assassiné. Elle n'a plus aucune confiance en moi. Je devais intervenir.

— Qu'est-ce qui ne va pas chez toi, TC ? D'abord, tu menaces la famille Corsel et maintenant celle de Laura ?

— J'ai fait ce que j'ai cru devoir faire.

— Eh bien, tu t'es trompé. Pourquoi tu ne m'en as pas parlé avant ?

— Parce que tu m'en aurais empêché.

— Tu m'étonnes ! Bon, qu'as-tu inventé exactement pour lui faire peur, à part allumer le magnétoscope ?

— J'ai laissé un message de menace, répondit TC. Et la bague de David.

— Quelle bague ?

— L'anneau du championnat qu'il portait quand il s'est noyé. Je l'ai mise sous son oreiller.

— T'es dingue ou quoi ?

— Essaie de comprendre. Je voulais la convaincre que les assassins de David n'étaient pas des plaisantins. Mais l'intimider n'aurait pas suffi. En revanche, si je menaçais de m'en prendre à sa famille, il y avait des chances qu'elle fasse machine arrière. La bague a servi d'électrochoc. Pour la déstabiliser le temps de regagner sa confiance...

Mark ne contrôlait plus sa rage. Il attrapa TC par le col de sa chemise et le plaqua contre le mur.

— Espèce de salaud !

— Tout doux, Mark.

— On parle de Laura, là, pas d'un dealer de drogue que tu peux malmener à ta guise !

— J'essayais de la protéger... et de te protéger, toi.

Mark se cramponna encore un instant puis lâcha prise. Il fit volte-face et saisit son manteau.

— Où tu vas ? s'écria TC.

Sans répondre, Mark sortit en trombe et disparut dans la nuit hivernale.

Stan consulta sa montre, frissonnant dans le froid mordant des petites heures du jour. L'assassin avait déjà cinq minutes de retard. Le vent s'engouffrait dans l'étroite ruelle comme dans un tunnel, insupportablement coupant. Stan fit les cent pas pour se tenir chaud.

Les odeurs nauséabondes d'ordures et d'urine le firent grimacer. Saleté. Crasse. Rebuts. Derrière lui, un ivrogne évanoui, ou peut-être bien mort, disparaissait sous un tas de loques. Pas le genre d'endroit où il imaginait traîner l'assassin de son père. Non, cette personne était habituée à un décor plus distingué, un environnement plus fréquentable. C'était Stan qui avait passé la plus grande partie de sa vie dans le ruisseau. Plongeant la main dans sa poche, il palpa son cran d'arrêt. Il avait l'avantage du terrain.

Nouveau coup d'œil à sa montre : dix minutes de retard. Quand il cessa ses déambulations, le froid lui mordit la peau. Inutile de nier : il avait la trouille.

— Bonsoir, Stan.

Il fit volte-face.

— Bonsoir.

— Pardon d'être en retard.

— Pas de problème.

Non, mais écoutez ça. Échanger des politesses avec l'assassin de son père.

— Vous avez le fric ?

Ne le prends pas, Stan. Va-t'en.

L'assassin brandit un sac d'une compagnie aérienne.

— Tout est là.

Stan sentait que l'assassin de son père tremblait de peur. Ses yeux scrutaient nerveusement la ruelle – des yeux de biche effrayée.

— Pas trop votre genre de quartier ? demanda-t-il.
— Pas vraiment.
Stan sourit. Il sentait sa propre peur se dissiper en voyant croître celle de l'assassin.
— J'ai l'impression que vous transpirez sous ce beau manteau. Allez, donnez-moi l'argent.
L'autre posa le sac par terre.
— J'ai dit, donnez-le-moi.
— Il est là. Venez le chercher.
— Donnez-le-moi tout de suite.
Lentement, l'assassin reprit le sac et s'avança. Stan recouvrait son assurance, éprouvant une étrange satisfaction à aboyer des ordres.
— Bon, passez-le-moi.
L'autre obtempéra, puis se recula dès que Stan eut le sac en main.
— Il s'agit du premier versement.
— Quoi ? Au téléphone vous m'avez dit...
— Peu importe ce que j'ai dit au téléphone. Je veux dix mille supplémentaires la semaine prochaine. Compris ?
— Je ne peux pas continuer à vous donner du liquide. Quand cela va-t-il cesser ?
— Quand je l'aurai décidé.
— Mais...
La rage de Stan éclata.
— Vous avez tué mon père !
— C'était un accident.
— Un accident ? J'étais là. Vous lui avez tiré une balle dans la tête. Vous m'avez volé mon enfance.
— Je ne voulais pas.
— C'est des conneries !
Sans réfléchir, Stan s'avança.

— Vous l'avez traité de salaud avant de tirer.

— Vous ignorez ce qu'il m'a fait.

— Je m'en fous.

À mesure que Stan approchait, le visage de l'assassin blêmissait. Ses yeux affolés cherchaient une issue.

— Vous avez votre argent. Maintenant, laissez-moi partir.

— J'en veux pas, de votre fric ! hurla Stan.

L'assassin recula et se retrouva dos au mur.

— Vous ne pouvez pas fuir, dit Stan. Et personne ne vous entendra crier.

— Laissez-moi tranquille, je vous en prie. Je paierai tout ce que vous voudrez. Tout.

— Inutile. L'argent ne ramènera pas mon père. L'argent ne me rendra pas mon enfance.

— Vous ne comprenez pas.

— La ferme, beugla Stan. La rage faisait jaillir des larmes de ses yeux.

Quand avait-il pleuré pour la dernière fois ? Impossible à dire. Mais ça lui faisait du bien. Pour la première fois de sa vie, peut-être, il se sentait dans le vrai. Gloria, Boston, plus d'alcool, plus de jeu.

— Quelqu'un doit venger la mort de mon père. Et quelqu'un doit payer pour ce qui nous est arrivé. À lui et à moi.

— Non, attendez...

— Il a cru pouvoir vous ignorer, poursuivit Stan, fouillant dans sa poche. Il vous a pris pour quelqu'un d'inoffensif.

Alors que Stan avançait d'un pas, une main émergea du long manteau.

— Et il a payé pour son erreur. Comme vous.

Le coup de feu partit. La balle troua l'air de la nuit.

Richard révéla tout à Naomi. Assise à la table de la cuisine elle buvait un café dans la tasse ornée d'un maladroit « Super-Maman » que Peter lui avait peinte à l'école. La même année, Richard avait eu droit à « Super-Papa » de la part de Roger. Naomi ne prononça pas un mot pendant que son mari vidait son sac, sans omettre le moindre détail, du premier coup de fil de David Baskin jusqu'aux visites de Laura, en passant par les menaces proférées par le dingue.

L'expression de Naomi ne trahissait aucune émotion. Jeune femme petite et menue, aux cheveux bruns bouclés, son sourire éclatant et amical avait le don de désamorcer toute hostilité. Elle resta assise là, très calme, à siroter son café. Étonnamment, les jumeaux étaient allés se coucher une demi-heure plus tôt, sans la pantomime habituelle. Un vrai miracle. Ils disputaient un match de foot le lendemain, et le coach Duckson leur avait affirmé que le sommeil améliorait les performances. Aussi Roger et Peter étaient-ils passés devant leurs parents stupéfaits pour aller se coucher sans même en avoir été priés. Sans leurs jeux, la maison était étrangement silencieuse. Le moindre son résonnait, amplifié, dans l'atmosphère immobile.

— Qu'en penses-tu ? s'enquit Richard quand il eut achevé son récit. Dois-je prévenir Laura Baskin ou me taire ?

Naomi se leva pour aller se resservir un café. Deux après le dîner... pas raisonnable. Mais elle pressentait qu'il lui faudrait veiller une bonne partie de la nuit.

— C'est pour ça que tu étais bizarre, ces derniers temps ?

Richard hocha la tête.

— Pourquoi tu ne m'en as pas parlé plus tôt ?

— Je ne sais pas. J'espérais que le problème allait se résoudre de lui-même.

— Comme par enchantement ?

Il haussa les épaules.

— Je n'ai pas dit que c'était un espoir réaliste. Bon, qu'est-ce que je dois faire, à ton avis ?

— Tu es un homme bien, Richard.

— Ah ?

— Tu es un bon père, un bon mari, un bon professionnel, un bon fils.

— Et alors ?

— J'ai épousé un homme bien, c'est tout. La plupart des gens se fichent pas mal des problèmes des autres. La plupart des gens auraient tout oublié depuis longtemps. Mais pas toi, Richard. Cette histoire te mine, pas vrai ?

Il hésita, avant d'admettre qu'elle avait raison.

— D'après moi, reprit Naomi, tu n'as pas le choix. Bien sûr, je préférerais que tu oublies tout ça. Moi, j'en serais sans doute capable. Mais pas toi, Richard. Tu n'es pas fait pareil. Tu vas t'en rendre malade, et je n'ai pas envie d'avoir un mari malade. Alors, voici ce que je te propose. Jusqu'à ce que cette affaire se tasse, tu conduiras les jumeaux à l'école le matin et j'irai les chercher l'après-midi. On limitera un peu leurs activités extrascolaires. On ne vivra pas dans la terreur, mais on sera plus vigilants pendant quelque temps.

Sans rien dire, Richard glissa la main par-dessus la table. Naomi la saisit. Même si elle semblait maîtresse d'elle-même, Richard savait que, à l'intérieur, un volcan de douleur venait d'entrer en éruption. Elle accentua sa pression sur la main de son mari. Levant les yeux, il vit qu'elle pleurait.

Gloria ajusta les rétroviseurs de manière à couvrir tout le périmètre, au cas où quelqu'un essaierait d'approcher par surprise. Son regard passait de l'un à l'autre. Personne ne venait. Personne ne s'aventurait dans cette rue.

Que ce soit le fruit de son imagination ou pas, elle se sentait observée.

Frissonnante, elle voulut monter le chauffage et s'aperçut qu'il était déjà au maximum. Il n'y avait aucun bruit, à l'exception de coups de klaxon et de crissements de pneus dans les rues adjacentes.

Qu'est-ce que Stan fichait ici ? Dans quoi s'était-il fourré, cette fois ? Les gens comme lui attiraient les ennuis. Le suivaient de près, lui tapaient sur l'épaule chaque fois qu'il voulait accélérer pour leur échapper.

Sois prudent, Stan. Je t'en prie, fais attention…

Un coup de feu déchira le silence de la nuit.

Oh, mon Dieu, non, par pitié…

Sans se soucier de sa propre sécurité, Gloria se précipita hors de sa voiture et fonça vers l'entrée de la ruelle, manquant trébucher sur le trottoir inégal.

Stan ! Mon Dieu, faites qu'il ne lui soit rien arrivé.

Mais le mugissement du vent parut se moquer de sa prière. Elle tourna au coin d'un mur et perdit une chaussure, sans pour autant ralentir sa course, continua de s'enfoncer dans la ruelle sombre jusqu'à...

... jusqu'à ce qu'elle le trouve.

— Stan !

Des bruits de pas résonnèrent, tandis que quelqu'un disparaissait à l'autre bout, mais Gloria n'entendit rien. Ses oreilles bourdonnaient. Ses yeux étaient écarquillés d'horreur.

Elle se laissa tomber à genoux à côté de Stan, étendu par terre. La balle lui avait traversé la poitrine et du sang dégoulinait de sa chemise. D'une main sans force, il essayait de contenir l'hémorragie, en vain. Il respirait encore, était conscient, mais la vie s'échappait de lui à vue d'œil.

Gloria sentit l'impuissance la submerger. Pas une cabine téléphonique à proximité, quant à emmener Stan jusqu'à la voiture, c'était impossible. Elle retira son manteau et le pressa contre la blessure, les joues inondées de larmes.

— Je reviens tout de suite, dit-elle. Je vais chercher de l'aide.

Stan parvint à lever les yeux vers elle. Le délire s'emparait de lui petit à petit. Il allait mourir. Il était fini, terminé. Il ne souffrait plus, mais sentait son âme se détacher de son corps. Il avait l'impression qu'on le tirait, qu'on l'emportait loin de cette ruelle froide.

Il distinguait les yeux inquiets de Gloria. Encore une femme qui le regardait avec pitié. Les nanas avaient été le fléau de sa courte et misérable vie. Elles l'avaient humilié, trompé, haï. Elles lui avaient lacéré l'âme, laissant des plaies et des cicatrices que la mort guérirait peut-être. Alors que Gloria se penchait sur lui, il lui était donné de prendre sa revanche avant de mourir. Il avait la possibilité de détruire une dernière femme. Il lui suffisait de lui dire qu'il ne l'avait jamais aimée, qu'il s'était servi d'elle, qu'elle n'était qu'une pute sans valeur, comme les autres.

Au moment où elle se redressait, il réussit à tendre la main pour attraper la sienne.

— Gloria ?

— Je suis là.

La mort, lentement, s'approchait. Les yeux de Stan se révulsèrent avant de se fermer.

— Je t'aime, murmura-t-il.

28

Serita conduisait sa BMW blanche tout doucement. À l'approche de la maison des Ayars, elle résista à la tentation de donner un bon coup d'accélérateur pour dépasser leur allée et poursuivre sa route. Elle aurait voulu que le trajet se prolonge, qu'elles ne sortent jamais de ce véhicule et n'apprennent pas ce qui était arrivé à David. Elle était comme ces patients qui attendent les résultats d'un examen crucial dans la salle d'attente du médecin et tentent de faire diversion en consultant les diplômes affichés aux murs et les prospectus inutiles.

— Laura ?

Son amie respirait par à-coups. Serita sentait presque son esprit partir dans des directions différentes.

— Quoi ?

— Tu ne veux vraiment pas que je t'accompagne ?

— Non.

— À quelle heure souhaites-tu que je revienne te chercher ?

— Je me débrouillerai pour rentrer.

— Arrête, Laura. Je repasserai dans une demi-heure et je t'attendrai dehors, d'accord ?

— OK.

Serita engagea la voiture dans l'allée, ses phares dansant dans les massifs de fleurs comme s'ils cherchaient un intrus. La maison était plongée dans l'obscurité. Laura ouvrit la portière et descendit.

— J'ai l'impression qu'il n'y a personne, fit remarquer Serita.

— Pas encore. Mon père travaille tard ce soir, et ma mère ne devrait pas tarder à rentrer.

— Tu vas attendre dehors ?

— J'ai la clé.

— Alors bon courage, ma grande. Et surtout, garde ton calme.

— Promis.

Une fois à l'intérieur, la main de Laura retrouva d'instinct l'emplacement de l'interrupteur. L'environnement familier lui sembla pourtant différent, pareil à un livre qu'elle aurait seulement feuilleté sans prendre la peine de le lire intégralement.

Elle monta l'escalier, sachant très bien où elle voulait aller. Au moins, sa mère était une personne organisée. Chaque chose à sa place, et une place pour chaque chose. Mary Ayars ne perdait jamais rien, une qualité dont sa benjamine n'avait pas hérité. Chaque fois que sa mère lui rendait visite au bureau, elle demandait invariablement :

« Comment peux-tu travailler dans une pagaille pareille ? Comment fais-tu pour t'y retrouver ? »

En vérité, une fois sur deux, Laura ne trouvait pas ce qu'elle cherchait, mais c'était là qu'intervenait Estelle. Laura avait l'esprit vif – trop vif parfois. Les idées se bousculaient, au point qu'elle en oubliait les détails. Mary, à l'inverse, était incapable de faire deux choses à la fois et n'entreprenait jamais de nouvelle tâche tant que la précédente n'était pas finie.

Ma mère ne nous ferait jamais de mal. Elle nous aime…

Sa mère, si belle, si maternelle. Mary Ayars avait soigné ses filles quand elles étaient malades, les avait serrées dans ses bras quand elles avaient peur du noir. Elle leur avait lu des histoires, les avait bordées puis embrassées tous les soirs avant de dormir. Et tout cela n'aurait été que faux-semblants ?

Il doit y avoir une erreur. Ce n'est pas possible…

Sa mère, cependant, détenait la clé de cette horrible affaire. Mary avait détesté David dès le premier instant et avait supplié sa fille de ne plus le voir. Pourquoi ? Elle ne l'avait même pas encore rencontré. Pour quelle raison était-elle si opposée à leur relation ? Ne voyait-elle pas à quel point il rendait sa fille heureuse ? Avait-elle pu se laisser aveugler à cause d'une liaison vieille de trente ans ? Était-ce le passé qui l'avait poussée à s'envoler vers l'Australie pour affronter David et…

Et quoi ?

Laura aurait bientôt la réponse à cette question. D'ici là, une vérification s'imposait. Pénétrant dans la chambre de ses parents, elle alla directement à la table de chevet de sa mère, ouvrit le deuxième tiroir et trouva immédiatement le carnet à la couverture bleue. Elle en tourna les pages. En une seconde, ses craintes furent confirmées. Elle l'avait pressenti, elle s'y était préparée, mais la découverte n'en fut pas moins douloureuse.

C'est vrai. Mon Dieu, c'est vrai…

Elle entendit une porte s'ouvrir en bas.

— Hello !

La voix de sa mère. Cette voix douce qui maintenant lui paraissait artificielle.

— Je suis en haut, maman.

— Laura ? Qu'est-ce que tu fais ici ?

La jeune femme glissa dans sa poche le carnet bleu.

— Je voulais te parler ! s'écria-t-elle en réponse.

— À 8 heures du soir ? Pourquoi n'as-tu pas appelé, ma chérie ?

— Je… Je ne sais pas.

— Tu devrais être encore à l'hôpital. Le Dr Clarich a dit…

— Je me sens bien.

— Comment es-tu venue ? Ta voiture n'est pas dans l'allée.

Mary avait pénétré dans la cuisine. Bien que sa voix provînt du rez-de-chaussée, elle semblait très lointaine.

— Serita m'a déposée.

— Laura, tu ne veux pas descendre ? J'ai mal à la tête, à force de crier comme ça.

Mal à la tête ? As-tu jamais vu David souffrir d'une de ses migraines, maman ? Non ? Alors, tu n'as aucune idée de ce que sont les maux de tête. Tu as eu la vie facile, maman. Tu as toujours été protégée des épreuves de l'existence. Tu n'as pas travaillé une seule journée de ta vie. Tu as passé ton temps à prétendre désirer ton indépendance alors que tu ne faisais que te chercher des excuses. Papa s'est toujours occupé de toi ; il t'a nourrie, vêtue et a tout fait pour te rendre heureuse comme une femme enfant. Et comment l'as-tu remercié, très chère maman ? En le trompant. En couchant avec le père de David, et qui sait combien d'autres encore.

À chaque pas, la rage de Laura croissait. Bientôt, son cerveau lui sembla près d'exploser. Oubliés les conseils de prudence, l'idée qu'il existait peut-être une autre explication à tout cela, que sa mère n'avait rien à voir dans la mort de David. La colère avait pris le pas sur la raison.

Elle déboula dans la cuisine et fit face à Mary.

— Laura, ça va ?

Sans répondre, Laura sortit de sa poche ce qu'elle avait trouvé dans la table de nuit.

— Que fais-tu avec ça ?

— Je l'ai pris dans ton tiroir.

— Tu n'as pas le droit de fouiller dans mes affaires !

— Et tu n'avais pas le droit de tuer mon mari.

Le silence tomba, stupéfiant, suffocant. Mary porta la main à sa gorge.

— Qu'est-ce que tu as dit ?

— Tu m'as très bien entendue.

Elle lança le passeport vers sa mère. Mary fit un bond en arrière, comme s'il s'agissait d'un morceau de charbon brûlant.

— Tu étais en Australie pendant notre lune de miel. Ne nie pas, maman. Les passeports ne mentent pas.

Mary ne dit rien. Elle reculait, encore et encore, jusqu'à se retrouver acculée dans un coin.

— Comment as-tu découvert où nous étions, maman ? C'est papa qui te l'a dit ? Ou Gloria ?

Mary ferma les yeux et secoua la tête.

— Ils te l'ont dit ou... ?

Laura s'interrompit brusquement, repensant soudain à l'intrusion dans leur nouvelle maison, à l'agenda ouvert, à la photo déchirée.

— C'est toi qui...

— Quoi ?

— C'est toi qui t'es introduite chez nous en notre absence. Ça explique pourquoi il n'y a pas eu d'effraction. Tu as pris la clé dans mon appartement et je t'avais donné le code de l'alarme quand on l'a fait installer. C'est toi qui as consulté notre agenda. Et c'est toi qui as arraché la photo du père de David.

Mary demeurait silencieuse, tétanisée dans son coin.

Le cri de Laura vibra à travers la pièce :

— C'était toi, maman ?

Les épaules de Mary s'affaissèrent. Enfin, elle hocha la tête.

— Mais pourquoi ?

Quand Mary se mit à parler, sa voix tremblait à chaque mot.

— Parce que je savais que, entre vous, c'était sérieux. À ton bureau, personne n'a pu me dire où tu étais. Ton père et ta sœur prétendaient que tu devais être en voyage d'affaires, mais tu n'étais jamais partie sans me passer un coup de fil avant. Donc, j'ai eu peur. Je suis passée chez toi pour trouver des indices et suis tombée sur la clé de la nouvelle maison. J'y suis allée et j'ai fouillé dans le bureau jusqu'à ce que je trouve l'agenda de David. C'est comme ça que j'ai appris votre escapade secrète en Australie.

— Et la photo ? Pourquoi l'as-tu déchirée ?

Mary détourna la tête, jouant nerveusement avec ses bagues.

— Ce n'était pas prémédité. L'album était là, je l'ai feuilleté. J'étais bouleversée... et j'ai dû déchirer une photo sans réfléchir.

— Pas « une » photo, rectifia Laura. La photo de Sinclair Baskin. Tu te souviens de lui ?

— Bien sûr que non...

— Laisse-moi te rafraîchir la mémoire, la coupa Laura, luttant pour garder son calme. Tu as volé Sinclair Baskin à tante Judy, autrefois.

Le visage de Mary perdit toute couleur.

— Comment… ?

— Tu as eu une liaison avec lui. À moins que tu aies eu tant d'amants au fil des années que tu aies oublié celui-là ?

Mary se boucha les oreilles et ferma les yeux en serrant les paupières.

— Non, non…

— Maintenant que j'y pense, tante Judy ne sortait pas avec papa quand tu l'as rencontré ? Lui aussi, tu le lui as piqué ?

— … non, non…

— Et Sinclair Baskin a rompu, n'est-ce pas ? Lorsqu'il a eu fini de s'amuser avec toi, il t'a jetée.

— Ce n'est pas du tout…

— Comment as-tu pu faire une chose pareille à papa ? Comment as-tu pu lui mentir ainsi ?

Mary laissa tomber sa tête entre ses mains. Pour la première fois, sa voix fut autre chose qu'un murmure.

— Tu ne crois pas que je me suis posé cette question quotidiennement ? J'aime énormément ton père. Jamais, tu m'entends, jamais je n'ai eu d'aventure après ça.

— Quel exploit !

— À cette époque, continua Mary, ignorant le sarcasme, ton père travaillait à l'hôpital jour et nuit. Je ne le voyais jamais. Je m'occupais de Gloria et passais mes journées à la maison à regarder des séries télé. Sinclair est arrivé. Il était beau, fascinant, sophistiqué, et moi jeune et naïve. J'ai succombé. Tu es bien placée pour comprendre cette attirance. Ton David possédait probablement un charme similaire.

— Je t'interdis de comparer mon histoire avec David à ta liaison sordide.

— Tout ce que je dis, c'est que j'étais jeune et seule. J'ai commis une erreur. Je ne m'attends pas à ce que tu comprennes et je ne veux pas de ta sympathie.

— Ça tombe bien, parce que tu ne l'aurais pas obtenue. Mais j'ai une autre question. Pourquoi as-tu tué Sinclair Baskin ?

— Tué Sinclair Baskin ? Mais il s'est suicidé ! Il s'est tiré une balle dans la tête.

— Encore un mensonge, maman.

— Non, c'est la vérité.

— Faux ! cria Laura. Sinclair Baskin t'a larguée. Tu étais ulcérée. Personne ne pouvait rompre avec la belle Mary Ayars, hein ? D'après sa secrétaire, tu es la dernière personne à l'avoir vu vivant.

— Il s'est suicidé, Laura. Tout le monde le sait.

— Non, maman. Stan Baskin était là, caché derrière le canapé. Il a vu son père se faire assassiner.

Mary vacillait. Elle ne cessait de secouer la tête, comme pour nier les paroles de sa fille.

— Je n'ai jamais fait de mal à Sinclair, je te le jure. Oui, j'ai eu une liaison il y a trente ans, mais je n'ai rien à voir avec sa mort. Crois-moi. Depuis trente ans, je paie pour ce que j'ai fait à l'époque. Nous avons tous payé, d'une manière que je n'aurais jamais su prévoir.

— David aussi ?

— Ça n'aurait pas dû se passer comme ça.

— Comment ?

— David n'aurait pas dû mourir.

Laura en eut le souffle coupé.

— Tu l'as tué, dit-elle d'une voix étouffée.

— Je ne voulais pas ! s'écria Mary. Je croyais faire ce qu'il y avait de mieux pour tout le monde.

— Tu as tué David !

Mary secoua la tête.

— Tu ne comprends pas. Il s'agissait d'un accident. Ce n'était pas prémédité. Jamais je n'aurais imaginé qu'il réagirait comme il l'a fait.

— Quoi, tu pensais vraiment pouvoir le convaincre de me quitter ?

— Quelque chose comme ça.

— Tu croyais qu'il allait me larguer comme Sinclair Baskin l'avait fait avec toi il y a trente ans ? Et quand il a refusé, tu l'as tué !

Mary redressa brusquement la tête.

— Non, tu n'y es pas du tout !

— Tu le détestais à cause de ce que son père t'avait fait autrefois !

— Non !

— Tu ne voulais pas que ta fille commette la même erreur que toi. Après tout, tel père, tel fils, comme on dit. Tu as décidé qu'il ne valait rien.

— Ce n'est pas ça, Laura ! Tu ne comprends pas.

— Comment as-tu pu être aussi aveugle ? David ne ressemblait en rien à son père. C'était un homme chaleureux, gentil, attentionné, aimant...

— Je sais ! Je sais que c'était un jeune homme extraordinaire. Tu ne m'écoutes donc pas ? Je ne voulais pas qu'il meure.

— Alors pourquoi, maman, si tu le trouvais si merveilleux, t'es-tu sentie obligée de le tuer ?

— Mais je ne l'ai pas tué ! Je n'ai jamais tué personne !

— Mais tu viens de dire…

— Que j'avais été la cause de sa mort, expliqua Mary. Mais je ne l'ai pas tué.

L'esprit de Laura tournait en rond.

— Tu divagues. Tu voulais détruire la relation entre ta fille et un homme que tu viens de décrire comme extraordinaire. Tu avais tellement envie de nous séparer que tu as fait le voyage jusqu'en Australie, tu l'as rencontré et l'as supplié de ne plus me voir, c'est ça ?

— Oui.

— Puis, quand il a refusé…

— Il n'a pas refusé, déclara Mary. David m'a promis qu'il ne te verrait jamais plus.

Laura n'en croyait pas ses oreilles.

— Qu'est-ce que tu racontes ? Tu as convaincu David de rompre avec moi ?

— Apparemment. Mais je n'ai pas mesuré le prix à payer. C'est toi qui as dit « tel père, tel fils ».

— Et alors ?

— Et alors, David t'aimait tellement qu'il ne pouvait envisager d'être séparé de toi. Après notre conversation, j'ai cru qu'il allait simplement disparaître de ta vie. C'est ce qu'il avait promis. Je savais que tu serais anéantie, mais tu étais jeune et forte. Tu t'en serais sortie. Ta famille t'aurait aidée. Comprends-moi, Laura. Je voulais uniquement qu'il s'éloigne de toi, pas qu'il se suicide… comme son père.

La jeune femme sentit ses genoux se dérober.

— Quoi ?

— Juste après que j'ai eu persuadé David de te quitter, il s'est noyé. Tu ne trouves pas la coïncidence étrange ? Jamais je n'aurais pensé que mes propos le conduiraient à ça.

Laura avait l'impression que des coups pleuvaient sur sa tête, trop rapides et nombreux pour qu'elle puisse les esquiver. Elle se sentait prise de vertige et de nausée.

— Tu essaies de me faire croire que David était tellement bouleversé d'apprendre les frasques de son père qu'il s'est suicidé ?

— Non, ce n'est pas ça du tout.

— Pourquoi tu ne nous as pas laissés tranquilles ? demanda Laura, le visage à présent baigné de larmes. On était heureux. On n'avait rien à voir avec tes histoires minables. On s'aimait.

— Au contraire, hélas, dit tristement Mary.

— Mais pourquoi ?

Laura se sentait près de s'en prendre physiquement à sa mère, de la frapper de toutes ses forces jusqu'à épuisement.

— David était un bébé à la mort de son père. Pourquoi tenais-tu absolument à détruire mon mariage ?

Mary déglutit. Elle se tenait droite, le dos raide. Elle se tourna vers Laura, tremblant comme si elle se préparait à recevoir un coup violent.

— Parce que, dit-elle lentement, tu avais épousé ton frère.

29

— Par ici, mademoiselle.

Estelle suivit le patron de la First National d'Hamilton dans les locaux de sa banque. L'heure de fermeture était passée depuis longtemps, mais elle avait réussi à la faire rouvrir. Comment ? Secret professionnel. Experte en relations publiques, Estelle avait hissé le simple rituel de l'appel téléphonique au rang de pratique artistique. Il suffisait de lui donner un combiné et un annuaire, et elle parvenait à localiser n'importe qui et n'importe quoi… comme la vérité derrière la clé mystérieuse de Judy.

— Asseyez-vous, je vous prie. Puis-je avoir la clé ?

Estelle la lui tendit.

— Et la procuration ?

Elle lui remit la lettre certifiée de l'avocat de Laura lui donnant libre accès à ce qu'ouvrait la clé.

Le banquier disparut dans un couloir et revint une minute plus tard avec un petit coffre-fort.

— Voici.

Estelle l'ouvrit et inspecta son contenu : un tas de vieux bons du Trésor, un contrat de travail de Colgate College, des contrats d'assurance.

Tout au fond, elle mit la main sur un journal daté de 1960. Les paroles de Laura lui revinrent en mémoire.

« Que suis-je censée chercher, Laura ?

— Je ne sais pas exactement. Quelque chose en rapport avec le passé. L'année 1960, pour être précise. Il

est arrivé quelque chose à ma tante cette année-là et j'ai besoin de savoir quoi.

— Je ne comprends pas très bien.

— Moi non plus, mais ne vous en faites pas. Contentez-vous de chercher. »

Sans plus attendre, Estelle transféra le contenu du coffre dans un petit sac. Après avoir remercié le banquier, elle rejoignit en hâte son taxi. Le jet privé affrété pour l'occasion attendait à l'aéroport. Estelle consulta sa montre. Avec un peu de chance, dans deux heures elle serait chez Laura.

Le silence dans la cuisine dura une bonne minute. Seuls les sanglots de Mary troublaient le calme étrange entourant les deux femmes. Laura était trop choquée pour parler, trop choquée pour laisser la vérité pénétrer son esprit.

— Mon frère ? parvint-elle enfin à articuler. David était mon frère ?

Mary hocha la tête.

— Sinclair Baskin est ton père biologique.

— Non, protesta Laura d'une voix atone. C'est impossible.

— C'est la vérité, hélas.

— Mais comment…

— Parce que j'ai été stupide et négligente. Pendant ma liaison avec Sinclair, je suis tombée enceinte.

— Tu te trompes peut-être. C'était peut-être papa…

Mary secoua la tête.

— Ton père et moi n'avions pas couché ensemble depuis plus de deux mois.

— Tu l'as annoncé à Sinclair ?

— Bien sûr. Comme je te l'ai dit, j'étais jeune et complètement perdue. Je croyais qu'on s'aimait. J'étais prête à quitter ton père et à refaire ma vie avec Sinclair Baskin.

— Et que s'est-il passé ?

— Quand Sinclair a appris ma grossesse, il m'a jetée dehors.

— Comme ça ?

— Il se moquait de ce que je ferais du bébé du moment que je sorte de sa vie. Sur-le-champ. J'avais tellement peur, Laura. J'étais terrifiée. Et jamais je ne m'étais sentie aussi seule. Je n'avais pas beaucoup d'amies, au-delà des relations superficielles. Tout le monde me trouvait belle et populaire, mais personne n'avait envie de me connaître. On s'imaginait que la jolie Mary n'était pas faite de chair, de sang et de sentiments. On me prenait pour un tableau ou un paysage à admirer. Rien de plus. Tu sais de quoi je parle.

Laura savait.

— Qu'est-ce que tu as fait ?

Mary alla vers l'évier et se servit un verre d'eau.

— J'ai beaucoup pleuré. Puis j'ai essayé de réfléchir. L'avortement était difficilement envisageable à cette époque. J'aurais pu y avoir recours si j'avais eu de l'argent, mais c'était James qui gérait nos finances. Il s'en serait rendu compte immédiatement. Puis j'ai envisagé de tout lui révéler, mais tu imagines le résultat ? James est très possessif. S'il avait appris la vérité, je ne sais pas ce qu'il m'aurait fait.

— Il aurait probablement divorcé.

— Probablement.

— Alors, qu'as-tu décidé ?

— Ce n'est pas évident ? Je lui ai fait croire que l'enfant était de lui.

— Comment ? Tu m'as dit que vous ne couchiez plus ensemble depuis des mois.

— Après que Sinclair m'a eu chassée, j'ai entrepris de séduire James de nouveau. Nous avons fait l'amour presque toutes les nuits.

Laura avait envie de vomir.

— La séduction a toujours été ta réponse à tout, n'est-ce pas, maman ?

— J'aurais préféré que ça se passe autrement, mais qu'aurais-je pu faire ? Il devait croire que tu étais son enfant. Ça n'a pas été simple. La grossesse a été très pénible. Pendant des semaines, j'ai été malade comme un chien. Délirante de fièvre, je vomissais tous les matins. Je saignais abondamment. J'ai imaginé une fausse couche et, Dieu me pardonne, je l'ai même espérée. Les jours passaient et la fièvre ne baissait pas. Je ne me souviens pas de grand-chose.

— Et pourtant, tu as réussi à le séduire, comme tu dis.

— J'y étais obligée. Il y avait deux obstacles : le timing, et la ressemblance. Vois-tu, si tout se déroulait selon le calendrier, tu devais naître un ou deux mois trop tôt. J'avais déjà prévu d'expliquer que tu étais prématurée. Par chance, tu es arrivée très tard, et je n'ai même pas eu à mentir. Et tu me ressembles tellement que personne n'a jamais cherché plus loin. Nous avons emménagé à

Boston un an après. Mon secret a été bien gardé. Sinclair disparu, seule ma sœur était au courant.

— Tu en as parlé à Judy ? demanda Laura, incrédule.

— Je ne pouvais pas y arriver toute seule. Je m'en suis donc ouverte à la seule personne en qui j'avais confiance.

— Elle ne t'en voulait pas de lui avoir ravi son amoureux ?

— Nous étions sœurs, Laura. Comme toi et Gloria. Judy ne me laissait jamais tomber quand j'avais des ennuis, comme tu n'as jamais laissé tomber Gloria. Sans son aide, je ne sais pas ce que j'aurais fait.

— Donc, tante Judy était au courant de tout ?

— Oui.

— Et elle s'apprêtait à me révéler la vérité, n'est-ce pas ? D'où son appel de l'autre jour.

— Oui, répondit doucement Mary. C'est très probable.

— Et tu l'as tuée.

— Quoi ?

— Tu as mis le feu à sa maison.

— Non ! C'était ma sœur.

— Celle à qui tu avais volé deux hommes.

— Ça n'a rien à voir. J'aimais Judy, tu le sais. Et elle m'aimait.

— Alors, explique-moi pourquoi elle a soudain décidé de trahir ta confiance ?

— Je ne sais pas. Je me suis moi aussi posé la question. Je sais ce que tu penses, mais je n'ai pas incendié sa maison. Je te le jure. Essaie de comprendre. Je voulais agir pour le mieux. Et, d'un certain point de vue, ça a marché. Jusqu'à ce que tu tombes amoureuse de David, tout se passait merveilleusement bien. James t'aime plus que tout au monde.

— Non, maman. Il aime un mensonge.

— Ne dis pas ça. Il t'aime. Si nous t'avions adoptée, il t'aimerait tout autant !

— Mais vous ne m'avez pas adoptée. Tu as créé un mensonge.

— Un mensonge qui a fonctionné jusqu'à ce que tu cesses de m'écouter.

— Comment ça ?

— Quand je me suis rendu compte que David était le fils de Sinclair, je t'ai suppliée de ne plus le voir. Pourquoi ne m'as-tu pas écoutée, Laura ? J'ai essayé de t'arrêter. Mais ensuite, vous vous êtes enfuis en Australie pour vous marier. Donc, je vous ai suivis.

— Et si tu m'avais dit la vérité, tout simplement ?

Les yeux de Mary ne quittaient pas ceux de sa fille.

— Mon stratagème remontait à trente ans, Laura. Les mensonges étaient tellement enchevêtrés autour de cette famille. J'avais peur de ce qui arriverait si on les éventait. C'est pour ça que je suis allée en Australie. Je n'en ai parlé à personne, pas même à Judy. À mon arrivée, j'ai appelé David à votre hôtel. Il a été surpris, évidemment, mais il a accepté de me rencontrer dans ma chambre, au Pacific International. Nous avons parlé un très long moment. David était en pleine confusion. Une minute, il était furieux et tempêtait. La minute suivante, il pleurait. Il devait prendre une décision. Il t'aimait et ne pouvait pas vivre sans toi. Mais d'un autre côté, il savait à quel point tu avais envie d'avoir des enfants. D'un coup, son univers vacillait, et chaque mot que je prononçais le déstabilisait un peu plus. Quand ton père m'a appris, quelques jours plus tard, qu'il s'était noyé, j'ai eu la certitude que j'en avais été la cause. Je voulais juste qu'il te quitte, Laura. Tu dois me croire. Je regrette profondément ce qui s'est passé, mais je ne pouvais pas te laisser épouser ton frère.

Laura s'effondra sur une chaise, donnant libre cours à ses larmes. *Oh, David, je me moque de ce que le monde aurait pensé. On aurait pu y arriver. On aurait pu adopter des enfants. Ou tu aurais pu me quitter. N'importe quoi, mais pas ce que tu as fait.*

L'éclat d'une voix la ramena brusquement au présent :

— Ohé ! Il y a quelqu'un à la maison ?

Laura et Mary se tournèrent d'un même mouvement. James se tenait dans l'embrasure de la porte, sa sacoche médicale dans une main, son attaché-case posé par terre. Ses yeux s'agrandirent de surprise puis d'inquiétude en découvrant les deux femmes.

— Que se passe-t-il ici ?

— Rien, chéri, s'empressa de répondre Mary.

James se tourna vers sa fille et scruta son visage.

— Laura, ça ne va pas ?

L'amour et la tristesse la submergèrent. Elle aurait voulu le prendre dans ses bras et lui dire à quel point il comptait pour elle. Combien de fois ne l'avait-il pas réconfortée quand elle en avait eu besoin ? Combien de fois n'avait-il pas sacrifié ses propres désirs à son bien-être à elle ? L'espace d'une seconde, elle se demanda si elle devait lui révéler la vérité, lui apprendre quel genre de femme il avait épousé. Mais à quoi bon ? Elle ne réussirait qu'à le blesser. Il avait vécu avec Mary et l'avait aimée pendant trente ans. S'il était aveugle à ses défauts, c'est qu'il l'avait bien voulu.

— Si, papa.

— Tu as l'air bouleversée. Vous avez toutes les deux l'air bouleversées.

— On vient d'avoir une conversation à cœur ouvert, expliqua Laura. C'est devenu un peu larmoyant à la fin, c'est tout.

Mary lança un regard reconnaissant à sa fille, mais celle-ci ne lui donna pas la satisfaction d'y répondre.

— Je vois, dit James, même si le ton de sa voix prouvait le contraire. Serita est garée dehors. Tu veux que j'aille la chercher ?

— Non, je dois y aller.

Ignorant délibérément sa mère, Laura récupéra son manteau et embrassa son père.

— Je t'aime, papa, lui dit-elle.

Il eut un sourire triste.

— Moi aussi, trésor.

Arrivée dans le vestibule, Laura se retourna et vit ses parents l'observer avec inquiétude. Ils paraissaient si petits, si vulnérables, et pourtant ils offraient un spectacle familier et réconfortant. James et Mary Ayars. Son père et sa mère.

Laura ouvrit la porte et sortit dans l'air froid de la nuit. Comment aurait-elle pu savoir qu'elle ne les reverrait plus jamais ensemble ?

Le vent tournoyait en lames glacées dans la nuit bostonienne. TC se frictionna les bras, en une vaine tentative pour lutter contre le froid. Ce n'était pas une soirée à mettre un flic dehors. Plutôt une soirée à se pelotonner au lit, enroulé dans des couvertures supplémentaires, en regardant une émission débile à la télé.

Il souffla dans ses mains puis les fourra dans ses poches. Comme un idiot, il avait oublié ses gants. Ses doigts et ses pieds commençaient à s'engourdir. Merde ! il avait également envie d'un cigare, mais les cigares aussi étaient chez lui, bien au chaud avec ses gants.

Merde, merde, merde.

TC pressa le pas en suivant la Charles River. Une minute plus tard, il trouva la personne qu'il cherchait : Mark.

À cause du vent, la température était largement négative, pourtant, Mark se tenait immobile devant le fleuve. Le parc était désert. Les jeunes couples qui d'ordinaire se promenaient ici avaient préféré le confort des cheminées… même les sans-abri avaient rallié les refuges pour SDF, les jugeant plus accueillants que ce froid polaire.

— Mark ? s'écria TC.

Le vent souleva le mot et le projeta dans toutes les directions.

Mark se tourna lentement, fit signe qu'il l'avait entendu puis se replongea dans sa contemplation.

— Qu'est-ce que tu fous là, bon sang ? hurla TC.

Mark porta la main à son oreille pour lui faire comprendre qu'il ne l'entendait pas. TC rejoignit son ami au petit trot.

— Je me balade.

— Tu parles d'un temps pour se balader.

TC hésita.

— Écoute, Mark, je suis désolé. Je n'ai jamais voulu faire de mal à Laura.

— Je sais.

— Je crois que j'ai tendance à en rajouter. Je m'emballe et ça tourne à l'obsession. J'essayais seulement de la protéger.

— Laisse tomber.

Une rafale de vent glacé cingla TC. Il n'était pas du genre à offrir une oreille compatissante, mais l'expression torturée sur le visage de Mark était quasi insupportable.

— Tu veux en parler ?

— De quoi ?

— De ce qui te ronge.

— Tu es psy, maintenant ?

— Non, répondit TC. Juste un gars qui voudrait t'aider.

Mark soupira.

— Je me sens largué. Ai-je raison de faire ce que je fais ?

— C'est bien le moment de se poser la question.

— Tu aurais fait la même chose, toi ?

— Non. Mais c'est facile à dire. Je n'étais pas à ta place.

— Pourquoi tu ne m'en as pas empêché ?

— Tu veux savoir ? Parce que je ne voyais pas de meilleure solution à l'époque.

— Et maintenant ?

TC haussa les épaules.

— Comme toi, je me demande. On n'aurait peut-être pas dû aller aussi loin. On a peut-être paniqué.

— Qu'est-ce que j'aurais pu faire d'autre ?

— Je ne sais pas. Et je ne sais pas si, moi, j'aurais eu le courage de faire ce que tu as fait.

— Du courage ? Quelle blague !

— Détrompe-toi, mon vieux. Tu as renoncé à ce que tu avais de plus précieux. Il en faut, du courage, pour ça.

Mark secoua la tête.

— Je n'avais pas le choix. Tu le sais bien. Mais maintenant, je fais quoi ?

— Tu continues. Tu survis. Ça pourrait être pire. Tu pourrais être mort.

Mark sourit tristement.

— Comme David Baskin ?

— Ouais.

— Une fois qu'on est mort, on ne souffre plus, du moins c'est ce qu'on dit, pas vrai ?

— À ce qu'il paraît.

— Donc, il s'en tire bien, hein ?

— Peut-être, répondit TC. Qui sait ?

— Oh, arrête avec ces conneries. Tu es pire que tes potes du FBI ! Tout ce cirque à propos de Mark quand on est tous les deux, ce n'est pas nécessaire.

— Tu as oublié ce que je t'ai dit en juin ?

— Non, je n'ai pas oublié. Si on mettait en œuvre cette idée de dingue, il fallait le faire dans les règles. David Baskin devait être mort, vraiment mort, même dans nos têtes.

— Et même en privé, ajouta TC.

— Sauf qu'il n'est pas mort, dit Mark. On lui a donné un nouveau nom, un nouveau visage. On a changé sa voix et la couleur de ses yeux. Mais on ne l'a pas tué. Il vit toujours. Il a encore envie de jouer au basket. Il est toujours ton meilleur ami. Et surtout, il...

— ... aime toujours Laura ? acheva TC.

Mark hocha la tête.

— Alors, laisse-moi redevenir David quand on est ensemble. Tu seras le seul à savoir qu'il est toujours vivant. Je ne veux pas qu'il meure, TC. Je ne veux pas être seulement Mark Seidman. Seidman est un personnage de fiction que je ne comprends toujours pas. Il connaît à peine Laura.

TC secoua la tête.

— Tu dois pourtant l'accepter.

— Je ne suis pas Mark Seidman ! Ce type-là n'existe pas. Chirurgie plastique ou pas, on ne me changera pas en un homme qui n'aime pas Laura.

— D'un amour fraternel ?

Mark pouffa tristement.

— Touché.

— David Baskin était un mec formidable, reprit TC. Il aimait Laura comme aucun homme n'a jamais aimé une femme. Mais David Baskin a aussi appris la désagréable vérité. Et il l'a acceptée.

— On aurait pu faire en sorte que ça marche. Ça n'aurait pas été facile, mais on s'aimait.

— Tu veux essayer ? demanda TC. Tu veux lui dire la vérité maintenant ?

Mark réfléchit une seconde, avant de secouer la tête.

— C'est ce à quoi je réfléchissais.

— Alors, qu'est-ce qu'on fait ?

— Tirons-nous d'ici. Je gèle.

— Vas-y. Je rentrerai un peu plus tard.

— Tu es sûr ?

Mark lui fit signe que oui.

Sans un mot de plus, TC tourna les talons.

Le regard de Mark resta perdu dans la brume qui flottait au-dessus du fleuve, tel un mauvais effet spécial de film d'horreur. L'idée de ce qui aurait pu être, de ce qui aurait dû être, lui traversa l'esprit. Passé et présent se mélangeaient en une réalité obscure. Une seule pensée demeurait claire : Laura.

Serita déposa son amie devant chez elle.

— Tu veux que je monte ?

— Merci, mais tu ferais bien de rentrer te reposer.

— Sûre ?

Laura acquiesça.

— Il faut que je digère tout ça.

— Tu promets de m'appeler si tu as besoin de quoi que ce soit ? Même à 4 heures du matin ?

— Promis ! Et, Serita… merci.

— Pas de quoi, ma grande.

Serita fit rugir son moteur et redémarra.

Dans l'entrée de l'immeuble, Laura salua le portier et monta au dix-huitième étage. L'appartement était plongé dans le noir, à l'exception d'une lampe, dans un coin du salon. En découvrant le spectacle qu'elle éclairait, Laura eut le souffle coupé.

Sa sœur avait le visage blême, décomposé.

— Gloria, que se passe-t-il ? s'écria Laura, traversant la pièce en quelques enjambées.

— Oh, mon Dieu, non, s'il vous plaît…

Laura prit sa sœur dans ses bras, un peu comme autrefois, lorsque d'affreux cauchemars troublaient son sommeil. Elle repensa aux paroles de sa mère à propos du lien existant entre les sœurs. Même si elles se disputent, même si elles vivent dans des univers complètement différents, elles n'en restent pas moins à jamais reliées d'une manière impossible à expliquer.

— Qu'est-ce qui se passe ? demanda tendrement Laura. C'est Stan ?

Gloria leva vers elle des yeux gonflés et rougis.

— Il est mort.

— Quoi ?

— Il a été assassiné dans Boston sud. Je sors du poste de police. Les flics m'ont dit qu'ils allaient enquêter, mais tout le monde s'en fout, Laura. Ils pensent que Stan était un voyou qui jouait à des jeux dangereux avec des individus peu fréquentables et que c'est pour ça qu'il a fini avec une balle dans le cœur. Ils ne lèveront pas le petit doigt pour retrouver le meurtrier.

Laura ne répondit pas. La malédiction poursuivait les hommes de la famille Baskin. Trois avaient péri, tragiquement assassinés dans la fleur de l'âge. Mais qu'en était-il de la malédiction pesant sur les femmes qu'ils laissaient derrière eux ? Les cœurs brisés, les rêves fracassés ?

— Je sais qu'il a fait des choses atroces à pas mal de gens… dont toi, Laura. Mais il s'améliorait. Il avait arrêté de jouer. Il y a quelques jours, un de ses anciens bookmakers a appelé parce qu'il n'avait pas placé de pari depuis une éternité.

S'accrochant à sa sœur, Laura se mit à pleurer.

— Tu n'as jamais eu l'occasion d'apprendre à le connaître, Laura. Moi-même, je le connaissais à peine. C'était l'être le plus malheureux que j'aie jamais rencontré. Mais Stan était en train de changer. Je le voyais, je le sentais. Et je ne parle pas en amoureuse aveuglée par un optimisme béat. Stan avait enfin sa chance de connaître une vie normale. Et on l'en a privé.

Elle luttait pour retenir ses larmes.

— Quelqu'un m'en a privé.

— Je suis désolée, dit Laura.

Gloria ferma les yeux, comme pour tenter de puiser quelque force en elle.

— Sa mort est liée à ce qui s'est passé récemment, n'est-ce pas ?

— Je n'en sais rien.

— Moi non plus, mais j'ai eu un peu de temps pour réfléchir, et voici ce que je sais : tante Judy voulait te dire quelque chose à propos de la noyade. Avant de mourir, elle t'a remis une vieille photo de Sinclair Baskin. Une seule personne a été témoin du meurtre de Sinclair et était capable d'identifier l'assassin : Stan. Et on l'a tué lui aussi. Tout est lié. Toutes ces morts ont un rapport les unes avec les autres : Sinclair, Judy, Stan… et même David.

Laura baissa la tête.

— Je crois aussi.

Gloria ne cilla pas.

— Alors, on doit découvrir ce qui leur est arrivé.

La sonnerie de l'interphone les interrompit. Laura alla répondre.

— Oui ?

— Une dame prénommée Estelle demande à vous voir, annonça le portier. Elle a un paquet important à vous remettre. Elle dit que c'est en rapport avec l'année 1960.

— Ça concerne tout ça ? demanda Gloria.

— Possible, répondit Laura.

Puis, à l'intention du portier :

— Faites-la monter, s'il vous plaît.

Lorsqu'elle se retourna, Gloria s'était levée sur ses jambes tremblantes.

— Explique-moi ce qui se passe, Laura, s'il te plaît.

Laura rejoignit sa sœur, se frottant les doigts contre les paumes.

— Assieds-toi. Je vais te dire tout ce que je sais.

30

Le froid impitoyable fendait la nuit comme une lame aiguisée, mais Mark le remarquait à peine. Son esprit, insensible à l'environnement glacial, retournait inlassablement à ce 17 juin, pendant leur lune de miel en Australie. Comme la vie semblait parfaite ce jour-là.

À quelle vitesse tout avait changé !

Il entendait encore le téléphone sonner dans leur suite ; il se revoyait décrocher et se rappelait la panique dans la voix de Mary.

« Je dois vous voir, David. Il faut que je vous parle tout de suite.

— Où êtes-vous ?

— À Cairns. À l'hôtel Pacific International. Chambre 607. Venez immédiatement. »

Plus stupéfait qu'alarmé, il avait accepté de s'y rendre. Il avait laissé un message pour Laura à la réception, avait descendu l'allée poussiéreuse jusqu'à la route, hélé un taxi (le seul véhicule sur la route) pour se rendre à Cairns.

Aujourd'hui, la moitié du globe et une vie entière le séparaient de la chaleur et de la joie de sa lune de miel. Comment aurait-il pu savoir que ce taxi allait le mener du paradis en enfer ? Qu'il fonçait droit dans une embuscade affective sans la moindre possibilité d'en sortir vainqueur ? La douleur familière déferla en lui quand il se souvint de l'instant où il avait découvert l'abominable vérité.

« Je me fous de la morale. J'aime votre fille.

— Vous ne pouvez pas parler comme ça, David. Laura n'est pas seulement ma fille. C'est votre sœur. Réfléchissez un peu. Elle a toujours voulu des enfants, fonder une famille. Ce que vous ne pouvez pas lui donner. »

À cause de son père. Ce salaud. David était bébé à l'époque du suicide de Sinclair Baskin. Il ne conservait aucun souvenir de lui, pas même une image floue. Il avait passé une bonne partie de sa jeunesse à se demander quel genre d'homme il était, ce qui l'avait poussé à attenter à ses jours, et comment il avait pu presser la détente en abandonnant à leur sort une femme et deux jeunes enfants. À présent, peut-être le savait-il.

Sinclair Baskin. Son père. Qui avait réussi, depuis la tombe, à briser tout ce qui comptait dans la vie de son plus jeune fils.

« Je vais lui dire la vérité.

— Non ! Je vous en supplie, David ! Sinon, elle perdra un père qu'elle aime tendrement et ne me le pardonnera jamais. Vous devez penser à ce qui est le mieux pour elle.

— Que suis-je censé faire, alors ?

— Rompez. Si vous l'aimez, quittez-la. Elle souffrira au début ; elle sera anéantie. Mais vous serez surpris du pouvoir de résilience du cœur. »

David savait qu'il ne pourrait jamais s'en aller comme ça, jamais lui dire en face que son amour pour elle était mort. Son cœur aurait tellement voulu ignorer l'angoissante réalité de sa situation, rester sourd à ce qu'il avait entendu. Mais Mary avait raison. Tous leurs rêves de fonder un foyer se retrouvaient piétinés par les mensonges du passé. Ils ne pouvaient plus rester ensemble. Avouer la vérité à Laura ne mènerait à rien, sinon à blesser son père et détruire sa famille. Il allait donc la quitter. Il n'avait pas le choix. Et tourner le dos au seul élément de sa vie qui ait de l'importance pour lui.

Mais comment ?

Dans une sorte de brouillard, il avait quitté la chambre 607 et l'hôtel. Alors qu'il errait, l'esprit en ébullition, sur l'esplanade, un plan avait commencé à germer dans son esprit. Jamais il ne réussirait à prétendre qu'il ne l'aimait plus. Mieux valait lui faire croire qu'elle avait perdu son amour dans un accident tragique.

De retour à l'hôtel, il avait appelé TC.

« C'est toi qu'elle contactera en premier.

— Et son père ? Et sa sœur ?

— Elle ne voudra pas les inquiéter tout de suite. Pour elle tu sauras ce qu'il faut faire.

— OK. Bon, appelle ta banque dès que possible. Ensuite, planque-toi jusqu'à mon arrivée. Je m'occupe du reste. »

David Baskin était mort ce jour-là. Et Mark Seidman était né.

Revenu au présent, Mark s'éloigna du fleuve et remonta sur le quai, le visage rougi par le froid, son haleine s'échappant en bouffées glacées.

Il était temps de rentrer.

À peine entrée, Estelle tendit à Laura le sac dans lequel elle avait déposé le contenu du coffre-fort.

— La clé ouvrait le coffre de votre tante à la First National Bank d'Hamilton.

— Merci, Estelle.

— Pas de problème, chef. Avez-vous besoin de moi pour autre chose ?

Laura secoua la tête.

— À lundi. Merci encore.

— Je vous en prie. À lundi.

Laura referma la porte et retourna s'installer sur le canapé.

— Alors, qu'est-ce qu'on cherche ? s'enquit Gloria.

— Sans doute quelque chose en rapport avec Sinclair Baskin. Ce ne seront peut-être que de vieilles photos.

— Allons-y.

— Tu es sûre d'en avoir le courage ?

— Absolument.

Laura ouvrit le sac, déversa son contenu sur le canapé et commença à fouiller.

— C'est quoi, ça ? s'enquit Gloria.

— De vieux bons du Trésor. Maman en a aussi. C'est grand-mère qui les leur a laissés.

— Laura, tu ne penses tout de même pas que maman aurait pu tuer qui que ce soit ?

— Je ne sais plus. J'espère que non. Mais je n'imaginais pas non plus qu'elle ait pu avoir un amant et nous mentir à tous.

— C'est tellement dingue, cette histoire.

Bien que le journal intime fût posé à l'envers, Laura sut tout de suite ce que c'était.

— Voilà.

« *Journal, 1960.* »

Gloria inspira profondément.

— C'est l'année où ils ont eu leur aventure ?

Laura hocha la tête.

— Et c'est ça que le meurtrier voulait détruire dans l'incendie. Judy gardait tous ses carnets dans son bureau. Le feu les a tous réduits en cendres.

— Sauf celui-là.

Laura saisit le vieux calepin et, en l'ouvrant, reconnut l'écriture de sa tante. Elle n'avait guère changé en trente ans ; les boucles de certaines lettres montaient un peu plus haut ; la plume était plus légère sur le papier. Mais l'identité de la rédactrice ne faisait aucun doute.

Gloria se rapprocha de sa sœur.

— Vas-y, lis.

James prit une pomme dans le réfrigérateur. Sa femme était couchée en haut, toutes lumières éteintes mais les yeux ouverts. Aucun des deux ne dormirait cette nuit. Des mots avaient été prononcés qu'il aurait mieux valu taire. Des secrets dévoilés qu'il aurait été préférable de laisser dormir.

James mordit dans sa pomme. En matière de santé, il était intraitable. Biscuits, gâteaux et crèmes glacées n'avaient pas droit de cité chez lui. Les sorbets à la rigueur, parce qu'il considérait qu'ils favorisaient la digestion. Ici, les en-cas consistaient en raisins secs, noix ou fruits frais. Les pommes en particulier.

La lumière de l'entrée projetait des ombres géantes dans la cuisine obscure où il était assis. James avait froid et il se sentait seul. Il avait tant œuvré pour garder une famille unie, pour la faire vivre et s'occuper d'elle. Quand est-ce que tout avait commencé à dérailler ?

Sentant les larmes lui monter aux yeux, il les réprima en hâte. James Ayars ne pleurait pas. Il était fort. Et il le resterait pour sauver sa famille. Trente ans plus tôt, sa femme avait tenté de le duper. Elle avait compressé ses mensonges en une boule de neige, puis l'avait laissée dévaler la montagne et grossir d'année en année. Rien n'avait changé. Le mensonge menait toujours leurs vies. Ce soir en était le parfait exemple.

Mary. Sa femme à la beauté quasi surnaturelle avait le pouvoir de le charmer, de le séduire, de le convaincre d'ignorer ou d'oublier des actes qu'elle avait commis. Mais chaque fois qu'elle lui mentait, James le devinait. Au fond de son cœur, il avait su qu'elle le trompait trente ans plus tôt. Il ignorait avec qui, quand ou comment. Mais il savait.

Il lança le trognon dans la poubelle et se dirigea vers son bureau. Ce soir, Mary lui avait menti de nouveau. Laura aussi. Il n'avait pas interrompu une banale conversation entre mère et fille. Laura avait appris quelque chose pendant son excursion à Chicago. À son retour, elle était venue directement ici. Et elle avait harcelé sa mère jusqu'à la faire craquer.

Qu'est-ce que Mary avait révélé à Laura ?

Le moins possible, James en était sûr. Mary n'en avait pas moins ouvert la bouche. Et elle en avait dit assez pour menacer la stabilité de cette famille qu'il chérissait au-delà de tout.

Il devait agir pour consolider ce socle avant qu'il ne se disloque et que ses éléments ne se dispersent tels de minuscules grains de sable éparpillés par le vent.

Mais comment ? Que faire ?

Il était prêt à tout.

Lorsqu'il pénétra dans son cabinet de travail, ses yeux se posèrent sur son long manteau pendu à la patère de cuivre offerte par Mary à son dernier anniversaire. Il l'aimait beaucoup : elle s'accordait parfaitement à la bibliothèque en chêne verni où étaient rangés ses livres de médecine, à l'antique mappemonde, au tapis persan. Son bureau avait toujours été sa pièce préférée de la maison : c'était là qu'il réfléchissait, qu'il anticipait les coups du sort et mettait au point les stratégies pour les combattre.

Il plongea la main dans la poche de son manteau et en sortit un pistolet. Pendant un moment, il contempla l'arme, comme hypnotisé. Il traversa le bureau, éteignit la lumière et gagna la porte d'entrée sans se retourner.

S'il l'avait fait, peut-être aurait-il surpris sa femme, dissimulée dans l'ombre.

Des heures passèrent. Combien ? Ni Laura ni Gloria n'auraient su le dire. Comme dans un dessin animé, les aiguilles de l'horloge semblaient avancer à toute vitesse. Le soleil pointa à l'horizon. Et Laura lisait toujours. Ce journal intime avait été écrit par une Judy Simmons qu'elle n'avait jamais connue : une jeune fille pleine d'espoir, de rêves et d'un optimisme juvénile. Par moments, elle dissertait sur une fleur en bouton, un ciel d'azur ou son désir ardent de devenir romancière. Elle rêvait de vivre à Paris, de fonder une famille, de passer ses hivers à Cannes ou d'écrire des best-sellers.

Au bout du compte, Judy n'avait rien fait de tout cela. Ses rêves s'étaient perdus à jamais en chemin.

Lorsque Laura arriva au 16 février, elle comprit que c'était à ce moment-là que les choses avaient commencé à basculer.

16 février 1960

Aujourd'hui, j'ai rencontré le plus beau et le plus charmant des hommes. Il est professeur à Brinlen College et s'appelle Sinclair Baskin. Je comprends mieux maintenant les livres qui parlent de passion débridée, d'héroïnes prêtes à tout pour rester auprès de leur amour…

Laura lisait certains passages à voix haute et en survolait d'autres. La relation entre Judy Simmons et Sinclair Baskin avait évolué rapidement. Judy avait vite appris que Sinclair était marié et père de deux enfants, mais il était déjà trop tard. Comme Judy le reconnaissait elle-même, l'amour rendait aveugle ; méchant et égoïste. Poussait à faire des choses dont on ne se serait jamais cru capable.

24 février 1960

Je l'aime. Je n'y peux rien. Les émotions ne sont pas des robinets que l'on peut ouvrir et fermer à volonté. Je connais son passé. Je sais que je ne suis pas la première. Mais je sais aussi que je compte beaucoup pour lui. Traitez-moi de naïve, mais j'en suis sûre. Je le vois à sa façon de me regarder…

Captivée par les mots de Judy, Laura se retrouva comme prisonnière de l'année 1960. Elle aurait tant voulu posséder le pouvoir de remonter le temps pour convaincre sa jeune tante de s'éloigner de Sinclair Baskin. La secouer et la ramener sur la voie de la raison.

18 mars 1960

Jamais je n'ai été aussi heureuse ; je n'imaginais même pas un tel bonheur possible. Perdre James s'est finalement révélé une bénédiction. Mary et lui sont heureux, et moi, je suis extatique. La vie pourrait-elle être plus merveilleuse ? J'en doute. Je suis si pleine d'amour que je me sens sur le point d'exploser. J'ai envie de hurler du haut des immeubles : « Je t'aime, Sinclair ! » Il a commencé à évoquer le divorce, même si l'idée de causer du chagrin à ses deux fils l'anéantit. Stan a dix ans, David quelques mois seulement. Mais nous sommes faits l'un pour l'autre ; je dois juste être patiente.

D'autres témoignages de cette passion suivaient. Des pages et des pages, à vous fendre le cœur. Laura lut le passage sur le match de softball à l'occasion duquel la photo avait été prise, d'autres sur des après-midi de promenade et des nuits d'amour. Le journal intime apparaissait comme un roman aux personnages trop réels. Laura regardait Judy parcourir joyeusement un sentier truffé de mines. Mars 1960. Le monde était gai et lumineux. Puis vint avril, qui balaya tout.

3 avril 1960

Aujourd'hui, nous allons rendre visite à ma famille. Je ne m'attends pas à ce qu'ils soient ravis. Je doute qu'ils comprennent. Mais comment pourraient-ils ignorer mon visage rayonnant ? Comme pourraient-ils être fâchés en me voyant si heureuse ? Ils devront nous accepter. Ils voudront *nous accepter. Bien sûr, mes parents désapprouveront le fait qu'il soit marié, mais l'amour vient à bout de tous les obstacles, n'est-ce pas ?*

Plus tard :

Quelque chose a changé. J'ignore quoi. Tout s'est bien passé avec ma famille – du moins aussi bien que possible. Mes parents étaient peinés, mais ont réussi à se montrer aimables. Mary s'est très bien entendue avec Sinclair, tout comme James. En fait, ma famille a réagi à peu près comme prévu. Alors, pourquoi ai-je ce sombre pressentiment ? C'est Sinclair. Il était différent. Oh, il m'a encore dit qu'il m'aimait, mais… il semblait distrait, absent. Certes, pour lui aussi, la journée a été stressante. Cependant, il y a quelque chose dans l'air…

— Méfie-toi, Judy, l'exhorta Laura tout haut. Quitte-le !

— Elle était jeune, commenta Gloria. Et amoureuse.

— Enfin, Gloria, c'était un homme marié.

— Si tu avais appris que David était marié, répliqua sa sœur avec un sourire triste, ça aurait changé quoi que ce soit ?

— Bien sûr !

— Vraiment ? Sois honnête, Laura.

Ignorant résolument l'injonction, Laura poursuivit sa lecture, mais elle demeurait là, dans un coin de sa tête.

17 avril 1960

Ma vie est finie. Le soleil ne se lève plus. Les fleurs ne s'ouvrent plus. On m'a pris mon Sinclair. Pire, on est en train de le détruire. Je suis allée le voir aujourd'hui dans l'espoir qu'il se confie à moi. Depuis deux semaines, il se comporte de manière bizarre. Depuis notre visite chez mes parents. Je lui ai demandé ce qui n'allait pas.

« Rien, m'a-t-il répondu tranquillement. Il y a un problème.

— Quel problème ? »

Et il a dit :

« Je pense qu'on devrait arrêter. »

Mon cœur a volé en éclats, là, dans son bureau envahi de livres, face aux œuvres de Keats, Browning, Shakespeare et Dante.

« Je pense qu'on devrait arrêter. »

Six mots. Six mots ont détruit ma vie. Je ne devrais pourtant pas être étonnée, connaissant mieux que quiconque leur pouvoir. Mais le cœur n'a que faire de l'analyse, il ne connaît que l'émotion et les sentiments.

« Que veux-tu dire ? » lui ai-je bêtement demandé.

Sinclair était bouleversé. Il fumait cigarette sur cigarette. Il avait les cheveux ébouriffés, les yeux injectés de sang, et il ne s'était pas rasé de la semaine.

« Je ne veux plus que tu viennes ici. J'ai une femme et des enfants. »

— Quel salaud, commenta Laura.

— Continue de lire.

Au cours du mois suivant, Judy s'enfonça dans la dépression. Malgré ses efforts, impossible d'oublier Sinclair Baskin. Qu'est-ce qui l'avait fait changer de cette façon ? S'était-elle trompée sur les sentiments qu'il avait pour elle ? Lui avait-il menti depuis le début ? Elle ne pouvait l'imaginer. La jeune Judy préférait rejeter la faute sur quelqu'un ou quelque chose d'autre. Une « force » étrangère l'avait influencé. Mais, à la fin, Sinclair verrait clair et lui reviendrait. Judy n'avait qu'à s'armer de patience. Et elle s'installa dans le confort du chagrin, persuadée qu'un jour, Sinclair et elle seraient de nouveau réunis. Que l'amour triompherait.

Cependant, à la fin du mois de mai, un événement modifia sa perception et la fit réagir d'une façon qui devait transformer leurs vies pour toujours.

27 mai 1960

J'ai le corps encore tout engourdi. Le simple fait de soulever ce stylo pour écrire m'est difficile. Je ne peux réfléchir à ce qui s'est passé aujourd'hui. Seulement revivre les événements tels qu'ils se sont déroulés.

Ce matin, Mary m'a appelée, paniquée.

« Je peux venir ? Il faut absolument que je te parle.

— Bien sûr.

— J'arrive. »

À 10 heures précises, Mary a sonné à ma porte. À son entrée, j'ai une fois encore été frappée par sa beauté. J'ai vécu toute ma vie avec elle, mais la perfection de son physique m'impressionne toujours. Je savais qu'il s'agissait d'une arme redoutable ; j'allais apprendre qu'elle pouvait être mortelle.

« Je crois que je suis enceinte, a-t-elle dit, le regard voilé par l'angoisse.

— C'est merveilleux, ai-je naïvement répondu. Gloria va avoir un petit frère ou une petite sœur.

— Non, tu ne comprends pas. Le bébé… n'est pas de James. »

Je n'en croyais pas mes oreilles.

« Quoi ? Comment est-ce possible ? »

Elle s'est mise à pleurer. Même ses larmes étaient des armes dévastatrices.

« J'ai un amant.

— Toi ?

— Je ne voulais pas que ça arrive. Mais James travaille sans arrêt ; il n'est jamais à la maison. Je passe mes journées toute seule avec Gloria. Alors, quand j'ai rencontré cet homme charmant... »

Elle a poursuivi ainsi, se cherchant des excuses et rejetant la faute sur tout le monde sauf elle-même.

« Tu l'as dit à cet homme ? lui ai-je demandé.

— Il veut que je fasse un test de grossesse.

— Judicieux conseil. »

Mary a secoué la tête.

« Je vais le faire, ce fichu test, mais je le sais. Je suis enceinte, j'en suis sûre. Je le sens. »

Je nous ai servi une tasse de thé, puis j'ai demandé :

« Je le connais ? »

Mary a redressé la tête brusquement.

« Oh, mon Dieu, c'est vrai. Tu ne sais pas...

— Bien sûr que non, comment veux-tu ?

— Je pensais qu'il t'en avait peut-être parlé.

— Qui donc ?

— Sinclair. »

Je ne me souviens plus de ce que nous nous sommes dit ensuite. Mon esprit s'est figé. Tout s'est écroulé autour de moi et en même temps tout s'est éclairci. La beauté de Mary. Voilà la force étrangère qui m'avait ravi Sinclair. Pourquoi ne l'ai-je pas neutralisée plus tôt ? Enfant, j'avais dormi à côté d'elle, je l'avais regardée grandir. Pourquoi ne l'ai-je pas détruite autrefois, avant qu'elle ne me détruise...

Laura lut le récit des événements du lendemain. Puis le relut en espérant que les mots finiraient par changer. En vain.

— Laura ? s'écria Gloria.

— Oui ?

— Qu'est-ce qu'elle dit ? Lis-moi la suite.

Mais Laura n'en eut pas la force. Elle tendit le journal intime à sa sœur.

David Baskin avait certaines habitudes dont Mark Seidman n'avait pas réussi à se débarrasser. La séance de basket du matin en était une. Autrefois, David adorait aller au Boston Garden avant l'aube, entrer par une porte latérale et s'entraîner au tir pendant quelques heures. L'exercice l'apaisait, l'aidait à oublier... ou à se souvenir.

Il n'y avait personne à cette heure. Joe, le concierge en chef du Garden depuis plus de vingt ans, n'arrivait pas avant 8 h 30, de sorte que David s'y trouvait seul avec ses pensées et les légendes qui l'entouraient.

Il sortit le ballon de son sac et se mit à dribbler sur le parquet. Le bruit résonnait dans toute la salle, du sol aux chevrons où se déployaient les drapeaux du championnat. Quinze mille sièges vides le regardaient traverser le terrain, le ballon dansant entre ses jambes et dans son dos.

Il s'immobilisa et bondit. Ses doigts propulsèrent le ballon qui passa dans l'anneau. Posséder un tir en suspension unique était un atout sur le terrain, mais un handicap sérieux quand on voulait changer de peau. D'après Mike Logan, du *Boston Globe*, un seul homme s'était révélé capable de maîtriser la technique de David : Mark Seidman.

Si seulement Logan connaissait la vérité !

Mais ni lui ni un autre ne la devinerait jamais, car ils n'avaient aucune raison d'imaginer que David Baskin était encore en vie. Seule une personne possédant une connaissance intime de la situation avait pu percer son secret. Et celle-ci l'avait payé de sa vie.

Judy.

Comme d'autres fans, la tante de Laura avait remarqué la similarité entre le style de jeu de David Baskin et celui de Mark Seidman. Mais, contrairement aux autres, elle en savait assez pour deviner qu'ils n'étaient qu'une seule et même personne, que David ne s'était pas noyé en Australie, qu'il avait mis en scène ce prétendu accident mortel et endossé une nouvelle identité. Dès le début, le jeune homme avait mesuré le risque. Mais il l'avait accepté : après tout, elle savait que David et Laura étaient frère et sœur. Elle comprendrait le pourquoi des choses et n'interviendrait pas.

« Vous ne comprenez rien, n'est-ce pas ?

— Pardon ?

— Vous croyez savoir ce que vous faites, mais vous vous trompez. Certains éléments concernant toute cette histoire vous ont été dissimulés. »

Judy avait été assassinée, ça ne faisait aucun doute. Mais pourquoi ? Quelqu'un avait-il voulu l'empêcher de révéler ce qu'elle savait ? Mary avait-elle craint qu'elle ne s'en ouvre à Laura ? Peut-être. De là à imaginer que Mary ait pu tuer sa propre sœur…

Rien n'avait de sens. Pourquoi Judy l'avait-elle appelé ? Pourquoi avait-elle essayé de les mettre face à face, Laura et lui ? À la réflexion, Judy avait toujours encouragé leur relation… dès le début. Tandis que Mary tentait l'impossible pour séparer frère et sœur, Judy se réjouissait de leur histoire d'amour. Pourquoi ? Pourquoi ?

Une montagne de questions, et pas le début d'une réponse. David se déplaça vers le panier, bondit et projeta le ballon de toutes ses forces dans le cercle. Tout le panneau vibra.

« Certains éléments concernant toute cette histoire vous ont été dissimulés. »

Mais quels éléments, Judy ? Quels faits ?

Gloria prit le journal intime des mains de Laura.

— Ça va ? lui demanda-t-elle.

Laura tourna vers elle un visage décomposé.

— Lis, tu verras.

28 mai 1960

La vengeance. Était-ce ce que je cherchais ce soir ? Auquel cas j'aurais dû me souvenir qu'il s'agit d'une arme à double tranchant. Je crains d'avoir fait une chose épouvantable. Mais hélas, cher journal, mon opinion t'importe peu. Tu veux seulement les faits. Les voici :

Quand je me suis réveillée ce matin (réveillée ? je n'avais pas dormi de la nuit), j'étais résolue à exercer ma vengeance. Mary m'avait volé deux hommes. Le moment était venu de lui rendre la pareille. Je suis allée trouver James à l'hôpital...

Gloria leva les yeux.

— Oh non, elle n'a pas fait ça !

— Lis la suite.

James m'a reçue dans son nouveau bureau tout blanc, avec ses diplômes aux murs et des étagères chargées de revues médicales. Il en était très fier, prétendant qu'il était le seul interne de l'hôpital à disposer d'un bureau particulier. Rien de surprenant. J'ai toujours su qu'il ferait une carrière brillante.

Nous avons échangé quelques civilités, mais mon beau-frère n'est pas du genre à parler de la pluie et du beau temps, surtout quand ses patients attendent. Sa voix a vite repris son ton sec et professionnel.

« Tu voulais me voir pour une affaire urgente, disais-tu ?

— Oui. »

C'était difficile. J'ai pris une profonde inspiration.

« Je me sens tellement mal à l'aise.

— Pourquoi ?

— Je déteste qu'on se moque de toi, James. »

J'ai posé la main sur les siennes.

« Tu as beaucoup compté pour moi, à une époque, tu n'as pas oublié ?

— Non, bien sûr, m'a-t-il répondu d'un ton impatient. De quoi s'agit-il ? »

Là, je lui ai tout raconté : que sa femme avait une liaison, que Mary couchait avec Sinclair Baskin, qu'elle portait son enfant.

D'abord, James n'a pas réagi. Il se contentait de tripoter un crayon. Puis il a serré les mâchoires. Son visage est devenu écarlate. Le crayon s'est cassé net entre ses doigts. Et soudain, les livres ont volé dans le bureau, les chaises, les meubles. Il était comme fou. J'ai essayé de le calmer en l'avertissant qu'on allait l'entendre, mais il ne me prêtait aucune attention. Il a mis en pièces le bureau dont il s'enorgueillissait tant, jusqu'à ce que la rage laisse place à l'épuisement. Pour finir, il s'est écroulé dans son fauteuil et a pris sa tête entre ses mains.

J'ai fait le tour du bureau.

« Ne t'inquiète pas, James. Je t'aime. Je prendrai soin de toi », lui ai-je dit.

Lorsque j'ai posé les mains sur ses épaules, il s'est dégagé comme si mon contact le dégoûtait. Lentement, il a levé la tête. Et braqué sur moi un regard de pure haine.

« Je ne veux pas de toi, a-t-il dit. C'est Mary que je veux. »

Gloria détacha les yeux de la page.

— Papa était au courant ?

Laura hocha la tête.

— Et il n'a jamais rien dit ?

— Je ne sais pas, mais je crois qu'on devrait lire la suite. Ce passage date du 28 mai. Sinclair Baskin est mort le lendemain.

29 mai 1960

Aidez-moi, mon Dieu ! Qu'ai-je fait ? La situation me dépasse. Elle est devenue ingérable, et je ne sais pas comment tout cela va se terminer. Je crains le pire, que pourrait-il arriver d'autre ?

Mary vient de m'appeler. Le test de grossesse est positif. Bien que James ait réussi à faire bonne figure jusqu'ici, la jalousie commence déjà à entamer sa capacité de réflexion. Quelle sera sa réaction maintenant ?

Mary est en route pour aller voir Sinclair et lui annoncer la nouvelle. Sinclair, mon bien-aimé, qu'as-tu fait ? Notre amour n'était-il pas assez fort pour résister aux charmes vénéneux de ma sœur ? Mais peut-être te lasseras-tu d'elle et me reviendras-tu. Oui, j'en suis sûre. Je dois attendre.

Plus tard :

À la seconde où j'ai vu la chemise de James tachée de sang, j'ai compris ce qui s'était passé. Tout en gardant un visage impassible, je hurlais à l'intérieur.

« Je ne voulais pas, m'a-t-il dit sur un ton frôlant l'hystérie. Je voulais seulement l'affronter, les affronter tous les deux. Puis c'est arrivé.

— C'est arrivé, a répété une voix en écho (la mienne, j'imagine).

— Une fois devant la porte de son bureau, j'ai entendu Mary à l'intérieur. Je n'en croyais pas mes oreilles. Elle voulait me quitter. Elle voulait partir avec ce salaud. »

Je n'ai rien dit.

« Mais il a refusé de l'écouter et l'a fichue dehors. Il était tellement froid, distant. Cette ordure a mis enceinte une femme mariée, et il la jette comme une malpropre.

— Qu'a fait Mary ? ai-je demandé.

— Elle était sous le choc. Elle l'a traité de salaud et elle s'est enfuie. J'ai juste eu le temps de me cacher dans une pièce vide à côté. Tout ce que je me rappelle ensuite, c'est que j'avais le pistolet à la main.

— Non ! me suis-je écriée, tandis que mon esprit me hurlait : "Sinclair est mort. Et si James a appuyé sur la détente, c'est ma jalousie qui l'a tué." »

James, les yeux élargis et vagues, semblait en transe.

« Je suis sorti de ma cachette, a-t-il poursuivi, et entré dans son bureau. Il était assis dans son fauteuil, le dos tourné, et regardait dehors. Je me suis approché sans bruit, la main serrée sur la crosse. Je n'avais pas tenu d'arme depuis mon service militaire. Quand il a fait pivoter son fauteuil vers la porte, j'ai placé le canon contre son crâne. Il s'est figé. Ses yeux remplis de terreur ont fixé les miens et je crois qu'il a compris qu'il allait mourir. Je l'ai traité de salaud et j'ai tiré… »

— Papa ? a demandé Gloria, bien qu'elle connût la réponse. Papa a tué Sinclair Baskin ?

Laura se sentait glisser lentement dans un état second.

— Et Judy, parvint-elle à dire. Et même Stan…

— Non, pas papa ! C'est impossible !

— Qui veux-tu que ce soit d'autre ? Tu m'as bien dit que Stan avait été témoin du meurtre et qu'il se rappelait le visage de l'assassin ? Il a dû reconnaître papa quand il l'a vu, le soir du match.

— Ce n'est pas possible.

— Et Judy, continua Laura, était sur le point de tout me raconter.

— Mais je ne comprends pas. Pourquoi a-t-elle attendu tant de temps pour parler ?

— Je n'en suis pas sûre, répondit Laura, mais je crois qu'elle était terrifiée. Elle se sentait coupable de ce qui était arrivé à Sinclair. Si elle n'avait pas trahi la confiance de sa sœur, il serait encore en vie. Elle se voyait probablement comme complice du meurtre. De plus, le mal était fait. En parler ne lui aurait pas rendu Sinclair.

— Alors, qu'est-ce qui l'a fait changer d'avis après toutes ces années ?

Laura réfléchit pendant un moment.

— La noyade de David, déclara-t-elle. Lorsque David est mort, elle a dû se rendre compte qu'on ne pouvait pas se débarrasser si facilement du passé.

Gloria secoua la tête.

— Tout de même... David s'est noyé il y a six mois. Pourquoi a-t-elle attendu tout ce temps pour te parler ? Et ça ne résout pas les autres questions : où est passé l'argent de David ? Et qui s'est emparé de son anneau pour le déposer sous ton oreiller ?

— Je ne sais pas encore. Mais il y a peut-être un moyen d'en avoir le cœur net.

— Lequel ?

Laura alla chercher son manteau dans le placard de l'entrée. Il était 6 heures du matin.

— Toi, tu restes là et tu finis la lecture du carnet, au cas où il contiendrait d'autres révélations.

— Où vas-tu ?

Laura attrapa ses clés au passage et se dirigea vers la porte.

— Parler à papa.

Gloria tourna la page. C'était celle du 30 mai.

James roulait à tombeau ouvert, sans craindre l'excès de vitesse. Il était un grand ponte du Boston Memorial. S'il se faisait arrêter, il prétendrait qu'une urgence l'appelait à l'hôpital. Une question de vie ou de mort. Cette phrase possédait un authentique pouvoir : l'espace d'un fugitif instant, tous les gens qui l'entendaient se trouvaient rappelés à leur propre mortalité.

Il atteignit l'immeuble qu'il cherchait dans la proche banlieue de la ville. Le quartier ne payait pas de mine, mais il est vrai que les policiers n'avaient pas des salaires mirobolants. Il jeta un coup d'œil à l'horloge du tableau de bord : 6 h 30. TC dormirait sûrement encore. Mais après tout, il s'agissait d'une urgence. Une question de vie ou de mort… pour eux tous.

À la seconde où Laura l'avait appelé d'Australie, six mois plus tôt, il avait su que Mary lui avait encore menti, qu'elle n'était pas allée en Californie mais en Australie, et qu'elle était responsable de la soudaine noyade de David. La terreur, noire et froide, l'avait saisi. Pourquoi n'avait-il rien vu venir ? Pourquoi n'avait-il pas trouvé un moyen de la faire taire, avant qu'elle ne parle à David ?

Si seulement il avait pu l'arrêter… Si seulement David ne l'avait pas écoutée… Si seulement… L'enchaînement infernal des si le ramena aux événements d'autrefois : si seulement Mary avait été une épouse fidèle et non une traînée.

Mais penser à ce qui aurait pu être ne changeait rien à ce qui s'était passé. Il lui fallait aller de l'avant, sauver ce qui pouvait encore l'être.

Avant de frapper à la porte, il palpa sa poche dans laquelle se trouvait le pistolet… juste au cas où TC refuserait de se montrer coopératif. Il ne souhaitait de lui qu'un tout petit renseignement : qu'il lui donne l'adresse de Mark Seidman.

Lorsqu'il l'aurait en face de lui, le pistolet resservirait. Une dernière fois. Une dernière balle, et tout serait fini.

À en juger par l'air hagard de TC quand il ouvrit la porte en plissant les yeux, il devait bel et bien dormir.

— Docteur Ayars ?

— Puis-je vous parler un instant ? demanda James. C'est très important.

TC recula.

— Entrez.

— Non, je n'en ai que pour une seconde.

— Comme vous voudrez. Que puis-je faire pour vous ?

James s'humecta les lèvres.

— Je dois parler à David.

— Hein ?

— Inutile de faire semblant. Je sais que David et Mark Seidman sont une seule et même personne. Et je le sais depuis un bon bout de temps.

— Qu'est-ce que c'est... ?

— Écoutez-moi. Je sais que David a mis en scène sa noyade. Et je sais pourquoi il l'a fait. Je ne veux causer de souci à personne. Dites-moi seulement où le trouver.

TC ne répondit pas.

— C'est une question de vie ou de mort, insista James. Laura est en danger. Je ne cherche pas à révéler le secret de Seidman. Je désire uniquement lui parler.

TC haussa les épaules.

— David est mort, docteur Ayars.

— Bon sang ! Judy a été assassinée. Arrêtez ce petit jeu...

— Mais, poursuivit TC d'une voix égale, si vous souhaitez parler à Mark Seidman, il s'entraîne au Boston Garden tous les matins à l'aube.

— Merci, dit James avant de tourner les talons.

Parfait. À cette heure matinale, il n'y aurait personne au Garden. James pourrait s'y introduire discrètement, surprendre David, lui planter le pistolet sur la tempe et tirer.

Et enfin, tout serait terminé.

Gloria ne s'attaqua pas tout de suite au 30 mai 1960. Le journal de Judy ressemblait à un médicament amer qu'on ne pouvait ingurgiter qu'à petites doses, et le 29 mai avait déjà été suffisamment dur à avaler.

Reposant le carnet, elle alla se préparer un café puis s'approcha de la fenêtre. Laura jouissait également d'une vue sur la Charles River. Elle se rappela à quel point Stan adorait s'installer sur leur balcon pour admirer le fleuve. En définitive, c'était un homme simple, égaré dans un labyrinthe, incapable de trouver la sortie. Il avait été tué au moment même où Gloria lui avait pris la main pour le guider.

Et pas par un inconnu – par son père.

Comment était-ce possible ? Comment un homme si aimant pouvait-il abriter un tel monstre en lui ?

De retour sur le canapé, elle reprit le journal et l'ouvrit.

30 mai 1960.

Gloria écarquilla les yeux.

Du sang...

Très vite, les mots se mirent à danser devant ses yeux. Son ventre se contracta douloureusement. Des images, des images épouvantables...

Du sang, tellement de sang...

... tourbillonnaient dans son esprit. Ses plus sombres cauchemars reprenaient vie, la poursuivaient...

Du sang...

... animés d'une faim destructrice. À l'époque, elle n'était qu'une toute petite fille et, grâce à Dieu, elle ne s'était jamais souvenue de ce qui s'était passé.

« Maman ! Maman !

— Sors d'ici, Gloria. Sors d'ici tout de suite ! »

Des visions lui apparurent par flashes. Elle était redevenue cette enfant de cinq ans qui parcourait le couloir sombre, sauf que, cette fois, elle savait où elle allait : à la chambre de ses parents. Elle avait soif et voulait qu'on lui donne un verre d'eau. Accompagnée de son lapin en peluche, elle longeait le couloir vers la chambre de son père et de sa mère.

Gloria aurait voulu refermer le journal pour ne plus jamais l'ouvrir. Mais ses yeux, comme aimantés, suivaient les mots à vive allure. Ils lui ouvraient une porte de son esprit fermée à double tour depuis l'enfance. Soudain, la petite Gloria se retrouva devant la chambre de ses parents, se hissant sur la pointe des pieds pour atteindre la poignée de la porte, son doudou coincé sous le coude.

« Sors d'ici, Gloria. Sors d'ici tout de suite ! »

La poignée tournait dans sa main. Elle verrait enfin ce qui se cachait derrière cette porte. Elle avait passé sa vie à refouler ce moment, mais cette fois, elle ne pourrait plus échapper à ces images. Même en fermant les yeux, elle voyait la porte s'ouvrir.

Elle regarda à l'intérieur. Se souvint. Et hurla.

Tremblant de tous ses membres, elle referma le journal. Les mots de Judy levaient le voile sur ce 30 mai 1960. Tout était vrai. Son père avait tué Sinclair, Judy, Stan...

Et David ?

La sonnerie de l'interphone carillonna. En allant répondre, Gloria aperçut l'horloge de la cuisine. 7 heures. Qui pouvait bien passer si tôt ?

— Oui ?

— M. Richard Corsel désirerait parler à Mme Baskin, annonça le portier. Il dit que c'est urgent.

— Faites-le monter.

Tandis que Gloria attendait le visiteur, la réalité de ce qu'elle venait de lire s'enfonça dans son cerveau comme une brique avalée par des sables mouvants. Son cœur cognait dans sa poitrine. La vérité se révélait encore plus tragique que tout ce qu'elle avait jamais osé imaginer. Reprenant le journal sur le canapé, elle parcourut rapidement la suite. Les mots sur la page confirmèrent ses pires craintes : sa mère avait eu tort. David et Laura n'étaient pas frère et sœur.

31

Laura se gara dans l'allée et sortit en trombe de sa voiture. Il restait encore de nombreux blancs à remplir : l'anneau de David sous l'oreiller, l'argent disparu et, le plus important, la raison pour laquelle Judy avait tant attendu pour parler. Une fois cette dernière question résolue, toutes les pièces du puzzle seraient assemblées.

Sans prendre la peine de sonner pour prévenir ses parents de son arrivée matinale, elle se servit de sa clé.

— Laura ?

Elle suivit la voix qui l'appelait du salon et trouva sa mère sur le canapé, en robe de chambre.

— Où est papa ?

Mary se rembrunit.

— Il n'est pas là.

— Où est-il ?

— Je ne sais pas. Il a passé une partie de la nuit dans son cabinet de travail. Oh, Laura, tu ne vas pas lui dire, n'est-ce pas ? Je t'en prie…

— Il sait déjà, répliqua Laura. Il le sait depuis trente ans.

— Quoi ?

— Judy le lui a dit le lendemain du jour où tu lui as parlé. J'ai lu son journal de l'année 1960. Tout est écrit dedans.

Le visage de Mary reflétait sa perplexité.

— Ce n'est pas possible. Il ne m'en a jamais soufflé mot.

— Judy était furieuse contre toi parce que tu lui avais volé Sinclair Baskin, reprit Laura en trébuchant sur les mots. Et elle s'est vengée en le racontant à papa. Mais elle n'avait pas imaginé qu'il deviendrait comme fou. Il a assassiné Sinclair Baskin juste après que tu as eu quitté son bureau.

Mary en resta bouche bée.

— C'est impossible.

— C'est la vérité.

— Mais James ne m'a jamais rien dit. Il t'a aimée et élevée comme sa fille. Pourquoi ?

— Je ne sais pas. Probablement par amour pour toi.

Mary se décomposa.

— Pas James. Il est médecin. Il ne ferait pas de mal à une mouche.

Laura s'agenouilla à côté d'elle.

— On doit le retrouver, maman. Il doit nous dire ce qui s'est réellement passé.

Le vrombissement d'un moteur leur fit lever la tête. Laura alla à la fenêtre et vit la voiture de Gloria tourner sur les chapeaux de roues pour pénétrer dans l'allée. Sa sœur mordit sur la pelouse mais ne ralentit pas avant de piler devant la maison. Elle bondit hors du véhicule.

— Gloria, qu'est-ce que… ? commença Laura quand celle-ci surgit dans le salon.

Mais elle se tut brusquement quand elle remarqua son air effaré. Gloria tenait à la main le journal de Judy et une enveloppe blanche.

— Richard Corsel est passé chez toi, pantela-t-elle. Il m'a demandé de te les donner, disant que ça répondrait à toutes tes questions.

Le cœur de Laura s'accéléra. L'argent disparu. Richard avait dû retrouver sa trace.

— Mais ce n'est pas tout ! s'écria Gloria en brandissant le journal intime. Il s'est passé des choses atroces le 30 mai.

Sans perdre une minute, James était remonté en voiture et avait repris la route. Au moins, il devait rendre justice à David : créer le personnage de Mark Seidman était un coup de génie.

James imaginait la scène qui avait dû se produire six mois plus tôt en Australie. Après son entretien avec Mary, David avait compris que, pour le bien de Laura, il devait renoncer à elle. Il ne pouvait cependant pas lui dire pourquoi, sous peine de la blesser encore davantage.

Quelle solution lui restait-il ?

Disparaître de la surface du globe.

Mais comment y parvenir sans renoncer à tout ce qu'on possède ?

On transfère son argent *via* la Suisse, on feint une noyade accidentelle, on passe sous le bistouri d'un chirurgien plastique et on se crée une nouvelle identité.

Qui soupçonnerait un plan pareil de la part d'un homme riche, star du basket, venant d'épouser la plus belle femme du monde ?

Seules deux personnes auraient pu deviner la vérité. Mary et Judy. Car David pensait, à tort, que James ignorait tout du drame d'autrefois.

Mary, à l'évidence, ne représentait pas une menace. Il en allait autrement de Judy. Non seulement c'était une femme intelligente, mais aussi une fan de basket. Pourtant, quel intérêt aurait-elle eu à divulguer une information qui ne pourrait que faire souffrir encore plus sa nièce ?

James sourit.

Il était le seul à savoir pourquoi Judy avait choisi de révéler la véritable identité de Mark Seidman. Au cours de leur entretien en Australie, Mary n'avait pas raconté toute l'histoire à David… non qu'elle ait voulu lui cacher des choses. Mary lui avait dit tout ce qu'elle savait. Malheureusement pour eux, ce n'était pas suffisant. Elle ne savait pas ce qui s'était passé le…

30 mai 1960.

Le lendemain de la mort de Sinclair Baskin. Mary n'avait jamais su ce qui s'était passé ce soir-là. Seules deux personnes avaient été témoins des événements. La première avait récemment péri dans un incendie. La seconde s'apprêtait à commettre un dernier meurtre.

30 mai 1960.

Dès que Judy avait compris que David était encore en vie, elle était passée à l'action. C'était sa dernière chance de se racheter et de sauver Laura des griffes du passé. Pour James, en revanche, l'étrange réapparition de David annonçait la destruction de sa famille. Il savait que Judy allait parler, révéler des secrets qu'elle avait pourtant juré d'emporter dans la tombe. Aussi James avait-il fait la seule chose possible : il l'avait aidée à tenir sa promesse.

Il avait mis le feu à la maison et à ses satanés journaux cachés à l'intérieur. Le drame avait été évité de justesse quand Laura s'était retrouvée prisonnière du brasier. Mais il n'était pas coupable.

C'était Mary qui avait commencé en couchant avec Sinclair Baskin. Judy aussi était à blâmer, pour avoir voulu parler. Une chance que le mystérieux passant ait sauvé Laura. James avait maintenant une idée assez précise de son identité.

Dommage qu'il doive mourir.

Il traversa Fenway et s'engagea dans Storrow Drive. David Baskin et le Boston Garden n'étaient plus qu'à cinq minutes.

Quand Gloria était entrée dans le salon de ses parents, les trois femmes s'étaient regardées, chacune remarquant la pâleur du visage des autres. On aurait dit des masques mortuaires.

— Que s'est-il passé le 30 mai 1960 ? demanda Laura à sa sœur.

— Le journal t'expliquera tout. Mais lis d'abord la note de M. Corsel. Il m'a dit que c'était urgent.

Malgré le froid, Laura sentait la sueur perler sur son front. L'enveloppe blanche était toute simple, de celles qu'on peut acheter n'importe où. Elle la prit des mains de Gloria, l'ouvrit et en sortit une petite carte, blanche elle aussi. Avec une économie de mots dont Laura comprenait la raison, le banquier avait écrit :

Détruisez ce message dès que vous l'aurez lu. La personne qui détient l'argent manquant est Mark Seidman.

Ses jambes faillirent la trahir.

Gloria et Mary se précipitèrent et la soutinrent jusqu'au canapé. Toutes trois s'y assirent.

La tête de Laura lui tournait, mais, dans le chaos, elle aperçut une lueur. Elle crut d'abord que son imagination lui jouait des tours, qu'elle prenait son désir pour la réalité. C'était tellement dingue. Pourtant, plus elle réfléchissait, plus tout cela prenait sens : pourquoi TC lui avait menti, pourquoi David avait appelé la banque, pourquoi elle avait eu de si étranges sensations en présence de Mark Seidman, pourquoi il avait eu peur de s'approcher d'elle, pourquoi son jeu lui avait paru familier, pourquoi TC l'avait aidé à quitter discrètement le cocktail alors qu'il semblait terrassé par une de ses...

Cri étouffé.

« Courage, mon vieux. Appuie-toi sur moi. Je te ramène à la maison.

— Je ne voulais pas la voir, TC. Je ne voulais pas me retrouver près d'elle. »

Les larmes roulèrent sur les joues de Laura. Son esprit tentait d'admettre qu'elle détenait enfin la vérité.

— Il est en vie.

— Qui ? s'exclama Gloria. Qu'est-ce que tu racontes ?

Elle brandit la carte de Corsel.

— C'est la preuve. Mark Seidman est David.

— Quoi ? s'écria Mary.

Les pièces du puzzle s'assemblèrent dans sa tête à mesure qu'elle s'expliquait.

— David ne s'est pas noyé. Il n'a jamais attenté à sa vie. Il a seulement voulu nous faire croire à sa mort. Il a voulu te faire penser qu'il avait disparu, tout en me protégeant de la vérité. Tout est clair maintenant. TC était dans le coup.

— Et comment l'anneau est-il arrivé sous ton oreiller ? s'enquit Gloria.

— Sûrement TC, pour m'intimider. Il voulait m'empêcher de découvrir la vérité.

Laura se précipita sur le téléphone.

— Qu'est-ce que tu fais ?

— J'appelle Clip Arnstein. Pour avoir l'adresse de Mark Seidman.

— Non ! hurla Mary. Ça ne change rien. Tu ne peux pas être avec lui. David est toujours ton frère.

Laura fit volte-face, comme si les paroles de sa mère s'étaient enroulées autour de sa gorge et l'étouffaient.

— Mais...

Gloria intervint alors :

— Non, c'est faux !

Mary leva les yeux vers elle.

— Qu'est-ce que tu racontes ?

— David n'est pas ton frère, insista Gloria en tendant le journal à Laura. Lis ce qui s'est passé le 30 mai.

Il n'était plus qu'à quelques centaines de mètres du Garden. Rien ne pourrait plus sauver David.

James sentait sa chemise lui coller à la peau. Il détestait transpirer. D'ailleurs, il gardait un lot de chemises propres dans son bureau afin de pouvoir en changer dès que nécessaire. C'était ce qu'il ferait, ce dernier problème réglé.

James Ayars n'était certes pas devenu un tueur professionnel, mais jamais il n'avait laissé le moindre indice derrière lui, et il s'était toujours ménagé des alibis inattaquables. Pour l'assassinat de Judy, par exemple. Si quiconque tentait de savoir où se trouvait le Dr Ayars au moment de l'incendie, le Dr Eric Clarich certifierait qu'il avait appelé le Boston Memorial une demi-heure après le départ du feu et avait parlé à James.

Il avait fait transférer ses appels vers une cabine téléphonique à cinq minutes de l'hôpital St Catherine à Hamilton. Brillant, non ? Ensuite, il s'était rendu à l'aéroport, avait attendu quelques heures puis s'était précipité à l'hôpital, comme s'il avait sauté dans le premier avion en apprenant la nouvelle.

Cette partie du plan s'était déroulée sans anicroche.

Son seul instant de panique, il l'avait eu en découvrant que Mary se trouvait déjà à l'hôpital. Une seule explication à sa présence : elle était en chemin pour parler à Judy. Mary était-elle arrivée à temps ? Judy avait-elle pu se confier avant de mourir ? Heureusement, la réponse était négative. Un seul regard à sa femme lui avait appris qu'elle ignorait tout de ce qui s'était passé le 30 mai.

Bip, bip, bip, bip...

James éteignit le biper qu'il portait à la ceinture. Zut, il allait devoir rappeler. Sinon, l'hôpital commencerait à passer des coups de fil, ce qu'il était préférable d'éviter.

Au loin, James apercevait sa destination : le Boston Garden. Il pourrait attendre quelques minutes. Il s'arrêta sur le bas-côté devant une cabine téléphonique et sortit de sa voiture.

Les paroles de Gloria firent à Laura l'effet d'un électrochoc.

— Comment ça, David n'est pas mon frère ?

— Le 30 mai, répéta Gloria. Lis.

Laura ouvrit le journal. Sur le canapé, Mary se rapprocha pour regarder par-dessus son épaule.

— Je ne comprends rien, dit-elle.

— Lis, insista Gloria.

Laura tourna les pages jusqu'au jour fatidique.

30 mai 1960

Ce cauchemar n'aura pas de fin. Je suis prisonnière de la toile que j'ai tissée moi-même. Le plan de James est complètement insensé et parfaitement diabolique. Utiliser le pouvoir de séduction de Mary à son profit et faire de moi sa complice.

« Tu es mouillée jusqu'au cou dans cette histoire, m'a-t-il dit d'une voix cruelle. Je déclarerai que tu m'as aidé à assassiner Sinclair Baskin.

— Je nierai. Ce sera ta parole contre la mienne. »

Il a eu un sourire mauvais.

« Ce que tu peux être bête, par moments. Qui croira-t-on, à ton avis, une femme jalouse qui a couché avec un homme marié puis a trahi sa propre sœur, ou un honorable médecin trompé, pilier de la communauté ? »

Je n'ai rien dit, j'étais trop terrorisée.

« Tu vas m'aider à faire ce qui doit être fait ; ainsi notre secret et nos destins seront liés à jamais. Aucun de nous ne pourra révéler les méfaits de l'autre sans se condamner lui-même. À partir d'aujourd'hui, nous

nous comporterons comme si de rien n'était. Jamais plus nous n'en reparlerons.

— Mais tu ne peux pas faire ça, c'est épouvantable ! »

Son visage s'est assombri.

« Je le sais bien. Éliminer Sinclair Baskin n'était que justice. Cette fois, c'est plus compliqué.

— Alors, ne le fais pas ! l'ai-je exhorté. Oublie cette idée folle. Oublie tout. Je ne dirai jamais rien à personne, je te le jure.

— Non. Je ne peux pas oublier... même si ça implique la mort d'un être innocent. Mary jouera le jeu inconsciemment. Quel autre choix a-t-elle ? Sinclair n'est plus là, et jamais elle ne me dira la vérité.

— Certes, ai-je admis. Elle devra te faire croire que l'enfant est de toi. »

James a souri.

« Précisément. Alors, faisons en sorte que son souhait devienne réalité. »

La maison était plongée dans le noir. Dans le salon, la radio diffusait un air familier dont je n'arrivais pas à me rappeler le titre. James et moi avons parcouru le couloir sans bruit, passant devant la chambre de Gloria.

À quelques pas de leur chambre, j'ai murmuré :

« Tu es sûre que Mary est inconsciente ?

— Elle a avalé assez de médicaments pour assommer un cheval. Elle ne sentira rien jusqu'à demain matin. À ce moment-là, je lui donnerai une autre dose. »

Lorsqu'il a ouvert la porte, un rayon de lumière du couloir est tombé sur le corps immobile de Mary.

« Allez, au travail.

— Je t'en prie, James, réfléchis encore. »

Il m'a pris le bras.

« On y va. »

Il m'a entraînée dans la pièce et a refermé la porte. Quand il a allumé le plafonnier, Mary n'a même pas tressailli.

« Tu vois. Elle est ailleurs, cette putain.

— Si c'est ce que tu penses, pourquoi restes-tu avec elle ? »

Il m'a regardée comme si j'avais demandé à un prêtre pourquoi il croyait en Dieu, compte tenu de la cruauté du monde.

« Parce que je l'aime », a-t-il répondu.

Et je crois que j'ai compris.

Ouvrant sa sacoche médicale, il en a retiré un instrument métallique.

« Je l'ai pris à l'hôpital. Redoutable d'aspect, pas vrai ? »

J'ai hoché la tête. Tout mon corps était glacé. Je me suis mise à reculer, jusqu'à ce que le mur m'empêche d'aller plus loin. Le visage de James s'était transformé, comme s'il avait revêtu un masque. Il a pris l'instrument et s'est mis au travail. À la vue du sang, j'ai cru que j'allais vomir. J'ai fermé les yeux, mais j'entendais toujours les bruits de raclement. Je priais pour qu'il se dépêche, pour qu'on en finisse.

Le temps s'étirait, jusqu'à ce que, enfin, le bruit s'arrête. Une autre vie s'achevait ici.

« Nettoie-moi ça, m'a-t-il ordonné. Depêche-toi. »

J'avais à peine fait un pas quand la porte s'est ouverte. Gloria se tenait dans l'embrasure, les yeux écarquillés par la peur.

« Maman ! Maman ! a-t-elle crié, le regard braqué sur la mare de sang entre les jambes de sa mère.

— Sors d'ici, Gloria ! a hurlé James. Sors d'ici tout de suite ! »

Gloria n'a pas bougé. Elle semblait paralysée. Je l'ai prise dans mes bras et l'ai éloignée de la chambre, éloignée du sang…

Laura ne pouvait plus contenir ses tremblements. Mary non plus.

— C'est vrai, déclara Gloria. Tout est vrai. Le cauchemar que je n'arrivais pas à expliquer… c'était ça. Tout m'est revenu quand j'ai lu le journal de Judy. J'ai revu le sang. J'ai revu ton corps, maman, écartelé sur le lit. J'ai revu le visage grimaçant de papa, et même Judy, recroquevillée dans un coin.

— Il t'a avortée, murmura Laura.

Elle regardait sa mère, qui frissonnait comme si elle avait la fièvre.

— Il a retourné toutes tes ruses contre toi, dit-elle. Finalement, c'est toi qui as été abusée sur l'identité du vrai père, pas lui. Tu croyais tellement l'avoir dupé que tu as même mis ma naissance tardive sur le compte de la chance.

— Et ma grossesse difficile ? s'enquit Mary.

— Il en est responsable aussi. Il n'a pas cessé de te droguer pour que tu ne te doutes de rien. Tu m'as bien dit que tu étais malade, mais que tu n'osais pas aller consulter un médecin ? Parce que tu craignais que papa l'apprenne ? Tu lui as donné le temps dont il avait besoin pour te mettre enceinte.

Gloria intervint :

— Et ça explique pourquoi Judy a attendu aussi longtemps pour parler. Au moment de la prétendue noyade de David, elle n'avait aucune raison d'avouer la vérité. Mais en voyant Mark Seidman au Boston Garden, elle a dû comprendre que David était toujours vivant. Il n'était pas trop tard pour vous réunir, tous les deux.

— Mon Dieu, bredouilla Mary. Donc, David n'est pas ton frère ?

Laura secoua la tête.

— Alors, le pistolet…

— Quel pistolet, maman ?

— J'ai vu ton père partir, tout à l'heure. Il avait un pistolet.

Laura se rua sur le téléphone et composa un numéro. On répondit à la première sonnerie.

— Allô ?

— Clip ? C'est Laura.

— Ah, Laura, répondit le président des Celtics. Comment allez-vous ?

— Ça va, merci.

— J'ai appris la nouvelle pour votre tante. C'est une année décidément tragique…

— Écoutez, Clip, je suis un peu pressée, le coupa-t-elle. Je dois parler à Mark Seidman. C'est urgent. Vous avez son numéro de téléphone ?

— Seidman ? Mais pourquoi ?

— Je vous en prie, Clip, c'est très important.

— Bon, si vous voulez le voir tout de suite, allez au Garden. Il s'entraîne là-bas tout seul le matin… comme David.

Laura n'entendit pas la suite. Elle se précipitait déjà vers sa voiture.

— Coupez l'intraveineuse et surveillez ses signes vitaux, aboya James de sa voix autoritaire.

— Oui, docteur.

— Demandez au Dr Kingfield de s'en occuper. Je serai là dans deux heures.

— Oui, docteur.

De la cabine téléphonique, James observa les rues alentour. Il n'était plus qu'à cent mètres du Boston Garden.

— Autre chose ?

— Non, docteur.

— Bien. Je rappellerai dans un moment.

Il raccrocha avant d'entendre le « Oui, docteur » de l'infirmière et retourna aussi tranquillement que possible vers sa voiture. Ce n'était pas facile. Il était anxieux.

Quelques minutes plus tard, il s'engageait sur le parking du Garden. Bien que le vieux bâtiment eût besoin d'une rénovation complète, il n'en possédait pas moins une certaine majesté. En le regardant, James se sentit intimidé : en raison de l'histoire de l'édifice ou de l'acte innommable qu'il s'apprêtait à y commettre ? Il n'aurait su le dire.

Il se gara non loin de l'entrée latérale que David empruntait autrefois. Un coup d'œil alentour lui apprit qu'il n'y avait personne. L'endroit était totalement désert.

Parfait.

James sortit son pistolet et vérifia qu'il était bien chargé. L'arme qu'il avait utilisée la veille reposait au fond du fleuve. Celle-ci était neuve... impossible à relier au meurtre de Stan Baskin. Il la remit dans sa poche et sortit du véhicule.

Il jeta un dernier regard autour de lui avant de pousser la lourde porte. Une fois entré, il retint le battant pour l'empêcher de claquer mais pas de grincer légèrement.

Le rez-de-chaussée du Garden était plongé dans l'obscurité. Au bout du corridor se trouvait le terrain. James entendait l'écho distinct d'un ballon de basket qu'on faisait rebondir.

32

David s'entraînait aux lancers francs. Durant les matches, il atteignait presque toujours sa cible, avec un taux de réussite de quatre-vingt-douze pour cent... le plus élevé de la ligue. Pour lui, rater ce genre de tir était impardonnable. On n'avait pas de main devant le visage, aucun adversaire pour vous bousculer ou tenter de vous prendre le ballon. Pour devenir expert dans l'exercice, il n'y avait qu'une méthode : pratiquer. L'issue de tant de rencontres se jouait sur la ligne de lancer franc.

Il en avait réussi douze d'affilée quand il entendit un faible bruit. Quelqu'un venait d'entrer par la porte latérale. David attrapa le ballon et dribbla jusqu'à l'autre bout du terrain. Son corps dégoulinait de sueur. Ses cheveux, à présent blonds et bouclés, lui collaient au front.

Il ne distingua aucun bruit de pas. Étrange. Peu de gens savaient qu'il laissait la porte ouverte lorsqu'il s'entraînait tôt le matin : ses coéquipiers, évidemment, Clip et l'équipe technique, TC, Laura, Gloria et James.

Alors, qui était entré ?

Il fonça vers le panier et fit un double pas, une de ses techniques favorites quand il se trouvait face à un joueur beaucoup plus grand que lui. Il bondissait, utilisait l'anneau du panier pour se protéger du bras du défenseur et lançait le ballon contre le panneau de l'autre côté. Deux points. Trois, s'il pouvait provoquer une faute de son adversaire.

Depuis qu'il était devenu Mark Seidman, il travaillait sur des appareils de musculation quatre fois par semaine. Ce régime d'exercice avait eu un impact immédiat sur son corps athlétique. Seidman avait un physique un peu plus fin et plus tonique que celui de David. Sa vitesse et sa capacité à sauter s'en trouvaient ainsi améliorées.

Toujours pas de bruit en provenance de l'entrée.

C'était peut-être tout simplement le vent contre la porte métallique. Ou un employé venu travailler dans les vestiaires.

Une seconde plus tard, David avait oublié le bruit de la porte et se concentrait sur son tir en suspension.

La voiture de Gloria bifurqua sur la bretelle de sortie de l'autoroute. Les yeux braqués devant elle, la jeune femme écrasa l'accélérateur.

Assise sur le siège du passager, Laura poursuivait la lecture du journal. Une seule pensée, cependant, l'obsédait, oblitérant les horreurs du passé.

David. David était en vie.

Elle lança un regard à Gloria.

— Ça va ?

— Papa a tué Stan, répondit-elle. Il a assassiné l'homme que j'aimais.

— Je sais, dit doucement Laura.

— Comment a-t-il pu faire une chose pareille ?

La voix de Laura n'était plus qu'un murmure.

— Tu as lu le journal. Il est malade. Il a perdu tout contrôle.

— Tu as fini le mois de juin ? demanda Gloria.

— Tout juste.

— Donc, tu as vu jusqu'où il est allé. Il a continué à droguer maman pour qu'elle ne se rende compte de rien. Puis il a couché avec elle, encore et encore, jusqu'à ce qu'elle tombe enceinte... de ses œuvres et non de celles de Sinclair.

— Et Judy n'a rien dit, commenta Laura. Elle était terrifiée par ce qui risquait d'arriver, si la vérité éclatait au grand jour.

La voiture tourna à droite. Elles étaient presque à destination.

— Ils ont vécu avec ce secret pendant toutes ces années. En faisant semblant de rien.

— À mon avis, ce n'était pas si simple, dit Laura. Je doute qu'un jour se soit écoulé sans qu'ils repensent à ce 30 mai.

Gloria resserra les mains sur le volant.

— C'est délirant. Qu'est-ce qui a pu perturber ainsi l'esprit de papa ?

— Je ne sais pas. Son obsession aveugle pour maman peut-être, ou pour l'idée qu'il se faisait de la famille.

— Comment peut-il donner l'impression de nous aimer aussi fort, tout en étant un assassin ?

— Ce n'est pas une impression. Du moins, je ne crois pas. Il nous aime... peut-être trop, justement. Il a toujours assumé ses responsabilités. Maman n'a jamais levé le petit doigt pour l'aider quand il y avait un problème. Elle se reposait entièrement sur lui. Quelque part dans sa tête, il s'est persuadé qu'il a fait tout ça pour protéger sa famille.

— Toutes ces années... et on n'a jamais su.

Laura hocha la tête. Elle tenta de poursuivre la lecture du journal, mais c'était peine perdue. L'anticipation lui mettait les nerfs à fleur de peau. David était en vie. Après tout ce temps, elle allait le voir, le serrer dans ses bras, lui expliquer qu'ils n'auraient jamais dû être séparés.

Plus que quelques minutes.

James parcourut sans bruit le corridor obscur. Il dépassa une salle de presse, une fontaine à eau vide, les vestiaires visiteurs. À gauche, il vit un grand container à ordures plein de gobelets en carton et de programmes. Il scruta l'autre extrémité du couloir. Personne.

Tout se passait si bien, jusqu'à ce que Mary s'aperçoive que David était le fils de Sinclair Baskin. Là, elle avait paniqué. Il avait tenté de l'apaiser, mais comment protéger la relation de David et Laura sans avouer à sa femme ce qu'elle l'avait contraint à faire autrefois ? Les familles, comme les vies, sont fragiles. Leur tissu facile à déchirer. Si on tire un peu trop fort dessus…

Il continua d'avancer dans le couloir. C'était par là que les joueurs pénétraient sur le terrain, sous les applaudissements ou les huées. La lumière arrivait en cascade. Le son du dribble résonna plus fort.

L'heure était venue. Il ne s'agissait plus de donner quelques coups de sécateur par souci d'esthétique. Il devait creuser profond et extraire le mal à la racine. Ensuite, ils seraient en sécurité.

À situation désespérée, solution désespérée. Dans ce cas, ça signifiait tuer. Il ne reculerait pas devant l'horreur de la tâche. Ses sentiments personnels devaient être mis de côté.

Il se colla au mur, puis se pencha pour risquer un œil à l'intérieur. David, le dos tourné, s'exerçait au dribble au centre du terrain. Immobile, il faisait passer le ballon entre ses jambes en lui faisant décrire un huit.

« C'est bon pour la coordination main œil, docteur Ayars.

— Je vous en prie, appelez-moi James. »

James chassa fermement ce souvenir. En silence, il se glissa dans l'enceinte et se baissa pour se cacher derrière une rangée de sièges. David, qui n'avait rien entendu, dribblait maintenant avec deux ballons. Tel un soldat en embuscade, James leva doucement la tête. David gardait les yeux braqués sur le panier à l'autre bout du terrain tout en continuant de faire danser les ballons autour de lui. Les globes orange ressemblaient à des animaux bien dressés et obéissants.

« Comment faites-vous pour dribbler aussi vite, David ?

— Je m'entraîne.

— Vous ne regardez jamais le ballon quand vous faites ça ?

— Jamais. Il y a bien trop de choses plus importantes à surveiller. »

James se trouvait à une dizaine de mètres. D'ici, il ne pouvait pas rater sa cible. Fourrant la main dans sa poche, il en tira lentement le pistolet.

Des larmes lui montèrent aux yeux. Pas maintenant ! Il devait sauver sa fille, sa famille. Il devait en finir avec cette histoire une fois pour toutes.

Il visa.

Gloria pénétra dans le parking désert et contourna le bâtiment jusqu'à la zone B où se trouvait l'entrée latérale. Laura poussa un cri. Sa poitrine se contracta, lui bloquant quasiment la respiration.

— Non, chuchota-t-elle. Non !

Elle avait bondi de la voiture avant même que celle-ci ne soit immobilisée et se précipitait vers l'entrée, dépassant le seul véhicule garé là.

La voiture de son père.

La main de James tremblait, mais ça n'avait plus d'importance. La cible était à portée. Il ne restait plus qu'à appuyer sur la détente. Tout serait fini. La paix redescendrait sur sa famille.

Du pouce, il arma le pistolet.

Ce fut alors qu'il entendit la porte s'ouvrir.

Le lourd battant de métal claqua, dans un fracas qui résonna tout au long du couloir, jusqu'à la salle d'entraînement. David fit volte-face et se figea en apercevant son beau-père.

— Papa ! cria une voix au loin.

Laura... Ses pas résonnaient tandis qu'elle courait dans leur direction.

Le temps pressait. James avait une tâche à accomplir, que sa fille en soit témoin ou non. C'était pour elle qu'il faisait ça. De nouveau, il visa.

Les yeux de David rencontrèrent les siens. Il eut seulement le temps de dire :

— Ne faites pas ça !

James l'ignora. Son doigt appuya sur la détente. Le coup partit.

Laura entendit la détonation.

— Non ! cria-t-elle.

Elle sprinta dans le corridor, tourna à droite et courut à perdre haleine jusqu'au couloir d'accès à la salle d'entraînement. Au loin, elle entendit quelqu'un s'enfuir.

Oh, mon Dieu, pitié, pitié... non. Je ne peux pas le perdre une seconde fois.

Quand elle entra dans la salle, elle fut prise d'un haut-le-cœur.

Du sang. Du sang par terre.

Elle se précipita vers la substance écarlate qui se répandait sur le parquet. Baissant les yeux, elle vit le corps immobile, la tête reposant dans une mare de sang.

Laura hurla.

Épilogue

Gloria et Serita avaient proposé de l'accompagner, mais Laura avait préféré y aller seule. Elle n'avait pas besoin d'aide.

En s'engageant sur le parking bien connu, il lui semblait que son cœur allait exploser dans sa poitrine. Vêtue d'un tailleur Svengali noir, les cheveux tirés en arrière, très peu maquillée, elle était, comme toujours, d'une beauté à couper le souffle.

Elle fit le tour du bâtiment décrépit. Les premières lueurs du soleil imprimaient des rais sur le bitume du parking désert. Il n'était pas encore 7 heures du matin. Le trajet d'un quart d'heure lui avait semblé interminable.

Elle se gara non loin de l'endroit où elle avait découvert la voiture de son père, deux jours plus tôt seulement. Deux jours… une éternité.

Le moment était arrivé. Le passé avait obtenu sa vengeance, punissant les coupables et terrassant les innocents. Mais tout était fini maintenant.

Elle entra par la porte latérale et pénétra dans le couloir obscur. Au loin résonnait l'écho d'un dribble.

Les jambes en coton, le pouls emballé, Laura s'avança vers le terrain. Son cœur battait fort, si fort qu'on aurait dû le voir.

Parvenue à l'entrée de la salle, elle s'arrêta, prit une profonde inspiration et entra.

Le joueur continuait de dribbler et de s'entraîner. Il ne l'avait pas encore vue.

Laura eut besoin de quelques secondes pour recouvrer l'usage de sa voix. Enfin, elle l'interpella :

— Hello !

Mark Seidman se figea. Le ballon lui échappa des mains. Lentement, il se tourna vers elle, mais, dès qu'il la vit, il fit volte-face.

Elle alla s'installer sur un gradin.

— Vous permettez que je vous regarde ?

— Personne n'est censé être là.

— Je ne resterai pas longtemps.

Il jeta un coup d'œil à l'horloge sur le panneau des scores.

— Je dois vraiment y aller.

— Attendez ! Ne partez pas ! J'aimerais beaucoup vous regarder tirer.

Enfreignant la règle qu'il s'était fixée, Mark garda les yeux rivés sur le ballon en se remettant en mouvement. Il recommença à tirer et rata plus de paniers qu'il ne l'avait fait depuis l'âge de huit ans. Ses bras tremblaient. Ses doigts avaient perdu toute dextérité. Oserait-il lui parler ? Regarder dans sa direction ? Au bout d'un moment, il hasarda :

— Je suis désolé pour votre père.

— Merci, répondit-elle. Mon père était un homme gravement dérangé qui, au bout du compte, a estimé que la seule façon de protéger sa famille était de se tuer. Plus rien ne pourra plus l'atteindre. Je crois qu'il est enfin en paix.

Il ne fit aucun commentaire.

— Mark, je peux vous poser une question ?

Il s'éloigna en dribblant.

— Allez-y.

— Que savez-vous de la mort de mon mari ?

— Rien de plus que ce que j'ai lu dans les journaux. Il a été pris dans des courants violents et s'est noyé.

Elle se pencha en avant. Des larmes lui montèrent aux yeux.

— Pas exactement. Ça, c'est ce que David a voulu nous faire croire. Nous étions en Australie pour notre lune de miel quand c'est arrivé. Nous étions tellement heureux, tellement amoureux. Comme si le monde avait été créé uniquement pour nous. Il avait le don de me faire rire. Il était capable de me faire pleurer. Avec lui, je me sentais vivante, vous comprenez ?

Mark lui tourna le dos.

— Je ne vois pas pourquoi vous me racontez ça.

Elle fit celle qui n'avait pas entendu.

— Avant de mourir, David a rencontré ma mère dans un hôtel proche de celui où nous résidions.

À ces mots, Mark tressaillit, mais il refusait toujours de lui faire face.

— Elle lui a dit des choses qui l'ont bouleversé.

— Pourquoi me racontez-vous… ?

— Mais elle se trompait.

Il rentra les épaules, comme terrassé de douleur, porta les mains à son visage pour essuyer ses larmes, mais sans se retourner.

— Sur quoi ?

La jambe de Laura commença à tressauter. L'émotion la submergeait. Elle respirait par saccades. Quand elle reprit la parole, les mots se bousculaient sur ses lèvres.

— Elle a bien eu une liaison avec ton père, ça c'est vrai, et elle est tombée enceinte...

— Je ne sais pas de quoi...

— Mais le bébé est mort.

Il s'arrêta de dribbler. Sa main se porta à sa bouche, comme s'il voulait étouffer un cri.

— Quoi ?

Laura s'avança vers lui.

— Nous ne sommes pas frère et sœur.

Il pirouetta. Écarquilla les yeux. Son visage se décomposa.

— Mais...

Après tout ce temps, toute cette souffrance...

— Non, David. Ma mère a été avortée. Je ne suis pas ta sœur.

Il la contemplait, les larmes aux yeux. Son esprit était comme déchiré. La réalité échappait à tout contrôle. Il tenta de se reprendre, d'assimiler ce qu'elle lui révélait.

— Je t'en prie, dit-il d'une voix douce, jure-moi que ce n'est pas un rêve.

Elle secoua la tête, laissant ses larmes couler sans entrave.

— Oui, David, je te le jure.

Elle courut vers lui, l'entoura fermement de ses bras. Il la serra de toutes ses forces, les yeux fermés. Tant de jours de torture, tant de larmes, tant de fois où il avait rêvé de cette étreinte...

— Ne me quitte plus jamais, murmura-t-elle.

— Jamais. Je te le jure.

Ils s'agrippaient farouchement l'un à l'autre, n'osant pas se lâcher de crainte de voir l'autre disparaître. Ils demeurèrent ainsi un long moment, laissant le passé s'évanouir pour laisser place à la guérison.

David sourit à travers ses larmes.

— Tu veux toujours des enfants ?

Elle rit.

— Et pourquoi pas plutôt des lapins ?

— OK, on aura les deux, des lapins et des enfants.

— Mais chaque chose en son temps. D'où sors-tu cette coupe de cheveux ridicule ?

— Tu ne m'aimes pas en blond ?

— C'est immonde.

— Ah ? Juste quand je commençais à m'y habituer...

— Je suis sûre que c'est un coup de TC. Il a un goût de chiotte. Et cette nouvelle tête. Tu sais que je déteste les jolis garçons...

D'un baiser, il la réduisit au silence.

— C'est toujours le seul moyen de te faire taire, hein ?

— Alors, qu'est-ce que tu attends, Baskin ? Fais-moi taire !

Phocomposition Nord Compo
59650 Villeneuve-d'Ascq

Achevé d'imprimer par N.I.I.A.G.
en octobre 2010
pour le compte de France Loisirs, Paris

N° d'éditeur : 61335
Dépôt légal : novembre 2010
Imprimé en Italie